ro
ro
ro

Nora Luttmer, geboren 1973 in Köln, lebt in Hamburg und arbeitet als Autorin und freie Journalistin. Sie hat Südostasienkunde in Passau, Hanoi und Paris studiert. Ihr Roman «Schwarze Schiffe» wurde für den Glauserpreis in der Sparte Debüt nominiert.
Mehr Informationen zur Autorin unter www.noraluttmer.de

NORA LUTTMER

HINTER LAND

KRIMINALROMAN

ROWOHLT TASCHENBUCH VERLAG

2. Auflage Januar 2022

Originalausgabe
Veröffentlicht im Rowohlt Taschenbuch Verlag,
Hamburg, April 2021

Redaktion Carla Felgentreff
Covergestaltung Hafen Werbeagentur, Hamburg,
Coverabbildung Hafen Werbeagentur, Shutterstock
Satz aus der Karmina
bei Pinkuin Satz und Datentechnik, Berlin
Druck und Bindung Druckerei C. H. Beck, Nördlingen, Germany
ISBN 978-3-499-00290-8

Die Rowohlt Verlage haben sich zu einer nachhaltigen Buchproduktion verpflichtet. Gemeinsam mit unseren Partnern und Lieferanten setzen wir uns für eine klimaneutrale Buchproduktion ein, die den Erwerb von Klimazertifikaten zur Kompensation des CO_2-Ausstoßes einschließt.
www.klimaneutralerverlag.de

Über dem Brustbein hatte er ein Tattoo, nicht größer als ein Zweieurostück. Es war das Bild einer Muschel, die aussah wie ein aufgespannter Fächer mit einem Kreuz in der Mitte. Die Enden des waagerechten Kreuzarmes glichen Lilienblüten, der senkrechte Kreuzarm war ein Schwert, das unten scharf und spitz zulief. Mir gefiel die Idee, die Blume mit der Waffe zu verbinden, das Schöne mit dem Tod zu vereinen.

Ich habe den Mann mit dem Tattoo umgebracht. Er war mein erstes Opfer. Seitdem ist die Kreuzmuschel mein Talisman. Der Beweis, dass ich da war. Mein Zeichen!

Die Mordkommission ist hilflos. Sie sind hilflos, liebe Bette Hansen! Sie haben mich nicht gefasst, als Sie die Möglichkeit dazu hatten. Sie haben ja nicht einmal herausgefunden, wie viele Menschen ich schon umgebracht habe. Sie wissen nichts von dem Mann mit dem Tattoo. Tod ohne Fremdeinwirkung steht im Autopsiebericht. Dabei wäre er der Schlüssel. Die einzige Verbindung. Aber jetzt ist es zu spät. Sie bekommen mich nicht! Mehr Menschen werden sterben. Und auch Sie sind nichts als ein weiteres Opfer auf meiner Liste. Doch das sollten Sie eigentlich noch gar nicht wissen. Noch hat mein Spiel mit Ihnen ja gar nicht richtig begonnen.

(Mail an Bette Hansen. In Papierkorb verschoben.
Nicht gesendet.)

SOMMER 2019

1. HANNAH

Das Licht war milchig-trüb, und es war noch kühl, aber sie konnte die Hitze des aufkommenden Tages schon erahnen. Hannah Grote rannte das steile Stück den Deich hinunter und über die Wiese zum Wasser. Das hohe Gras kitzelte an ihren nackten Knöcheln. Die Dove-Elbe sah hier mehr wie ein See aus als wie ein Fluss, breit und glatt, mit drei kleinen bewaldeten Inseln in der Mitte. Auf der Wasseroberfläche spiegelten sich die Bäume der Uferböschung. Es kam Hannah vor, als sei sie meilenweit von der Zivilisation entfernt. Sie liebte diese Einsamkeit. Und sie liebte es zu schwimmen.

Ohne abzubremsen, ließ sie ihr Handtuch fallen und lief im Bikini auf das Wasser zu. Zigarettenrauch stieg ihr in die Nase. Abrupt blieb sie stehen. Im Schilf raschelte es. Beobachtete sie da jemand? Ihr erster Impuls war es, zurück zum Deich zu rennen. Weg von hier. Aber sie hatte sich so auf das Schwimmen gefreut. Wer auch immer da rauchend im Schilf stand, wollte sicher genau wie sie nur seine Ruhe haben.

Sie ließ ihren Blick über das dichte Grün schweifen und sprang ins Wasser. Winzige silbrig glitzernde Fische stoben in alle Richtungen davon.

Sie kraulte ein Stück, um warm zu werden, dann wechselte sie zu Brustschwimmen. Nach jedem Atemzug tauchte sie mit dem Kopf unter, die Augen hielt sie offen. Sie mochte diesen leicht verschwommenen Blick auf die Unterwasserwelt. Beim Ausatmen perlten winzige glänzende Luftbläschen aus ihrem Mund, die wie Girlanden neben ihr herzogen.

Sie brauchte eine Weile, bis sie ihren Rhythmus gefunden hatte. Dann war ihr, als schwebe sie.

Sie war eine gute Schwimmerin, auch wenn sie sich oft anhören musste, dass sie nicht so aussah, klein und zierlich wie sie war. Ihre Mitmenschen neigten dazu, sie zu unterschätzen.

Das Schwimmen hatte sie von ihrer Mutter gelernt. Die war auch eine gute Schwimmerin gewesen, vielleicht war sie es immer noch. Hannah wusste es nicht. Sie hatte ihre Mutter nicht mehr gesehen, seit die mit ihrer Reisetasche aus der Wohnung spaziert war. Ohne ein Wort, ohne Abschied.

Es war ein genauso schöner Sommermorgen wie heute gewesen, Hannah hatte in der Küche gesessen, einen Toast mit Schokocreme gegessen und sich auf einen Badeausflug gefreut. Als sie die Wohnungstür schlagen hörte, war sie ans Fenster gerannt und hatte nur noch gesehen, wie ihre Mutter die Kreuzung überquerte und um die nächste Straßenecke verschwand. Für immer. Sie drehte sich nicht einmal mehr um.

Hannah war damals elf Jahre alt gewesen. Mittlerweile war sie fünfundzwanzig. Aber auch nach so vielen Jahren schmerzte es noch.

Sie holte tief Luft, machte den nächsten Zug, dann noch einen. Sie wollte jetzt nicht an ihre Mutter denken. Sie wollte schwimmen. Einfach nur schwimmen. Mit kräftigen Zügen zog sie an der ersten der drei kleinen Inseln vorbei. Mückenschwärme hingen über dem Wasser. Am Inselufer lag ein angeschwemmter Baumstamm, auf dem mehrere Gänse saßen und schliefen. Wenn Hannah abends mit ihrem Bücherbus an der Badestelle vorbeikam, hörte sie immer ihr lautes Geschnatter. Als würden sie sich Gutenachtgeschichten erzählen.

Der Bücherbus war genau genommen natürlich nicht *ihr* Bus. Er gehörte einem Verein zur Leseförderung, aber Hannah war die Einzige, die ihn fuhr. Es war ein Opel-Movano-Transporter mit seitlicher Schiebetür und eingebauten Bücherregalen. Auf dem roten Lack klebten Sticker mit gelb geflügelten Büchern. Vor einigen Wochen hatte Hannah sich als Fahrerin für die Vier- und Marschlande beworben und die Stelle sofort bekommen.

Auf dem Hamburger Stadtplan lagen die Vier- und Marschlande ganz rechts unten. Obwohl man von der Innenstadt kaum zwanzig Minuten brauchte, war es eine vollkommen andere Welt: Gemüsefelder, Treibhäuser, blühende Wiesen, Gräben und Deiche. Es war so ländlich – Hannah konnte kaum glauben, dass das noch Hamburg sein sollte.

Ein Honorar zahlte der Verein nicht, nur die Benzinkosten, dafür hatte Hannah alle möglichen Freiheiten. Solange nur ein paar Kinder auftauchten, die Bücher liehen – und die tauchten immer auf –, konnte sie fahren, wann sie wollte, und halten, wo sie wollte. Und sie hatte den Bus zur ständigen Verfügung. Manchmal übernachtete sie sogar im Wagen und ließ sich früh morgens von den Vögeln wecken.

Inzwischen hatte sie die zweite Insel umrundet, und langsam kroch die Kälte in ihren Körper. Sie kraulte noch ein Stück, aber warm wurde ihr nicht mehr. Mit schon ganz tauben Armen schwamm sie zurück.

Als das Wasser flach wurde, stellte sie sich hin, spürte Muschelschalen unter ihren Füßen, watete ans Ufer. Schlick quetschte sich durch ihre Zehen. Es war ein angenehmes

Gefühl, das sie daran denken ließ, wie sie als Kind schweren nassen Matsch durch die Finger hatte rinnen lassen und damit Türme und Burgen getropft hatte.

Sie zupfte ihren Bikini zurecht, der an ihrem dünnen Körper verrutscht war, rieb ihre Füße im Gras ab und hob ihr Handtuch auf. Da sah sie den Mann. Er stand keine zwanzig Meter von ihr entfernt unter den ausladenden Ästen einer Silberweide und schaute sie an. Auf Hannahs Haut prickelte es unangenehm. War das der Raucher von eben? Er war groß und schlank und trug einen grünen Arbeitsoverall. Sein Gesicht war teigig und konturlos, sein Alter schwer zu schätzen. Der Jüngste war er nicht mehr. Seine kurzen Haare waren grau.

Hannah nickte ihm zum Gruß zu, wie man es tat, wenn man in der Einsamkeit einen anderen Menschen traf. Er machte keine Anstalten zurückzugrüßen, starrte sie nur reglos an. Schnell wickelte sie sich ihr Handtuch um die Brust und lief zum Deich. Es gefiel ihr nicht, ihm den Rücken zuzukehren, ihr blieb jedoch nichts anderes übrig, wenn sie zu ihrem Bus wollte. Sie zwang sich, langsam zu gehen. Der Mann sollte ihr ihre Unruhe nicht anmerken. Erst oben auf der Deichkuppe hielt sie inne und drehte sich um. Der Mann war verschwunden.

Ein paar Minuten später sah sie ihn im Seitenspiegel mitten auf der Straße stehen. Es war Hannah, als brenne sein Blick auf ihrer Haut.

2. BETTE

Bette Hansen nahm ihre Clogs in die Hand und lief barfuß den Deich hinauf. Unter ihren Fußsohlen pikste das von den Schafen kurz gefressene Gras. Jetzt, bei Ebbe, hatte sich die Wasserlinie zurückgezogen, und am Elbufer glänzte der Schlick wie weiches Karamell. Eine leichte Brise wehte und kühlte Bettes verschwitzte Haut. Ihre kurzen Haare klebten feucht auf ihrer Stirn. Sie konnte sich nicht erinnern, jemals einen so heißen Juni erlebt zu haben, mit Temperaturen um die dreißig Grad.

Ein Frachter schob schwerfällig durch die Fahrrinne. Das dumpfe Dröhnen seines Motors hallte zu ihr herüber. Möwen schrien. Bette atmete tief durch und sog den vertrauten, leicht modrigen Geruch des Schlicks ein. Das hatte sie an Ochsenwerder immer gemocht. Die Nähe zum Wasser. Die Marschlandschaft mit der Elbe und ihren Nebenarmen, den von Schilf gesäumten Wassergräben und tiefen Bracks, die die Sturmfluten hinterlassen hatten.

Sie hatte sich nicht leicht damit getan, nach Ochsenwerder zurück zu ziehen. Als junges Mädchen hatte sie nicht schnell genug hier wegkommen können. Und jetzt, mit 53 Jahren, war sie wieder da, wo ihr Leben begonnen hatte. Auf dem Papier mochte Ochsenwerder zu Hamburg gehören, aber letztlich war es ein 3000-Seelen-Kaff in der Marsch, in dem nur alle halbe Stunde der Linienbus Richtung Innenstadt hielt.

Sie fragte sich oft, ob sie nicht lieber ihre Stadtwohnung hätte behalten sollen. Wie sie es vermisste, aus der Haustür zu treten und im Gewusel der Stadt unterzutauchen. Aber wenn sie hier oben auf dem Deich stand und über den Fluss blickte, ging es ihr gut. Die Elbe schaffte es immer, sie auf wundersame Weise mit sich und der Welt zu versöhnen. Bis zum Hamburger Hafen war es nur ein kleines Stück stromabwärts. Doch der Blick von den Landungsbrücken war nichts gegen den hier. Im Hafen war der Fluss eingeengt von Kais und Spundmauern. Hier schob er sich ruhig und stoisch durch die Landschaft, seine unbändige Kraft unter der dunklen Oberfläche verborgen, aber deutlich spürbar.

Die Sonne im Gesicht, ging Bette den Deichkamm entlang. Ein zotteliger brauner Hund schloss sich ihr an und trottete neben ihr her. Sie freute sich über seine Gesellschaft. Vielleicht sollte sie sich auch einen Hund zulegen. Sie war immer gerne alleine gewesen, ihre Krankheit jedoch hatte ihr das angenehme Gefühl dabei verdorben. Diese verfluchte Krankheit. Sie hatte ihr ganzes Leben auf den Kopf gestellt.

Der Teil ihres Gehirns, der für Schlaf und Wachsein verantwortlich war, funktionierte nicht mehr richtig. Nachts schlief sie schlecht, tagsüber litt sie unter Einschlafattacken. Bis zu dem Tag, an dem der Arzt die Vermutung geäußert hatte, sie habe Narkolepsie, hatte sie nie auch nur von dieser Krankheit gehört. Die plötzlichen Müdigkeitsanfälle waren wie ein Sog in die Tiefe. Sie schlief einfach ein, in den unmöglichsten Situationen. Beim Essen, beim Einkaufen, auf der Straße. Manchmal merkte sie, wie der Schlaf sich anschlich, manchmal auch nicht. Dann konnte es sein, dass sie einfach umkippte.

Sie hatte versucht, sich einen Rhythmus aufzubauen. Dreieinhalb Stunden wach, eine halbe Stunde Schlaf. Aber so richtig funktionierte das noch nicht. Sie probierte noch herum. Immerhin litt sie nicht wie viele andere Narkoleptiker an chronischer Müdigkeit. Zwischen ihren Schlafschüben war sie fit.

Das Schlimmste für sie war die Unsicherheit. Das Wissen, dass sie jeden Moment die Kontrolle über sich und ihren Körper verlieren konnte. In der Stadt war sie mehrmals als betrunken beschimpft worden, wenn sie zusammengebrochen war. Oder der Notarzt kam, was ihr auch unangenehm war. Das zumindest passierte ihr in Ochsenwerder nicht, niemand schrie gleich herum oder rief den Krankenwagen. Was sie hier früher als so beklemmend empfunden hatte, die Tatsache, dass jeder jeden kannte, kam ihr jetzt zugute. Alle wussten, was mit ihr los war. Das war für sie der Grund gewesen zurückzukommen. Mal abgesehen davon, dass sie es nicht fertiggebracht hatte, ihr Elternhaus zu verkaufen. Sie hatte es immer vor sich hergeschoben, auch nur mal mit einem Makler zu sprechen. Nach dem Tod ihres Vaters hatte die alte Reetkate drei Jahre leer gestanden, bis sie kurz vor Ostern dieses Jahres schließlich selbst eingezogen war.

Bette war jetzt auf Höhe der Bunthäuser Spitze, wo sich die Elbe in Norder- und Süderelbe teilte und ein Binnendelta bildete. Der Hund rannte mit lautem Bellen den Deich hinunter ins Wasser, nur um sofort wieder rauszukommen und sich zu schütteln. Wenn sie nicht auf dem Deich einschlafen wollte, musste sie langsam zurück.

Einen Teil des Wegs begleitete der Hund sie noch, dann verschwand er über die Felder. Es hatte lange nicht richtig geregnet, der Boden war trocken und staubte unter Bettes Füßen. Das letzte Stück lief sie über den asphaltierten Marschbahndamm, eine ehemalige Gleisstrecke, die als Radweg ausgebaut war und schnurgerade übers platte Land führte.

Es war fast Mittag, als sie nach Hause kam. Ein Junge hüpfte einbeinig über das ausgefahrene Kopfsteinpflaster, einmal die Sackgasse hoch und wieder zurück. Bette kannte ihn nicht, er musste aus einem der neuen Reihenhäusern gegenüber kommen. Sie waren gerade erst bezugsfertig geworden. Früher hatte es in der Straße nur zwei Häuser gegeben, mittlerweile war alles ziemlich zugebaut. Da Bettes Haus jedoch das letzte in der Straße war, hatte sie bis heute nur einen direkten Nachbarn. Mats. Sie kannten sich schon seit ihrer Kindheit. Er war ein großer, noch immer schlanker Mann, dessen tiefer dunkler Bass nicht aus dem Kirchenchor wegzudenken war. Jetzt gerade sang er jedoch nicht, sondern schob mal wieder seinen Rasenmäher über die Wiese. Bette winkte ihm zu, verzog das Gesicht und deutete auf ihre Ohren. Der Benzinmotor dröhnte wie sonst was. Mats nickte ihr nur mit einem breiten Lachen zu. Es war unfassbar. Was das Mähen anging, hatte er wirklich einen Spleen. Kein Wunder, dass Fynn, sein neunjähriger Enkel, lieber bei Bette rumhing. Meistens saß er, so wie jetzt, in ihrem Apfelbaum und las. Seine langen dünnen Beine mit den knorpeligen Knien baumelten aus dem dichten Grün.

Bette mochte es verstrüppt und verwildert, mit alten Obstbäumen, die wuchsen, wie es ihnen gefiel. Mal abgesehen davon, dass ihr das ständige Mähen bei der Größe ihres Gartens viel zu aufwendig gewesen wäre. Anlässlich des Erbes hatte sie die Liegenschaftskarte eingesehen, und der zuständige Mitarbeiter beim Amt hatte sie darauf aufmerksam gemacht, dass ihr Grundstück mit 3570 Quadratmetern exakt halb so groß war wie der Fußballplatz im Millerntorstadion, der Heimstätte von St. Pauli. Nur dass Bette eben nicht, wie sie es bei den Heimspielen vom Stadion aus getan hatte, auf einen Hochbunker schaute, sondern über weite Flur. Morgens staksten sogar ganz idyllisch Störche und Reiher über die Äcker hinter dem Haus. Und über die Baumwipfel des kleinen Wäldchens hinweg, das seitlich an ihr Grundstück grenzte, konnte sie die kupferne Turmspitze der St. Pankratius-Kirche im Dorfkern von Ochsenwerder sehen. Sie lag erhöht auf einer Warft, dem einzigen Hügel weit und breit.

Bette holte ein Eis aus der Küche, legte es in den kleinen Korb, der im Apfelbaum hing, und zog an der daran befestigten Strippe mit der Glocke. «Vanille mit Schoko!»

Fynns schmales Gesicht mit den strubbeligen strohblonden Haaren schaute durch die Äste zu ihr herunter. Er zog den Korb zu sich heran und strahlte, wobei die Lücken zwischen seinen Schneidezähnen zum Vorschein kamen. «Oh danke!»

«Dafür nich.»

«Bette!», rief Mats über den mit Rosen bewachsenen Erdwall, der ihre Grundstücke trennte. Den Rasenmäher hatte er endlich ausgestellt. «Julia reißt mir den Kopf ab, wenn sie hört, dass er andauernd Eis isst.»

«Was heißt denn andauernd?», konterte Bette scherzhaft. «Das ist das erste Eis, das er heute von mir bekommt.»

«Ein Eis ist eins zu viel. Meine liebe Tochter ist grade auf so einem Anti-Zucker-Trip.» Mats schnaubte missmutig vor sich hin.

«Du klingst wie ein alter Drache», sagte Bette.

Mats winkte ab. Bette war auch so klar, was los war. Er

war mal wieder genervt. Weil Julia viel arbeitete, schickte sie Fynn oft zu ihm. Mats war Möbelbauer und hatte seine Werkstatt am Haus, war also sowieso meist da. Es ging nicht darum, dass Mats Fynn nicht gerne bei sich hatte. Ihn störte es, wie seine Tochter ihm sagte, was er bei Fynn zu tun und zu lassen hatte. Auch Bette konnte das nicht ganz nachvollziehen, aber sie hatte ja auch keine Kinder. Dafür hatte es in ihrem Leben früher keinen Platz gegeben.

Sie war Kommissarin gewesen, im Morddezernat. Im Januar war sie allerdings aus dem Dienst ausgeschieden. Ihren letzten Fall hatte sie nach nur wenigen Wochen ungelöst abgeben müssen. Sie war während einer Vernehmung eingeschlafen. Der Zeuge hatte sich in Widersprüche verstrickt, und Bette hatte ihre aufkommende Müdigkeit nicht beachtet. Sie hatte dem Zeugen keine Gelegenheit geben wollen, seine Aussagen zu überdenken, nur weil sie einen Kurzschlaf einlegen musste. Und da war es passiert. Mitten im Satz hatte sie aufgehört zu sprechen, ihr Kopf war nach vorne gesackt, und sie war mit der Stirn auf die Tischkante geschlagen. Um exakt 11.38 Uhr am 15. Januar 2019. Die Platzwunde über dem rechten Auge hatte mit fünf Stichen genäht werden müssen.

Wieder und wieder hatte sie sich die Videoaufzeichnung der Vernehmung angesehen und es nicht länger ignorieren können. Es ging nicht mehr. Sie war für das Morddezernat nicht mehr tragbar. Niemand brauchte eine Ermittlerin mit Narkolepsie.

Bis zu dem Vorfall im Verhörraum hatte sie ihrem Arbeitgeber die Krankheit verschwiegen. Die endgültige Diagnose hatte sie selbst erst zum Jahreswechsel bekommen, auch wenn sie sich da schon mehrere Monate mühsam durch die

Tage gequält und sich, wenn gar nichts mehr ging, auf dem Klo eingeschlossen hatte, um zu schlafen.

Die Personalabteilung hatte ihr angeboten, in den Innendienst zu wechseln, mit geregeltem Tagesablauf und der Möglichkeit, sich zwischendurch hinzulegen. Sie hatte abgelehnt. Ein Schreibtischjob war ihr unerträglich. Ihre Stärke war das aktive Ermitteln, nicht das Rumsitzen.

«Ach, soll deine Tochter doch meckern», sagte Bette unwirsch. Der Gedanke an ihre Arbeit machte ihr schlechte Laune. Sie kam sich vor wie ein kranker Elefant, der vergessen hatte, wozu er gut war. «Solange Fynn in meinem Baum sitzt, bekommt er auch mein Eis.»

«Hast ja recht», sagte Mats.

«Ich weiß», sagte Bette. «Willst du auch eins?»

«Nee, danke.»

Bette überlegte, ob sie sich selbst ein Eis holen sollte, doch ein Kniff in ihren Bauchspeck hielt sie davon ab. Schlank war sie noch nie gewesen. Sie war knapp 1,70 Meter groß und breit in den Schultern und der Hüfte. Aber als sie noch gearbeitet hatte, war sie oft nicht zum Essen gekommen oder hatte es schlichtweg vergessen. Jetzt, wo sie so viel Zeit hatte, wurde sie immer runder. Sie trug schon nur noch ihre bequemen Leinenhosen mit Gummizug.

«Ich koch mir lieber einen Kaffee», sagte Mats.

Kaffee war gut. «Bringst du mir einen rüber?»

«Mach ich.»

Wenn sie ihren Rhythmus einhalten wollte, musste sie sich hinlegen. Sie zog sich ihre Liege in den Schatten unter dem Kirschbaum und sah den Hühnern zu, die sich auf der Wiese um einen Wurm stritten. Wie sie sich so schubsten und drängelten und versuchten, alle um sich rum wegzustoßen, ließen sie Bette an eine Schar dunkel beanzugter Männer denken. Sie musste schmunzeln.

Bette war eingeschlafen, noch bevor Mats den Kaffee gebracht hatte. Als sie aufwachte, stand die Tasse neben ihr auf dem Boden. Der Kaffee war kalt, sie trank ihn trotzdem und versuchte, die Benommenheit abzuschütteln, die sich in der Hitze über sie gelegt hatte. Vor ihrem Haus war ein junges Paar Hand in Hand stehen geblieben und lächelte versonnen.

«Ist nicht so romantisch, wie es aussieht», murmelte Bette, ohne dass die beiden sie hören konnten. «Ihr solltet mal die Marder hören, die sich hier draußen einnisten. Oder den Kostenvoranschlag für das neue Dach sehen.» Es musste noch vor dem Herbst gemacht werden. Das Reet kam schon in Klumpen runter.

Bette kratzte sich einen Mückenstich am Arm auf. Die Viecher hatten sie völlig zerstochen. Auf der Straße zog die junge Frau den Mann ein Stück zur Seite. Sie hatte das marode Treibhaus entdeckt, das etwas versetzt hinter dem Wohnhaus stand. Die meisten Scheiben fehlten, Brombeerranken wucherten um das Metallgerüst, und eine junge Eiche war durchs Dach gebrochen. Wahrscheinlich fanden die beiden auch das wunderbar verwunschen. Dabei war das Treibhaus kein Zeichen von Urtümlichkeit, sondern von reinem Pragmatismus. Bettes Mutter hatte darin früher Gemüse angebaut, das sie auf dem Deich verkauft hatte. Mit den steigenden Ölpreisen war die Beheizung des Treibhauses dann allerdings nicht mehr rentabel gewesen, und es war nur deshalb nie abgerissen worden, weil das ungemein teuer gewesen wäre. Genau aus diesem Grund, und nur aus diesem Grund, fand man überall in der Gegend solche der Natur überlassenen Treibhäuser.

Bette stand auf. Ihr Magen knurrte.

«Fynn», rief sie. Sie konnte sehen, dass er immer noch im Baum saß. «Komm mal runter und hol Eier. Dann mach ich uns Apfelpfannkuchen.»

Keine Antwort.

«Fynn! Eier suchen!»

Sie könnte das auch selbst machen. Aber Fynn hatte die Hühner zu seiner Aufgabe erklärt, mit allem, was dazugehörte.

Diesmal tönte ein «Yep!» aus dem Baum, es raschelte, und Fynn landete mit beiden Füßen auf der Wiese und flitzte in Richtung Hühnerstall.

Die Hühner hatte Bette nach ihrem Einzug angeschafft und den vorderen Teil des Werkzeugschuppens für sie ausgebaut. Der Schuppen war das Einzige, was noch an die Arbeit ihres Vaters erinnerte. Er war Stellmacher gewesen, spezialisiert auf die Herstellung von Holzschubkarren. Das Werkstattgebäude, in dem er die Schubkarren gebaut hatte, war irgendwann in den neunziger Jahren abgebrannt. Sie hatten damals froh sein können, dass das Feuer nicht auf das Reetdach des Wohnhauses übergegriffen hatte.

«Sechs! Ich hab sechs Eier gefunden», rief Fynn kurz darauf und rannte mit dem Eierkorb, den er wie eine Trophäe vor sich hochhielt, auf Bette zu, bis er der Länge nach vor ihr hinschlug.

«Auuu!»

Dem Tonfall nach schrie er mehr aus Schreck als aus

Schmerz. «Was machst du denn?» Bette zog ihn hoch. Seine Knie waren aufgeschürft. Die Eier lagen verstreut im Gras. Nur zwei hatten den Sturz überlebt.

«Ich bin gestolpert.» Fynn presste die Lippen zusammen und wischte sich mit dem Handrücken über die feuchten Augen.

«Über deine eigenen Füße? Du bist doch sonst nicht so ungeschickt.»

«Nee, über das blöde Holz da.» Er zeigte auf die Wiese.

Im Gras lag ein Holzscheit.

«Wie kommt das denn da hin?» Feuerholz gehörte auf den Stapel hinten beim Schuppen. Bette bückte sich, hob das Scheit auf und zuckte zusammen. Instinktiv sah sie sich um, und das Scheit rutschte ihr gleich wieder aus den Fingern. Alle Kraft war aus ihren Händen gewichen.

Auch das war ein Symptom ihrer Krankheit. Bei starken Emotionen erschlafften ihre Handmuskeln. Das konnte beim Lachen passieren oder, wie jetzt, wenn sie einen Schreck bekam. Obwohl dieser plötzliche Verlust der Muskelkraft, Kataplexie genannt, bei ihr meist nur wenige Sekunden anhielt, war es überaus nervig und manchmal sogar gefährlich. Noch ein Grund, aus dem sie für das Morddezernat unbrauchbar war. Sie konnte keine Waffe tragen. Zu leicht könnte sie ihr im falschen Moment aus der Hand fallen und gegen sie gerichtet werden.

«Alles okay?» Fynn sah sie besorgt an, und Bette wusste nicht, ob er ihre Hände meinte oder ihren erschrockenen Gesichtsausdruck.

«Fynn», sagte sie leise. «Geh zu Mats. Er soll dein Bein verarzten.»

«Nee, geht wieder.»

«Geh schon. Los.»

Am bestimmten Ton ihrer Stimme schien Fynn zu merken, dass es ihr ernst war. Er gehorchte sofort. Bette bewegte zaghaft ihre Finger. Die Kataplexie war fast so schnell verschwunden, wie sie gekommen war. Sie öffnete und schloss die Hände ein paarmal, dann hob sie das Scheit erneut auf.

Das konnte kein Zufall sein. In das Holz war etwas eingeritzt. Eine Muschel mit fächerförmigem Gehäuse und einem Kreuz in seiner Mitte. Ein Zeichen, das eine Erinnerung weckte, und zwar keine gute.

3. HANNAH

Die Klimaanlage lief auf Hochtouren, brachte aber so gut wie keine Kühlung, und die Sonne, die durch die Lamellen des Vorhangs fiel, blendete. Hannah hatte einen unangenehmen Druck auf den Ohren. Ihre Schläfen pochten. Der Lärmpegel strengte sie heute noch mehr an als sonst. Alle zwanzig Rechner im Büro waren besetzt, und einer der Call-Center-Agenten redete extrem laut, was alle anderen dazu brachte, ebenfalls ihre Stimmen zu heben.

Der Mann am anderen Ende der Leitung schimpfte wütend. «Wie bitte? Wegen einem Computerfehler wurde der Versand zurückgestellt? Das meinen Sie ja wohl nicht ernst.»

«Ich verstehe Ihren Ärger», sagte Hannah. «Es tut mir sehr leid. Ich werde mich jetzt persönlich um Ihr Anliegen kümmern.» Das waren die Standardsätze aus dem Gesprächsleitfaden. Die wichtigsten hatte sie mit fettem rotem Stift auf gelbe Post-its geschrieben und an den Sichtschutz rechts vom Bildschirm geklebt. Nicht dass sie die Sätze nicht auswendig konnte, sie sagte sie Dutzende Male pro Tag auf, immer und immer wieder. Aber nach mehreren Stunden am Telefon schwirrten die Worte irgendwann so wirr durch ihren Kopf, dass ihr die leichtesten Sätze nicht mehr einfielen. Manchmal bekam sie kaum noch ihren eigenen Namen gerade heraus.

«Und jetzt?», hakte der Mann in genervtem Ton nach. «Wann bekomme ich meine Ware?»

«Ich werde alles tun, damit Sie sie so schnell wie möglich in Empfang nehmen können.»

«Das Paket sollte gestern schon da sein.»

«Es tut mir wirklich sehr leid. Sie haben natürlich völlig recht.»

«Das kann nicht wahr sein. Was ist das für ein beschissener Kundenservice. Ich hatte ein garantiertes Lieferdatum.»

«Ich werde Ihre Bestellung jetzt manuell bearbeiten.» Hannah öffnete eine neue Maske auf ihrem Bildschirm und ließ sich noch einmal die Paketnummer durchgeben. Jetzt sah sie nicht mehr nur die Information zum Verbleib des Paketes, sondern alle Daten zum Kunden. Er hieß Mark Hoyer und wohnte im Leinpfad. Beste Hamburger Villengegend. Der Absender des Paketes war Spatenspezialist Brackwede. Was bitte war an einem Spaten so wichtig, dass dieser Kerl so einen Stress machen musste?

Sie klickte das Kästchen *Neu versenden* an, wodurch eine automatische Mail an den Verkäufer rausgegeben wurde, um die Versandprozedur ein zweites Mal zu starten. «Sie werden Ihre Ware in Kürze erhalten», sagte sie und fuhr sich mit einem Fettstift über die aufgesprungenen Lippen. Sie konnte es einfach nicht lassen, darauf herumzubeißen.

«In Kürze? Und was, bitte, heißt das? Heute, morgen, nächste Woche?»

Hannah rieb ihre Lippen übereinander, um die Creme zu verteilen, und drehte den Fettstift ein. «Darüber liegt mir noch keine Information vor.»

«Sie sind doch echt 'ne blöde Schnepfe.» Damit legte Mark Hoyer auf.

Hannah riss sich ihr Headset vom Kopf. Sie konnte nicht mehr. Während der Einarbeitung im Call-Center hatte der Workshop-Leiter ihr eingeschärft, derartige Beschimpfungen nicht persönlich zu nehmen. Sie müsse nur lernen, sie an sich abprallen zu lassen. Von wegen. Mit einem Taschentuch wischte sie sich den Schweiß vom Gesicht, dann von den Kopfhörern, griff nach ihrer Flasche und trank den letzten Schluck. Sie brauchte dringend mehr Wasser, aber sie musste noch mindestens vier Anrufe tätigen, bevor sie auch nur daran denken konnte, Pause zu machen. Ihr Soll lag bei zwanzig Gesprächen die Stunde, davon war sie heute weit entfernt.

Auf ihrem Bildschirm ploppte ein Chatfenster auf. Von der Chefin. *Zurück in die Schleife! Sofort!*

Konnte sie nicht mal was trinken, ohne dass die Brandt gleich dazwischenging? Unauffällig schielte sie zu ihr hinüber. Susanne Brandt saß hinter ihrem Schreibtisch mit den beiden großen Monitoren, der erhöht auf einem Podest am Kopfende des Raumes stand. Auch wenn sie Hannah eben noch im Visier gehabt haben musste, war sie jetzt wieder ganz auf ihre Monitore konzentriert.

Susanne Brandt war um die sechzig. Fransig geschnittene dunkle Haarsträhnen umrandeten ihr rundes Gesicht. Ihre Augen, die zu klein für ihren Kopf waren, und die gewölbte Stirnpartie erinnerten Hannah an einen Bullterrier. Sie trug selbst bei dieser Hitze ein Kostüm mit enganliegendem Jackett, das über ihrer Brust spannte. Als ob erst das Jackett sie zur Chefin machen würde.

Die Brandt war der totale Kontrollfreak. Ständig überwachte sie die Anruf-Statistiken, hörte Gespräche mit an und scheuchte ihre Mitarbeiter durch die Schichten. Und obwohl niemals Kunden in das Großraumbüro kamen, war sie stets darauf erpicht, dass alles ordentlich war. Neben der Tür hatte sie ein Regalsystem mit bunten Plastikboxen für die Habseligkeiten der Mitarbeiter aufstellen lassen. Wie im Kindergarten. Man durfte nicht mal eine Kaffeetasse neben dem Computer abstellen.

Aber Hannah sagte sich, dass sie hier immerhin ihre Arbeitszeiten flexibel einteilen konnte. Besser, als irgendwo beim Bäcker hinter der Theke zu stehen.

In zwei Stunden war ihre Schicht zu Ende. Dann würde sie endlich mit dem Bücherbus rausfahren und ihre Leseecke aufbauen. Vielleicht kam der Eiswagen vorbei, und sie würde sich eine riesige Portion Stracciatella mit Sahne gönnen. Und danach würde sie schwimmen gehen. Bei dem Wetter war abends an der Dove-Elbe immer noch viel los. So gerne sie ganz alleine am Wasser war, dem Typen von neulich wollte sie nicht noch mal begegnen, wenn da sonst niemand war.

Sie setzte ihr Headset wieder auf und nahm ihren nächsten Anruf entgegen. Dabei sah sie auf die Uhr. Karl, der neben ihr saß, grinste in seinen Hörer. Hannah hatte immer das Gefühl, ihm mache das unablässige Telefonieren wirklich Spaß.

Karl war ein Mann mit aufgeschwemmtem Gesicht und dünnen, fettigen Haaren. Sein weißes T-Shirt war dermaßen mit Schweiß vollgesogen, dass man seine Haut und seine üppige Brustbehaarung durch den Stoff sehen konnte.

Unappetitlicher ging es kaum, wobei Hannah grundsätzlich nichts gegen Karl hatte. Er war weder gemein noch arrogant, noch dumm. Letztlich war er einfach ein armer Kerl. Bei jedem anderen Job hätte er keine Chance gehabt, über das Bewerbungsgespräch hinauszukommen. Aber im Call-Center war das Einzige, was zählte, die Stimme. Und Karls Stimme war warm und tief mit einem leicht sonoren Brummen. Körper und Stimme passten bei ihm einfach nicht zusammen.

Hannah dachte manchmal, dass es bei ihr ähnlich war. Bei ihr passte das Innen nicht zum Außen. Sie fühlte sich nicht wie die zierliche junge Frau, in deren Körper sie steckte, und auch nicht wirklich wie das schüchterne Mädchen, als das alle sie sahen. Sie wusste nicht, ob dieser Zwiespalt normal war. Ob es anderen ähnlich ging. Sie war niemand, die sich anderen anvertraute und über ihre Empfindungen sprach. Vielleicht fühlte Karl sich ja wie ein Superheld und sah eben nur nicht so aus. Bei der Vorstellung musste sie kichern.

Sie hatte schon mitbekommen, wie Kundinnen versucht hatten, sich mit Karl zu verabreden. Wenn sie seine Stimme hörten, stellten sie sich wahrscheinlich einen gutaussehenden Mann vor. Hannahs Stimme war eher durchschnittlich. Dafür kannte sie sich mit Computern aus, weshalb ihre Chefin sie für die Hotline der Hamburger Aalsen-Reederei freigeschaltet hatte. Sie betreute die Mitarbeiter bei ihren PC-Problemen. Das war immer noch besser, als sich den ganzen Tag ausschließlich mit den Anrufen rumzuschlagen, die über die Beschwerdehotline des Paketdienstleisters reinkamen, dem Hauptauftraggeber des Hansa-Call-Centers. Heute hatte Hannah jedoch kein Glück. Heute ging es auch bei ihr nur um Pakete.

Zwei Telefonate später gab sie auf. Ihre Kehle war schon ganz ausgetrocknet. Sie tippte *Pause* in das Chatfenster mit der Brandt und stand auf. Die Brandt sah zu ihr herüber und hob acht Finger in die Luft. Acht Minuten. Die hatte doch echt einen Schuss.

Die Pausenküche lag am Ende eines langen Flurs und sah aus wie Büroküchen immer aussahen: grauer PVC-Boden, Tisch, Küchenzeile. Auf der Ablage standen benutzte Gläser und Tassen. Niemand hatte sich die Mühe gemacht, sie in die Spüle zu stellen. Und bis hierher reichte der Kontrollwahn der Brandt dann doch nicht.

Ihre Kolleginnen Sibille und Lena standen verbotenerweise am offenen Fenster und rauchten. Sie waren in ein Gespräch vertieft und beachteten Hannah nicht weiter, was ihr nur recht war. Sie hatte für heute genug gesprochen. Sibille schimpfte gerade über einen Typen, der sie versetzt hatte. Warum auch immer. Sicher nicht wegen ihres Aussehens. Ihre Haare hatte sie zu einem Knoten hochgesteckt, aus dem einzelne Strähnen in ihr Gesicht fielen, und sie trug einen kurzen kanariengelben Jumpsuit, der ihre schlanke Figur betonte. Sie hätte glatt modeln können.

Hannah füllte sich ein Glas mit Leitungswasser. Es war lauwarm und schmeckte metallisch. Während sie gierig trank, betrachtete sie ihr Gesicht in dem angestoßenen Spiegel am Küchenschrank. Sie konnte gar nicht sagen, ob sie hübsch war oder nicht. Ihr Aussehen hatte sie nie sonderlich interessiert. Sie schminkte sich nicht. Trug immer nur Jeans und T-Shirt und einen Hoodie, wenn es kalt war. Ihre schulterlangen Haare band sie zum Pferdeschwanz, einfach weil es am praktischsten war. Sie waren dunkelbraun, genau wie ihre Augen. Auf der Nase hatte sie winzige Sommersprossen, und ihre Haut war so hell, dass sie fast durchsichtig wirkte. Ihre Mutter hatte sie früher immer ihre kleine bleiche Fee genannt.

Hannah biss sich fest auf die Unterlippe. Ihre Mutter. Dass

sie aber auch ständig an sie denken musste. Dass ihr Hirn nie aufhörte, sie mit dem Bild zu quälen, wie ihre Mutter aus dem Haus ging und einfach so aus ihrem Leben verschwand. Bis heute wusste sie nicht, wieso sie sie verlassen hatte. Sie waren doch ein gutes Team gewesen. Mutter und Tochter. Sie hatten zusammen gelacht, hatten beide das Schwimmen geliebt und oft unter der flauschigen Sofadecke vor dem Fernseher gekuschelt. Und dann das. Umgedreht und weg.

Hannah hatte versucht herauszufinden, wo ihre Mutter hin war. Aber das hatte den Schmerz nur noch viel schlimmer gemacht. Ihre Mutter hatte ein neues Leben angefangen. In Bremen. Mit einem neuen Mann. Mit einer neuen Tochter, geboren kaum ein Jahr später. Ihre Mutter hatte Hannah einfach ersetzt.

Es war wie ein Wespenstachel, der in ihr steckte und immer wieder sein Gift abgab.

Manchmal sah Hannah immer noch aus dem Küchenfenster und hielt Ausschau nach ihr, als könnte sie jeden Moment um die Ecke biegen. Sie doch noch zu sich holen. Blödsinn. Natürlich.

Hannahs Vater war Fragen über ihre Mutter immer ausgewichen. Und die Lücke, die sie hinterlassen hatte, hat er nicht mal annähernd füllen können. Vielleicht hat er nicht mal bemerkt, dass es da eine Lücke gegeben hatte. Hannah funktionierte ja weiter, wie eine kleine Maschine. Als ihr Vater vor acht Jahren bei einem Autounfall ums Leben gekommen war, hatte sie nur eine unangenehme Leere empfunden. Sie war weder traurig noch geschockt gewesen. Als hätte sie ihre Gefühle beim Verlust ihrer Mutter aufgebraucht.

Sie legte den Kopf schief und schob ihn so weit nach links,

bis ihr Bild den Sprung im Spiegel traf und ihr Gesicht in zwei asymmetrische Teile riss. Sie verzog den Mund und schenkte sich ein etwas gequältes Lächeln, das im Glas zu einer zerbrochenen Fratze wurde. Eine zerbrochene Fee.

Das Schlagen der Tür riss Hannah aus ihren Gedanken.

Marie, eine weitere Kollegin, war hereingekommen. «Hey», rief sie in die Runde. «Heute legt Mingo im *Baalsaal* auf. Wie sieht's aus. Kommt ihr mit?»

«Ich bin dabei», sagte Sibille sofort, und auch Lena nickte.

Hannah hielt das Gesicht unter den laufenden Hahn. Das Nass auf der Haut tat gut.

«Und du?», fragte Marie.

Mit der Hand wischte Hannah sich das Wasser aus dem Gesicht.

Die drei sahen sie abwartend an. Schon des sozialen Friedens willen wäre es mal wieder an der Zeit, mit den Kolleginnen auszugehen. Nur dass sie bei dem Wetter wenig Lust hatte, in einem Club abzuhängen. Außerdem wollte sie mit dem Bücherbus raus.

«Heute passt nicht so gut», sagte sie ausweichend.

«Komm schon», drängelte Sibille.

«Nächstes Mal. Heute hab ich schon was vor.»

«Oh, was denn? Erzähl doch mal. Ist er nett?», neckte Sibille sie.

Hannah lächelte scheu. Wenn sie dachten, die Fragerei wäre ihr unangenehm, würden sie sie in Ruhe lassen. Was auch prompt geschah. Unbehelligt füllte Hannah ihre Flasche mit Wasser auf und ging zurück ins Großraumbüro.

Sie hatte ihre Pause um ein paar Minuten überzogen. Die

Brandt stand schon an der Tür und tippte ungeduldig auf ihre Armbanduhr. Hannah musste unweigerlich auf die blau lackierten Zehennägel ihrer Chefin starren, die aus den offenen Pumps rausschauten und nervös auf und ab wippten.

«Grote», fuhr die Brandt sie mit ihrer kratzigen Stimme an, die sie als starke Raucherin entlarvte. «Sie sollten längst im nächsten Call sein.»

«Ich mach ja schon.»

«Ihr Verhalten ist nicht akzeptabel. Sie sind heute weit hinter Ihrem Soll zurück.»

«Es sind mindestens 35 Grad hier drinnen.»

«Fangen Sie mir nicht mit der Hitze an, die ist keine Entschuldigung. Und jetzt an die Arbeit.» Die Brandt legte ihr eine Hand auf die Schulter und schob sie unwirsch in Richtung ihres Schreibtischs. Hannah wand sich unter der Berührung weg. Sie hasste es, ungefragt angefasst zu werden.

4. BETTE

Bette hatte das Holzscheit in einen durchsichtigen Asservatenbeutel geschoben, von denen sie aus ihrer Zeit bei der Mordkommission noch haufenweise hatte. Jetzt saß sie auf der Bank an ihrem Küchenfenster und drehte es in der Tüte hin und her, stellte das eingeritzte Zeichen auf den Kopf, hoffte, es sei vielleicht doch nur eine Blume oder ein Segelboot oder sonst was. Nur bitte keine Muschel. Nicht *so* eine Muschel. Aber es war nichts zu machen. Das Zeichen war und blieb eine Muschel mit Kreuz. Genau so eine wie bei ihrer letzten ungelösten Ermittlung. Der Mörder hatte das Muschelzeichen am Tatort hinterlassen, eingeritzt in die Innenwand des Hochstandes, von dem aus er geschossen hatte.

Bette fuhr mit dem Zeigefinger die Narbe über ihrem rechten Auge nach und wurde sich jäh wieder ihres Versagens bewusst.

Ende November des letzten Jahres, eine Lichtung im Wohldorfer Wald, im Norden Hamburgs. Zwei Opfer. Tom van Have, 49 Jahre alt, Unternehmensberater, und Melanie Wagner, 39, seine Bogenschießtrainerin. Die beiden waren zusammen auf einem Waldübungsplatz gewesen, und der Mörder hatte von einem Hochstand am Rand der Lichtung auf sie geschossen. Mit einem Jagdgewehr.

Melanie Wagner war durch einen gezielten Schuss ins Herz gestorben, Tom van Have hatte einen Wadendurchschuss erlitten. Beim Versuch zu fliehen war er vom Täter eingeholt, überwältigt und mit acht Messerstichen erstochen worden, was trotz seiner Verletzung große Kraft beansprucht haben musste. Tom van Have war groß und durchtrainiert gewesen.

In seinen Stichwunden hatten sie winzige Holzsplitter vom Hochstand gefunden. Er war mit demselben Messer getötet worden, mit dem zuvor die Muschel in das Holz geritzt worden war.

In den fast dreißig Jahren, die Bette bei der Polizei gearbeitet hatte, war ihr Schlimmeres untergekommen als die beiden Toten im Wohldorfer Wald. Trotzdem war da etwas an den Taten gewesen, das sie ausgesprochen beunruhigt hatte. Immer noch beunruhigte. Der Täter hatte Melanie Wagner mit einer Ruhe erschossen, die an einen Auftragsmörder denken ließ. Ein glatter Schuss, das Opfer war sofort tot. Der Tat haftete keinerlei Emotion an, ganz anders als dem Mord an Tom van Have. Ihn hatte der Täter aufgeschreckt, gejagt und erlegt wie ein Stück Wild. Es schien wie ein Spiel, das in einer Explosion der Aggression endete, von der die vielen Messerstiche zeugten. Der Täter musste jemand sein, der innerhalb kürzester Zeit zwischen absoluter Ruhe und rasender Wut wechselte und doch berechnend und planvoll vorging. Eine gefährliche Mischung.

Immer noch fürchtete Bette jeden Morgen, in der Zeitung zu lesen, dass noch jemand dem Muschelmörder, wie sie ihn intern genannt hatten, zum Opfer gefallen war. Ihr Profilerwissen und ihre Erfahrung sagten ihr, dass ein Mörder, der ein Zeichen hinterließ – und nichts anderes war die Muschel im Hochstand –, oftmals ein Serientäter war.

War er wieder da? Hatte er ihr das Scheit in den Garten

gelegt? Als Warnung, als Drohung, um ihr Angst zu machen? Aber was konnte er von ihr wollen?

Sie hatte ihn nie überführt, sie war ihm nicht einmal nahe gekommen. Und jetzt, wo sie nicht mehr im Polizeidienst war, ging schon gar keine Gefahr mehr von ihr aus. Sie ermittelte nicht mehr. Was das anging, war sie raus.

Die Einkerbungen im Holzscheit waren noch nicht nachgedunkelt. Lange konnte es nicht in ihrem Garten gelegen haben. Die Linien waren viel feiner gearbeitet als die der Muschel im Hochstand, nicht so grob und kantig. Hier hatte sich eindeutig jemand Zeit genommen, Zeit, die der Täter am Tatort nicht gehabt hatte. Trotzdem war es dieselbe Art von Kreuzmuschel. Der vertikale Kreuzarm glich einem Schwert. Der waagerechte Kreuzarm endete in stilisierten Blüten, die hier gut zu erkennen waren, während man sie in der Ritzerei im Hochstand eher erahnt hatte.

Sie hatten die Vermutung gehabt, es könnte sich bei der Kreuzmuschel um ein christliches Symbol handeln. Und tatsächlich, gab man Muschel und Kreuz im Internet ein, stieß man auf *Pilgerzeichen.*

Bette hatte damals lange mit einem Priester gesprochen und erfahren, dass Pilger in der Regel eine Jakobsmuschel kauften, wenn sie im spanischen Wallfahrtsort Santiago de Compostela ankamen. Sie war der Beweis, dass sie den Weg tatsächlich bewältigt hatten. Dass sie da gewesen waren. Das Besondere an den Muscheln der Pilger war ein Kreuz in ihrer Mitte. Ein Lilienkreuz mit Waffencharakter, das Symbol der Santiago-Ritter, einem Militärorden, der im 12. Jahrhundert zum Schutz des christlichen Pilgerwegs gegründet worden war. Im Mittelalter und auch später noch kam der Muschel zudem eine Schutzfunktion zu. Und das Schwert, so hatte der Priester ihr erklärt, konnte man als Symbol für die Verteidigung der christlichen Werte deuten. Wenn es sein musste, mit Gewalt.

Die Vorstellung, es mit einem religiösen Fanatiker zu tun zu haben, hatte Bette und ihr Team damals ziemlich in Aufruhr versetzt. Allerdings hatten sie nichts gefunden, was die Vermutung verfestigt hätte.

Die Kreuzmuschel hatte sie nicht weitergebracht. Es war, als sei die Muschel eine falsche Fährte gewesen. Oder eine Fährte, die sie einfach nicht verstanden.

Bette stand auf und öffnete das Fenster. Zwischen den doppelten Scheiben hing eine Fliege fest. Das Gesurre machte sie ganz kirre.

Es musste ja nicht der Täter gewesen sein, der ihr das Scheit in den Garten gelegt hatte. Aber wer dann? Auf jeden Fall jemand, der mit dem Fall zu tun hatte. Jemand, der das Zeichen kannte. Sie hatten das Muscheldetail aus ermittlungstechnischen Gründen nie an die Öffentlichkeit gegeben. Aber natürlich hatten sie die nächsten Angehörigen der Opfer zu dem Zeichen befragt.

Ihr kam Nele van Have in den Sinn, die Tochter des ermordeten Tom van Have. Fünfzehn Jahre alt. Mittlerweile vielleicht auch sechzehn. Ihre Mutter hatte sie damals weitestgehend aus den Ermittlungen herausgehalten, aber Bette meinte sich zu erinnern, sie nach dem Muschelzeichen gefragt zu haben. Könnte sie es gewesen sein? Vor ein paar Wochen hatte das Mädchen bei ihr angerufen. Sie hatte Bette überreden wollen, weiter nach dem Mörder ihres Vaters zu suchen. Bette verstand den Drang des Mädchens, den Mörder ihres Vaters zu finden. Aber sie hatte versucht, Nele klarzumachen, dass das Sache des Morddezernats war. Und dass sie, Bette, nichts mehr tun konnte. Dennoch, vielleicht hatte sie ihr das Scheit hingelegt, um sie dazu zu bringen, doch wieder zu ermitteln. Sie musste sie fragen.

Auf Drängen des Mädchens hin hatte sie dessen Telefonnummer aufgeschrieben. Sie stand auf, suchte in der Vitrine mit den Gläsern, in der sie auch Papiere aufbewahrte, und wühlte die Küchenschubladen durch, in denen immer noch alte Lottoscheine ihres Vaters und sein Pfeifentabak lagen. Sie musste dringend ausmisten. Den Zettel mit Neles Nummer fand sie schließlich in der Schale mit den Streichhölzern, die im Wohnzimmer neben dem Kamin stand. Na bitte. Jetzt brauchte sie nur noch ihre Lesebrille.

Sie setzte sich wieder in die Küche und steckte sich ihren Telefon-Kopfhörer ins Ohr. Inzwischen telefonierte sie nur noch mit diesem albernen Mikrophonkabel. So konnte sie das Telefon ablegen, und im Falle einer Kataplexie fiel es ihr nicht aus der Hand.

Bette tippte Neles Nummer ein.

«Hallo?», meldete sich eine Stimme.

«Nele van Have?»

«Ja?»

«Hier ist Bette Hansen.»

«Frau Hansen?» Nele war eindeutig überrascht, sie zu hören. «Haben Sie es sich noch mal überlegt?»

«Nein, habe ich nicht. Nele, ich verstehe, dass du wissen willst, was passiert ist. Ich ...» Sie hielt inne. Was sollte sie lange drum herumreden? «Hast du mir das Holzscheit in den Garten gelegt?»

«Das was?»

«Das Scheit mit der Muschel.»

Für einen Moment herrschte Stille, dann fragte Nele ganz leise: «Eine Muschel? So eine Muschel wie bei meinem Vater?»

«Warst du es?»

«Warum sollte ich das tun?»

«Das frag ich dich.»

«Ich war das nicht.»

«Nele, wirklich, es ist wichtig. Wenn du das warst, muss ich das wissen.»

«Nein!»

Im Hintergrund meinte Bette das Geräusch eines Zuges zu hören. Es klang nicht nach Hamburger Nahverkehr, auch nicht nach Berlin. Während Bette noch rätselte, ertönte das für die Londoner Untergrundbahn so typische *Mind the gap, Mind the gap*, das Zugpassagiere vor der Lücke zwischen dem Bahnsteig und den Türschwellen des Zuges warnte.

«Du bist in London?»

«Ja, seit Februar schon.»

Damit schied Nele dann wohl als diejenige aus, die das Scheit in ihren Garten gelegt hatte.

«Was machst du in London?»

«Internat.»

Letztens war das Mädchen doch noch nicht in England zur Schule gegangen. Bevor Bette nachfragen konnte, erklärte Nele es schon von sich aus. «Eine der tollen Ideen meiner Mutter. Ich soll Abstand gewinnen. Als ob das was bringen würde.»

«Vielleicht keine so schlechte Idee.»

«Von wegen. Ermitteln Sie nun weiter? Das ist bestimmt eine Spur.»

«Nein, das tue ich nicht», sagte Bette. «Ich dachte, ich hätte dir das erklärt. Ich kann dir da nicht helfen.»

«Wenn nicht Sie, wer dann?»

«Die Polizei.»

Nele lachte bitter.

Wie gerne hätte Bette ihr eine andere Antwort gegeben. Nicht nur um des Mädchens, sondern auch um ihrer selbst willen.

Sie legte auf und stieß das Scheit an, sodass es sich um seine eigene Achse drehte. Wer außer Nele kam noch in Frage? In Gedanken ging sie diejenigen durch, die noch von der Kreuzmuschel wussten. Neles Mutter natürlich, dann die Schwester der ermordeten Melanie Wagner, die in den USA lebte. Bettes Kollegen, vielleicht auch der ein oder andere Journalist, weil die Information durchgesickert war. Obwohl, das war eher unwahrscheinlich. Dann wäre auch berichtet worden.

Bette konnte sich keinen Grund vorstellen, warum einer dieser Menschen ihr das Scheit in den Garten gelegt haben sollte.

Oder doch?

Was war mit Chrischen? Ihr alter Kollege. Er war sich nie für einen schlechten Scherz zu schade. Vor allem nicht, wenn er auf Bettes Kosten ging.

Vor mehr als zehn Jahren hatte Bette eine leitende Position innerhalb des Morddezernats übernommen, von der Chrischen der Ansicht gewesen war, sie hätte ihm zugestanden.

Seitdem hatte er Bette provoziert, wo es nur ging. Wie ein

gekränkter Gockel. Aber das hier? Die Kreuzmuschel stand im Zusammenhang mit einem Doppelmord. Zwei Menschen waren gestorben. Würde er wirklich so weit gehen? Und wenn nicht er, wer war es dann gewesen? Wusste sie vielleicht doch etwas, das dem Muschelmörder gefährlich werden konnte? War sie ihm näher gekommen, als sie dachte? Sie musste ihre Kollegen im Morddezernat über das Holzscheit informieren. Sie wusste, dass sie es tun musste. Aber alles in ihr sträubte sich dagegen. Wenn es doch ihr alter Kollege Chrischen gewesen war, was würde er sich amüsieren, wenn er von ihrem Anruf im Präsidium erfuhr.

5. HANNAH

Es war spät, aber die Hitze des Tages hing noch zwischen den Häusern. Hannah hatte noch schnell etwas eingekauft und lief durch die Susannenstraße nach Hause. Cafés und Restaurants reihten sich hier aneinander. Die Gehwege waren vollgestellt mit Biertischen und Bänken, überall saßen und standen Menschen mit kühlen Getränken.

Den Blick scheinbar gedankenverloren ins Nichts gerichtet, beobachtete Hannah ihre Umgebung genau. Die zwei Männer, die ihre Köpfe zusammensteckten und feixend einer üppigen Frau hinterherschielten. Der Kampfhund. Sein Besitzer, der weit hinter ihm lief, den Maulkorb am Gürtel baumelnd. Immer mal wieder drehte Hannah sich um. Sie war unruhig, auch wenn sie sich bemühte, es nicht zu zeigen. Einmal dachte sie, in einer Gruppe vor einem Café den Mann von der Dove-Elbe wiederzuerkennen. Er war es dann doch nicht, zu jung.

Vor einem Schaufenster mit Schuhen blieb sie stehen. Sie brauchte ein paar neue Sneakers. Das hier war allerdings nicht ihre Preisklasse. Die Läden in der Schanze waren alle nicht ihre Preisklasse. Zwar war sie hier aufgewachsen, hatte nie woanders gewohnt, aber ihr Viertel war das schon lange nicht mehr. Zu szenig, zu teuer. Dennoch. Vertreiben lassen wollte sie sich nicht. Wohin auch? In eines der Arbeiterviertel auf der anderen Elbseite? Am Arsch der Welt? Ganz sicher nicht.

Sie ging auf eine alte Frau zu, die mit ihrem Rollator an der Bordsteinkante festhing. «Warten Sie», sagte sie und gab dem

Fahrgestell einen kleinen Ruck. So viele Menschen um sie herum, und niemand sonst kam mal auf die Idee zu helfen. Alles nur selbstbezogene Bonzen.

Hannah bog auf das Schulterblatt ein, sah sich zum wiederholten Male kurz um. Nichts Ungewöhnliches zu sehen. Sie machte einen Schlenker um ein Baugerüst, das vor einer der Altbaufassaden hochgezogen war. In der Gegend gab es kaum noch ein Gebäude, das nicht teuer saniert worden war. Das Haus, in dem sie wohnte, war da eine absolute Ausnahme. Es lag in der Stresemannstraße, gleich hinter der Kreuzung Sternbrücke, nur zwei Häuserblocks vom Zentrum der Szene entfernt. Die Stresemannstraße war vierspurig, und über der Kreuzung verliefen die Bahngleise. Da lohnte sich eine teure Sanierung nicht. Eine hohe Miete würde an dieser lauten Schneise niemand zahlen, egal wie schick die Wohnung wäre.

Hannah wechselte die schwere Einkaufstüte von einer Hand in die andere und dehnte ihre Finger, die schon rote Striemen hatten.

Ein junger bärtiger Mann schlenderte mit einer großen Eiswaffel an ihr vorbei. Hannah konnte seine Augen durch die verspiegelte Sonnenbrille hindurch nicht sehen. Sie fragte sich, wieso diese modischen Typen gerade jetzt, wo irgendwelche bärtigen Terroristen Menschen in die Luft jagten, alle Bart trugen. Hannah hasste Bärte. Immer schon. Als sie klein war, hatte sie aus nicht ersichtlichem Grund immer wie am Spieß geschrien, wenn sie einen Mann mit Bart sah. Sie mochte sie einfach nicht. Wäre sie heute Kind in der Schanze, sie würde gar nicht mehr aus dem Schreien rauskommen.

Auf Höhe der Roten Flora, diesem Wahrzeichen letzter

linker Anarchie im Stadtteil, überquerte sie die Straßenseite. Autonome hin oder her. Die meisten von denen, die vor der Roten Flora abhingen, waren einfach nur Obdachlose, die nicht wussten, wohin sie sonst sollten.

Zu Hause angekommen, trat Hannah fest gegen die Leiste der Haustür, die mit einem Quietschen aufsprang. Das Schloss war kaputt. Das Wissen, dass jeder ein und aus gehen konnte, wie es ihm passte, war nicht gerade angenehm. Einige der Nachbarn hatten sich mehrmals bei der Hausverwaltung beschwert. Vergeblich.

Sie trat ins Treppenhaus, und die Tür fiel hinter ihr mit einem Rums ins Schloss. Hatice kam ihr im Joggingoutfit und mit federnden Schritten entgegen. Sie wohnte oben unter dem Dach.

«Ist schon wieder Marathon?», fragte Hannah.

Hatice lachte. «Der war schon. Aber ohne Laufen bin ich nichts. Komm doch mal mit.»

«Nee, danke. Bei der Hitze, du bist echt irre.»

Hatice zog die Haustür auf. Draußen stand der alte Schultze völlig außer Puste mit seiner vollbepackten Einkaufstasche.

«Mensch, Herr Schultze», sagte Hannah. «Das ist viel zu schwer für Sie.»

«Tschüssi ihr.» Hatice winkte und rannte los.

Hannah nahm dem Schultze die Tasche ab. «Legen Sie sich mal einen Einkaufswagen zu.»

«So 'n Hackenporsche wie ein altes Waschweib? Nee», sagte Schultze atemlos und hustete. Er hatte irgendwas mit der Lunge.

«Ich trag Ihnen das hoch», sagte Hannah. Schultze wohnte im dritten Stock. Sie hatte schon überlegt, den Vermieter um einen Wohnungstausch zu bitten. Ihre Wohnung lag im Hochparterre, nur vier Treppenstufen über Straßenebene. Das verhinderte gerade mal, dass jeder Fußgänger hineinsehen konnte, der auf dem schmalen Bürgersteig vor dem Fenster vorbeiging. Die Lastwagenfahrer, die sich mit ihren Wagen oft vor der Ampel stauten, hatten aus ihren erhöhten Kabinen den perfekten Blick. Da half es nur, immer die Vorhänge geschlossen zu halten, dabei war die Wohnung sowieso schon furchtbar dunkel. Für den Schultze wäre sie dennoch perfekt. Die Treppen in den dritten Stock würde er nicht mehr lange schaffen. Und sie würde gerne weiter oben wohnen. Sie musste das wirklich mal ansprechen.

Als Hannah aus dem dritten Stock wieder nach unten kam, lehnte Schultze immer noch schwer atmend an der Wand und hielt ihr ein Eurostück hin.

Hannah deutete ein Kopfschütteln an.

«Du bist echt ’n nettes Mädel. Gibt nicht mehr viele wie dich.»

«Jaja. Früher war alles besser», sagte Hannah scherzhaft und schloss ihre Wohnungstür auf. Der Geruch von kaltem Rauch und Cannabis schlug ihr entgegen. «Ach nö», sagte sie genervt. Paul hätte zumindest mal lüften können.

«Paul? Paul!», rief sie, bekam aber keine Antwort.

Paul war ihr Bruder. Er war drei Jahre älter als sie. Nach dem Tod ihres Vaters hatte er den Mietvertrag für die Wohnung übernommen. Die vom Amt hatten damals gesagt, das ginge nicht anders. Hannah war noch nicht ganz volljährig gewesen. Sie hatte froh sein können, dass sie überhaupt bei ihrem Bruder in der Wohnung bleiben durfte. Damals hatte sie dann auch die Schule abgebrochen. Sie war nie schlecht gewesen, vor allem mathematische Fächer lagen ihr. Aber sie hatte unabhängig sein wollen und nicht auf das Amt angewiesen. Hätte derjenige, der ihren Vater umgefahren hatte, nicht Fahrerflucht begangen, sondern stattdessen den Krankenwagen gerufen und so das Leben ihres Vaters gerettet, wäre Hannahs Leben also vermutlich anders verlaufen.

Sie brachte die Einkäufe in die Küche und packte die Lebensmittel in den Kühlschrank. Eine Tiefkühl-Lasagne schob sie direkt in den Ofen. Dann sammelte sie das dreckige Geschirr zusammen. Bei Paul im Zimmer fand sie gleich mehrere benutzte Gläser, Tassen und Teller. Auf dem Fußboden vor seinem Bett lag ein Haufen müffelnder Klamotten. Sie musste später die Waschmaschine anschmeißen. Paul bekam es einfach nicht auf die Reihe, selbst irgendwas in der Wohnung zu machen, da konnte sie sagen, was sie wollte. Ohne sie würde er in einem Drecksloch leben.

Sie spülte ab und schaute in den Ofen. Die Lasagne brauchte noch ein bisschen.

Sie zog ihre Schuhe aus und ging ins Wohnzimmer. Vor langer Zeit hatte ihr Vater dort für Paul einen Sandsack aufgehängt, auch wenn der nie Interesse am Boxen gehabt hatte. Der Sack zeugte wohl eher von der Hoffnung auf einen boxenden Sohn, darauf, einen *Kerl* aus ihm zu machen.

Manchmal fragte Hannah sich, ob ihr Vater stolz auf sie wäre, wenn er wüsste, dass sie jetzt boxte. Vermutlich nicht. Er hatte eher der konservativen Riege angehört. Für ihn hatten Mädchen im Boxring nichts zu suchen. Hannah fand, dass Kampfsport für Frauen viel wichtiger war als für Männer, gegebenenfalls überlebenswichtig.

Hannah ballte die Hände zu Fäusten, hob sie als Deckung vor den Kopf und fing an, mit tänzelnden Schritten um den Boxsack zu kreisen. Sofa und Fernseher standen so, dass der Sack auch bei harten Schlägen vorbeischwang. Sie täuschte an, wich aus, federte auf den Fußspitzen, die Hände in Bereitschaft.

Sie sprang vor, zurück, ließ ihre Linke vorschnellen, traf. Sie spürte den Zusammenprall von Leder mit Knochen. Wie eine Welle ging der Schmerz durch ihren Körper. Sie atmete durch, setzte zu einem weit ausgeholten rechten Haken an, dann eine rechte Gerade, eine linke Gerade, ein linker Haken.

Boxen hatte für sie etwas Meditatives. Wie Schwimmen. Zugleich war es ihr Krafttraining, für das sie nicht extra zahlen musste, und die Möglichkeit, nach einem Tag im Call-Center runterzukommen.

Sie schlug hart und präzise, spürte die Fasern ihrer Muskeln. Ihre nackten Knöchel brannten. Der Schmerz spornte sie an.

Sie stellte sich den Sack als realen Gegner vor. Der Mann mit dem starren Blick, der sie beim Schwimmen beobachtet hatte. Sie konzentrierte sich, tänzelte, schlug zu, traf mit einer Geraden. In Herzhöhe ihres Gegners: kurzfristige Herzrhythmusstörung, Kreislaufkollaps. Sie schlug weiter. Der Solarplexus: ein klassischer K.-o.-Punkt. Dann die Schläfe, der Magen, das Kinn.

Der Sack drehte sich an seinem Haken unter der Decke. Sie machte zwei Schritte zur Seite, ließ den Sack schwingen. Schweiß lief ihr in die Augen. Sie spürte den Puls in der Magengrube.

Sie verlagerte das Gewicht voll auf beide Füße, schlug erneut zu, links – rechts, links – rechts, zwei Linke nacheinander. Harte Treffer. Wieder und wieder prallten ihre Fäuste in den Sack.

«Fuck, Hannah! Willst du die Wohnung abfackeln, oder was?»

In der Wohnzimmertür stand Paul. Hannah ignorierte ihn, sie war gerade voll im Rhythmus, kein Ausweichen mehr, kurze schnelle Schläge, reflexartig.

Paul machte einen Schritt auf sie zu und sah sie sauer an. «Hannah, hör auf!» Er streckte die Hand aus und drückte den Sandsack weg.

Sie schlug eine Gerade ins Nichts und wurde von ihrem eigenen Schwung mitgerissen, taumelte. Paul ließ den Sack wieder los. Wie in Zeitlupe kam er auf sie zu. Hannah breitete die Arme aus, schlang sie um den Sack, presste ihn sich an die Brust, als könnte er ihr Halt geben.

Paul sah sie mit einem Kopfschütteln an, die Schultern wie immer weit nach vorne gezogen, als wolle er seine Größe vertuschen, was ihn nur umso schlaksiger und ungelenker aussehen ließ. Auch Pauls Kumpel Tobias, dieser Schluffi, war jetzt ins Zimmer gekommen, und ein zweiter Typ, den Hannah nicht kannte.

Sie keuchte, ließ ihren Kopf sinken, spürte das Leder an ihrer Wange und schloss die Augen. Erschöpft. Jetzt roch sie es auch. Die Lasagne. Die hatte sie vergessen.

Als Hannah in die Küche kam, schlug ihr beißender Rauch entgegen. Paul hatte die Ofenklappe geöffnet. Die Lasagne war nur noch ein schwarzer Klumpen, eingebrannt in die Pappschachtel, in der sie sie auf das Blech geschoben hatte.

«Hannah, Mann, echt, hast du das nicht gerochen?», fragte Paul.

Hannah schüttelte den Kopf.

Tobias saß breitbeinig auf einem Stuhl und kippte eine Dose Cola in einem Zug weg.

«Du hast einen ziemlich harten Schlag», sagte der Typ, den Hannah nicht kannte. Sie musterte ihn unauffällig. Nicht so groß wie Paul, dafür sportlich. Blaue Jeans, weißes T-Shirt. Dunkle Haare, der Pony hing ihm lang in die Stirn. Lässig lehnte er am Küchenschrank und sah Hannah mit einem Lächeln an. Er war der Typ, der automatisch davon ausging, dass Frauen auf ihn standen.

«Hey, ich bin Luk», stellte er sich vor.

«Hi», sagte Hannah.

Paul öffnete das Tiefkühlfach und wühlte darin herum. «Irgendwer 'ne Pizza?»

«Klar, immer her damit», sagte Tobias sofort.

Hannah schlug mit der flachen Hand gegen die Tür des Tiefkühlers und drückte sie zu. «Vergesst es, das sind meine.» Mit den Einkäufen musste sie noch eine Weile über die Runden kommen. Sie war mal wieder ziemlich knapp bei Kasse.

«Ach, komm», sagte Paul. «Ich besorg dir neue.»

«Machst du eh nie.»

«Klar mach ich das.»

«Lass doch», ging Luk dazwischen. «Ich hab eh mehr Bock auf 'n Döner. Gehn wir raus.»

Wieso mischte der sich ein? Sie kam selbst gegen ihren Bruder an.

«Komm doch auch mit», sagte Luk an sie gewandt. Lächelnd.

Hannah überlegte kurz und nickte. *Denk bloß nicht, ich geh mit, weil ich dich cool finde, Luki Luk. Ich komme mit, weil ich wissen will, wer du bist.* Paul hatte ein Händchen dafür, sich die falschen Freunde auszusuchen. So wie Dennis. Wann war das gewesen? Schon vor zwei Jahren? Als die beiden sich kennenlernten, hatte Paul als Barkeeper gearbeitet. Er hatte nicht riesig verdient, aber es reichte. Dann hatte Dennis ihn dazu gebracht, im Laden unter der Hand Amphetamine und anderen Scheiß zu verticken. Mittlerweile machte Paul kaum noch was anderes. Allerdings mit wenig Erfolg.

Entweder nutzen Pauls Freunde ihn aus, oder sie waren Vollspacken wie Tobias. Es war gut zu wissen, welcher Sorte Luk angehörte.

Hannah setzte ihr süßestes Lächeln auf und sagte: «Sehr gute Idee. Wo gehen wir hin?»

6. BETTE

In der Nacht hatte es heftig geregnet, ohne dass es sich abgekühlt hätte. Bette ging durch das kleine Wäldchen, das zwischen ihrem Grundstück und dem Dorfkern lag. Auf diesem Weg waren es bis zur Bäckerei keine fünf Minuten. Die Luft stand warm und feucht zwischen den Bäumen, und über dem dunklen Wasser des Bracks hingen Mückenschwärme.

Ein Knacken im Gebüsch ließ Bette herumfahren. Sofort ärgerte sie sich über ihre Schreckhaftigkeit. Es war nur ein Vogel, der durchs Gestrüpp hüpfte.

Im Präsidium hatte sie noch nicht angerufen. Zwar sagte ihre Professionalität ihr, dass es ihre Pflicht war. Immerhin hatten sie das Muschelzeichen in Verbindung mit einem Doppelmord entdeckt. Nur wenn es doch ein Scherz war?

Irgendjemand wollte sie nervös machen. Und das hatte er geschafft. Früher hätte sie der Fund so eines Holzscheites angestachelt, sie noch hartnäckiger ermitteln lassen, als sie es sowieso schon tat. Und jetzt? Mit dieser verfluchten Narkolepsie und ohne den Polizeiapparat und die schützende Hülle ihres Jobs kam sie sich so verwundbar vor. Ein Gefühl, das sie bislang nicht gekannt hatte. Sie könnte sich im Notfall nicht einmal selbst verteidigen. Eine Waffe wäre nutzlos, sobald sie diese scheiß Kataplexie bekam. Und auch die Tritte der Kampfkunsttechniken, die sie vor Jahren halbwegs ordentlich gelernt hatte, würden ihr nichts bringen. Ohne Hände hatte sie kein Gleichgewicht, um den Tritt auszubalancieren. Sie würde sofort ins Straucheln geraten.

Wieder knackte es hinter ihr. War da doch jemand? Sie streckte den Rücken durch, zwang sich, geradeaus zu schauen, selbstbewusst zu wirken.

Warum nur hatte sie überhaupt den Weg durch das Wäldchen genommen und war nicht über die Straße gegangen? Wollte sie sich selbst beweisen, dass sie sich nicht einschüchtern ließ? Sie legte Tempo zu, sah demonstrativ auf ihre Armbanduhr, tat so, als habe sie es eilig. Verdammt, wo war die coole Kommissarin geblieben?

Unterhalb des Pfarrhauses, einem Fachwerkhaus mit weiß getünchten Balken und backsteinerner Ausmauerung, stieß sie endlich wieder auf den asphaltierten Weg. Im Ort kam sie sich nicht mehr ganz so ungeschützt vor. Wenn jemand sie verfolgt hatte, musste er sich hier zurückhalten. Jetzt drehte sie sich doch um. Niemand zu sehen.

Aus der Kirche drang Orgelmusik, wieder und wieder dieselbe Tonabfolge. Eine vom Alter gebückte Frau trippelte in vorsichtigen Schritten an der Friedhofsmauer entlang. Ihre von Erde schwarzen Hände deuteten darauf hin, dass sie ein Grab gepflegt hatte. Bis heute wurde der Friedhof um die Kirche genutzt, und die Gräber waren von viel Grün umgeben, sehr pittoresk. Erst beim zweiten Hinsehen erkannte Bette die alte Frau als Lore Meyer.

«Tante Lore!», rief sie. Lore war nicht wirklich ihre Tante, die Anrede war einfach eine alte Angewohnheit aus Kindertagen, als es noch üblich war, ältere Frauen so anzusprechen.

Tante Lore blieb stehen und sah sie aus ihren wässrigen, aber immer noch wachen Augen an. Wie alt war sie mittlerweile? Auf jeden Fall über achtzig.

«Moin, Bettchen», sagte sie mit heiserer Stimme.

Bette musste lächeln. So hatte sie ewig niemand mehr genannt. Plötzlich, hier mit Tante Lore, war sie sich sicher, dass das eben nur Einbildung gewesen war. Dass in dem kleinen Wäldchen niemand hinter ihr gewesen war. Sie war einfach nur unsicher, hatte noch keinen festen Stand in ihrem neuen Leben, das ihr nicht mehr den Schutz ihrer Position gab und ihr dazu diese vermaledeite Krankheit geschickt hatte.

«Wie geht es dir?», fragte Bette.

Tante Lore nickte. «Muss ja. Muss.»

Bette legte ihre eine Hand auf den Arm und drückte leicht. «Schön, dich zu sehen.»

«Komm mich mal besuchen. Bist doch wieder im Ort. Ich mach uns Frankfurter Kranz, den magst du doch so.»

«Sehr gerne.» Die Einladung hob Bettes Laune, verdrängte ihre Unruhe für einen Moment. Allerdings meldete sich auch sofort das schlechte Gewissen, dass sie Tante Lore nicht längst besucht hatte. Seit Bette wieder in Ochsenwerder wohnte, war sie zu sehr mit sich selbst beschäftigt gewesen. Das musste wirklich mal ein Ende haben. Sie konnte nicht ewig mit ihrer Krankheit und der Rückkehr in ihren Heimatort hadern. Es war so, wie es war, und Ende.

«Ich muss dann. Bis bald», sagte Tante Lore, wandte sich um und ging zur Hauptstraße runter, stoisch nach vorne blickend und sich auf ihren Weg konzentrierend, wie es nur alte Menschen taten.

Über die Wiesen hinter Tante Lores Haus gelangte man zur Dove-Elbe, einem alten Elbarm, der schon seit Ewigkeiten, genau genommen seit dem 15. Jahrhundert, durch Abdeichung vom Hauptstrom getrennt war. Wegen seiner geringen Strömung war er ideal zum Baden. Bette war dort als

Jugendliche oft schwimmen gewesen, und Tante Lore hatte sie danach immer mit selbst gebackenem Kuchen am Ufer empfangen. Wie sie das Schwimmen vermisste. Das kalte Prickeln auf der Haut, die Schwerelosigkeit des eigenen Körpers. In den Fluss wagte sie sich mit ihrer Krankheit nicht mehr.

Von der Kirche zur Bäckerei, die auch als örtlicher Krämerladen fungierte, waren es nur noch wenige Meter. Sie lag gleich gegenüber dem Vereinshaus der Schützen. Vor der Ladentür hatte sich eine Schlange gebildet, und Bette stellte sich an. Die Wartenden vor sich kannte sie nicht, was ihre Zweifel sofort wieder verstärkte. Das Scheit hatte sie sich schließlich nicht eingebildet, das war eine Tatsache. Wer hatte es ihr hingelegt? Wer nur?

Langsam rückte Bette in den Laden vor. Die Einrichtung stammte größtenteils noch aus den späten fünfziger Jahren und hatte etwas Museales. Bette ließ ihren Blick über die Regalreihen wandern und überlegte, was sie brauchte. Auf jeden Fall Kaffee. Und Milch.

«Moin, Bette», grüßte Ines, die hier manchmal aushalf und jetzt hinter dem Tresen stand. Bette wunderte sich, dass sie alleine bediente. Normalerweise waren sie hier mindestens zu zweit. Ines war die Frau von Bettes Großcousin, mit dem sie allerdings nicht viel zu tun hatte. Wie es ihm ging, erfuhr sie immer nur von Ines.

Während Ines einen Kunden abkassierte, bestellte schon der nächste. «Drei Salzkringel», sagte der Mann. Die würde Bette auch nehmen. Es gab nichts Besseres als Salzkringel mit schön dick Butter. Dieses Gebäck aus salzigem Hefeteig hatte sie nie woanders gesehen als hier.

«Oder nein», sagte der Mann. «Ich nehme doch nur einen

Salzkringel und vier von den Mohnzöpfen. Oder warten Sie. Das sieht alles so gut aus. Vielleicht nehme ich lieber ...»

Solche Unentschlossenheit machte Bette wahnsinnig, dafür fehlte ihr die Geduld. Wie Ines das nur aushielt. Jetzt drängte sich auch noch eine Familie mit vier kleinen Kindern in den Laden. Der Vater stellte sich unangenehm dicht hinter Bette, um einen besseren Blick auf den Kuchentresen zu haben. Ausweichen konnte sie in dem engen Raum nicht. Irgendwo piepte laut ein Telefon, und es dauerte einen Moment, bis ihr aufging, dass es ihr Smartphone war. Es steckte in ihrer Einkaufstasche. Sie hatte nicht mal gewusst, dass sie es dabeihatte. Seit sie nicht mehr im Dienst war, sah sie es als großen Luxus an, nicht ständig erreichbar sein zu müssen. Mats hatte zwar mal angemerkt, dass sie das Telefon doch besser bei sich tragen sollte, falls etwas passierte. Aber dann schlief Bette entweder, oder ihre Hände waren schlaff. Da brachte ihr ein Telefon auch nichts.

Vielleicht sollte sie doch auf Mats hören. Jetzt nach dem Scheit.

Da der Mann vor ihr sich immer noch nicht entschieden hatte, nahm sie das Telefon aus der Tasche. Es war so eingestellt, dass das Display bei Berührung sofort aufleuchtete und ihr eine Übersicht über verpasste Anrufe und eingegangene Nachrichten anzeigte. In der oberen linken Ecke des Displays leuchtete jetzt ein geschlossener Umschlag. Eine Mail. Bette öffnete sie. *Dringende Nachricht für Frau Hansen*, stand im Betreff. Spam? Sie sah auf den Absendernamen. *KreuzundMuschel.* Ihr Herzschlag schnellte hoch. Hastig scrollte sie runter und sah, dass der Inhalt aus nichts als einem Link bestand. Ohne lange zu überlegen, öffnete sie ihn. Natürlich wusste sie, dass man nicht irgendwelche Links anklicken sollte, aber dieser Verweis auf die Muschel, das konnte kein Virenspam und auch kein Zufall sein. Sie musste sofort wissen, was sich dahinter verbarg.

Liebe Frau Hansen, Sie haben das Holzscheit gefunden. Na endlich. Das hat aber auch gedauert. Dachten Sie wirklich, Sie können mich einfach so vergessen? Nein. Das können Sie nicht. Ich bin noch da. Und ich werde ...

«Sie sind dran», sagte der Familienvater hinter Bette mit barscher Stimme und stieß sie leicht mit dem Ellenbogen in den Rücken.

Bette schaute irritiert vom Telefon auf.

«Ich, äh ... Kaffee und ...» Bette stockte, sah wieder auf ihr Handy.

«Bette?», fragte Ines. «Möchtest du dich kurz hinten hinsetzen? Du bist ganz blass.»

«Nein.» Sie schüttelte den Kopf. «Nein. Alles gut.» Sie drehte sich um und eilte aus dem Laden. Die Mail kam vom Muschelmörder oder von jemandem, der sich dafür ausgab. Sie musste sie in Ruhe zu Ende lesen. Im Laden ging das nicht. Draußen allerdings war es so hell, dass sie auf dem Bildschirm erst mal nichts sah. Sie hielt eine Hand über das Display, um es abzudunkeln. Aber da stand nichts mehr. Der Text war verschwunden. Das konnte doch nicht wahr sein! Hatte sie in dem Durcheinander eben irgendwas gelöscht? Bette klicke nochmals auf den Link. Nein. Nichts. Der Link lief ins Leere.

Bette eilte nach Hause und fuhr den Computer hoch, in der Hoffnung, dass der Link dort noch funktionierte. Aber das Einzige, was sie herausfand, war, dass es sich bei dem Link um eine Nachricht handelte, die man anscheinend nur einmal öffnen konnte. Und bevor sie auch nur darüber nachdenken konnte, was sie jetzt machen sollte, überkam sie die Müdigkeit. Sie schaffte es gerade noch, sich aufs Sofa zu legen.

Keine zwanzig Minuten später wachte Bette davon auf, dass jemand gegen ihre Haustür polterte. «Frau Hansen! Aufmachen!», brüllte eine vertraute Stimme.

Tyler, natürlich. Den hatte sie ganz vergessen. Da sie sich selbst mit ihrer Narkolepsie nicht mehr ans Steuer setzte, erledigte Tyler die Einkäufe für sie. Einen Supermarkt, den sie zu Fuß erreichen konnte, gab es in Ochsenwerder nicht. Und in der Bäckerei bekam man dann doch nur das Allernötigste.

«Frau Hansen», brüllte Tyler noch einmal.

«Ich komm ja schon!»

Bette stand auf, ging in den Flur und öffnete. Tyler hatte mit dem Fuß schon zum nächsten Tritt gegen die Tür ausgeholt und bremste gerade noch ab, was ihn etwas ins Straucheln brachte. Bette fing eine Joghurtpackung auf, die ihr entgegenfiel.

Tyler war zwanzig, ein gutaussehender junger Mann mit schwarzen lockigen Haaren und fast genauso dunklen Augen. Seine Mutter war Französin mit marokkanischen Wurzeln.

Er sah Bette an zwei gestapelten Bananenkisten vorbei an, die er auf seinen Armen balancierte. In seiner Armbeuge hing eine Papiertüte, deren einer Griff schon gerissen war.

«Kannst du nicht klingeln?»

«Ich hab keine Hand frei.»

«Das seh ich.»

«Wieso schließen Sie die Tür ab?»

«Einfach so.»

«Haben Sie plötzlich Angst vor Einbrechern?»

«Seh ich so aus?» Bette ließ ihre Antwort scherzhaft klingen. Dass sie unruhig war, musste Tyler nicht mitbekommen. Wer auch immer die Nachricht geschrieben hatte, wusste, dass sie das Holzscheit gefunden hatte. Da war jemand, der sie beobachtete. Der ihr vielleicht sogar zur Bäckerei gefolgt war.

«Na ja, eigentlich gut, dass Sie abschließen», ging Tyler auf ihren Tonfall ein. «Sie sollten wirklich langsam etwas vorsichtiger werden. Man hört ja immer wieder diese Geschichten. Alte Frau zu Hause überfallen und so.»

«Was soll das denn heißen?»

«Sie sind nicht mehr die Jüngste.»

«Geht's noch? Ich bin 53.»

«Ja, sag ich doch.» Tyler lächelte schelmisch, und in seinen Wangen bildeten sich Grübchen.

Bette bemühte sich um einen strengen Blick, was ihr nicht überzeugend gelang. Sie mochte Tylers unbeschwerte flapsige Art.

«Bevor du nächstes Mal die Tür eintrittst, geh durch den Garten. Die Hintertür ist immer auf. Das Schloss ist kaputt.»

«Wie jetzt? Sie schließen vorne ab, und hinten ist die Tür auf?»

«Das sehen die Einbrecher von vorn ja nicht», sagte Bette und dachte, dass sie Mats bitten musste, das Schloss zu reparieren. «Hast du an das Eis gedacht?»

«Wenn Sie mich noch länger hier stehen lassen, bekommen Sie gleich nur noch Wassereis.»

Bette drückte die Tür weit auf. «Stell alles in die Küche. Und räum schon mal die Sachen ins Tiefkühlfach.»

«Wird gemacht, Chefin.»

«Und nenn mich nicht immer Chefin.»

«Sie benehmen sich aber wie eine.»

Bette gab Tyler einen freundschaftlichen Klaps auf den Nacken und ging ins Bad, wo sie sich kaltes Wasser ins Gesicht spritzte, um richtig wach zu werden. Als sie zurück in die Küche kam, hatte Tyler Kaffee gekocht.

«Sie sehen so aus, als bräuchten Sie einen.» Er reichte ihr eine Tasse.

«Danke. Hast du schon was von der Hochschule gehört?»

«Noch nicht. Ich ... ach. Ist doch sowieso egal.» Tylers Lächeln wich einem frustrierten Gesichtsausdruck. Er wollte Umwelttechnik studieren, aber sein Vater war der Meinung, er müsse in den familiären Getränkegroßhandel einsteigen. Und so wie Bette Tylers Vater kannte, befürchtete sie, er würde sich durchsetzen. Er war ein furchtbarer Choleriker und konnte ein echter Tyrann sein.

«Sag mal, kennst du dich mit Computern aus?», wechselte Bette das Thema, da sie wusste, wie ungern Tyler über seinen Vater redete.

«So normal halt.»

«Ich hab eine Mail erhalten und komm nicht mehr an den Inhalt.»

«Gelöscht?»

«Nein. Nicht gelöscht. So blöd bin ich nun auch nicht.» Sie hatte sich nie sonderlich für Computer interessiert, war als

Kriminalkommissarin jedoch auch nicht ganz an der Technologie vorbeigekommen. Trotzdem, ein zweiter Blick …

«Soll ich mir das mal ansehen?», bot Tyler an.

«Ich bitte darum.»

Tyler folgte ihr ins Wohnzimmer, wo der Rechner auf einem Klapptisch in der Fensternische stand, und stieß einen Pfiff aus. «Was ist das denn? Das Teil ist ja krass antik. Den können Sie ins Museum stellen.»

«Der reicht mir völlig.» Die Standardprogramme, die sie brauchte, liefen alle noch gut. Und privat nutzte sie den Computer sowieso fast nie. Sie hatte ja das Smartphone.

Tyler fing an, sich durch ihren Computer zu klicken. Von wegen, er kannte sich nicht aus!

Bette zog einen Stuhl heran. «Es muss doch möglich sein, irgendwie an den Inhalt zu kommen. Im Netz geht doch nie was verloren.»

Tyler schüttelte den Kopf, ohne vom Bildschirm aufzusehen. «Nee, das sieht nicht so aus. Das war eine selbstlöschende Nachricht. Die können sie einmal lesen, danach verschwindet der Inhalt. Der Absender kann festlegen, nach wie vielen Minuten.»

«Sie muss doch auf irgendeinem Server liegen.»

«Es kann sein, dass der Text noch für eine begrenzte Zeit gespeichert ist. Aber da kommt man normalerweise nicht ran. Da müssen Sie schon Ihre Leute von der Polizei drauf ansetzen. Vielleicht können die da was anfordern, von wegen Strafverfolgungsbehörde.»

«Meine Leute.» Bette schnaubte.

«Na ja, irgendwen werden Sie ja wohl noch kennen.»

Das stimmte nun auch wieder. Und genau genommen kam

sie sowieso nicht drum herum, sich im Präsidium zu melden.

Wenn das Scheit und die Mail nicht von ihrem Kollegen Chrischen kamen, konnten es entscheidende Hinweise für die Klärung der zwei Morde sein. Sie musste mit Mark Thorben sprechen, der die Ermittlung im Fall der Waldmorde von ihr übernommen hatte. Er konnte die IT-Leute beauftragen, mehr über diese Mail rauszufinden.

«Was war das eigentlich für eine Nachricht?», wollte Tyler wissen.

«Was Persönliches.»

«Was Persönliches, ja?» Tyler sah sie mit diesem Blick an, der sagte, dass er ihr kein Wort glaubte. «Hat das was damit zu tun, dass sie neuerdings die Haustür abschließen?»

«Blödsinn.»

«Wieso sind Sie dann so nervös?»

«Ich bin nicht nervös.»

«Sie kneten die ganze Zeit Ihre Hände.»

Der Junge war ein guter Beobachter, das musste sie ihm lassen.

«Was ist mit dem Absender. Kannst du den zurückverfolgen?», fragte sie.

«Das hab ich mir jetzt nicht angeschaut. Wenn das jemand geschickt hat, der nicht will, dass Sie ihn finden, dann werden da nicht mal Ihre IT-Leute eine verwertbare IP-Adresse draus ablesen können.»

«Na toll.»

«Oh Fuck, so spät schon.» Tyler sprang auf. «Ich hab noch Getränke im Wagen. Mein Vater flippt aus, wenn sich jemand beschwert.»

«Kannst du mich im Präsidium absetzen?»

«Ich muss die Getränke ausliefern. Dann kann ich Sie rausfahren. Sind auch nicht mehr viele.»

«Gut», sagte Bette. Es war ihr allemal lieber, mit Tyler zu fahren als mit einem Taxifahrer, den sie nicht kannte. In monotonen Situationen, und dazu gehörte das Autofahren als Beifahrerin ganz eindeutig, schlief sie immer sofort ein, selbst wenn sie sich vorher nicht speziell müde gefühlt hatte.

7. BETTE

Bette ließ sich von Tyler an der U-Bahn-Station Alsterdorf absetzen. Das letzte Stück zum Präsidium wollte sie zu Fuß gehen. Alleine. Tyler sollte einen Parkplatz suchen und simsen, wo er stand.

Seit sie im Januar ausgeschieden war, hatte sie jede Verbindung zu ihrem alten Leben, das, wenn es nach ihr ginge, eigentlich immer noch ihr jetziges sein sollte, gekappt. Kontakt zu ehemaligen Kollegen war sie bisher aus dem Weg gegangen. Zu sehr schmerzte es, dass sie nicht mehr zum Team gehörte. Sie hatte es einfach nicht über sich gebracht, mit ihnen zu sprechen.

Sie zündete sich eine Zigarette an. Eigentlich rauchte sie nur noch morgens eine einzige. Jetzt machte sie eine Ausnahme. Sie sog den Rauch tief ein und versuchte, sich innerlich gegen die Blicke zu wappnen, die sie ernten würde, sobald sie den Eingang passierte. Schadenfrohe Blicke. Nicht alle Kollegen hatten sie geschätzt. Aber damit konnte sie leben. Wovor sie Angst hatte, waren die mitleidigen Blicke: Bette Hansen mit ihrer komischen Schlafkrankheit. Die Kommissarin, die während der Verhöre einschlief.

Hinter dem Schlagbaum, der die Zufahrt zum Präsidium für Autos versperrte, blieb sie stehen und rauchte eine zweite Zigarette. Der massige Rundbau des Präsidiums mit seinen sternförmig angefügten Büroklötzen wirkte abweisend wie eine Festung. Das war ihr früher nie aufgefallen.

Bevor sie die Stufen zum Eingang hinaufstieg, sah sie

auf die Uhr und überschlug, wie lange sie sich würde wach halten können. Sie hatte im Wagen geschlafen, als Tyler die Getränke ausgeliefert hatte, und war jetzt seit etwa dreißig Minuten wieder wach. Zwei bis drei Stunden sollte sie durchhalten.

«Moin, Frau Hansen», grüßte der Pförtner sie aus dem gläsernen Kasten in der Eingangshalle. In seinem Radio lief die Übertragung eines Fußballspiels. Oder zumindest irgendwas mit Fußball. Er tippte sich in seiner altmodischen Manier an die Mütze und richtete seinen Blick wieder auf das Radio, als würden dort Bilder ablaufen, die er nicht verpassen durfte.

Bette wunderte sich etwas über diese Beiläufigkeit. Hatte er nicht mitbekommen, dass sie nicht mehr täglich an ihm vorbeiging? Der Gedanke versetzte ihr einen Stich, gleichzeitig war sie erleichtert, dass er nicht oben anrief, damit man sie in der Warteloge abholte, wie er es eigentlich hätte tun müssen. Sie war ja nur noch eine Besucherin.

Sie nahm den Fahrstuhl in den vierten Stock, ging den langen fensterlosen Gang hinunter und durch die Glastür, hinter der sich das Morddezernat befand.

Durch geschlossene Bürotüren hörte sie gedämpfte Gespräche. Irgendwo liefen die Nachrichten. Es roch nach Kaffee. Alles war vertraut, schmerzhaft vertraut.

«Bette!», rief eine helle Stimme. Mit ausgebreiteten Armen kam Nesrin aus der Küche auf sie zu. Strähnen ihrer dunklen Haare umspielten ihre Wangen, und ihr geblümtes Sommerkleid fiel über ihren runden Körper. Sie strahlte eine Sinnlichkeit aus, die Bette nicht mal im Ansatz besaß. Sie waren derselbe Jahrgang, aber neben Nesrin kam Bette sich immer wie ein alter Trampel vor.

«Wie schön, dich zu sehen.» Nesrin schloss ihre Arme um Bette und drückte sie einmal kurz und fest, mit einer Herzlichkeit, die Bette bei anderen Menschen meist als aufgesetzt empfand. Bei Nesrin wirkte sie absolut authentisch.

Nesrin Krüger-Nafisi war die gute Seele der Abteilung. Immer schon gewesen, solange Bette zurückdenken konnte. Ihr offizieller Titel war *Sekretärin im Kriminaldienst.* Sie übernahm all die Jobs, für die den Kollegen die Zeit oder auch die Lust fehlte. Sie nahm Telefonate an, machte Termine, recherchierte, tippte handgeschriebene Berichte ab, digitalisierte sie und lud sie in den Archivprogrammen hoch. Das Einzige, was sie sich strikt weigerte zu tun, war Kaffee kochen. Und wenn der Polizeipräsident persönlich auf der Matte stand.

«Wie geht es dir? Ich hab mir schon Sorgen gemacht. Du nimmst nie das Telefon ab.» Sie klang weniger vorwurfsvoll als besorgt.

«Geht schon», sagte Bette. Sie hätte ihre Empfindlichkeiten wirklich mal beiseiteschieben und Nesrin zurückrufen sollen. Ganz eindeutig freute sie sich, Bette zu sehen. Ohne auch nur den Hauch eines mitleidigen Blickes. Und auch der Pförtner hatte sie eben gegrüßt, als wäre sie nie weg gewesen. Wovor hatte Bette sich gefürchtet?

«Wir vermissen dich hier alle», sagte Nesrin und fügte etwas leiser hinzu: «MT ist ein echter *pain in the ass.* Er hat sich eine ganz neue Truppe zusammengestellt, nur liebe und nette Frischlinge. Und alles Kuscher. Hat ziemlich viel böses Blut gegeben.»

Bette nickte. Genau so hatte sie sich Mark Thorben – von Kollegen unter vorgehaltener Hand MT genannt, weil er immer absolut affig nur mit seinen Initialen unterschrieb – als leitenden Kommissar vorgestellt. MT – als wüsste jeder immer und überall, wer er war. Der prominente Mordermittler, der es nicht nötig hatte, sich mit seinem vollen Namen zu erklären.

Als er vor einigen Jahren ins Morddezernat gekommen war, hatte Bette geglaubt, er hätte das Zeug zu einem richtig guten Ermittler. Er war ein logischer Denker mit einem Blick für Details. Nur war er leider weder teamfähig, noch besaß er Einfühlungsvermögen.

Bette ging zu seinem Büro, das einmal ihres gewesen war.

Die Tür war nur angelehnt, allerdings hätte nicht einmal eine geschlossene Tür Bette davon abgehalten einzutreten. Irgendwie fühlte es sich immer noch wie ihr Büro an.

Als Jugendlicher musste Mark Thorben extreme Akne gehabt haben, seine Haut war stark vernarbt. Abgesehen davon sah er okay aus. Helle blaue Augen, dichte braune Haare, die ihm etwas wirr in die Stirn fielen. Er war knapp über vierzig, allzu lange war es nicht her, dass sie im Büro auf seinen runden Geburtstag angestoßen hatten. Wenn es für ihn von Vorteil war, konnte er sehr charmant sein. Er trug immer gutsitzende Anzüge, allerdings nie mit Hemd, sondern lässig mit T-Shirt. Heute war der Anzug anthrazitfarben und das T-Shirt schwarz.

Er saß an seinem Schreibtisch, studierte ein Dokument in einer roten Pappmappe und brummte dabei leise vor sich hin. Was auch immer in dem Dokument stand, schien ihn nicht zufriedenzustellen. Vor dem Schreibtisch stand ein junger Beamter in Uniform. Sein Gesichtsausdruck lag irgendwo zwischen ängstlich und verkniffen, und er hatte die Hände vor dem Schritt verschränkt wie ein Fußballer, der den Freistoß fürchtete.

Bette räusperte sich, und Thorben hob den Kopf. Einen Moment sah er sie reglos an, dann setzte er ein strahlendes Lächeln auf und kam um den Schreibtisch herum auf sie zu. Er überragte Bette um einen Kopf.

«Frau Hansen, was für eine Überraschung.» Er hob die Hände in einer Geste, die wohl eine symbolische Umarmung sein sollte.

Bette rang sich ein Lächeln ab. Das hätte ihr noch gefehlt, dass er sie in echt umarmte.

«Setzen Sie sich doch.» Er wies auf eine Garnitur aus drei schwarzen Ledersesseln, die um einen Glastisch herumstanden. Bettes gemütliche Sofaecke war verschwunden. An der Wand hing jetzt ein Flachbildschirm, davor stand ein Whiteboard. Alles vom Feinsten.

Den jungen Beamten wedelte Thorben mit einer unwirschen Handbewegung hinaus. «Möchten Sie etwas trinken?»

«Nein, danke.» Bette hätte nichts gegen ein kaltes Wasser gehabt, traute ihren Kataplexien aber nicht über den Weg und vermied es daher lieber, ein Glas in die Hand zu nehmen.

Sie nahm auf dem Holzstuhl vor den Schreibtisch Platz. Das war zumindest noch ihr Stuhl. Ihre Umhängetasche legte sie auf ihren Schoß.

Thorben setzte sich ihr gegenüber in seinen Chefsessel. «Was verschafft mir die Ehre?»

«Als Ehre Ihnen gegenüber würde ich meinen Besuch jetzt nicht werten», rutschte es Bette heraus.

Thorbens Gesichtsausdruck verhärtete sich. Bette schalt sich selbst. Was sollte diese Konfrontation? Sie musste sich zusammenreißen. In einem versöhnlicheren Tonfall sagte sie: «Ich möchte mit Ihnen über den Doppelmord im Wohldorfer Wald sprechen.»

Thorben seufzte leise. «Ich verstehe. Ihre letzte Ermittlung. So etwas lässt einen nicht los. Aber Sie wissen, ich kann Ihnen da nichts sagen. Die Ermittlung läuft noch. Sie kennen die Vorgaben.»

Was maßte er sich an, ihr zu unterstellen, dass sie gekommen war, um Ermittlungsergebnisse abzufragen? Sie ärgerte sich so sehr darüber, dass ihre Hände erschlafften. Zum Glück lagen sie hinter der Tasche versteckt. Durchatmen. Tief durchatmen. «Sie sollten mir erst einmal zuhören», sagte sie. «Ich habe etwas, das Sie vielleicht weiterbringt.»

«Und das wäre?»

Bette überlegte noch fieberhaft, wie sie die Zeit überbrücken sollte, bis sie ihre Hände wieder bewegen konnte, da spürte sie ihre Finger schon wieder und zog das Holzscheit aus der Tasche.

Vielleicht konnten die Kriminaltechniker etwas zu der Art des Messers sagen, mit dem die Muschel eingeritzt worden war. Und wenn sie Fingerabdrücke fanden, würden sie auch schnell herausfinden, ob Chrischen es gewesen war. Seine Fingerabdrücke waren wie die aller Kollegen in der Datenbank gespeichert. Direkt konnte sie Thorben nicht auf ihren Verdacht mit Chrischen ansprechen. Das wäre eine zu schwerwiegende Unterstellung. Und Kollegenschelte. Absolut verpönt.

«Ein Holzscheit?», fragte er.

Bette reichte es ihm über den Tisch. «Ich habe es in meinem Garten gefunden.»

«Ein Feuerholz?»

«Schauen Sie doch mal hin! Da ist eine Kreuzmuschel eingeritzt. Wie im Hochstand am Tatort.»

Thorben sah zwischen Bette und dem Scheit hin und her. «Sie sagen, das lag bei Ihnen im Garten?»

Bette nickte.

«Ich weiß nicht, Frau Hansen. Diese Muschel hier ist viel feiner gearbeitet. Ganz anders als im Hochstand.»

«Ich weiß, das ist auffällig. Trotzdem können Sie nicht ausschließen, dass das ein Hinweis auf den Täter sein könnte. Ein Hinweis *vom* Täter.»

Thorben beugte sich leicht zu Bette vor. «Ich schließe gar nichts aus», sagte er scharf. «Aber vielleicht hat sich auch jemand einen kleinen Spaß mit Ihnen erlaubt.»

«Einen Spaß? Sie halten das für einen kleinen Spaß?» Sollte sie ihn doch auf Chrischen ansprechen? Nein. Unmöglich.

«Sie meinen also ernsthaft, der Täter hat es Ihnen hingelegt?»

«Möglich wäre es.»

«Frau Hansen, mal angenommen, es war wirklich der Täter. Wieso sollte er das tun?»

«Das herauszufinden, ist jetzt Ihre Aufgabe. Nicht mehr meine.»

Thorbens Kiefer mahlten unübersehbar, was Bette leicht befriedigte. Sollte er sich ruhig ein bisschen über sie ärgern.

«Ich werde das Scheit in die Kriminaltechnik geben», sagte er. «Und Sie gehen bitte rüber zu Frau Krüger-Nafisi. Sie soll Ihre Aussagen aufnehmen.» Thorben erhob sich.

«Moment. Da ist noch etwas», sagte Bette. «Ich habe außerdem eine Mail bekommen, mit *KreuzundMuschel* im Absender.»

Jetzt sah Thorben sie endlich mit ernsthaftem Interesse an. «Darf ich die Mail bitte sehen?»

«Es war eine selbstlöschende Nachricht.»

Thorben lächelte gezwungen. Sie nervte ihn tatsächlich. Wie schön.

«Und was stand drin?», fragte er.

Bette wiederholte den Inhalt. «*Liebe Frau Hansen, Sie haben das Holzscheit gefunden. Na endlich. Das hat aber auch gedauert. Dachten Sie wirklich, Sie können mich einfach so vergessen? Nein. Das können Sie nicht. Ich bin noch da.*» Dass da etwas fehlte, dass sie die Nachricht nicht bis zu Ende gelesen hatte, verschwieg sie. Sie wollte Thorben keinen Anlass geben, sie für unfähig zu erklären.

Er griff nach dem Telefonhörer und ließ sich zu einem IT-Spezialisten durchstellen. Nachdem er wieder aufgelegt hatte, sagte er zu Bette: «Wir brauchen den Zugang zu Ihrem Mailaccount.»

«Bekommen Sie», sagte Bette und versuchte, sich zu erinnern, was Tyler ihr zu der Mail erklärt hatte. «Die Techniker sollen versuchen, eine verwertbare IP-Adresse rauszufinden. Und sie sollen den Inhalt der selbstlöschenden Nachricht anfordern. Vielleicht liegt sie noch auf dem Server.» Bette merkte, wie sie kurz in ihre alte Rolle der leitenden Ermittlerin verfiel: Sie verteilte die Aufgaben. Das tat gut.

8. HANNAH

Hannah war den Tag über mit dem Bücherbus draußen gewesen. Danach war sie zu Ela in die Wohnung gefahren, hatte die Blumen gegossen und geduscht. Jetzt lag sie in Elas grünem Seidenkimono auf dem Bett, Arme und Beine weit von sich gestreckt, den Blick an die hohe Decke der Altbauwohnung geheftet, unter der sich ein großer Ventilator drehte und den dünnen Stoff auf ihrer Haut flattern ließ. Sie musste an Luk denken, diesen Typen, den ihr Bruder angeschleppt hatte. Sie traute ihm nicht.

Um sie herum lagen Elas Kleider. Ein rotes Kleid hatte es Hannah besonders angetan. Sie rollte sich herum und drückte ihre Nase in den glänzenden fließenden Stoff. Er roch nach Pfirsich und Weißwein. Hannah liebte es, Schränke zu durchforsten und anderer Leute Kleidung anzuprobieren. Wenn sie eine Tür öffnete, die Sachen durchging, den Geruch einsog, entstanden Bilder vor ihren Augen, die sie in das Leben des anderen entführten. So konnte sie für einen Moment ihrem eigenen entfliehen. Ein kurzer unschuldiger Moment des Träumens. Elas Kleider waren ihr alle viel zu groß. Ela war 1,78 Meter groß, Hannah gerade mal 1,66 Meter. Aber das war egal. Darum ging es nicht.

Hannah kannte Ela von der Arbeit. Sie war Juristin in der Rechtsabteilung der Aalsen-Reederei, für deren Hotline Hannah freigeschaltet war. Sie war 35, also zehn Jahre älter als Hannah, und was Computer betraf, das unbegabteste Wesen, das man sich vorstellen konnte. Es verging kaum ein Tag, an dem Hannah sie nicht wegen irgendetwas in der Leitung hatte. Ela hatte es sogar schon geschafft, über Nacht ihr Zugangspasswort zu vergessen.

Jetzt war sie für eine Woche auf Ibiza. Der Reiseplan lag auf dem Küchentisch. Sie war mit zwei Freundinnen unterwegs, und die Fotos, die sie auf Instagram postete, sahen nach einem grandiosen Urlaub aus. Sie zeigten Ela mit ihren Freundinnen an der Poolbar, am Meer, vor einer hohen Klippe, unter Palmen. Immer strahlte sie, sodass man ihre ebenmäßigen weißen Zähne sehen konnte. Sie sah gut aus, mit ihrer schlanken Figur und den langen weißblonden Haaren, dabei etwas herb, das wandelnde Klischee einer erfolgreichen hanseatischen Juristin. Auf allen Fotos stand sie in der Mitte. Sie war einer dieser Menschen, für die dies das Natürlichste der Welt war.

Hannah schloss die Augen und merkte, wie die Müdigkeit des Tages sie einholte. Sie döste weg. Als sie aufwachte, lag die Wohnung im Halbdunkel, die Sonne war auf die andere Seite des Gebäudes gewandert und kurz davor, ganz unterzugehen.

Das Telefon klingelte und verstummte wieder. Kurz darauf klopfte es an der Tür. Erst zaghaft, dann immer heftiger.

«Ela, bitte, mach auf», hörte sie eine Männerstimme mit einem harten Akzent, vermutlich russisch. «Ela, ich weiß, du wieder bist da. Ich habe dich vorhin gehört. Direkt auf meine Kopf.»

Hannah stand auf, wickelte den Kimono enger um ihre Brust, schlich in den Flur und lugte durch den Spion. Draußen stand ein Mann mit kurzgeschorenen Haaren und hellen Augen.

«Ela, bitte. Sei nicht fies. Lass mich rein.» Er klang flehentlich. Fast schämte Hannah sich für ihn.

«Ela, bitte.»

Sie ließ den Mann klopfen. Blumengießen war ja in Ordnung, aber um ihre Liebhaber sollte Ela sich mal schön selbst kümmern. Hannah wartete, bis der Mann wieder abzog, dann ging sie zurück ins Schlafzimmer und trat ans Fenster. Die Bäume, die die kleine Grünanlage hinter dem Haus umsäumten, warfen lange Schatten. Die Schaukel bewegte sich im Wind leicht hin und her. Obwohl das Fenster auf Kipp stand, hörte Hannah kaum Motorengeräusche. Die Wohnung lag im Generalsviertel, so genannt, weil alle Straßen Namen preußischer Generäle trugen. Hannah fand, das passte zu der Gegend. Etwas spießig, ruhig, mit teuer renovierten Altbauten. Trotzdem waren es nur wenige U-Bahn-Stationen bis zum Hauptbahnhof, und die Bars in der Schanze konnte man gut zu Fuß erreichen.

Hannah überlegte, ob sie heute noch einmal hier übernachten sollte, bevor Ela morgen zurückkam. Sie mochte die kühle Stille der Wohnung. Aber sie hatte Frühschicht und bräuchte frische Klamotten von zu Hause. Sie konnte ja schlecht in Elas zu großen Kleidern ins Call-Center gehen. Eine Weile stand sie noch am Fenster, dann fing sie an aufzuräumen.

Bevor sie aufbrach, malte sie einen lächelnden Smiley auf ein Blatt Papier, schrieb *Willkommen zurück* daneben und heftete ihn mit einem Magneten an die Kühlschranktür.

Den Ersatzschlüssel, den sie die ganze Woche benutzt hatte, hängte sie an den Garderobenhaken, zog die Tür hinter sich zu und schlich aus dem Haus.

9. BETTE

Bette hatte nicht erwartet, dass Mark Thorben sie in seine Ermittlung einweihte, sie war allerdings schon davon ausgegangen, dass er sich zumindest kurz mit den Untersuchungsergebnissen aus IT und Kriminaltechnik bei ihr melden würde. Und sei es nur, um ihr zu sagen, dass er sie aus ermittlungstechnischen Gründen nicht mit ihr teilen konnte. Thorben rief jedoch den ganzen nächsten Tag nicht an.

In der Vergangenheit hatte Bette öfter mit anonymen Briefen zu tun gehabt. Aber nie mit welchen, die an sie persönlich gerichtet waren. Die meisten waren Drohbriefe von Exehemännern, ein- oder zweimal auch von Exehefrauen gewesen. Andere Briefe hatten Geldforderungen enthalten. Und nicht wenige waren von Leuten gekommen, die sich als Mörder ausgaben. Die meisten davon waren reine Phantasie gewesen. Bei einigen hatte es sich nie eindeutig geklärt. Wie verhielt es sich mit dieser Mail hier? Ein paarmal war sie kurz davor, Thorben anzurufen, tat es dann aber doch nicht. Sie würde ihm nicht hinterherrennen.

Bis zum Nachmittag hatte sie den ganzen Dachboden aufgeräumt, nur um sich irgendwie abzulenken. Wenn die Dachdecker kamen, musste sie nur noch die gepackten Kisten und einen alten Schrank runterschaffen. Für den Abend hatte Mats sie zu selbst gemachten Frikadellen mit Kartoffelpüree und Gurkensalat eingeladen.

Bette duschte und schlief noch eine Runde, bevor sie um kurz nach sechs rüberging.

Mats hatte den Tisch auf der Terrasse hinter dem Haus gedeckt, und Bette wählte ihren Platz so, dass sie über die Felder sehen konnte. Sie wollte den Überblick haben, vor allem jetzt.

Mats schob ihr die Schale mit dem Kartoffelpüree hin.

«Wo ist Fynn?», fragte Bette.

«Zum Bücherbus.»

Jetzt in den Sommerwochen stand der Bücherbus fast täglich in der Kehre. Ein roter Transporter mit gelben Aufklebern, die geflügelte Bücher darstellten. Ein schönes Angebot für die Kinder, wie Bette fand. Die junge Frau, die den Bus fuhr, sah kaum alt genug aus, um einen Führerschein zu haben. Sie legte für die Kinder immer Lesedecken auf dem Grasstreifen hinter der Kehre aus. Fynn allerdings nahm seine Mangas und Comics meist mit und las bei Bette im Apfelbaum.

«Ich weiß gar nicht, wie der Junge es schafft, so viel zu lesen.» In Mats' Stimme klang Stolz mit. «Von mir hat er das nicht.»

«Nee, von dir ganz sicher nicht. Hast du je was anderes gelesen als Baupläne?» Mats war immer ein begnadeter Handwerker gewesen, und seine Möbel waren weit über Ochsenwerder hinaus gefragt, aber Bücher hatten nie einen Platz in seinem Leben gehabt.

«Natürlich les ich.» Mats legte einen gespielt empörten Ton in seine Stimme. «Gestern erst, den Beipackzettel für meinen Betablocker.»

«Natürlich. Beipackzettel. Dass ich daran nicht gedacht habe.» Bette lachte und biss in eine Frikadelle, die saftig und gut gewürzt war. Mats öffnete zwei Bierflaschen. Für Bette alkoholfrei, leider. Hin und wieder hätte sie schon gerne auch ein vernünftiges Bier getrunken. Aber die Medikamente, die ihren Nachtschlaf stabilisieren und die Schlafschübe am Tag zumindest etwas kontrollierbarer machen sollten, vertrugen sich nicht mit Alkohol.

Mats prostete Bette zu. Fynn tauchte auf, verschlang hastig sein Essen und verkroch sich dann mit den neu ausgeliehenen Büchern in Bettes Apfelbaum. Bette mochte Fynn sehr, allerdings genoss sie es jetzt auch, mit Mats alleine zu sein. Während sie aßen, plauderten sie über belanglose Dinge. Genau, was Bette brauchte, um nicht ununterbrochen an das Holzscheit und den Muschelmörder zu denken.

Sie lachten viel und herzhaft, und zweimal bekam Bette dadurch eine Kataplexie. Aber vor Mats musste sie sich nicht verstecken. Sie vertraute ihm wie keinem anderen. Das war ihr in den bald drei Monaten, die sie jetzt wieder neben ihm wohnte, klargeworden. Sie fühlte sich wohl in Mats' Gegenwart, und sie mochte seine Nähe. Kurz überlegte sie, ihm alles zu erzählen, entschied sich jedoch dagegen. Es würde ihn nur beunruhigen, und davon hätte keiner etwas. Sie musste abwarten, was die Untersuchungen ergaben. Und wenn Thorben sich bis Montag nicht gemeldet hatte, würde sie Nesrin anrufen und sie bitten, für sie die Untersuchungsunterlagen einzusehen.

Bette griff nach einer weiteren Frikadelle. Sie waren einfach zu gut. Mats' Gesicht hatte einen entrückten Ausdruck angenommen, und um seine Mundwinkel zuckte es.

«Worüber schmunzelst du?», fragte sie und stieß ihm unter dem Tisch leicht mit dem Fuß gegen das Schienbein. «Nun sag schon.»

«Ich musste gerade daran denken, wie wir mal drüben in der Reit gezeltet haben.»

«Da war ich ewig nicht mehr», sagte Bette. Die Reit war ein Naturschutzgebiet mit Schilfröhrichten, Weidengebüschen und einem sumpfigen Birkenwald.

«Ich auch nicht. Wenn ich schwimmen will, fahr ich höchstens mal vorne bis zur Badewiese an der Dove-Elbe.» Mats sah sie an, und in seinen Augen lag etwas Warmes, das Bette wohlig schaudern ließ. «Diese Nacht ... Unser Zelt stand nicht ganz gerade. Als es angefangen hat zu regnen, ist alles voll Wasser gelaufen. Erinnerst du dich?»

«Sicher erinnere ich mich. Wir haben uns geküsst.» Bette fragte sich, ob sie sich das einbildete oder ob Mats wirklich ein bisschen rot wurde. «Wie alt waren wir da? Vierzehn, fünfzehn?»

«Ja, so ungefähr.»

Es war das einzige Mal, dass sie sich geküsst hatten. Mehr war nie daraus geworden. Mats hatte später ihre damals beste Freundin geheiratet. Eine Ehe, die nicht lange gehalten hatte. Diese Verbindung hatte Bette sehr geschmerzt. Einen kleinen Stich versetzte ihr der Gedanke daran genau genommen immer noch. Sie fragte sich, warum Mats ihren Ausflug erwähnt hatte. Sie hatte in den letzten Wochen schon ein paarmal den Eindruck gehabt, Mats könnte mehr von ihr wollen. Aber darauf ansprechen wollte sie ihn auch nicht. Sie hätte nicht gewusst, wie sie reagieren sollte, wenn dem wirklich so war.

10. BETTE

Als Bette am nächsten Morgen aufwachte, war die untergründige Anspannung, die sie verspürt hatte, seit sie das Holzscheit gefunden hatte, nicht mehr ganz so groß. Der Abend mit Mats hatte ihr gutgetan. Sie warf einen Blick auf ihr Smartphone. Es war 8.32 Uhr. Mails waren keine eingegangen. Ein Sonnensymbol kündigte bestes Wetter an.

Bette nahm sich fest vor, sich heute nicht verrückt machen zu lassen. Weder von irgendwelchen Muschelzeichen noch von Thorben, der sich nicht bei ihr meldete.

Sie stand auf und nahm sich Kaffee und ihre Morgenzigarette mit in den Garten. So früh am Tag war die Luft noch angenehm frisch, das wollte sie nutzen. Aus dem Kirschbaum flatterte laut schimpfend eine Schar Krähen auf. Die Vögel hatten den Baum so gut wie leer gefressen. Die wenigen Früchte, die sie übrig gelassen hatten, würden gerade noch für einen Kuchen reichen.

Bette holte die Leiter und stellte sie an den Baum. Sie wollte sich bei Mats mit einer Donauwelle revanchieren. Kochen war nicht ihre Stärke, aber backen konnte sie. Sie ruckelte an der Leiter, ob sie auch wirklich fest stand, und stieg hoch bis auf die oberste Sprosse. Es war eine stabile Trittleiter, von der sie nicht gleich runterstürzen würde, auch wenn sie sich wegen einer Kataplexie mal nicht festhalten konnte. Obwohl sie keinen Grund sah, warum sie beim Kirschenpflücken eine Kataplexie bekommen sollte. Und auch die Gefahr einer Schlafattacke lag so kurz nach dem Aufstehen ja wohl bei null.

Sie kam erst wieder von der Leiter, als sie auch die letzte erreichbare Kirsche aus dem Baum geholt hatte. Dann leerte sie den Briefkasten und ging ins Haus.

«Wieder nur Mist», murmelte sie und warf den Packen Werbeprospekte auf den Küchentisch. Ein Umschlag rutschte zwischen den Papieren heraus. Den hätte sie fast übersehen. Es war ein DIN-A5-Umschlag aus brauner Pappe. Die Adresse war mit Hand geschrieben, in Druckbuchstaben. Bette drehte den Umschlag um. Der Absender fehlte, aber ihr fiel ein kleiner dunkler Fleck in der oberen Ecke des Umschlags auf. Ein Tintenklecks? Sie nahm die Lesebrille vom Tisch und sah noch einmal genauer hin. Nein. Kein Tintenklecks. Das war die winzige Zeichnung einer Kreuzmuschel.

Bette ließ sich auf die Bank sinken. Vorsichtig legte sie den Umschlag auf den Tisch und rieb sich mit dem Handballen über die Augen. Erst das Scheit, dann die Mail, jetzt ein Brief. Da wollte sie wirklich jemand nervös machen. Ihr Blick huschte aus dem Fenster. Angst kroch in ihr hoch. Nein, verdammt. So nicht!

Sie holte die Verbandstasche aus dem Bad, nahm die Einweghandschuhe heraus und zog sie über. Sie war immer noch professionell genug, um Ruhe zu bewahren. Umsichtig zu bleiben.

Die Adresse war leicht verschmiert. Die hatte jemand mit links geschrieben. Jemand, der sonst mit rechts schrieb und es nicht gewohnt war. Die Linienführung war unsicher.

Die Briefmarke war in Hamburg abgestempelt. Briefzentrum 20. Da ging so gut wie jeder Brief aus Kästen nördlich der Elbe durch.

Bette öffnete den Umschlag und zog den Inhalt heraus. Es

waren Fotos, 10-×-18-Abzüge mit wenig Kontrast und einem leichten Rotstich, vermutlich in irgendeinem Drogeriemarkt selbst ausgedruckt.

Sie schaute sie durch. Auf allen Fotos war sie abgebildet. Sie vor ihrer Haustür, sie am Briefkasten, sie auf der Wiese im Vorgarten. Und dann war da eine Serie aus acht Fotos, bei denen direkt hintereinander abgedrückt worden war. Bette mit einem Spaten hinter dem Treibhaus, wie ihr der Spaten aus der Hand fällt und sie auf den Boden sackt. Sie konnte sich noch genau an die Situation erinnern. Wie lange war das her? Sechs Wochen. Vielleicht sieben. Sie hatte eine Kompostgrube ausgehoben, als sie von einer ihrer Einschlafattacken überrascht worden war.

Einige Fotos waren mit Zoom gemacht, unschwer zu erkennen an der Unschärfe des Hintergrunds. Der Fotograf musste zwischen den Bäumen des kleinen Wäldchens hinter ihrem Grundstück gestanden haben. Das Wäldchen, durch das sie erst vorgestern zur Bäckerei gelaufen war. Andere Bilder waren aus nächster Nähe fotografiert. Der Fotograf hatte sich sogar über sie gebeugt, als sie auf dem Boden lag und schlief. Bette wurde flau im Magen, die Fotos rutschten ihr aus der Hand. Eine Kataplexie aus Schreck. Und Furcht. Sie war diesem Kerl ausgeliefert gewesen. Er hatte sie in ihrem verwundbarsten Moment erwischt. Vollkommen wehrlos. *Chrischen, wenn du das warst, ich bring dich um!* Gleichzeitig merkte sie, dass sie geradezu hoffte, dass er es war. Denn wenn nicht, wenn es wirklich der Muschelmörder war, der da draußen rumschlich ...

Aber was sollte der von ihr wollen? Als Ermittlerin war sie raus. Oder suchte er Aufmerksamkeit? Vermisste er es, im

Mittelpunkt zu stehen? Gesehen zu werden? Seit Thorben die Ermittlung leitete, hatte die Presse kaum noch berichtet. Oder, und das war die Möglichkeit, die ihr am wenigsten gefiel: Er hatte Spaß an der Spannung. Spaß daran, Angst zu verbreiten. Spaß am Spiel mit ihr.

Konnte der Muschelmörder sich Bette als nächstes Opfer auserkoren haben? Konnte es sein, dass das alles gar nichts oder nur indirekt mit ihrer Rolle als ehemaliger Ermittlerin zu tun hatte?

Schlagartig begann sie zu schwitzen.

Aber nein. Das ergab doch keinen Sinn. Dann hätte er sie, anstatt sie zu fotografieren, doch einfach umbringen können, als sie hinter dem Treibhaus zusammengebrochen war. Und das hatte er nicht getan. Das hatte er nicht getan! Und wieder kam Bette der Gedanke: Es war ein Spiel, ein perfides Spiel. Aber was für eins, nach welchen Regeln? Sie sah aus dem Fenster. Wo war er?

Ein junger Mann ging mit einem Hund am Haus vorbei. Sie hatte ihn schon ein paarmal hier gesehen. War er es? Oder war es einer ihrer neuen Nachbarn aus der Reihenhaussiedlung? Wohnte der Muschelmörder etwa da drüben? Hinter einem der Fenster bewegte sich eine Gardine. In einem Garten sprengte ein langer Kerl seinen Rasen. Vielleicht nur ein Vorwand, um sie zu beobachten. Und was war mit dem Jogger, der vor ihrem Gartentor stand, vorgebeugt, die Hände auf die Knie gestützt, als würde er verschnaufen?

Bette fuhr sich mit einer Hand über die Stirn. Jetzt wurde sie wirklich paranoid. Und genau das war es, was dieser Mensch beabsichtigte. Er wollte ihr zeigen, dass er sie in der Hand hatte. Dass er Macht über sie hatte. Und dass er an sie herankam, wenn er wollte. Er wollte sie wissen lassen, dass er in der Nähe war.

Sie musste Thorben anrufen. Jetzt. Sofort. Die Vorstellung, er würde die Fotos aus dem Umschlag auf einer Teamsitzung rumreichen, gefiel ihr zwar nicht, aber damit musste sie leben.

Da Samstag war, rief sie über seine Mobilnummer an.

«Ah. Frau Hansen.» Er klang nur bemüht freundlich. «Ich wollte Sie auch anrufen.»

«Haben Sie aber nicht.»

«Die Ergebnisse aus der IT-Abteilung sind gestern reingekommen.»

«Gestern. Und Sie hielten es nicht für nötig, mich sofort zu informieren?» Sie hätte Thorben am liebsten den Hals umgedreht.

«Nein, um ehrlich zu sein, hatte ich Wichtigeres zu tun.»

«Wichtigeres?» Bette meinte sich verhört zu haben. «Es geht um einen Doppelmord.»

«Frau Hansen, die Mail wurde von Ihrem Account verschickt.»

«Was? Nein, das ... das war nicht meine Adresse.»

«Es war eine Fun-Domain-Adresse. Eine spaßige Zweitadresse. Angelegt innerhalb Ihres Accounts. Hat noch jemand Zugang dazu?»

«Nein.»

Thorben ächzte leise. Er war eindeutig genervt, und nun sackte zu Bette durch, worauf er hinauswollte.

«Warten Sie. Sie glauben, ich habe mir die Mail selbst geschickt?»

«Sie wissen doch, mit Glauben haben wir es bei der Polizei

nicht so», sagte er kühl. «Ich kann es nicht sonderlich leiden, für blöd verkauft zu werden.»

«Was denken Sie eigentlich? Ich schicke mir doch nicht selbst so eine Mail.»

«Nein?»

«Was ist mit dem Holzscheit? Gab es da keine Fingerabdrücke?»

«Doch.»

«Ja, und?» Chrischen. Bitte, lass die Abdrücke von Chrischen sein, und alles hat ein Ende.

«Von Ihnen, Frau Hansen, nur von Ihnen.»

Bette fluchte. Natürlich, Chrischen wäre clever genug, keine Fingerabdrücke zu hinterlassen. Dasselbe galt allerdings auch für den Muschelmörder. Schon am Tatort im Wohldorfer Wald hatten sie keinerlei brauchbare Spuren gefunden.

«Frau Hansen. Ich verspreche Ihnen, ich bleibe an dem Fall dran. Mit allen mir möglichen Mitteln. Tun Sie mir nur einen Gefallen, lassen Sie mich meine Arbeit machen.» Sein Tonfall war mit einem Mal zuckersüß. Er sprach mit ihr wie mit einer Irren. Er dachte, sie habe das Holzscheit manipuliert und sich selbst die Mail geschickt, um sich wieder ins Spiel zu bringen. Wieder mitzumischen. Dass sie eine Wichtigtuerin wäre und krank im Kopf. Oder beides. Sicher tuschelten sie schon im Präsidium. Mein Gott, Bette, die Arme. Jetzt dreht sie völlig durch. Sie kommt mit dem Ruhestand und dieser komischen Krankheit nicht zurecht. Von den Fotos konnte sie Thorben jetzt nicht mehr erzählen. Er würde sowieso nur behaupten, sie habe sie selbst gemacht.

Ohne ein weiteres Wort drückte Bette das Gespräch weg. Thorben konnte sie mal.

Hatte der Täter es doch tatsächlich geschafft, sie als verrückt dastehen zu lassen. Und jetzt? Stillhalten und abwarten, was als Nächstes passierte? Ganz sicher nicht. Also, was sollte sie tun? Was konnte sie überhaupt tun? Eine Möglichkeit war, Chrischen anzurufen und ihn ganz direkt zu fragen, ob er sich diesen schlechten Spaß mit ihr erlaubte. Ein Telefonat, auf das sie wenig Lust hatte. Das Gespräch mit Thorben hatte ihr gereicht. Außerdem hatte sie nichts gegen Chrischen in der Hand. Nur einen Verdacht, der allein darauf beruhte, dass sie ihm einen derart schlechten Scherz zutraute.

Wenn Chrischen die Fotos gemacht hatte, musste er in Ochsenwerder gewesen sein. Und es gab eine Person, die das ganz bestimmt mitbekommen hätte. Sicher, heutzutage fiel einer mehr oder weniger mit Handy oder Fotoapparat nicht auf. Aber Erna Claasen entging nie etwas. Sie war die größte Klatschbase im Ort, und Bette konnte nicht behaupten, sie besonders zu mögen. Mal abgesehen von ihrem Getratsche gehörte sie zu denen, die einen anlächelten und im nächsten Moment über einen herzogen. Und sie zeterte immer sofort rum, wenn den Kindern mal ein Ball über ihren Jägerzaun flog. Auch etwas, das Bette unsympathisch fand.

Bette startete ihren Rechner. Sie brauchte ein Foto. Chrischen war früher neben seiner Arbeit im Morddezernat Kampfsporttrainer gewesen, und in dieser Funktion tauchte er gleich mit mehreren Bildern im Netz auf. Sie wählte ein Porträt aus. Er hatte stechend grüne Augen und eine mehrmals gebrochene Nase, der Nasenrücken holprig. Das Bild musste schon ein paar Jahre alt sein, groß verändert hatte er sich jedoch nicht, mal abgesehen davon, dass er mittlerweile ziemlich verlebt aussah und seine roten Haare grau waren.

Bette druckte das Foto aus und schrieb daneben. *Größe: 1,80 Meter. Statur: schlank, muskulös. Alter: 61.*

Erna stand in ihrem Vorgarten und schnitt welke Blüten aus ihren Rosen. Sie bewohnte ein Einfamilienhaus ganz am Anfang der Straße. In ihrem geblümten Arbeitskittel in Kombination mit ihren kurzen dauergewellten Haaren sah sie wie eine sehr alte Frau aus. Dabei war sie kaum älter als Bette.

«Moin, Bette», rief sie. «Kaffee?»

«Gerne», sagte Bette, und ihr entging nicht, wie Erna überrascht die Brauen hochzog. Sonst lehnte Bette ihre Einladungen immer ab.

«Setz dich schon mal auf die Terrasse. Milch? Zucker?»

«Schwarz, bitte.»

Die Terrasse lag so, dass man die Straße bis zur Kehre einsehen konnte. Bettes Haus wie auch das von Mats standen auf der linken Straßenseite etwas im Knick, sodass sie außerhalb von Ernas Beobachtungsfeld lagen. Allerdings würde Erna mitbekommen, wenn sich jemand über die Straße ihren Häusern näherte.

Mit zwei Tassen und einer Thermoskanne kam Erna zurück, setzte sich Bette gegenüber und schenkte ein. Der Kaffee war etwas zu bitter, tat aber dennoch gut.

«Wie geht es dir so?» Erna sah Bette mit dem forschenden Blick einer Möwe an, die ein Stück Kuchen im Visier hatte. Sie würde sich bestens in einem Verhörraum machen.

«Gut», sagte Bette. Sie hatte nicht vor, ihr etwas über sich zu erzählen.

Erna nickte, wobei sie die Lippen schürzte. Sie schien nicht zufrieden mit der Antwort, fragte aber nicht weiter nach, sondern ging nahtlos dazu über, den neuesten Dorfklatsch vor Bette auszubreiten. Bette folgte ihrem Monolog gerade aufmerksam genug, um an passenden Stellen ein «Ach wirklich?» oder «Hm» von sich geben zu können. Sie trank ihren Kaffee und überlegte, wie sie Erna am besten aushorchen konnte. Erna plapperte eine geschlagene halbe Stunde vor sich hin und würde das morgen noch tun, wenn sie sie ließe.

«Sag mal», ging Bette schließlich dazwischen. «Was ich dich fragen wollte. Wurde bei dir in letzter Zeit etwas geklaut?»

Erna riss erschrocken ihre Augen auf und drückte sich die flache Hand auf die Brust, in ihrem Blick jedoch sah Bette nichts als glitzernde Neugier. Sie lechzte danach, dass etwas passierte. Schließlich brauchte sie Redestoff. «Wieso? Bei dir etwa?»

«Nur ein paar Gartengeräte», wiegelte Bette ab. «Nichts Wichtiges. Eine Blumenkelle, eine Harke.»

«Es wurde nichts aufgebrochen?»

«Nein, die Sachen lagen alle draußen rum. Muss ich nachts vergessen haben.»

«Na ja.» Erna spitzte die Lippen. «Bei mir herrscht da mehr Ordnung. Ich schließe immer alles weg.»

«Natürlich.» Bette lächelte und legte Erna das Foto von Chrischen vor die Nase. «Hast du den Mann schon mal gesehen?»

Erna nahm das Bild und sah es sich an. «Das soll der Kerl sein?»

«Das ist nicht sicher. Möglich.»

«Der sieht ja auch verwegen aus.»

«Ja, da hast du wohl recht.» Bette musste sich ein Grinsen verkneifen.

«Tut mir leid.» Erna schüttelte den Kopf. «Ich habe ihn hier noch nie gesehen. Nein. Er kommt mir nicht bekannt vor.»

Die Antwort enttäuschte Bette. Wenn Erna ihn nicht gesehen hatte, war es fast unmöglich, dass Chrischen öfter hier in der Gegend gewesen war. Es sei denn, er hatte sich immer durch das kleine Wäldchen hinter Bettes Grundstück angeschlichen. Da hatte Erna keinen Einblick. Aber einige der Fotos, die Bette erhalten hatte, waren eindeutig von der Straße aus aufgenommen worden.

«Ist dir sonst in letzter Zeit etwas Ungewöhnliches aufgefallen? Ein Auto vielleicht, das häufiger hier vorbeigekommen ist, irgendjemand, der sich auffällig benommen oder Fotos gemacht hat ...»

«Du meinst, die kundschaften uns aus?»

«Man weiß nie», sagte Bette ausweichend.

Erna dachte einen Moment nach, dann erzählte sie von einem dunklen SUV, den sie ein paarmal beobachtet hatte. Mit getönten Scheiben, durch die man nichts sah. «Und die Räder hatten so auffällige rote Kappen.»

Auffällig war die falsche Fährte. Der, nach dem sie suchte, musste unauffällig sein. So unauffällig, dass niemand ihn wahrnahm. Oder sich niemand etwas dabei dachte, wenn er sich durch Ochsenwerder bewegte.

«Ansonsten sind da ja bei dem Wetter ziemlich viele Fremde unterwegs», fuhr Erna fort. «Diese ganzen Radfahrer, Spaziergänger ... da verliert man schon mal den Überblick.»

Du doch nicht, dachte Bette.

«Noch Kaffee?» Erna schenkte nach, ohne Bettes Antwort abzuwarten. «Und ich würde mich an deiner Stelle auch mal über diesen Eiswagen informieren, der bimmelt hier andauernd rum. Sehr störend, wenn du mich fragst. Und der Bücherbus. Der ist in diesem Sommer auch ständig hier in der Gegend.»

«Natürlich, das werde ich tun.»

Ein SUV mit roten Radkappen. Der Eiswagen, der für Bettes Geschmack viel zu selten bimmelte. Sie liebte Eis. Der Bücherbus, den ein junges schmales Mädchen fuhr. Spaziergänger. Radfahrer. Mit was für exzellenten Beobachtungen würde Erna wohl noch aufwarten? Da hatte sie sich mehr erhofft. Bette schob ihre Tasse beiseite und stand auf.

«Du gehst schon?»

«Ja. Tut mir leid. Ich muss los. Die Müdigkeit.»

«Natürlich. Du musst dich ausruhen.» Erna nickte und tätschelte Bettes Arm.

Bette versuchte nicht zu zeigen, wie sehr sie das nervte.

«Wie kommst du denn so ... *damit* ... zurecht?» Erna traute sich noch nicht einmal, ihre Krankheit beim Namen zu nennen.

«Geht schon.»

«Wir sind hier alle immer für dich da.»

«Weiß ich doch.» Das Angebot war bestimmt gut gemeint. Trotzdem hatte es etwas Bevormundendes.

Erna begleitete sie zur Gartenpforte. «Noch mal zu den Diebstählen», sagte sie und flüsterte jetzt verschwörerisch. «Meinst du nicht, das könnten welche von diesen Flüchtlingen sein? Die haben sie doch alle drüben in Moorfleet untergebracht.»

«Nein, das meine ich nicht», sagte Bette schärfer als beabsichtigt. Und dann versöhnlicher: «Und überhaupt, Erna. Was sollten die mit meinen ollen Gartensachen anfangen?»

11. HANNAH

Samstag war im Call-Center ein ganz normaler Arbeitstag, und Hannah war für die Spätschicht eingeteilt. Als sie um halb elf endlich aus dem Büro kam, war es fast dunkel. Kein Mensch war zu sehen. Sie schwang ihren Rucksack über die Schulter und schlug den Weg Richtung S-Bahn-Station ein, der sie durch eine Schlucht aus Bürogebäuden führte. Hammerbrook, der Stadtteil, in dem sich das Call-Center befand, war ein reines Büroviertel. Nichts als grauer Beton und verspiegeltes Glas. Sie hatte mal gehört, Hammerbrook sei auf Leichen gebaut. Im Krieg, während des Feuersturms, waren hier Tausende Menschen unter den Trümmern ihrer Häuser begraben worden. Nach dem Krieg hatte man dann alles zugeschüttet und einfach obendrauf gebaut.

Hannah mochte es nicht, hier so spät alleine zu Fuß unterwegs zu sein. Aber der Reifen ihres Rades war platt, und mit dem Bücherbus hätte sie den Parkplatz zahlen müssen. Da war Bahnfahren billiger.

Ein Lastwagen fuhr an Hannah vorbei. Der Fahrer hupte sie an. Sie ging schneller, schob die rechte Hand in ihre Hosentasche, spürte das eingeklappte Messer, das sie immer bei sich trug. Es beruhigte sie zu wissen, dass es da war. Am Ende der Straße kam endlich die S-Bahn-Station in Sicht. Auf massigen Betonpfeilern erhob sie sich weit über Straßenniveau. Rot und lang sah sie aus, wie ein soeben gelandetes Raumschiff.

Von Hammerbrook zur Sternschanze waren es nur drei Stationen, und doch kam es Hannah vor wie ein Wechsel der Welten. Hier war am Samstagabend Partyzone. Überall Menschen. Aus den Bars wummerte Musik. Hannah bekam Lust, auch noch ein Bier trinken zu gehen. Vielleicht im *ten and counting*. Da lief meist Rock oder Metal, es gab einen Tischkicker, und die Bierpreise waren moderat. Vorher brauchte sie aber was in den Magen. Sie kaufte einen Dürüm-Döner. Als sie aus dem Imbiss trat, schlug ihr etwas so hart gegen den Arm, dass ihr der Döner aus der Hand fiel.

«Aua, Scheiße», schrie sie.

Ein E-Roller war in vollem Tempo auf dem Bürgersteig an ihr vorbeigeheizt und hatte sie mit dem Lenker getroffen. Der Rollerfahrer drehte sich nicht mal nach ihr um.

«Kannst du nicht aufpassen!», rief sie ihm hinterher.

Der Fahrer hob die Hand und zeigte ihr den Mittelfinger.

«Arschloch.» Konnte er mit dem Mistteil nicht auf der Straße fahren? Warum glaubten manche Typen, aller Platz gehörte ihnen? Sie bückte sich, hob den Döner auf und strich die Seite sauber, die auf dem Boden gelegen hatte. Nicht sehr appetitlich, aber es ging schon.

Eine Straßenecke weiter sah sie den Rollerfahrer wieder. Er stand bei einer Gruppe junger Frauen, einen Arm lässig über dem Lenker. Von Hannah nahm er keine Notiz, sie dagegen prägte sich sein Gesicht ein. Wenn der Typ hier in der Gegend wohnte, würde sie ihm sicher noch mal über den Weg laufen.

Im *ten and counting* traf Hannah eine alte Schulfreundin.

«Hey, Hannah. Lange nicht gesehen.»

«Kim. Wie geht's dir?», begrüßte Hannah sie freudig. Etwas Gesellschaft kam heute genau richtig.

«Gut», sagte Kim wenig überzeugend.

Hannah zog sie zum Tresen vor, bestellte zwei Bier und fragte dann: «Was ist los? Komm, erzähl.»

«Ach. Ist grad alles nicht so toll. Aber egal. Sollen wir 'ne Runde kickern?»

«Erst will ich hören, was los ist.»

Kim zierte sich noch etwas, als sie dann aber erst mal angefangen hatte zu reden, sprudelte es nur so aus ihr heraus. Ihre Oma, bei der sie aufgewachsen war, war gestorben, ihr Freund war ausgezogen, und sie hatte auch noch ihren Job verloren. Als Hannah sah, dass ihr die Tränen kamen, nahm sie sie in den Arm und drückte sie fest. Und dann spielten sie Tischkicker. Kim gewann haushoch.

Nach der fünften Runde gab Hannah auf. «Ich kann nicht mehr. Aber spätestens nächste Woche will ich eine Revanche.»

«Abgemacht», sagte Kim.

Es war lange nach Mitternacht, als Hannah nach Hause kam.

In der Wohnung brannte nirgends Licht. Paul war bestimmt noch unterwegs. Sie ging in die Küche, um sich ein Glas Wasser zu holen, und fuhr erschrocken zusammen.

Ihr Bruder saß im Dunkeln am Küchentisch. «Da bist du ja», sagte er, als habe er auf sie gewartet. Sein schleppender Tonfall verriet ihr, dass er high war.

«Setz dich», forderte er sie auf. Hannah fluchte innerlich. Sie war müde, sie wollte schlafen. Wenn Paul allerdings in diesem Zustand war, war es besser, sich ihm nicht zu widersetzen. Früher hatte er immer nur Cannabis geraucht, das war okay gewesen. Aber seit Dennis ihn zum Dealen gebracht hatte, hat er sich angewöhnt, auch den härteren Scheiß zu schlucken, den er selbst vertickte. Vor allem Pep. Manchmal Ecstasy. Gemischt mit Alkohol und einem Joint konnte das richtig nach hinten losgehen. Mit guter Laune und Unbeschwertheit hatte das nichts zu tun. Seine Stimmung konnte innerhalb von Sekunden umschlagen. Von Euphorie in Aggression, Angst, Panik, was auch immer. Manchmal kamen Halluzinationen dazu, dann wurde es richtig übel.

Hannah zog sich einen Stuhl heran und setzte sich ihm gegenüber an den Tisch. Die Lichter der vorbeifahrenden Autos bewegten sich durch den Raum. Auch nachts ließ der Verkehr auf der Stresemannstraße kaum nach.

Sie streckte die Hand nach Pauls Bierdose aus und nahm einen großen Schluck. Es war lauwarm. Paul hatte den Kopf zwischen die Schultern gezogen wie eine Schildkröte, die noch überlegte, ob sie in ihrem Panzer verschwinden oder lieber vorschnellen und zubeißen sollte. Dann sagte er: «Es tut mir leid.»

«Was?»

«Es tut mir leid.»

«Was tut dir leid?» Hannah hatte keine Ahnung, wovon er sprach.

«Alles, dieses ganze Scheißleben. Dass wir nie Geld haben. Dass ich nicht für dich sorgen kann.»

«Wieso solltest du für mich sorgen?»

«Du bist meine kleine Schwester.»

Hannah sah Paul irritiert an. Was war das denn für ein

reumütiger Anflug? So war er doch sonst nicht drauf. Sie war immer die, die hier alles am Laufen hielt. Bislang hatte Paul das nie gestört.

«Ich hatte da 'nen echt coolen Deal», murmelte er, stützte die Ellenbogen auf den Tisch, verbarg das Gesicht in seinen Händen und schüttelte den Kopf. «Die haben mich übers Ohr gehauen.»

Er begriff es einfach nicht. In dem Geschäft hatte er keine Chance. Er war viel zu gutgläubig. Und nicht schlau genug.

«Die haben das einfach ohne mich abgewickelt. Luk, und noch so 'n Typ. Weiß nicht mal, wie der heißt.»

Luk also. Hatte sie doch gewusst, dass man ihm nicht trauen konnte.

«Die Miete, die ...»

Verdammt. Darum ging es also.

Hannah hinkte selbst mit der Miete hinterher, und jetzt auch noch Paul. «Wir fliegen aus der Wohnung, wenn wir nicht zahlen.»

Paul starrte auf die Tischplatte.

Von draußen gellten Schreie über die Straße, dann Rufe und Sirenen.

Hannah seufzte leise. «Ich kümmer mich drum.»

Paul trank das Bier aus und zerdrückte dann die Dose in der Faust. «Fuck! Das ist so übertrieben unfair. Als würde ich immer draußen stehen und mir die Nase am Fenster platt drücken, während die anderen drinnen Party feiern. Nur *ich* darf nie mitmachen.»

Hannah stand auf, holte neues Bier aus dem Kühlschrank und schob Paul eins hin. Paul war ein Nichtsnutz, klar. Aber er war ihr Bruder. Er war der einzige Mensch, der noch bei ihr war. Sie trank die halbe Dose in einem Zug. Das Bier war angenehm kühl.

Paul lehnte sich zu Hannah über den Tisch und fasste ihr Handgelenk, hielt es so fest, dass es schmerzte. «Lass uns eine Bank ausrauben. Einmal so richtig fett abräumen. Du musst auch nur fahren.»

«Nein», sagte Hannah und riss ihren Arm aus der Umklammerung. «Ich raub doch keine Bank aus!»

Und schon gar nicht mit dir, fügte sie in Gedanken hinzu. Paul würde sie sofort hängenlassen, wenn es brenzlig wurde. Verlass war auf ihn nicht, noch nie gewesen. Sie hatte sofort die Bilder vor Augen, wie sie sich durch dieses Kioskfenster gezwängt hatte, um Kaugummis und Cola zu klauen. Paul hatte sie am Fenster hochgehoben und sie aufgefangen, als sie wieder heruntergesprungen war. Da war sie acht gewesen und hatte Paul für den coolsten Bruder der Welt gehalten.

Der Ladenbesitzer hatte sie erwischt. Paul war weggerannt, hat sie einfach stehen lassen. Danach war es zwischen ihnen nicht mehr wie vorher gewesen. In diesen wenigen Sekunden war Paul von seinem Heldenthron gestürzt und hatte ihn nie wieder erklommen, nicht einmal stufenweise.

«Du musst doch nur fahren.»

«Nein», sagte Hannah jetzt mit mehr Nachdruck. «Ich werde dir ganz sicher nicht helfen.»

Als Hannah endlich im Bett lag, hörte sie Paul in der Küche wüten. Es klang, als würde er sämtliches Geschirr gegen die Wand donnern. Immerhin ließ er seine Wut nicht an ihr aus.

12. BETTE

In der Nacht wachte Bette auf. Es war kühl im Zimmer, das Fenster stand auf Kipp, und sie zog die Decke bis zum Kinn hoch. Halb zwei. Ein Käuzchen schrie. Sie schloss die Augen, wusste jedoch, dass sie so schnell nicht wieder einschlafen würde. Tagsüber mochte sie noch so oft zusammenbrechen, nachts litt sie an Schlaflosigkeit, egal wie müde sie war. Dagegen kamen auch all ihre Medikamente nur begrenzt an.

Ihr Besuch bei Erna gestern hatte sie frustriert. Sinnloses Getratsche, das nirgendwo hinführte. Die Donauwelle für Mats hatte sie danach auch nicht mehr gebacken, stattdessen hatte sie mehrmals bei Chrischen angerufen. Ihre ersten beiden Anrufe hatte er nicht angenommen, danach hatte er sie weggedrückt. Mistkerl.

Bette döste kurz weg, schreckte jedoch sogleich wieder auf. Diesmal war es nicht das Käuzchen, dafür war da jetzt ein anderes Geräusch. Ein Knirschen. Wie Schritte auf Sand. Ihr Schlafzimmerfenster ging nach hinten raus, von der Straße konnte es nicht kommen. Bette lauschte angestrengt. Da war jemand. Da schlich jemand um ihr Haus. Die Hintertür, schoss es ihr durch den Kopf. Sie war immer noch nicht repariert. Im Zweifel brachte auch der Stuhl nichts, den sie am Abend unter die Klinke geschoben hatte.

Die Schritte knirschten in ihren Ohren, lauter, als sie vermutlich in Wirklichkeit waren.

Fast hätte sie laut aufgelacht, so dämlich kam sie sich vor. Wie ein vor Angst schockgefrorenes Huhn lag sie im Bett. Immer war sie es gewesen, die anderen Schutz versprach und so etwas wie Gerechtigkeit. Sie war die starke Instanz gewesen. Die Kommissarin, die sich einsetzte. Jetzt stand sie auf der anderen Seite, ohne dass da jemand wäre, der ihr half. Und dann merkte sie, wie sich neben der Furcht ein anderes Gefühl in ihr ausbreitete: Wut.

Sie würde sich nicht länger einschüchtern lassen. Wenn Thorben nichts unternahm, musste sie sich selbst helfen.

Sie nahm all ihren Mut zusammen, stellte die nackten Füße auf den kalten Boden. Im Dunkeln tastete sie nach der langen Strickjacke und zog sie über. In ihrem ausgeleierten Schlafshirt wollte sie nicht einmal einem Verbrecher gegenübertreten.

Ohne Licht zu machen, schlich sie die Treppe runter. Die Stufen der Holztreppe knarzten unter jedem Schritt. Als Jugendliche hatte sie niemals heimlich das Haus verlassen können, immer hatte das Knarzen sie verraten. Im Erdgeschoss war alles still. Der Stuhl stand noch fest unter dem Türgriff. Sollte sie wirklich da raus? Ja. Sie musste. Das war ihre Chance, denjenigen, der sie da terrorisierte, endlich zu Gesicht zu bekommen. Das Ganze zu beenden. Die 110 anzurufen, würde ihr nicht weiterhelfen. Bis ein Streifenwagen hier wäre, wäre der Kerl längst über alle Berge. Und Mats wollte sie auch nicht mit reinziehen.

Sie holte ihr scharfes japanisches Schneidemesser aus der Küche. Sie musste sich zumindest bewaffnen. Das Messer lag schwer in ihrer Hand. Das würde gehen. Zumindest solange sie keine Kataplexie bekam. Damit das nicht geschah, musste sie ruhig bleiben, ihre Gefühle runterfahren. Leichter gesagt als getan.

Im Flur stieg sie in die Gummistiefel, schob den Stuhl beiseite, zog die Tür auf und trat aus dem Haus, das Messer fest umklammert. Draußen war es genauso dunkel wie im Haus, Wolken hatten sich vor den Mond geschoben. Am Treibhaus quietschte ein Scharnier. Ansonsten war es still. War er schon weg? War sie zu langsam gewesen?

«Komm raus!» Ihre Stimme war belegt. Sie räusperte sich. «Komm schon!», rief sie, lauter jetzt. «Ich hab keine Lust auf deine Spielchen ... mir machst du keine Angst! Komm schon, zeig dich.» Mit jedem Wort, das sie in die Dunkelheit schrie, schwand ihre Furcht, und ihre Wut nahm weiter zu. Sie atmete tief ein und aus. Ein, aus. Ruhig bleiben, ganz ruhig bleiben.

Aus dem Augenwinkel nahm sie eine Bewegung wahr. Ihre Handmuskeln gaben nach, das Messer landete mit einem Klirren auf dem Gartenweg. Verdammt! Im Geist zählte sie die Sekunden, bis die Kraft endlich in ihre Hände zurückkehren würde. Es kam ihr wie eine Ewigkeit vor. Während sie noch reglos dastand, sah sie den Schatten. Hinter dem Hühnerstall. Und dann sackte ihre ganze Angst und Wut in sich zusammen. Ein Fuchs. Das Tier stand jetzt ganz still und schaute sie an, in seinem Maul hing ein weißes Huhn.

Ein Fuchs! Was war nur mit ihr los? Ließ sich von einem Tier so erschrecken. Gleichzeitig spürte sie so etwas wie Enttäuschung, nicht dem Muschelmörder gegenüberzustehen. Endlich zu erfahren, wer sie belauerte.

Mit geschmeidigen Bewegungen rannte das Tier in die Dunkelheit, ohne dass seine Pfoten einen Laut machten. Sie brauchte einen Moment, bis sie begriff, was das bedeutete. Das Knirschen auf dem Kies konnte nicht von ihm gekommen sein.

Sie lauschte wieder, meinte, ein Kichern zu hören. Es kam aus dem Treibhaus.

Ihr Zorn setzte jetzt jegliche Vernunft außer Gefecht. Sie scherte sich nicht drum. Das Messer ließ sie liegen, ihre Hände waren immer noch kraftlos. Oder schon wieder. So genau konnte sie das gerade nicht sagen. Ihre Emotionen wechselten so schnell, dass sie den Überblick verloren hatte.

Mit ausladenden Schritten ging sie die paar Meter zum Treibhaus rüber. An einer Stelle, wo das Glas fehlte, stieg sie ins Gebäude.

Da, wo einmal Beete gewesen waren, stapelten sich Erntekisten, zu hoch, als dass Bette über sie hinwegsehen konnte.

«Komm raus», schrie sie. «Ich weiß, dass du hier drin bist. Los schon. Zeig dich!»

Ihr Gegner rührte sich nicht. Gab keinen Mucks von sich. Nicht einmal ein Atmen war zu hören.

Sie ballte die Finger zu Fäusten. Ihre Hände waren wieder okay. Ihr Blick fiel auf die Schaufel, die am Kistenstapel lehnte. Sie griff den Schaufelstiel, holte aus und schlug mit voller Wucht gegen einen Stapel Erntekisten. Mit einem Krachen stürzte er um. «Es reicht!» Sie machte einen Schritt zurück und schlug gegen einen stützenden Pfeiler vom Metallgestell des Treibhauses. Das ganze Gebäude vibrierte. «Sag mir endlich, was du von mir willst.» Sie schlug noch einmal gegen das Metall, und diesmal lösten sich zwei Glasscheiben aus ihren Rahmen im Dach und fielen zu Boden, wo sie zerbarsten.

Ein Schrei. Schmerzerfüllt. Hinter den Kisten sprang jemand hoch. Mit ausgestreckten Armen. «Stopp! Stopp!»

Bette hatte schon erneut zum Schlag ausgeholt, bremste

im letzten Moment ab. Die Schaufel verfehlte nur knapp den Kopf der Person, die da aufgesprungen war. Bette fühlte sich, als weiche ihre Kraft nicht nur aus ihren Händen, sondern aus ihrem ganzen Körper. Vor ihr stand ein Mädchen mit langen dünnen Beinen, wie sie nur Teenager haben.

«Sie sind ja irre», schrie das Mädchen. «Wollen Sie uns umbringen?»

Bette starrte das Mädchen fassungslos an. Sie kannte es vom Sehen, sie kam aus Ochsenwerder. Ganz sicher.

Hinter den Gemüsekisten wimmerte jemand.

Bette machte einen Schritt nach vorn, dann noch einen. Auf dem Boden hinter den Kisten lag ein Junge, zusammengekrümmt, und hielt sich den Kopf. Eine der Glasscheiben hatte ihn getroffen. Überall um ihn herum und auf ihm drauf lagen Scherben.

«Was zum Teufel macht ihr hier?», fragte Bette. Ihre Stimme zitterte.

«Was wohl?» Das Mädchen klang trotzig.

Bette stöhnte auf. Das konnte jetzt nicht wahr sein. Ihr verfallenes Treibhaus als Geheimversteck für verliebte Jugendliche. Die Erkenntnis, dass sie fast zwei Teenager umgebracht hätte, drang zu ihr durch. Das Mädchen hatte schon ihr Telefon am Ohr, rief den Notarzt. Das Wimmern des Jungen ging in ein Stöhnen über.

Bette kniete sich neben ihn. Viel konnte sie bei dem Licht nicht sehen, nur dass überall Blut war. Er musste mehrere Schnittwunden haben. «Ganz ruhig», sagte sie und streckte die Hand nach ihm aus. Der Junge zuckte vor ihr zurück. Kein Wunder.

«Was ist denn hier passiert?» Mats war hinter ihr aufgetaucht. Ihn hatte sie in der Aufregung gar nicht gehört, und ihr schoss durch den Kopf, dass sie in diesem Moment auch den Muschelmörder nicht gehört hätte.

«Hol einen Verbandskasten», sagte Bette nur, als aus der Ferne schon die Sirene des Krankenwagens ertönte.

«Bette, was ist eigentlich los mit dir?», fragte Mats, nachdem die Sanitäter mit den Jugendlichen weggefahren waren. In seiner Stimme lag eine Strenge, die Bette so nicht von ihm kannte. «Du hast den Jungen fast umgebracht.»

Mats war der Einzige, der so mit ihr reden durfte. Aber nicht jetzt.

«Bette, wirklich. Sprich mit mir.»

Sie schüttelte nur den Kopf. «Später. Tust du mir den Gefallen und dichtest morgen den Schuppen ab? Der Fuchs hat ein Huhn geholt. Und meine Hintertür, die schließt auch nicht.»

Mats seufzte tief und nickte.

«Danke», sagte Bette, drehte sich um und ging ins Haus. Sie hätte wissen müssen, dass die Schritte, die sie gehört hatte, nicht von dem sein konnten, der sie beobachtete. Denn wer auch immer es sein mochte, war nicht nur unauffällig. Er war leise. Er machte keine Geräusche. So wie der Fuchs.

13. HANNAH

Um zehn Uhr am Sonntagmorgen machte Hannah sich zu ihrem Vermieter auf, um das mit der Miete zu klären.

Sie ärgerte sich immer noch über Paul. Eine Bank überfallen, wie absurd war das denn. Paul würde keine hundert Meter weit kommen, für so was war er gar nicht clever genug. Und überhaupt, das ganze Gelaber von wegen *kleine Schwester* und dass er sich nie genug um sie gekümmert hätte. Er wollte doch nur, dass sie den Bus fuhr, wenn er sein Ding durchzog.

Ihr Vermieter hieß Daniel Koschak, er hatte das runtergekommene Mietshaus vor ein paar Jahren von seinem Vater geerbt.

Das Haus, in dem Koschak selbst wohnte, war ein schön renovierter Altbau in der Oelkersallee, einer ruhigen baumbestandenen Seitenstraße der Stresemannstraße: die Fassade weiß getüncht, Rosen im Vorgarten, mit einem schmiedeeisernen Zaun vom Bürgersteig abgegrenzt. Die Rosen waren das Hobby des alten Koschak gewesen, und Hannah fragte sich jedes Mal, wer sich seit seinem Tod um die Blumen kümmerte. Daniel Koschak sicherlich nicht.

Sie presste einen Finger auf die Messingklingel und wartete, bis sie Koschaks Stimme durch die Sprechanlage hörte.

«Hannah hier», sagte sie kurz angebunden. Eine weitere Erklärung war nicht nötig. Er wusste, weshalb sie kam.

Das Schloss surrte, und Hannah drückte die Haustür auf. Im Treppenhaus war es angenehm kühl. Hannah ignorierte den Fahrstuhl und stieg die Treppen hoch. Als sie leicht außer Puste im fünften Stock ankam, lehnte Koschak in Shorts und mit nacktem Oberkörper in der Tür, kaute auf einem Streichholz und sah sie mit einem Grinsen im Gesicht an. Er war ein dunkler Typ mit massigem Körper, nicht fett, aber fleischig. Um seinen rechten Oberarm wand sich eine tätowierte Schlange, die sich zur Brust hin in einem geometrischen Muster auflöste. Koschak war 50, die Art Berufsjugendlicher, von denen es in der Schanze so viele gab. Sein Bart glänzte ölig.

«Es gibt auch 'nen Fahrstuhl, nimm doch zur Abwechslung mal den», sagte er.

«Nee.» Das enge Teil hatte sie einmal genommen und nie wieder. In der Kabine war sie sich vorgekommen wie in einem zugenagelten Sarg.

«Trotzdem. Schön, dir schon wieda zu sehn. Immer rin in die jute Stube», äffte er den Berliner Akzent nach. Das hörte man momentan andauernd, anscheinend war es voll angesagt, so zu reden. Hannah fand es nur peinlich. Sie schob sich an Koschak vorbei in die Wohnung. Ihr Körper spannte sich an, als sie seine Nähe spürte. Er roch nach Aftershave.

Als Hannah vor drei Jahren das erste Mal zu Daniel Koschak gekommen war, hatte sie um einen Mietaufschub bitten wollen. Koschak hatte abgelehnt und gesagt, falls sie nicht pünktlich zahlten, wären sie draußen. Dann hatte er sie eine Weile einfach nur angesehen und schließlich leise und mit einem Lächeln hinzugefügt: «Wir finden sicher eine Lösung.»

Jetzt drückte er die Tür hinter Hannah zu, und sie hörte, wie das Schloss einrastete.

Die Wohnung war ein einziger großer Raum und nahm die

gesamte Etage ein. Ein ganzes neues Stockwerk, das Koschak sich auf das alte Gebäude hatte aufsetzen lassen, mit bodentiefen Fenstern, die zu einer umlaufenden Terrasse hinausführten und durch die von allen Seiten Licht einfiel. Die Fenster standen offen, und der Wind blähte die hellen dünnen Vorhänge auf.

«Kaffee?», fragte Koschak.

Hannah schüttelte den Kopf. Sie wollte keinen Kaffee. Als ob sie bessere Freunde werden würden, wenn sie gemeinsam Kaffee tranken. Ganz sicher nicht.

Koschak überging sie einfach und fing an, an seiner silberglänzenden Espressomaschine herumzuhantieren. Mit einem metallischen Klacken drehte er den Kaffeebehälter heraus und schlug ihn aus.

Hannah blieb neben den Barhockern stehen, wartete.

Das Bett im hinteren Teil des Raumes war gemacht. Die japanisch anmutenden Kissen mit den orangenfarbenen Kois auf schwarzem Grund, die auf dem Sofa lagen, hatten alle per Handkantenschlag einen Knick in der Mitte verpasst bekommen.

Auf dem Esstisch, an dem locker zwölf Leute Platz fanden, stand ein aufgeklapptes Notebook, aus dem Musik lief. *Dickes B* von Seeed. Ein echter Schanzenschlager, den Hannah kaum noch ertrug. Es kam ihr vor, als liefe er im Viertel immer und überall in Dauerschleife.

«Und sonst, wie läuft's so? Alles paletti?», fragte Koschak und schäumte die Milch auf.

Was dachte er eigentlich? Wenn alles paletti wäre, würde sie nicht hier stehen.

«Hast du irgendwelche Urlaubspläne für den Sommer?»,

versuchte Koschak weiter, ein Gespräch in Gang zu bekommen. Hannah antwortete nicht.

Eine rot getigerte Katze kam über die Terrassentür herein und beäugte sie misstrauisch. Hannah hatte sie hier noch nie gesehen. Sie hatte auch noch nie irgendwo Katzenfutter herumstehen sehen oder ein Katzenklo. Oder was man sonst eben für so ein Tier brauchte.

Und dabei hatte sie sich ziemlich genau umgesehen, so wie sie es immer und überall tat. Mal abgesehen davon, dass sie es schlichtweg liebte, so wie bei Ela die Schränke zu öffnen, den fremden Geruch einzuatmen und die Kleidung anzuprobieren, war sie davon überzeugt, dass eine Wohnung alles über die Person verriet, die dort lebte. Anhand von Kleinigkeiten ließ sich ein ganzes Leben rekonstruieren – Einkaufszettel, Postkarten, das Duschgel am Badewannenrand, achtlos weggeworfene Tablettenschachteln. Ein paarmal war Koschak noch kurz im Bad verschwunden oder für Zigaretten zum Kiosk gegangen. Die Zeit hatte Hannah jedes Mal genutzt. Je mehr sie über Koschak wusste, desto besser. Es gab ihr ein Gefühl von Sicherheit, oder zumindest so was in der Art.

Die Katze kam zögerlich auf Hannah zu und strich ihr um die Knie.

«Die ist mir zugelaufen», sagte Koschak. «Ist irgendwie übers Dach gekommen. Seit zwei Wochen wohnt sie bei mir. Schmusiges Ding.»

Du redest zu viel, dachte Hannah, kniete sich hin, fuhr der Katze mit den Fingern durchs Fell. Es war warm und weich. Sie hob ihre Hand unter den Hals, dahin wo der Kehlkopf saß. Spürte das Schnurren, ein leichtes Vibrieren.

«Magst du Katzen?»

Hannah zuckte die Schultern. Über Katzen hatte sie nie nachgedacht. Sie mochte Hunde. Allerdings keine Hundebesitzer. Die taten immer so, als müssten die Tiere ihnen hundertprozentig hörig sein, als wären sie nichts als Kuscheltiere.

«Ich dachte, ich nenn sie Miezie. Oder Muschi.» Er lachte. «Früher hießen doch alle Katzen Muschi. Oder fällt dir was Besseres ein?»

Sollte er seine Katze doch Dildo nennen.

Koschak hatte den Kühlschrank geöffnet und eine Papiertüte vom Bioladen herausgenommen. Die Katze maunzte, ließ von Hannah ab und sprang auf den Tresen. Koschak beugte sich zu ihr vor und stupste mit seiner Nase gegen ihre Nase.

«Na, meine Schmucke, hast du Hunger? Jaa, du. Gleich gibt's was Feines», sagte er in einem süßlichen Tonfall und packte das Fleisch aus. Frisches blutig-rotes Rinderfilet. Mit einem langen Messer schnitt er dünne Scheiben ab und legte sie der Katze hin, die sie eine nach der anderen verschlang. Biofilet für ein Tier. Was für ein Snob. Und bei Hannah konnte er wegen ein paar Euro zu wenig Miete kein Auge zudrücken. Aber natürlich ging es nicht ums Geld. Er tat es, weil er es tun konnte. Sie war seiner Willkür ausgeliefert. Das war es, was ihn abgehen ließ.

Die Playlist war mittlerweile von Seeed auf Jan Delay umgesprungen. Auch nicht besser. Der nächste Schanzenschlager. Sie wollte das hier endlich hinter sich bringen.

Ohne eine Miene zu verziehen, ging sie um den Küchentresen herum. Koschak sah sie an, um seinen Mundwinkel zuckte ein Lächeln, das sie anwiderte. Amüsiert und herablassend. Er strich ihr eine Haarsträhne aus dem Gesicht. An einem seiner Finger hing noch ein Fetzen blutigen Fleisches. Es blieb an ihrer Wange kleben. Sie hätte kotzen können.

«Du bist echt niedlich», sagte er in demselben Tonfall, den er eben für seine Katze angeschlagen hatte.

Sie war alles Mögliche, nur niedlich war sie ganz bestimmt nicht.

Seine Finger glitten über ihr Kinn, dann über ihren Hals. Sie stand stocksteif. Er schob seine Hand weiter nach unten, nahm nun auch die zweite Hand dazu, knetete ihre Brüste. Hannah hielt die Luft an. Sie wollte nicht noch in seine Berührung hineinatmen, dann würde sie sie umso mehr spüren.

Es war ja nur ein Deal, sagte sie sich. Unangenehm, aber machbar. Sicher, sie könnte auch mit Überstunden mehr Geld verdienen oder mit einem Zweitjob. Aber das hier ging schneller. War praktischer.

Immerhin versuchte Koschak nie, sie zu küssen. Jetzt nahm er ihre Hand und presste sie in seinen Schritt. Durch den Stoff seiner Shorts spürte sie seine Erektion.

Mit einer Hand öffnete er seinen Hosenstall und drückte Hannah nach unten, bis sie vor ihm kniete. Sie schloss die Augen, um ihn nicht sehen zu müssen, öffnete die Lippen und nahm Koschaks Schwanz in den Mund. Er schmeckte nach Urin und bitterer Seife. Hannah unterdrückte einen Würgereiz, als er anfing, sich in ihrem Mund hin und her zu bewegen. Er stöhnte und schob sich so tief in ihren Rachen, dass sie kaum noch Luft bekam. *Ich ersticke. Gleich ersticke ich.* Panik ergriff Hannah. Sie drückte ihm die Hände gegen die Hüfte, versuchte den Kopf nach hinten zu ziehen, sich zu lösen. Koschak packte ihre Haare und presste ihr Gesicht noch fester gegen seine Scham. Als er sie endlich losließ, hustete sie so heftig, dass ihr Galle hochkam.

Koschak tätschelte ihr den Kopf. «Immer wieder eine Freude.»

Hannah schluckte, stand auf und verließ wortlos die Wohnung.

14. BETTE

Es war kurz nach elf. Sonntagvormittag. Die Wolken der vergangenen Nacht hatten sich verzogen, ohne dass es geregnet hätte. Das Sonnenlicht fiel schräg durchs Küchenfenster. Vögel zwitscherten. Hinter dem Haus werkelte Mats am Hühnerstall herum. In der Stadt hätte sich da an einem Sonntag sofort jemand über Lärmbelästigung beschwert. Hier störte es niemanden. Zumindest hatte es bislang nie jemanden gestört. Wie es in Zukunft mit den Neuzugezogenen in den Reihenhäusern werden würde, musste sich noch herausstellen.

Bette saß auf der Bank am Fenster und rauchte ihre vierte Zigarette. Viel zu viele, aber das war jetzt auch egal. Sie fühlte sich schrecklich. Vor einer Stunde hatte der Vater des verletzten Jungen angerufen. Es sei alles halb so schlimm. Dem Jungen gehe es gut, er habe nur kleinere Schnittverletzungen abgekommen. Aber bei der Vorstellung, was gestern Nacht hätte passieren können, wurde Bette ganz schlecht. Sie hätte die beiden umbringen können.

Sie wusste mittlerweile, dass der Junge Moritz Peters hieß und im Nachbarort Kirchwerder wohnte. Das Mädchen, Elsa, kam, wie Bette schon vermutet hatte, aus Ochsenwerder. Sie war eine Enkelin von Tante Lore. Gerade von Tante Lore!

Bette konnte gar nicht sagen, wie leid ihr das alles tat. Da hatte der Vater des Jungen eben am Telefon noch so sehr betonen können, dass die beiden selbst schuld seien, dass sie nichts auf ihrem Grundstück zu suchen gehabt hatten. Bette war auf sie losgegangen wie eine Irre. Sie hatte die Nerven verloren. Etwas, das ihrem alten Ich niemals passiert wäre.

Sie war immer eine rational denkende Frau gewesen. Und jetzt so etwas. Ließ sich von einem Muschelzeichen wahnsinnig machen. Am liebsten hätte sie sich einfach in ihrem Bett verkrochen. Aber das ging heute nicht. Sie hatte Bauer Jansen zugesagt, seine Biokisten zu packen. Erzeugnisse der Saison für die Hamburger Stadtkundschaft.

Eine Zigarette rauchte sie noch, dann brach sie auf.

Das Packen der Biokisten war ihr Minijob, seit sie in Ochsenwerder war. Von der Mordermittlerin zur landwirtschaftlichen Hilfskraft. Das hätte sie sich nie träumen lassen. Doch zum einen war es besser, als gar nichts zu tun zu haben, zum anderen brauchte Bauer Jansen Hilfe. Er war 78 und lief nur noch schlecht, Gicht im rechten Fuß und Rheuma. Seine beiden Söhne hatten den Hof verlassen und arbeiteten in der Stadt. Das Bauerndasein war für die meisten Jüngeren hier in der Gegend, wenn überhaupt, nur noch ein Nebenerwerb.

Anstatt wie sonst durch den Ort zu gehen, schlug Bette den Weg über die Felder ein. Sie wollte jetzt niemandem begegnen. Sicher wusste schon das ganze Dorf von ihrem Ausraster letzte Nacht. Bette mit der Schaufel. Verrückt. Lebensgefährlich.

Bauer Jansens Hof lag gleich am Elbdeich. Eine von Kastanien gesäumte Zufahrt, ein langgezogenes, reetgedecktes Haupthaus, dahinter eine große Scheune. Bette brauchte knappe zwanzig Minuten dorthin und drehte sich unterwegs immer wieder um. Sie war alleine, ganz sicher. Kein heimlicher Fotograf, kein Muschelmörder.

Der Geruch von Speck und Zwiebeln wehte zu ihr herüber. Der Sonntagsbraten. Normalerweise aß Bette bei Bauer Jansen, wenn sie kam, aber heute hatte sie wenig Lust und sah zu ihrer Erleichterung, dass der blaue Audi von einem der Söhne neben Jansens rotem Trecker stand. Ihre Gesellschaft war also nicht zwingend notwendig.

Sie ging in die Scheune, zog die schwere Holztür hinter sich zu und legte von innen den Riegel vor. Sicher war sicher. Sie wollte nicht hinterrücks überrascht werden.

Die dicke schwarze Kladde mit den Bestellungen hing an einer Strippe an der Wand. Dreißig Kisten mussten heute gepackt werden. Rohkost-Kisten. Obst-Kisten. Gemischte Kisten. Mutter-Kind-Kisten, in denen vor allem Möhren, Pastinaken und Fenchel waren. Welchem Kind das wohl schmeckte?

Nach einer Stunde merkte Bette, wie sie müde wurde, und legte sich für ein Nickerchen auf die Pritsche, die hier immer für sie bereitstand. Danach machte sie weiter, noch mal etwa eine Stunde. Und während sie Obst und Gemüse sortierte, fasste sie einen Entschluss. Sie würde ihrem Exkollegen Chrischen einen Besuch abstatten. Ihn zur Rede stellen. Vielleicht klärte sich dann alles auf. Es musste einfach Chrischen sein. Denn wenn nicht, musste sie davon ausgehen, dass es wirklich der Muschelmörder war, der es auf sie abgesehen hatte.

Um halb fünf stieg Bette vor Chrischens Wohnhaus in Rothenburgsort aus dem Taxi. Der Stadtteil lag von Ochsenwerder aus auf halber Strecke in die Innenstadt, keine zehn Fahrminuten. Er war geprägt von roten Backsteinsiedlungen aus der Nachkriegszeit, Lagerhallen, Industriegebiet, hatte durch seine Nähe zur Elbe aber auch seine charmanten Ecken.

Chrischen jedoch wohnte ganz uncharmant in einem von Abgasen angegrauten Haus am Vierländer Damm, einer breiten Durchfahrtsstraße.

Bette klingelte mehrmals, ohne dass Chrischen öffnete.

«Zu wem wollen Sie denn?», fragte eine junge Frau, die in einem offenen Fenster im ersten Stock hing und die Scheiben wischte. Sie trug ein pinkfarbenes Kopftuch, das ausgesprochen elegant an ihr aussah. Sogar beim Putzen.

«Christian Müller.»

Die Frau legte die Stirn in Falten, dann lächelte sie. «Ach so, Sie meinen Chrischen. Der ist vorhin weg.»

Bette wollte sich schon abwenden, als die Frau die Straße hinunterzeigte, wobei sie sich so weit aus dem Fenster lehnte, dass Bette sie schon fallen sah.

«Da hinten, der Laden mit dem grünen Schild», sagte sie. «Da würd ich mal gucken. Ist sein zweites Wohnzimmer.»

Der Laden, zu dem die junge Frau sie geschickt hatte, war Sportsbar und Wettbüro in einem. Zutritt ab 18. Rauchen erlaubt. Ringsum an den Wänden standen Daddelautomaten, über der Theke hing ein überdimensionaler Bildschirm, auf dem ein Pferderennen übertragen wurde. Chrischen saß auf einem Barhocker, eine Flasche Astra vor sich. Er sah aus, als sei er direkt aus dem Bett hier hereingestolpert. Er war unrasiert, trug eine kurze schlabbrige Hose, Hawaiihemd und Badelatschen. Plötzlich fühlte Bette sich ganz beklommen, wie ein Eindringling. War dieser Laden alles, was er neben seiner Arbeit hatte?

«Chrischen», sagte sie und ging zu ihm rüber.

Er hob den Kopf. «Oh. Hallo, Bette.» Seine Stimme klang müde, er sah völlig zerknautscht aus, hatte tiefe Falten um seine grünen Augen.

«Ich hab versucht, dich anzurufen».

«Ach ja, stimmt.»

«Wie wär's mal mit einem Rückruf gewesen?»

«Kam nicht dazu.» Er sah Bette prüfend an und schielte dann auf das Pferderennen.

Der Anflug von Mitleid, den sie eben empfunden hatte, war wie weggeblasen. Ihre Wut kochte hoch. «Chrischen!», fuhr sie ihn an. «Warst du bei mir in Ochsenwerder?»

Er verzog seinen Mund zu einem spöttischen Lächeln. «Du glaubst wirklich, ich habe dir dieses Scheit hingelegt.»

Er wusste also schon davon. «Kannst du jetzt Gedanken lesen, oder was?»

«Ich kann eins zu eins zusammenzählen. Dein Besuch im Präsidium ist ja kein Geheimnis.» Chrischen trank den Rest aus seiner Bierflasche und machte dem Kellner ein Zeichen, ihm noch eins zu bringen.

«Sie auch?», fragte der Kellner an Bette gewandt.

Bette schüttelte den Kopf. «Und? Warst du es?»

«Das traust du mir also zu? Du glaubst wirklich, ich würde so weit gehen?»

Aus der Art, wie es das sagte, meinte Bette Enttäuschung herauszuhören. Sie stützte ihren Kopf in die Hände und rieb sich über die Augen. Traute sie Chrischen das wirklich zu? Oder hoffte sie einfach nur, dass er es gewesen war?

«Ich konnte dich nie leiden», sagte Chrischen. «Aber das hier ... damit habe ich nichts zu tun.»

Bette fühlte sich unendlich erschöpft. Und sie glaubte Chrischen. Leider. «Wenn du es nicht warst ...»

«Dann war es mit großer Wahrscheinlichkeit der Muschelmörder», beendete er ihren Satz.

Bette nickte. «Ich ruf Thorben noch mal an. Er muss seinen verdammten Arsch bewegen und was unternehmen.»

«Lass es. Nur ein guter Rat ... MT glaubt dir eh nicht. Er meint, du hast dir das alles ausgedacht, um wieder mitzumischen.»

«Das hat er *dir* erzählt?»

«Das erzählt er allen.»

Sie hatte es gewusst, trotzdem tat es weh, es so direkt aus Chrischens Mund zu hören.

Plötzlich lachte er auf und schüttelte gleichzeitig den Kopf. «Echt verrückt, ich hab immer gedacht, es gibt nichts Schlimmeres als dich zur Vorgesetzten zu haben. Und weißt du was, MT toppt dich um Welten. Ein Volltrottel. Da wünsch ich mir dich fast zurück.»

Bette lächelte. «Das nenn ich mal eine nette Schmeichelei.»

«Gern geschehen.» Chrischen legte ihr eine Hand auf den Arm. In jeder anderen Situation hätte Bette gedacht, er täte es nur, um seinen nächsten bissigen Witz vorzubereiten. Aber diesmal war etwas anders. Er meinte es ehrlich. Bette sah ihn etwas irritiert an.

«Fass ihn selbst», sagte er.

«Was?»

«Den Muschelmörder. Jag ihn.»

«Ich? Du spinnst ja.»

«Was spricht dagegen?»

«Alles spricht dagegen. Ich penne andauernd. Beim kleinsten Schreck fällt mir der Löffel aus der Hand.»

«Napoleon hatte auch Narkolepsie. Na und? Hat ihn das von irgendwas abgehalten?»

«Du kennst dich ja aus.»

«Sicher. Ich hab mich schlau gemacht. Wo doch schließlich meine Lieblingskollegin damit zusammenklappt ist.»

«Sehr witzig. Du hast übrigens noch eine Kleinigkeit vergessen: Ich bin keine Polizistin mehr.»

Chrischen sah sie mit einem verschmitzten Lächeln an. «Na ja. Auf dem Papier. Aber Bulle bleibt Bulle. Das weißt du doch, Bette.»

Als Bette nach ihrem Besuch bei Chrischen vor ihrer Haustür aus dem Taxi stieg, sah sie sich nach allen Seiten um. Checkte ihre Umgebung ab, musterte die vorbeilaufenden Spaziergänger. Jetzt gab es für sie keinen Zweifel mehr. Der Muschelmörder war hier irgendwo.

Sie war noch nicht an der Haustür, da kam Mats schon durch den Garten zu ihr rüber. Einen Moment sah er sie durchdringend an, und sie wusste, was er sich fragte. War alles mit ihr in Ordnung? Hatte sie sich nach dem Ausraster im Treibhaus wieder eingekriegt? Aber er sprach es nicht aus. Und sie war ihm dankbar dafür. Sie wollte jetzt nicht darüber reden. Sie musste erst einmal alleine ihre Gedanken ordnen. Und ihre Gefühle. Und überhaupt alles. Jetzt, wo sie sich nicht mehr auf der Hoffnung ausruhen konnte, dass Chrischen derjenige war, der ihr nachstellte. Die Bedrohung war echt.

«Der Hühnerstall ist dicht», sagte Mats. «Für das Türschloss muss ich morgen noch einen passenden Zylinder kaufen.»

«Danke, was tät ich nur ohne dich.»

«Soll ich dir auch mal das ganze Gerümpel aus dem Schuppen schaffen?»

«Das krieg ich selbst hin. Irgendwas muss ich ja auch zu tun haben.»

Als Bette den vorderen Teil des Werkzeugschuppens für die Hühner umgebaut hatte, war alles, was im Schuppen gewesen war, erst mal einfach in den hinteren Teil gewandert.

All die unzähligen Dinge, die ihr Vater nie entsorgt hatte. Man hätte sie ja noch gebrauchen können.

Neben den Werkzeugkisten waren da Schubkarren, Eimer, Waschzuber, Lattenroste, Plastikfässer und sogar zwei alte Propangasflaschen.

Wieder sah Mats sie mit diesem besorgten Blick von eben an. «Möchtest du zumindest einen Kaffee?»

Bette lehnte ab, sagte ihm, dass sie vielleicht später rüberkommen würde, und ging ins Haus. In der Küche lief das Radio, sie konnte sich nicht erinnern, es eingeschaltet zu haben. Sie holte O-Saft aus dem Kühlschrank und trank direkt aus der Flasche. Ihr Magen knurrte. Sie griff nach der gusseisernen Pfanne, um sich ein Omelette zu machen. Das würde schneller gehen als sich eins der Tiefkühl-Gerichte in den Ofen zu schieben.

Sie drehte das Radio aus, die übertrieben gute Laune des Moderators ertrug sie nicht.

In den alten Rohren, die von oben kamen und unverputzt an der Wand entlang durch die Küche verliefen, fiepte es, als liefe irgendwo im Haus Wasser. Hatte sie heute Morgen vergessen, den Hahn im Bad auszudrehen? Sie stellte die Pfanne auf den Herd und ging nach oben. Unter der geschlossenen Badezimmertür hindurch sah sie, dass im Bad Licht brannte. Hatte sie das auch heute Morgen angelassen? So wie sie gerade drauf war, wunderte sie langsam gar nichts mehr. Als sie die Tür öffnete, hüllten heiße Dampfschwaden sie ein und nahmen ihr die Sicht.

Aus dem Duschkopf in der Badewanne lief heißes Wasser. Bette wedelte mit den Händen vor ihrem Gesicht hin und her, sah aber immer noch nicht viel. Wieso lief die Dusche? Und wieso war der Duschvorhang geschlossen? Sie hatte sich heute Morgen nur die Zähne geputzt.

Bilder aus Hitchcocks *Psycho*-Film rasten durch ihren Kopf. Die Dusche, die Frau, der Mörder. Ihr Herz pochte heftigst. Sie sah auf ihre Hände, wunderte sich, dass sie diesmal gar keine Kataplexie hatte. Sie musste den Duschvorhang aufziehen, jetzt sofort, bevor ihr die Kraft aus den Händen wich. Sie streckte ihre Hand aus, griff den Stoff des Duschvorhangs und riss ihn mit einem Ruck beiseite.

Nichts. Da war nichts. Nur siedend heißes Wasser, das aus dem Duschkopf schoss. Der alte Boiler hinter der Wanne heizte es bis fast auf hundert Grad hoch. Bette rieb sich die Hände über das schweißnasse Gesicht. Wurde sie langsam wirklich irre? Sie beugte sich vor und drehte den Hahn bis zum Anschlag zurück, wobei sie aufpasste, sich nicht zu verbrühen. Endlich kein prasselndes Wasser mehr. Langsam löste sich der Dampf auf, und sie konnte wieder mehr sehen.

Und das, was sie sah, ließ sie erstarren.

Auf den beschlagenen Spiegel war das Muschelzeichen gemalt.

15. BETTE

Bette trank den Korn in einem Zug aus. Medikamente hin oder her. Sie brauchte jetzt einen Schnaps. Er war da gewesen, in ihrem Haus, und hatte das verfluchte Muschelzeichen auf ihrem Badezimmerspiegel hinterlassen.

Nach dem ersten Schock war sie zu Mats rübergerannt. Bloß raus aus dem Haus. Fynn war nicht da gewesen, und Mats, bei dem es aus Prinzip keinen Schnaps im Haus gab, hatte sie zu Otto in den Gasthof bugsiert, wobei der Begriff *bugsieren* es exakt traf. Mats hatte sie ins Schlepptau genommen wie einen manövrierunfähigen Kahn.

Und da saßen sie nun. Der Gastraum hatte etwas von einer sicheren Höhle. Er war nicht groß, hatte nur kleine Fenster, und alles war in dunklen Brauntönen gehalten. Die Polsterung der Stühle, die Gardinen, der Kachelofen, sogar die Tonkrüge im Regal hinter der Theke. Niemand konnte sie hier beobachten. Und in Mats' Anwesenheit fühlte Bette sich zusätzlich sicher.

Eigentlich öffnete der Gasthof nur noch dienstags für den Knobelabend und einmal im Monat freitags. Otto war mittlerweile über achtzig. Ein hagerer Mann mit weißem Bart und hellen freundlichen Augen. Er wohnte über den Gasträumen, und ein Blick auf Bette hatte ihm gereicht, um sie einzulassen und ihnen eine Flasche Oldesloer auf den Tisch zu stellen. Dann hatte er sie beide sich selbst überlassen.

Bette trank und entspannte sie sich langsam etwas.

«So, erzählst du mir jetzt mal, was los ist?», fragte Mats.

Ja, das würde sie. Das war sie Mats schuldig. Nur wie sollte sie ihm beibringen, dass der Einbrecher aller Wahrscheinlichkeit nach ein Mörder war?

Sie legte den Kopf in den Nacken, versuchte, sich zu sammeln, aber ihre Gedanken drifteten ab. Sie las die Liedtitel auf den Notenblättern, mit denen die Raumdecke tapeziert war: *Die lustigen Gespenster, Laura, Bleib bei mir*. Unter den Noten hingen Trompeten, umfunktioniert zu Lampen. Blasinstrumente. Ottos Leidenschaft. Er hatte eigentlich nie etwas anderes machen wollen als musizieren: Trompete, Tuba und Tenorhorn. Hätte er nicht den Gasthof übernommen, der seit weit über hundert Jahren in Familienbesitz war, wäre er Musiker geworden.

Mats klopfte mit der Hand auf den Tisch. «Bette! Rede mit mir.»

Bette setzte sich gerade auf. Sie schob das Glas einen Zentimeter weiter in Mats' Richtung, damit er nachschenkte.

Nach dem zweiten Korn erzählte sie ihm von dem Doppelmord im Wohldorfer Wald und was alles passiert war, seit sie das Holzscheit mit dem Muschelzeichen in ihrem Garten gefunden hatte. Sie erzählte ihm von ihrem Besuch im Präsidium und dem erniedrigenden Telefonat mit Thorben gestern früh. Und auch davon, was er über sie herumerzählte. Es fiel ihr nicht leicht, aber es musste raus. Und Mats musste es wissen, um zu verstehen, warum sie Thorben jetzt nicht anrufen konnte.

«Er glaubt mir eh nicht.»

«Moment», sagte Mats und fuhr mit seinem Zeigefinger vor seiner Stirn herum, als wollte er seine Gedanken dirigieren. «Du meinst, da war jemand in deinem Haus, der zwei

Menschen ermordet hat? Und du willst nicht die Polizei einschalten?»

Bette verzog ihren Mund, wollte etwas Entschiedenes sagen, aber es kam nur ein entschuldigendes Lächeln heraus.

«Bette, du musst deine Kollegen informieren.»

«Mein Nachfolger hält mich für eine Wichtigtuerin. Er denkt, ich will mich nur wieder einmischen. Dass ich mir das alles ausgedacht habe.»

«Und wenn schon.»

«Nein!»

Mats rieb sich mit der Hand über die stoppelige Wange. «Okay, also keine Polizei.» Er kannte sie gut genug, um zu wissen, dass dieses Nein endgültig war. «Und jetzt?»

Tja, was jetzt? «Hast du denn nichts beobachtet? Du warst doch draußen im Garten.»

«Ich hätte doch niemanden einfach so bei dir reinspazieren lassen.»

«Ja, schon klar.»

«Ich war allerdings auch nicht die ganze Zeit da», schob Mats hinterher. «Hab Fynn nach Hause gebracht und mit Julia noch Kaffee getrunken. Ich war sicher so eineinhalb Stunden weg. Vielleicht länger.»

Derjenige, der bei ihr eingestiegen war, musste den Zeitpunkt genau abgepasst haben.

Bette nippte noch einmal an ihrem Korn. Sie spürte den Alkohol schon.

«Du könntest erst mal bei mir wohnen», schlug Mats vor.

«Was soll das bringen? Dann wäre ich nebenan, dieser Kerl hätte mich trotzdem im Visier und dich und Fynn gleich mit.»

«Dann geh in ein Hotel. Ich meine, ich könnt wahrscheinlich deine Hintertür zunageln. Der Typ kommt doch trotzdem ins Haus, wenn er will.» In Mats' Blick lag echte Sorge.

«Mal sehen. Ich werd drüber nachdenken», sagte Bette, wusste aber schon, wie ihre Antwort ausfallen würde: Nein. So wie sie ihren Verfolger einschätzte, würde sie ihn auch mit einem Umzug ins Hotel nicht abschütteln. Ausziehen war nicht der richtige Weg.

«Bette! Tu jetzt nicht so, als sei das alles eine Lappalie.»

«So tu ich gar nicht. Und apropos. Sorg dafür, dass Fynn in nächster Zeit nicht in meinen Garten kommt. Kauf eine Hängematte. Oder ein Zelt. Irgendeinen Ersatz für meinen Apfelbaum.»

«Als ob es da einen Ersatz gäbe», sagte Mats, nickte aber.

Otto kam mit einem Tablett in den Gastraum und stellte es vor sie hin. Er hatte Kaffee gekocht und Brote geschmiert. «Oh, danke Otto. Das ist genau das, was ich jetzt brauche.»

«Dafür nich.»

Bette griff nach einem Schinkenbrot. Sie war völlig ausgehungert und brauchte nach dem Alkohol dringend was in den Magen.

«Hast du nicht zumindest jemanden bei der Spurensicherung, der sich mal das Bad anschauen kann?», fragte Mats. «Das muss dieser Thorben ja nicht unbedingt wissen.»

Ja, vielleicht war das wirklich eine Möglichkeit. Bette aß und stand auf. Unter Mats' besorgtem Blick konnte sie nicht denken. Außerdem musste sie auf Klo.

Sie ging nach nebenan in den großen Festsaal, durch den man zu den Toiletten kam. Auch hier hingen zu Lampen umgebaute Blasinstrumente. Es war einer dieser Säle, wie es sie eigentlich gar nicht mehr gab. Mit Bühne, Wandgemälde, langer Theke. Seit Jahrzehnten unverändert. Schon Max Brauer hatte hier gesprochen. Kurz nach dem Krieg, über Kartoffeln und wie man sie zu den hungernden Stadtbewohnern schaffte. Otto erzählte gerne davon. Bette sog die Luft durch die Nase ein. Es roch regelrecht nach einer Vergangenheit, in der hier noch so richtig gezecht und getanzt wurde. Sofort waren da die Bilder ihrer Eltern und Großeltern, mit denen sie als Kind oft hier gewesen war, aber sie verschwanden auch sogleich wieder. Ihre Gedanken waren woanders, beim Muschelmörder, und bei der Frage, was sie nun tun sollte. Sie ging quer durch den Raum zu der steilen Stiege, die nach unten zu den Toiletten führte. Vielleicht hatte Chrischen recht: Bulle blieb Bulle. Sie hatte Narkolepsie, aber sie war nicht auf den Kopf gefallen. Vielleicht war es nur eine Frage der Organisation. Und sie war ja nicht alleine. Sie hatte Mats. Tyler könnte sie fahren. Unter den alten Kollegen war auch noch der ein oder andere, der ihr bestimmt helfen würde. Und sei es nur, weil noch ein Gefallen ausstand. Vielleicht brauchte sie Thorben gar nicht. Mit einem Mal spürte sie diese Aufregung, die sie früher immer ergriffen hatte, wenn eine Ermittlung losging. Dieses Gefühl, das sie so schmerzlich vermisst hatte. Ein Kribbeln, das immer einherging mit höchster Konzentration und das sich erst auflöste, wenn der Fall abgeschlossen war.

16. HANNAH

Montagmorgens war Teamsitzung. Während die anderen Call-Center-Agenten vorne im Raum standen, fuhr Hannah ihren Rechner hoch und gab ihre ID in die verschiedenen Masken ein. Sie war für den Notdienst eingeteilt.

«Strengt euch an! Indien, Ägypten, Pakistan. Überall sprießen Call-Center aus dem Boden», setzte Susanne Brandt zu ihrem allwöchentlichen Sermon an. «Die Konkurrenz ist *not waiting*. Ihr müsst *faster* werden. Und *better*.» Wie immer, wenn die Brandt vor versammelter Mannschaft sprach, spickte sie ihre Sätze mit albernen englischen Einsprengseln. Hannah verdrehte die Augen, setzte das Headset auf und nahm ihren ersten Anruf entgegen.

Ein älterer Herr war dran. Er fragte sie, wie es ihr ginge, und im ersten Moment wunderte Hannah sich über seine Freundlichkeit. Dann begriff sie, dass er verwirrt war. Er sprach sie als seine Enkelin an und wollte wissen, wann sie ihn besuche. Es tat ihr leid, ihn aus der Leitung werfen zu müssen. Aber für solche Gespräche hatte die Brandt kein Verständnis.

Die nächsten drei Anrufer suchten ihre verlorengegangenen Pakete. Dann kam ein Anruf über die Aalsen-Reederei rein. Es war Ela, Hannah erkannte ihre Nummer. Heute war ihr erster Arbeitstag nach dem Urlaub. Ob sie den Willkommensgruß am Kühlschrank gesehen hatte?

«Na endlich! Dass das immer so lange dauert in dieser Warteschleife», sagte Ela gereizt. Kein Hallo, kein Guten

Morgen. «Mein Laptop ist abgestürzt, mitten in einer Präsentation.» Das Einzige, was sie interessierte, war ihr dämlicher Computer. «Er startet nicht. Schwarz, alles schwarz. Da sind sensible Daten drauf. Die brauche ich dringend.»

Hannah stützte den Kopf in die Hand, schloss die Augen, atmete durch. Ela benahm sich immer so arrogant, wenn sie im Call-Center anrief, das kannte sie schon. Dennoch versetzte es ihr jedes Mal einen Stich. Leise sagte sie: «Das bekommen wir schon wieder hin.»

«Das will ich hoffen.»

Schritt für Schritt ging Hannah mit Ela die möglichen Fehlfunktionen durch, wobei sie versuchte, die Teamsitzung vorne im Raum so gut es ging auszublenden. Was nicht ganz einfach war. Die Brandt wurde immer lauter. Sie war jetzt dazu übergegangen, die Leistungen einzelner Mitarbeiter öffentlich anzuprangern. Das Call-Center bot ihr die Gelegenheit, jemand zu sein. Und am mächtigsten fühlte sie sich offensichtlich immer dann, wenn sie andere fertigmachte. So wie Ela, wenn sie hier anrief.

«Es klappt nicht!», sagte Ela ungeduldig. «Wieso fährt er nicht mehr hoch?»

«Sitzt der Akku richtig?»

«Natürlich.»

«Dann muss sich das ein Techniker ansehen.» Hannah konnte sich zwar vom Call-Center aus in die Rechner der Reederei-Mitarbeiter schalten, aber Elas Problem schien in der Hardware zu liegen. Das war aus der Entfernung nicht zu beheben. «Ich werde jemanden vorbeischicken.»

«Wann?»

«So bald wie möglich.»

«Ich brauche die Daten sofort.»

«Es gibt doch sicher ein Back-up.»

Ein Fluchen am anderen Ende der Leitung verriet Hannah, dass dem nicht so war.

Karl schlurfte mit hängendem Kopf an Hannahs Tisch vorbei und ließ sich schwer auf seinen Stuhl plumpsen. Er sah bedrückt aus. Hatte die Brandt also sogar ihn runtergemacht, gerade ihn, der sich nun wirklich ins Zeug legte. Mehr als jeder andere in dem ganzen Laden hier.

«Dieser Techniker, er soll sofort herkommen», setzte Ela hinterher und legte auf.

«Klar. Bitte, gern geschehen, kein Grund, sich zu bedanken», murmelte Hannah und hielt Karl ihre Tüte Gummibärchen hin. Er sah sie mit traurigen Augen an und steckte seine Hand in die Tüte. «Danke.» Er schniefte. «Danke, das ist echt lieb von dir.»

Hannah verzog ihren Mund zu einem Lächeln. Sie betrachtete den kanariengelben Briefumschlag, der neben ihrer Tastatur lag und auf dem sie während des Telefonats mit Ela geistesabwesend herumgekritzelt hatte. An einigen Stellen hatte der blaue Kuli sich durch das Papier gedrückt, während er wieder und wieder dieselben Linien nachgezogen hatte. Der Umschlag war übersät mit ein und demselben Motiv: einer Muschel mit Kreuz in der Mitte.

17. BETTE

Am späten Vormittag bereitete Bette sich ein anständiges Frühstück zu. Während sie die Spiegeleier auf einen Teller gleiten ließ, summte sie leise vor sich hin. Ihr Entschluss, Thorben zu ignorieren und die Ermittlung selbst in die Hand zu nehmen, hatte sie ausgesprochen positiv gestimmt. Sie war ungewöhnlich gut gelaunt. Ihre Unruhe und die Angst, die sie die letzten Tage verspürt hatte, waren wie weggeblasen, oder zumindest nicht mehr so nervenzehrend.

Arno, ein ehemaliger Kollege von der Kriminaltechnik, den sie gestern noch angerufen hatte, war gleich heute Morgen bei ihr aufgetaucht. Der Muschelmörder, oder wer auch immer das Zeichen in ihrem Bad hinterlassen hatte, musste sich mit einem Dietrich Zutritt in ihr Haus verschafft haben. Arno hatte Kratzspuren am Schloss der Haustür gefunden. Sehr minimale, was darauf hindeutete, dass der Einbrecher ein geübter Schlossknacker war. Ein notorischer Einbrecher musste er deshalb noch lange nicht sein. Bette konnte auch gut mit Dietrichen umgehen. Dieses feinmotorische Gefrickel hatte ihr immer Spaß gemacht. Früher hatte sie abends zu Hause an alten Schlössern geübt, wie andere puzzelten. Es gab sogar Menschen, die das Schlösserknacken im Verein betrieben. *Sportsfreunde der Sperrtechnik e. V.*

Fingerabdrücke hatte Arno keine gefunden. Der Täter musste Handschuhe getragen haben, was Bette nicht überraschte. Er hatte bisher ja auch keine Spuren hinterlassen. Dieser Kerl mochte irre sein, aber er wusste, was er tat. Dennoch gab Bette Arno die Fotos mit, die sie per Post erhalten hatte. Wenn jemand etwas fand, dann er. Da vertraute sie voll auf ihn. Und noch wichtiger, sie vertraute darauf, dass Arno nicht gleich zu Thorben rannte.

Um kurz nach elf fuhr Tyler mit dem Lieferwagen bei Bette vor. Sie hatte ihn gebeten, sie zum Wohldorfer Wald zu fahren, eine gute Fahrtstunde von Ochsenwerder entfernt an der Grenze zu Schleswig-Holstein. Bette wollte auf die Lichtung, auf der Tom van Have und Melanie Wagner im November ermordet worden waren. Dort, wo sie das Muschelzeichen zum ersten Mal gesehen hatte. Es war nicht so, dass sie hoffte, am Tatort noch etwas zu finden, das sie weiterbrachte. Nicht so lange nach der Tat. Nein. Sie wollte ihre Gedanken ordnen. Es war eine alte Angewohnheit. Wenn sie konzentriert über einen Fall nachdenken wollte, kehrte sie zum Tatort zurück, ging die Fakten durch, die sie hatte, ließ die Geschehnisse, soweit sie sie kannte, Revue passieren. Am Tatort fiel ihr das leichter, als wenn sie im Präsidium auf eine Fotowand starrte. Oder zu Hause aus ihrem Küchenfenster.

Als Bette jetzt aus dem Haus trat, schlug ihr drückende Hitze entgegen. Der Himmel hatte sich zugezogen, und sie meinte, schon das Nass des aufkommenden Unwetters zu riechen.

Sie waren gerade erst losgefahren, als sie Tyler bat, kurz anzuhalten. Vor dem Schützenhaus stand der Eiswagen, und auf einem Zaun dahinter saßen drei junge Mädchen. Eine davon war die Enkelin von Tante Lore.

Bette stieg aus und ging, wenn auch zögerlich, zu den Mädchen rüber. Das hier fiel ihr nicht leicht. Die ganze Sache war ihr so ungemein peinlich. Aber sie musste mit Elsa sprechen. Die Mädchen, die eben noch laut durcheinandergeredet hatten, verstummten und sahen sie an. Elsas Blick flackerte. Trotzig und etwas unsicher, als befürchte sie, Bette würde gleich wieder um sich schlagen.

Bette räusperte sich. «Elsa. Ich mochte mich entschuldigen, dass ich so auf euch losgegangen bin. Es tut mir wirklich leid.»

Elsa presste nur die Lippen zusammen und schaute misstrauisch.

«Was ich sagen wollte ... Ihr könnt immer gerne auf mein Grundstück kommen. Nur ... ich habe mich furchtbar erschrocken.»

Bevor sie noch mehr vor sich hin stammeln konnte, sagte Elsa: «Ist schon okay. Meine Mutter meint, es ist wegen Ihrer Krankheit.»

Bette runzelte die Stirn, ärgerte sich plötzlich, allerdings mit dem Wissen, dass sie kein Recht dazu hatte. Es stimmte ja. Teilweise zumindest. Ohne Krankheit wäre sie niemals so schreckhaft, und sie wäre vermutlich auch gar nicht hier.

«Vielleicht», sagte sie deshalb. «Aber es ist auch meine Arbeit. Hat deine Mutter dir erzählt, dass ich bei der Polizei war? Da macht man sich manchmal Feinde. Ich dachte ...» Hier unterbrach Bette sich. Sie konnte Elsa nicht erzählen, dass ein Mörder durch Ochsenwerder schlich. Egal wie sehr sie sich für ihren Ausraster rechtfertigen wollte, das ging zu weit. «Na ja, ich habe mich eben einfach erschrocken.»

Kurz darauf saß sie wieder bei Tyler im Wagen, und sie fuhren den Deich an der Dove-Elbe entlang.

«Was wollen Sie eigentlich im Wohldorfer Wald?», fragte Tyler.

«Spazieren gehen.»

«Klar. Darum gucken Sie auch so angestrengt in den Rückspiegel. Werden wir verfolgt?»

«Nein», sagte Bette. Es war nicht ein einziges Auto hinter ihnen.

«Hat unser kleiner Ausflug hier was mit einem Mordfall zu tun?»

«Wie kommst du denn darauf?»

«Na ja. Die selbstlöschende Nachricht, Ihr Besuch im Morddezernat. Gab es da oben in diesem Wald nicht letztes Jahr einen Doppelmord? War doch Ihre letzte Ermittlung.»

«Tyler, du bist eine echte Nervensäge.»

«Tja, hör ich öfter. Und Ihr Ausraster letztens. Sie haben Elsa für den Mörder gehalten, oder? Glauben Sie, er lauert Ihnen auf?»

«Tyler, hör auf, dir so einen Blödsinn zusammenzureimen», sagte Bette und dachte bei sich: beeindruckend kombiniert.

«Nehmen Sie die Ermittlung wieder auf?»

«Das geht dich nichts an.»

Tyler lachte. «Hab ich's doch gewusst. Sie ermitteln auf eigene Faust.»

Bette seufzte nur laut.

«Kommen Sie schon. Ich helfe Ihnen.»

«Vergiss es.»

«Und wieso nicht?»

«Weil ich das sage.»

«Sie klingen wie mein Vater.»

Mit Tylers Vater, dem alten Stinkstiefel, wollte Bette nicht verglichen werden und schob deshalb schnell eine Erklärung hinterher: «Ich bin keine Polizistin mehr. Ich darf mich nicht in eine Ermittlung einmischen. Es ist ... sagen wir, ich bewege mich damit nicht ganz innerhalb der Grenzen der Legalität.» Es gab alle möglichen Delikte, die man ihr gegebenenfalls zur Last legen könnte: Amtsanmaßung, Behinderung von Ermittlungen ... Das traf nicht auf ihren heutigen Besuch am Tatort zu, spätestens allerdings, wenn sie noch mal mit Zeugen sprach. Und das würde sie müssen.

Bevor sie noch weiter über die Konsequenzen ihres Tuns nachdenken konnte, sagte Tyler: «Und wenn es mir egal ist, dass Sie was Illegales tun?»

«Dein Vater lyncht mich, wenn du wegen mir mit dem Gesetz in Konflikt gerätst.»

«Ja, das könnte passieren. Aber mich lyncht er dann auch. Wir beide, gemeinsam am Marterpfahl. Tolle Vorstellung.»

«Gut. Dann verstehen wir uns ja. Du hältst dich raus.»

Tyler gab ein brummendes Geräusch von sich, hakte jedoch nicht weiter nach und drehte stattdessen die Musik auf, irgendwas Rappiges, das Bette nicht kannte. Der Song war nicht schlecht. Am Einschlafen hinderte er sie allerdings auch nicht. Es dauerte nicht lange, und Bette sackte weg, nur um wenig später durch eine scharfe Bremsung wieder aus dem Schlaf gerissen zu werden. Sie waren noch nicht einmal ganz in der Stadt. Vor ihnen staute sich der Verkehr, hinter ihnen wurde wie wild gehupt. Als ob das helfen würde. Bette drehte sich noch mal um, hatte allerdings auch jetzt nicht das Gefühl, dass sie verfolgt wurden. Was das anging, hatte sie einen geschulten Blick.

Sie schlief wieder ein. Tyler weckte sie erst, als sie auf dem Waldparkplatz standen, den sie ihm genannt hatte. Er legte seinen Oberkörper über das Lenkrad und schaute demonstrativ aus dem Fenster. Schwere tiefschwarze Gewitterwolken hatten sich am Himmel aufgetürmt.

«Gute Aussichten für einen Spaziergang. Wollen Sie wirklich da raus?»

«Muss ich wohl. Du willst mich doch nicht morgen noch mal so weit fahren, oder?» Ein Blick auf die Uhr sagte ihr, dass sie über eine Stunde gebraucht hatten.

«Ist mir egal. Kann ich schon machen.»

Bette schüttelte den Kopf. «Lass mal. Eine kleine Abkühlung kann nicht schaden.»

«Na dann.» Tyler öffnete die Tür.

«Halt, stopp. Du bleibst hier.»

Tyler riss den Kopf rum. «Was? Ich soll die ganze Zeit im Auto rumhocken?»

«Ja.» Bette sah ihn fest an, damit ihm klarwurde, dass sie es ernst meinte.

Er zögerte kurz. «Wieso? Denken Sie, es wird gefährlich?»

Nein, das dachte sie nicht. Niemand war ihnen gefolgt. Niemand wusste, dass Bette hier war. «Tyler, hör auf, mir Löcher in den Bauch zu fragen. Ich will nachdenken, und dafür muss ich alleine sein. So einfach ist das.»

Tyler verdrehte die Augen und hob die Hände zu einer entwaffnenden Geste. «Schon klar, ich bin nur der Fahrer.» Er schien keine Spur sauer zu sein. Erstaunlich, wie verständig Jungs in seinem Alter waren, wenn man ihnen gegenüber offen war und sie nicht wie Kinder behandelte.

Bette stieg aus und versuchte, sich zu orientieren, schaute

dann zur Sicherheit noch mal auf die Karte auf ihrem Smartphone. Der Bogenschießübungsplatz lag südlich von hier. Sie folgte einem Schotterweg. Bevor sie die erste Abzweigung nahm, drehte sie sich noch einmal um. Tyler war wirklich im Wagen geblieben.

Je weiter sie ging, desto dichter standen die Bäume. Es roch weder nach kompostierenden Blättern noch nach Pilzen. Die Trockenheit der letzten Wochen hatte den Wald seiner Gerüche beraubt.

Nach zehn Minuten blieb Bette stehen, sah noch einmal auf ihr Telefon. Sie musste sich rechts halten. Weit konnte es nicht mehr sein. Wind zog auf und wiegte die Baumwipfel über ihr. Gleich würde es regnen. Dem Wald würde es guttun. Ihr eher nicht. Sie stieg eine Böschung hinab und über eine Niederung. Und da lag die Lichtung vor ihr.

Nichts erinnerte mehr daran, dass das hier ein Bogenschießübungsplatz gewesen war. Die braunen Sicherheitsnetze, die zwischen den Bäumen gespannt gewesen waren, gab es nicht mehr, ebenso wenig wie die Zielscheiben, die auf Paletten gestanden hatten. Überhaupt sah jetzt im Sommer alles ganz anders aus, als sie es aus dem November in Erinnerung hatte. Der grün gestrichene Hochstand, von dem aus der Täter geschossen hatte und der im Herbst zwischen kahlen Bäumen weithin sichtbar gewesen war, ging jetzt zwischen dem Grün tiefhängender Buchenäste unter.

Während Bette noch dastand und sich bemühte, die Bilder aus ihrer Erinnerung mit der Lichtung in Einklang zu bringen, die jetzt vor ihr lag, brach das Unwetter los. Der Regen schlug so heftig auf sie nieder, dass es schmerzte. Sie rannte los in Richtung Hochstand, vornübergebeugt, damit das

Wasser ihr nicht ins Gesicht peitschte. Trotz ihrer Jacke, die eigentlich wasserabweisend sein sollte, war sie innerhalb von Sekunden nass bis auf die Haut. Schnell kletterte sie die Leiter hoch, passte auf, dass sie nicht auf eine der gebrochenen Streben trat.

Oben in der Kabine war auch schon alles feucht. Es tropfte durch das morsche Dach, und durch die große rechteckige Fensteröffnung fegte es nass von vorne herein.

Bette setzte sich auf das Holzbrett, das als eine Art Sitzbank diente. Sie war völlig außer Puste. Erst rennen, dann klettern. Sie war wirklich aus der Übung. Keine Kondition mehr. Bluse, Jacke und Leinenhose klebten unangenehm auf ihrer Haut. Immerhin war es so warm, dass sie nicht frieren würde.

Sobald sie wieder zu Atem gekommen war, rutschte sie an das hintere Ende des Brettes durch, bis an die Stelle, an der auch der Täter gesessen haben musste. Von hier, aus diesem Winkel, war geschossen worden, das hatten die ballistischen Untersuchungen gezeigt. Und hier hatte der Täter die Muschel eingeritzt, in eine der Holzlatten der Innenwand, links von Bette, in einem knappen Meter Höhe.

Jetzt war dort, wo das Muschelzeichen gewesen war, ein Loch. Die Kriminaltechniker hatten das Holz ausgesägt. Es verstaubte irgendwo in der Asservatenkammer.

Die Tropfen schlugen immer lauter auf das Holzdach. In den Tagen vor den Morden hatte es ähnlich stark geregnet. Der Waldboden war aufgeweicht gewesen, und der Täter hatte sich vorwiegend durch die vielen tiefen Pfützen bewegt, wo er keine Fußabdrücke hinterließ. Er musste Schuhe mit fast glatter Sohle getragen haben, denn die wenigen Abdrücke, die die Kriminaltechniker hatten sichern können, waren so verrutscht, dass sie nicht einmal die Schuhgröße genau bestimmen konnten. Sie lag irgendwo zwischen Größe 40 und 43.

Am Tatmorgen selbst hatte es nicht geregnet, weshalb Tom van Have seine Trainingsstunde überhaupt nur wahrgenommen hatte. Wenn es das Wetter zuließ, hatten er und Melanie Wagner sich dreimal die Woche auf dem Waldübungsplatz getroffen, immer von acht bis neun Uhr morgens. Das musste auch der Täter gewusst haben. Er hatte sie erwartet.

Bette kniff die Augen zusammen, blinzelte durch den Regen, der wie ein Vorhang vor der Lichtung hing, und versuchte, sich noch einmal ins Gedächtnis zu rufen, was an diesem Morgen auf der Lichtung geschehen war.

Der Täter sitzt auf dem Hochstand, er hat genug Zeit, die Muschel einzuritzen, bevor Melanie Wagner und Tom van Have um acht Uhr kommen. Sobald die beiden auftauchen, gibt er keinen Laut mehr von sich.

Tom van Have und Melanie Wagner haben den Hochstand im Rücken, in etwa zwanzig Metern Entfernung.

Der Täter wartet weiter, bis Tom van Have in der ersten Runde seine Pfeile verschossen hat, stellt so sicher, dass er sich nicht wehren kann. Dann gibt er einen Schuss mit dem Jagdgewehr ab. Er trifft Melanie Wagner in die Brust. Sie ist sofort tot. Der zweite Schuss zerreißt Tom van Have die Wade. Eine Verletzung, die das Opfer schwächt, aber nicht tötet.

Nicht unbedingt ein Versehen, dachte Bette, eher Absicht.

Tom van Have flieht, bewegt sich im Zickzack von der Lichtung weg. Sein verletztes Bein hinterlässt Schleifspuren im nassen Waldboden. Rechts, links, zwischen den Bäumen hindurch. Denkt Tom van Have, mit der Taktik eines Kaninchens weiteren Schüssen ausweichen zu können? Oder ist er so in Panik, dass er die Orientierung verliert? In einem Brombeergestrüpp bleibt er hängen, verheddert sich, stürzt.

Der Täter beobachtet jede seiner verzweifelten Bewegungen. Er folgt Tom van Have erst, als dieser schon am Boden liegt. Die wenigen Spuren, die der Mörder hinterlässt, zeigen, dass er vom Hochstand zum Brombeergebüsch geht. Ohne Umwege.

Das Jagdgewehr lässt er auf dem Hochstand, lehnt es an die Wand, der Lauf ragt ein Stück in die Fensterluke hinein. So wird es die Polizei später finden.

Das Gewehr gehörte einem gewissen Horst Wennert, einem Mann von Mitte siebzig, der ausgesagt hatte, die Waffe sei vor der Tat gestohlen worden. Die Tatsache, dass das Gewehr so offensichtlich zurückgelassen worden war, hatte diese Aussage gestützt. Dennoch hatte er sich in Widersprüche verstickt. Bette hatte damals vermutet, dass er entweder verschleiern wollte, dass er seine Waffe in einem leerstehenden Gartenhäuschen und nicht, wie vorgeschrieben, in einem gesicherten Waffenschrank aufbewahrt hatte. Oder dass er jemanden hatte schützen wollen.

Während der Vernehmung ebendieses Horst Wennert war sie im Verhörraum zusammengebrochen und danach sofort ausgeschieden. Sie wusste nicht, inwieweit sich die Widersprüche seiner Aussage aufgelöst hatten. Das würde sie in Erfahrung bringen müssen.

Der Regen hatte etwas nachgelassen, und Bette konnte jetzt bis zu der Stelle sehen, zu der Tom van Have sich geschleppt hatte.

Sie ließ die Ereignisse des Mordmorgens weiter vor ihrem inneren Auge Revue passieren. Der Täter holt Tom van Have ein. Tom van Have wehrt sich nicht. Es gibt keine Kampfspuren.

Warum nicht? Zu schwach kann er noch nicht sein, er wurde nur in die Wade getroffen. Sieht er keine Chance? Erscheint der Täter ihm zu groß und kräftig? Aber Tom van Have ist 1,90 Meter und durchtrainiert. Oder überwältigt der Mörder Tom van Have so schnell, dass er nicht einmal die Chance hat, sich zu wehren?

Achtmal sticht der Täter mit dem Messer zu – Klingenlänge acht bis zehn Zentimeter. Immer in den Bauchbereich, wo er das Messer leicht nach rechts dreht, bevor er es wieder herauszieht. So vergrößert er die Wunde. Kein Stich für sich ist tödlich. Tom van Have verblutet.

Um 8.50 Uhr findet ein Rentnerehepaar die Toten und ruft die Polizei. Tom van Have ist da erst seit wenigen Minuten tot. Vermutlich haben die Rentner den Täter nur knapp verpasst.

Bette kletterte vom Hochstand. Es hatte aufgehört zu regnen, und wenn sie noch länger still saß, würde sie nur wieder einschlafen.

Melanie Wagner war mit einem präzisen Schuss getötet worden, Tom van Have auf brutalste Weise. Bette hatte nur eine einzige Erklärung dafür: Der Mörder hatte es auf Tom van Have abgesehen. Er war sein eigentliches Ziel gewesen. Melanie Wagner war nur zur falschen Zeit am falschen Ort, eine lästige Zeugin, die aus dem Weg geräumt werden musste.

Wenn das stimmte, hatten die beiden Rentner großes Glück gehabt.

Motive, Tom van Have umzubringen, hatten viele der Menschen, mit denen Bette nach den Morden gesprochen hatte. Vor allem in seinem beruflichen Umfeld hatte er sich Feinde gemacht. Tom van Have, der erfolgreiche Unternehmensberater, war in den unzähligen Gesprächen, die Bette nach seinem Tod über ihn geführt hatte, nicht besonders gut weggekommen. Er musste ein aufbrausender, rechthaberischer Mann gewesen sein und ein knallharter Karrieretyp, immer nur auf seinen Vorteil bedacht und zudem indirekt verantwortlich für unzählige Entlassungen in den Firmen, die er beraten hatte. Sie hatten damals die Möglichkeit erwogen, dass es sich um eine Racheaktion eines arbeitslos gewordenen Menschen gehandelt hatte. Dieser Ermittlungsstrang war jedoch ins Leere gelaufen.

Und natürlich hatten sie auch eine Beziehungstat nicht ausgeschlossen. Das hätte vielleicht auch ein Motiv sein können, Melanie Wagner zu töten. Nur waren Melanie Wagner und Tom van Have außerhalb ihrer Trainingszeiten nie zusammen gesehen worden. Und von Melanie Wagners Schwester wusste Bette, dass sie lesbisch gewesen war. Eine Affäre oder sogar Beziehung zwischen den beiden hatten sie daher ausgeschlossen. Auch auf eine andere Affäre hatten sie keine Hinweise gefunden. Entweder hatte es keine gegeben oder Tom van Have war extrem gut im Vertuschen gewesen. Und noch etwas sprach gegen eine Beziehungstat: Der Rechtsmediziner ging aufgrund der Kraft, die der Täter eingesetzt haben musste, um Tom van Have zu überwältigen, von einem Mann als Mörder aus. Einem kräftigen Mann. Eine Frau hätte Tom van Have auf diese Weise nur überwältigen können, indem sie ihn überraschte, ihn angegriffen hätte, ohne dass er etwas ahnte, und diese Möglichkeit erschien angesichts der Schüsse, die zuvor abgegeben wurden, unwahrscheinlich.

Natürlich hätte eine Frau einen Auftragsmörder bezahlen können, aber das erklärte nicht die Wut, die im Mord von Tom van Have zum Ausdruck gekommen war. Oder es hatte einen männlichen Geliebten gegeben, aber nach allem, was Bette über Tom van Have wusste, kam das nicht wirklich in Frage.

Nachdenklich rieb Bette sich mit den Fingern über einen Nasenflügel. Es tat ihr gut, sich an die Details zu erinnern und die Informationen, die sie hatte, im Kopf zu sortieren. Ordnung zu schaffen. Aber das alleine genügte nicht. Sie musste sich auch überlegen, wie sie weitermachen sollte. Wo konnte sie ansetzen? Was hatte sie übersehen?

Sie musste die Ermittlungsakte einsehen. Sie brauchte die alten Vorgänge und Informationen über den aktuellen Stand. Die Akte allerdings lag bei Mark Thorben. Da musste sie sich etwas einfallen lassen.

Wenn der Muschelmörder und derjenige, der sie terrorisierte, wirklich ein und dieselbe Person waren, wovon Bette ausging: Was bedeutete das? Was sagte ihr das Neues über den Täter? Hatte der Muschelmörder auch Tom van Have terrorisiert? Ihm klargemacht, dass er in der Nähe war? Ihn spüren lassen, dass er in Gefahr war? Hatte er mit ihm ein ähnliches Spiel wie mit ihr getrieben? Hier konnte sie ansetzen. Sie würde versuchen, noch einmal mit Eva van Have zu sprechen, der Ehefrau des Ermordeten. Wenn jemand ihr etwas zu den Wochen vor dem Tod von Tom van Have sagen konnte, dann sie.

Oder Nele, aber das würde Eva van Have nicht zulassen, und es war zu riskant, Nele ohne das Wissen ihrer Mutter zu kontaktieren. Den Ärger konnte sie sich gerade nicht erlauben.

Bette kam etwas in den Sinn, das sie bisher nie weiter beachtet hatte. Tom van Have hatte einen Hund gehabt, einen Golden Retriever. Ein paar Tage vor dem Mord war das Tier gestorben. Es hatte Rattengift gefressen. Damals hatten sie den Tod des Hundes zwar notiert, aber keinen Zusammenhang zu Tom van Haves Tod gesehen. War das ein Fehler gewesen? Hatte der Muschelmörder den Hund vergiftet? Um Tom van Have zu drohen oder ihm Angst zu machen?

Mit einem Mal merkte Bette, wie ihre eigene Angst, die sie so gut ausgeblendet hatte, zurückkehrte. Wenn das, was sie sich da gerade in ihrem Kopf zurechtlegte, stimmte, dann hieß das doch im Umkehrschluss, dass ... Nein. Sie drückte die Finger gegen die Schläfen, kniff die Augen zusammen, schüttelte den Kopf. Nein! Sie musste den Gedanken, dass sie selbst auch auf der Todesliste dieses Wahnsinnigen stand, ausblenden. Nur wenn sie einen kühlen Kopf bewahrte, hatte sie eine Chance gegen diesen Kerl.

Vom Hochstand zurück zum Parkplatz brauchte sie keine zehn Minuten. Tyler hörte sie nicht kommen. Er hatte Kopfhörer auf den Ohren und fuhr erschrocken hoch, als Bette am Türgriff rüttelte. Er hatte von innen verriegelt. Gut so. Wie hatte sie nur auf die dumme Idee kommen können, ihn für ihre Ermittlung einzuspannen? Als Lebensmittellieferant, das mochte ja gehen, aber doch nicht als persönlichen Fahrer, während sie nach einem Doppelmörder suchte. Sie durfte

Tyler nicht in Gefahr bringen. Wer wusste, wie der Muschelmörder dachte.

«Und, wie ist es gelaufen?», fragte Tyler, nachdem sie in den Wagen gestiegen war.

«Gut.» Sie hatte nicht vor, ihn an ihren Gedanken über den Fall teilhaben zu lassen. Sie musste ihm vielmehr unmissverständlich klarmachen, dass er sie vorerst nicht mehr fahren durfte. Und das möglichst bald. «Lust, was zu essen?»

«Immer.» Er klang erfreut.

«Ich kenn da einen Vietnamesen.» Das Bistro, das sie meinte, hatte durchgängig warme Küche. Es war mittlerweile zwei Uhr, bis sie in der Stadt waren, wäre es mindestens halb drei.

«Park am besten an den Deichtorhallen. Von da aus können wir laufen.»

«Geht klar.»

«Bestens. Weck mich, wenn wir da sind.» Damit lehnte sie sich in ihrem Beifahrersitz zurück und schlief im Nu ein.

18. BETTE

Die Deichtorhallen waren zwei historische Markthallen unweit des Hauptbahnhofs. Heute befanden sich darin eine Ausstellungshalle für Fotografie und eine für zeitgenössische Kunst.

Der Wind fegte ihnen ins Gesicht, als sie über den freien Platz zwischen den Stahlglasbauten gingen. Bette mochte die Gegend, die dahinter begann. Der Zollkanal, die Oberhafenbrücke mit den genieteten Eisenträgern, alte Lagerschuppen, Hafenkräne, Werkshallen, ein brachliegender Löschplatz. Obwohl sie noch mitten in der Stadt waren, hing ein morbider Industrie-Charme über allem. Und hier begann auch der Radweg, der immer am Wasser entlang bis nach Ochsenwerder führte.

Der Eingang zu dem Bistro, in das Bette wollte, lag etwas versteckt in einer zurückgesetzten Hausdurchfahrt. Kaum hatte Bette die Tür geöffnet, stieg ihr der Duft von Zimt und Sternanis in die Nase. Es gab weder Lampions noch Fotos von Reisfeldern oder irgendwelche Lackbilder mit Tempeln drauf. Nur ein kleiner Heiligenschrein mit Räucherstäbchen und frischen Blumen auf dem Boden neben dem Eingang ließ darauf schließen, dass das hier ein vietnamesisches oder zumindest ein asiatisches Bistro war. Obwohl die Mittagszeit längst vorbei war, waren fast alle Tische besetzt.

«Frau Hansen», rief die Bistrobesitzerin. Frau Vu stand hinter dem Tresen, wie immer in einem enganliegenden schwarzen Oberteil mit Stehkragen und strengem Dutt, und zapfte Bier. Hin und wieder arbeitete sie als Übersetzerin für die Polizei, daher kannten sie sich. Sie beide waren ungefähr gleich alt. Wobei Frau Vu dem Ruf, man sehe asiatischen Frauen ihr Alter nur schwer an, alle Ehre machte. Sie hatte immer noch die glatte Haut eines jungen Mädchens.

«Wie schön, dass Sie mal wieder vorbeischauen.» Frau Vu kam hinter dem Tresen hervor und drückte herzlich Bettes Hand. «Und Sie sind ein neuer Mitarbeiter?», fragte sie an Tyler gewandt.

«Ja. Das kann man so sagen.» Tyler grinste breit.

Bette verdrehte die Augen, legte Tyler eine Hand auf den Rücken und schob ihn zu einem Tisch am Fenster, der gerade frei wurde. Wenn die Hochwasser-Schutzwand nicht gewesen wäre, hätte man direkt aufs Wasser und die alten Schuppen auf der anderen Seite des Kanals schauen können.

«Ich empfehle Ihnen heute *bún bò nướng lá lốt*», sagte Frau Vu. «Das sind gegrillte Rindfleischröllchen im Betelblatt auf Reisnudeln.»

Das hörte sich gut an. Sie bestellten beide die Röllchen und dazu Cola, und Frau Vu verschwand in der Küche.

Bette sah Tyler an und schüttelte gespielt empört den Kopf.

«Was denn?» Tyler grinste immer noch.

«Mitarbeiter? Ich glaub, es piept.»

«Stimmt doch, irgendwie. Ich meine, ich begleite Sie, pass ein bisschen auf ... Und ich hab das eben noch mal gegoogelt. Dieser Doppelmord. Echt heftig. Ich meine, der Täter hat ...»

«Hey, Tyler, Ende!» Bette unterbrach ihn, bevor er noch mehr Unsinn reden konnte. «Du hältst dich da raus. Und ich will auch nicht, dass du mich weiter fährst.»

«Was? Wieso das denn jetzt nicht?»

«Zum Supermarkt, meinetwegen. Aber nicht, wenn ich ermittele. Es ist zu gefährlich.»

«Ich hab keine Angst.»

«Ich aber. Das ist kein Spaß. Das ist verdammt ernst.»

Bevor sie das Thema weiter diskutieren konnten, trat Frau Vu mit einem großen Tablett an ihren Tisch.

«Gebackene Wantans, Frühlingsrollen, Mangosalat, Garnelenspieße am Zuckerrohr und *bánh cuốn* – gerollte Crêpes aus Reismehl», sagte sie. «Das geht aufs Haus.»

Tyler griff sofort zu und schob sich einen Wantan in den Mund. «Hm. Lecker», sagte er kauend.

«Das wäre wirklich nicht nötig gewesen», sagte Bette. Ob Frau Vu den Vorspeisenteller auch gebracht hätte, wenn sie wüsste, dass Bette nicht mehr bei der Polizei war? Was ihre Ambitionen bezüglich der Polizeiarbeit betraf, hatte Bette ihr nie ganz über den Weg getraut, ohne dass sie erklären konnte, wieso. Deshalb hatte sie immer darauf geachtet, dass Frau Vu sich über ihre Übersetzungen hinaus keine Zusammenhänge erschließen konnte.

Tyler aß, ohne Bette anzusehen. Er war beleidigt. Das nahm Bette gern in Kauf.

Erst als auch die letzte Vorspeise vertilgt war und Frau Vu ihnen die Hauptgerichte hingestellt hatte, sagte er: «Übrigens. Nur falls es Sie interessiert. Als Sie im Wagen geschlafen haben, hat Ihr Smartphone ein paarmal gepiept.»

«Und das sagst du jetzt erst?» Sie wischte sich rasch die Hände an der Serviette ab und zog das Telefon aus der Tasche.

Angerufen hatte niemand. Aber sie hatte drei Nachrichten

erhalten. Zwei Werbemails von Elektrodiscountern. Und eine Mail, deren Absendername ihr die Hitze durch den Körper jagte.

«Was ist?», fragte Tyler und beugte sich über den Tisch, um mit auf das Display zu sehen. «Ist es wieder so eine selbstlöschende Nachricht?»

«Ich weiß nicht.» Ihre Hände zitterten, ließen sich aber weiter bewegen. Der Absendername der letzten Mail war *KreuzundMuschel* gewesen, diese Mailadresse fing nur mit *Muschel@* an. Trotzdem. «Wenn ich die Mail öffne, wie lange habe ich zum Lesen?»

«Die Zeit zählt erst, wenn Sie den Link anklicken. Wie lange der Text dann lesbar ist, das kommt drauf an, was ihr Brieffreund eingestellt hat. Machen Sie sich doch einfach einen Screenshot. Ich meine, bevor der Text verschwindet.»

«Und wie mache ich das?»

«Aus-Taste und Home-Taste gleichzeitig drücken.»

Bette überlegte kurz, welche Tasten das waren, nickte dann und öffnete die Mail. Diesmal war da kein Link. Der Text stand direkt in der Mail. Bette drehte das Telefon schnell so, dass Tyler nicht mitlesen konnte.

Liebe Frau Hansen, haben Sie meine letzte Nachricht Ihren alten Kollegen gezeigt? Ich vermute mal, die haben Sie nicht ernst genommen. Denken die, Sie hätten sich die Nachricht selbst geschickt? Falls sie Sie ausgelacht haben, tut mir das leid. Aber jetzt haben wir bestimmt unsere Ruhe vor denen. Wir sollten uns mal unterhalten. Treffen können wir uns ja leider aus ersichtlichem Grund nicht. Ganz so weit, mich Ihnen zu zeigen, möchte ich dann doch nicht gehen. Aber Sie können mir auf diese Mail antworten.

Erwartungsvolle Grüße

Bette starrte auf den Text, bis die Buchstaben vor ihren Augen verschwammen. Es war unglaublich. Sollte sie da wirklich einen Mailkontakt zum Muschelmörder in der Hand halten?

«Ihr Screenshot», sagte Tyler und riss sie aus ihren Gedanken.

Oh Mist, ja, natürlich. Hastig drückte Bette die beiden Tasten, die Tyler ihr eben genannt hatte. Aber es wäre gar nicht nötig gewesen. Die Nachricht verschwand nicht. Und das verriet ihr, wie der Verfasser dachte: Er war sich seiner Sache sicher. Er dachte, sie stünde alleine da, niemand glaubte ihr. Das war sein Plan gewesen. Und er war aufgegangen, zumindest was Thorben betraf.

«Was schreibt er denn?», fragte Tyler.

«Er möchte sich mit mir unterhalten.»

«Er will Sie treffen?»

«Nein, nicht treffen. Ich soll ihm antworten.» Bette hatte das ausgeplappert, bevor sie sich erneut klargemacht hatte, dass sie Tyler da raushalten musste.

«Zeigen Sie mal.» Tyler nahm ihr das Telefon aus der Hand, und Bette ließ es geschehen. Die Nachricht zu lesen, konnte ja nicht so gefährlich sein.

«Meinst du, man kann nachverfolgen, woher die Mail kommt?», fragte sie Tyler und erzählte ihm, dass die letzte Mail über ihren eigenen Account verschickt worden war. Sie erwähnte auch die Reaktion von Thorben darauf, jetzt, wo er den Inhalt der eben angekommenen Nachricht ohnehin kannte.

Tyler lachte leicht höhnisch. «Was für ein Idiot. Ist dieser Thorben nicht auf die Idee gekommen, dieser Kerl könnte sich bei Ihnen eingehackt haben?»

«Die Möglichkeit hat er wohl ausgeblendet.» Bette schob die Schale mit dem Nudelgericht unangetastet von sich. Ihr war der Appetit vergangen.

«Kann ich mich mal direkt in Ihren Account einloggen? Da kann ich mehr sehen als in dem Mailprogramm, das Sie hier auf Ihrem Smartphone haben.»

Wo sie jetzt schon so weit gegangen war, nannte Bette ihm das Passwort. Was IT anging, war sie ohnehin auf jede Hilfe angewiesen. Flink fuhr er mit den Fingern über das Display. Wenn sie Tyler so zusah, dachte sie, dass in seiner Generation das für den Daumen zuständige Gehirnareal ganz sicher schon einen Schritt weiter war in der Evolution. Auf jeden Fall größer als bei ihr.

«Und?», fragte Bette.

Tyler schüttelte den Kopf. «Die Mail kommt nicht von Ihrem Account. Das ist eine Spoof-Mail.»

«Eine was?»

«Spoof, Englisch für täuschen oder reinlegen. Da ist mittlerweile eine ziemliche Industrie entstanden, für alles, was das Anonymisieren von Mails, SMS und Chats angeht. Diese Dienste sitzen im Ausland und nehmen Bezahlung über Bitcoin an. Wenn man dann noch über Tor ins Netz geht ...»

Bette sah Tyler fragend an.

«Tor. Ein Browser, der Nutzer vor der Analyse des Datenverkehrs schützt, also auch was die Herkunft von Mails und

Nachrichten angeht. Das basiert auf der Idee des Onion-Routings, mit der man ...»

Bette hob die Hand. «Lass gut sein. Ich muss nur wissen: Kann man die Mail nun zurückverfolgen oder nicht?»

«Nee. Da kommen Sie nicht ran.» Tyler deutete auf Bettes Nudelschale. «Darf ich?»

«Ich kann dir auch noch mehr bestellen.»

«Das passt schon.» Mit vollem Mund fragte er: «Und, was antworten Sie?»

Bette zuckte mit den Schultern. Als Privatperson hätte sie am liebsten sofort geantwortet, den Muschelmörder provoziert, ihm an den Kopf geworfen, was sie von ihm hielt. Aber als Kommissarin wusste sie natürlich, dass sie nicht impulsiv reagieren durfte. Sofort zu antworten, würde ihn nur in seinem Gefühl der Überlegenheit stärken. Sollte er ruhig etwas zappeln. Der Killer mochte ja recht haben, dass Thorben sie nicht für voll nahm, geschweige denn unterstützte. Nur in einem täuschte er sich. Er unterschätzte sie. So schnell ließ sie sich nicht unterkriegen. Dem Muschelmörder war vermutlich nicht klar, welches Risiko er einging, sich ihr gegenüber so zu erkennen zu geben, ihr so auf die Pelle zu rücken. *Einmal Kommissarin, immer Kommissarin.* Sie würde es ihm zeigen! Und noch etwas: An Thorben würde sie den Kontakt nicht weitergeben. Er würde es nur vermasseln.

19. HANNAH

Es war kurz vor zwölf, eine dunkle Nacht. Wolken verdeckten den Mond, aber es regnete nicht mehr. Hannah hatte ihren Fahrradschlauch geflickt und war auf dem Weg zu Ela. Zu Hause rumzusitzen, hatte sie nicht ausgehalten, und zu schlafen, was sie dringend nötig gehabt hätte, hatte sie gar nicht erst versucht. Wieso antwortete Bette Hansen nicht? Nahm sie sie nicht ernst? Hannah war fest davon ausgegangen, sie würde ihr sofort schreiben. Umgehend. Heute Nachmittag im Call-Center hatte sie alle paar Minuten ihr Telefon gecheckt. Aber nichts. *Melde dich, Bette. Ignorier mich ja nicht!*

Ein Taxi fuhr neben Hannah auf den Radweg und bremste. Sie knallte fast in die Tür, die der Beifahrer im selben Moment aufriss. Fluchend zeigte sie dem Typen den Finger. Sie hatte so was von die Schnauze voll. Nichts als Rücksichtslosigkeit. Mit voller Kraft trat sie in die Pedale, um sich abzureagieren. Erst als sie in die Straße einbog, in der Ela wohnte, wurde sie langsamer, sah sich noch einmal um. Sie war alleine. Alles war ruhig. Nur hinter wenigen Fenstern der Altbauten brannte noch Licht. In einem Zimmer drehte sich eine magische Laterne, die bunte Fische gegen die Scheibe warf. Hannah stellte sich das Kind dazu vor, das in dem Zimmer schlief, wohlig eingemummelt in eine dicke Decke. Vielleicht war sogar seine Mutter beim Vorlesen neben ihm eingeschlafen. Hannah konnte sich noch gut an dieses Gefühl erinnern. Allerdings schürte die Erinnerung, gerade weil sie so schön war, auch ihre Wut, machte ihr bewusst, was sie verloren hatte. Wie sie ihre Mutter dafür hasste. Wäre sie nicht gegangen, wäre alles anders gekommen. Sie war an all dem hier schuld.

Die Grünfläche hinter Elas Haus war öffentlich, lag allerdings so versteckt, dass außer den direkten Anwohnern kaum jemand hierherfand. In der Dunkelheit saßen zwei Jugendliche auf einer der Bänke, die zwischen hässlichen kugelrund gestutzten Ziersträuchern standen. Hannah wusste, dass das Mädchen zusammen mit ihrer Mutter in der Wohnung über Ela wohnte. Die beiden hatten die Füße auf die Sitzfläche gezogen, rauchten und teilten sich schweigend eine Bierflasche. Hannah beachteten sie nicht weiter.

Sie setzte sich auf die Schaukel, die in einer Sandkiste stand, und sah zu Elas Wohnung im ersten Stock hinauf.

Normalerweise hatte Ela die Fenster immer weit offen stehen. Jetzt waren sie geschlossen, und auch die Vorhänge waren zugezogen. Allerdings waren sie hell und fast transparent. Vor allem wenn, wie jetzt, in allen Zimmern Licht brannte. Wieso machten Menschen immer das Licht an, wenn sie sich fürchteten? Was für ein Trugschluss. *Ela, du Dummerchen, du solltest es dunkel lassen, wenn du nicht gesehen werden willst.*

Hannah streckte die Beine leicht vor und zurück und brachte die Schaukel zum Schwingen. Wind war aufgekommen, und sie fröstelte leicht. Die Ketten-Scharniere schabten am Metallgestänge.

Ela hatte Angst. Vor ihr. Vor Hannah, der blöden Call-Center-Tussi. Hatte der kleine Willkommensbrief am Kühlschrank ihr also klargemacht, dass jemand in der Wohnung gewesen war. Ob Ela auch gemerkt hatte, dass Hannah ihre

Schränke geöffnet, ihre Kleider anprobiert und in ihrem Bett geschlafen hatte? Denn das gehörte für Hannah dazu: sich langsam, sehr langsam in das Leben anderer zu fräsen. Sich ein Stück davon abzuzwacken und ihr Opfer nach und nach spüren zu lassen, dass sie da war. Und dann diejenige zu sein, die entschied, was passierte.

Hannah wüsste zu gerne, was Ela sich ausmalte. Dachte sie, sie hatte einen perversen Verehrer? Die Vorstellung fand Hannah lustig.

Ganz bestimmt ahnte Ela nicht, dass die Person, die sich bei ihr eingeschlichen und vor der sie jetzt augenscheinlich Angst hatte, eine Frau war. Wie sollte sie auch? Niemand kam darauf. Nicht mal die Polizei erwog die Möglichkeit, dass die Person, die für die Doppelmorde im Wald verantwortlich war, weiblich sein könnte. Das hatte Hannah aus all den Presseberichten herausgehört. Von wegen, nur ein Mann hätte Tom van Have überwältigen können. Manchmal brauchte es keine Kraft, sondern lediglich etwas Geschick. Und das hatte sie. Es war so einfach gewesen. Sie hatte nur auf Tom van Have zugehen müssen, einen erschrockenen Ausdruck in ihrem unscheinbaren Mädchengesicht, voller Angst. Immerhin hatte sie gerade Schüsse gehört, und auf der Lichtung lag eine Frauenleiche.

Tom van Have war nicht mal auf die Idee gekommen, dass sie es war, die geschossen hatte. Dass sie ihm Böses wollen könnte. Er hatte ernsthaft geglaubt, sie wollte ihm helfen. Er hatte sie nah an sich herangelassen, sehr nah, zu nah. Hatte seine Hand nach ihr ausgestreckt. Der Idiot.

Während Hannah darüber nachsann, wie diskriminierend es war, dass niemand einer Frau ihre Taten zutraute, sah sie

Ela vom Sofa aufstehen. Durch die Vorhänge zeichnete sich ihre große schlanke Figur als schwarzer Schatten ab.

Hannah rutschte auf der Schaukel hin und her. Sie hatte eine dieser elastischen Sitzflächen, die den Po einquetschten. Er kribbelte schon, als würde er gleich einschlafen. Aber sie wollte auch nicht aufstehen. Rumstehen und nach oben stieren wäre dann doch zu auffällig. Solange sie auf der Schaukel saß, dachte sich niemand was dabei. Ein trauriges Mädchen, mit Liebeskummer vielleicht, das ihre Ruhe haben und wieder Kind sein wollte.

Oben im Wohnzimmer reckte Ela sich, ging in die Küche und kurz darauf ins Schlafzimmer. Sie zog ihr Oberteil über den Kopf. Stand einen Moment vor dem Schrank. Dann verschwand sie aus Hannahs Blickfeld. Sie hatte sich hingelegt. Das Licht schaltete Ela nicht aus. Weder im Schlafzimmer noch in einem der anderen Zimmer.

Hannah stellte sich vor, wie Ela in ihrem cremefarbenen Spitzennachthemd im Bett lag. Würde die Angst sie in den Schlaf verfolgen? Oder war sie noch nicht so weit? Würde sie noch süß schlummern, ungerührt dessen, was der nächste Tag vielleicht bringen würde? Schlaf gut, liebe Ela, flüsterte Hannah mit einem Lächeln, das nur für sie selbst bestimmt war.

Sie dachte daran, wie alles angefangen hatte. Das erste Mal, dass sie das Gefühl hatte, diejenige zu sein, die entscheidet, was passiert. Die die Kontrolle übernimmt. Das war während des G20-Gipfels gewesen.

Bis dahin hatte sie immer nur funktioniert, willenlos alles mitgemacht, alles akzeptiert, wie es war. Ihre Gefühle runtergeschluckt. Gefühle, die selten gut waren und die sich wie ein Ballon in ihrem Inneren ausdehnten, sodass sie glaubte, irgendwann daran zu ersticken.

Noch kurz vor G20 hatte der Bürgermeister Olaf Scholz, den nach dem Gipfel niemand mehr in Hamburg haben wollte, weshalb man ihn nach Berlin wegbefördert hatte, selbstbewusst kundgetan, der Gipfel würde kaum anders werden als ein Hafengeburtstag. Natürlich hatten alle gewusst, dass das eine Lüge war. Oder einfach nur unglaublich naiv. Halb Hamburg war zur Sicherheitszone erklärt worden. Ladenbesitzer hatten schon Tage vorher ihre Schaufenster vernagelt, Eltern ihre Kinder aus der Stadt gebracht.

Hannah wäre in diesen Tagen gar nicht vor die Tür gegangen, hätte Paul nicht irgendwelche pseudo-autonomen Spacken aufgegabelt und mit nach Hause gebracht. Sie hingen in ihrer Wohnung ab und schwafelten von Antikapitalismus, während sie Burger von McDonald's in sich reinschoben. Die ganze Wohnung stank nach Fastfood und Bier. Einige von denen hatten es sich so gemütlich gemacht, dass sie zu den Demos gar nicht mehr loszogen. Es war nicht zum Aushalten gewesen. Deshalb war Hannah überhaupt nur draußen gewesen. Sie war aus ihrer eigenen Wohnung geflohen. Mitten hinein in die Chaosnacht: brennende Barrikaden, schwarzer Rauch, der Gestank von Diesel und verkohltem Plastik. Heulende Sirenen, Gebrüll und Geschrei. Die Schläge explodierender Böller waren bis in den Magen zu spüren.

Vermummte, Gaffer und Partyvolk – sie putschten sich alle gegenseitig hoch, verloren die Beherrschung, rasteten aus. Die Polizei rückte an. Mit Schlagstöcken, Wasserwerfern und Räumpanzern. Ihre schweren Schuhe donnerten über das Kopfsteinpflaster, rhythmisch und bedrohlich. Pflastersteine flogen, Flaschen zerbarsten. Tränengas hing in der Luft. Es war ein einziger Gewaltausbruch. Und über allem kreisten Hubschrauber mit Suchscheinwerfern und ließen die Schanze in gespenstischem Licht erstrahlen.

Wie in Trance war Hannah herumgelaufen, hatte alles in sich aufgesogen. Dieses absolute Chaos, das Aushebeln aller Regeln. Wild und unberechenbar. Euphorisierend.

Irgendwann hob auch sie den ersten Pflasterstein auf. Dann noch einen und noch einen. Weg mit den bärtigen Yuppies. Weg mit den Privilegierten. Weg, weg, weg! Sie wusste nicht, ob oder was sie getroffen hatte. Schilder? Glas? Menschen? Zu laut war es, zu sehr schrien alle durcheinander.

Woher sie die Fackel hatte, wusste sie später auch nicht mehr. Am Pech züngelten die Flammen hoch, in changierenden Farben. Rot, Gelb, Weiß. Und dann stand da der Mini. Seine Scheiben waren schon herausgeschlagen, die Reifen aufgestochen. Langsam ging Hannah auf den Wagen zu, verspürte fast so etwas wie Mitleid mit dem Auto. Wie hatte sein Besitzer es in dieser Nacht nur hier stehen lassen können? Sie legte ihre Hand auf das kühle Metall und spürte, wie es unter ihrer Haut langsam warm wurde.

Dann schob sie die Fackel durch die leere Fensteröffnung.

Auf dem Beifahrersitz lag eine Decke, die sofort Feuer fing. Flammen fraßen sich ins Polster, griffen um sich, loderten auf. Sie konnte gar nicht anders, als in das Feuer zu starren. Der Lärm der Nacht drang nur noch wie durch eine Wattewand zu ihr hindurch. Gedämpft, von weit weg, bis sie ihn gar nicht mehr wahrnahm. Jetzt waren da nur noch sie und das brennende Auto. Das Gefühl, das sie dabei empfand, war unbeschreiblich. Etwas in ihrem Inneren löste sich. Hass, Angst, Wut – alles kam zusammen und entlud sich. Sie war nicht mehr das wehrlose Mädchen, chancenlos, übersehen, von der Mutter alleingelassen, die, die für einen Hungerlohn schuftete, sich beschimpfen ließ, alles mitmachte. Jetzt, hier, in diesem Moment war sie es, die bestimmte. Sie war überlegen, sie hatte die Macht. Es war wie eine Befreiung. Ihr Leben schien mit einem Mal Sinn zu ergeben.

Am Ende war von dem Mini nur noch ein verkohltes Gerippe übrig.

Als Hannah am Morgen nach Hause kam, war sie schwarz gewesen von Ruß. Auf den Armen und an den Händen hatte sie Brandwunden, am Kopf eine Platzwunde, deren Blut längst getrocknet war. Sie hatte keine Erinnerung an die Verletzungen, spürte den Schmerz erst, als sie die Wunden im Spiegel sah. Tagelang hielt er an, und sie wünschte sich, er würde nie verschwinden. Er war wie eine Erinnerung. Eine Trophäe. Sie genoss ihn.

Nach G20 hatte Hannah noch einmal einen Wagen in Flammen aufgehen lassen. Aber es war nicht mehr dasselbe gewesen. Dieses überwältigende Gefühl hatte sich nicht wieder eingestellt. Nicht, indem sie ein Auto anzündete.

20. BETTE

Bette hatte trotz ihrer Medikamente kaum geschlafen. Als sie am Morgen aufstand, war sie so müde, dass sie fröstelte. Die ganze Nacht hatte sie sich den Kopf darüber zermartert, was sie dem Muschelmörder antworten sollte. Der Mailkontakt war ihre Chance, mehr über ihn zu erfahren. Was war er für ein Mensch? Wieso tat er, was er tat?

Natürlich hatte sie nach dem Doppelmord im November ein Täterprofil erstellen lassen, basierend auf der Art und Weise der Tatdurchführung. Das Ergebnis: Typ planender Täter, intelligent, leidet unter emotionalem Stress, handelt trotzdem kontrolliert. Minderwertiges Selbstwertgefühl. Fehlende Empathie. Distanziert höflich, ohne jedoch menschliche Nähe zuzulassen. Bemüht, gewöhnlich zu wirken. Vermutlich in einem Angestelltenverhältnis.

Das war ja alles schön und gut. Aber ein Täterprofil war trotz aller psychologischen Finesse immer nur der Versuch, einen Unbekannten zu charakterisieren. Was sie jetzt hatte, dieser Mailkontakt, war etwas ganz anderes. Sie hatte die Möglichkeit, sich persönlich mit dem Unbekannten auszutauschen. Sie hatte die Chance herauszufinden, ob die Charakterisierung des Profilers zutreffend war. Oder eben nicht. Die Frage, die Bette sich dabei allerdings stellte, war: Warum bot der Täter ihr diesen Kontakt an? Was hatte er davon?

Sie kochte Kaffee, griff sich ihre Zigaretten und einen Block und setzte sich mit einer Decke aufs Sofa. Da mochte sie noch so viele Briefansätze in ihrem Kopf entworfen haben, sie musste sie aufschreiben und schwarz auf weiß vor sich sehen.

Und erst wenn sie den finalen Text aufs Papier gebracht hatte, würde sie ihn in die Mail übertragen.

Die erste Hürde war schon mal die Anrede. Sie konnte ja schlecht *Lieber Muschelmörder* schreiben, schon gar nicht *Sehr geehrter Muschelmörder.* Ein *Hallo* musste reichen, auch wenn ihr das eigentlich etwas zu lapidar daherkam.

Ihr war aufgefallen, dass der Muschelmörder in der Mail an sie alle Höflichkeitsfloskeln eingehalten und nicht einen Rechtschreibfehler gemacht hatte. Sogar die Anredepronomen hatte er immer großgeschrieben, etwas, das mehr war als reine Autokorrektur. Er musste eine gute Schulbildung haben oder zumindest geübt im Schreiben von Briefen sein. Aber gut, diese Erkenntnis half ihr jetzt auch nicht weiter. Sie würde beim *Hallo* bleiben.

Und dann der Textinhalt. Der war noch schwieriger. Sie versuchte eine erste Variante.

Wie Sie ja wissen, bin ich aus dem Polizeidienst ausgeschieden. Ich verstehe deshalb nicht, warum Sie zu mir kommen. Wieso «unterhalten» Sie sich nicht mit meinem Nachfolger? Ich ermittele nicht mehr. Ich habe nichts gegen Sie in der Hand. Was für einen Grund haben Sie also, mich ...

Nein, das war es nicht. Das klang zu empört. Bette riss den Zettel aus dem Block, zerknüllte ihn und warf ihn auf den Boden. Dann setzte sie erneut den Stift an.

Hallo. Vielen Dank für Ihre Nachricht. Ich verstehe nicht, wieso Sie für Ihre Kommunikation gerade mich ausgesucht haben, aber ich bin froh, dass Sie es getan haben. Ich habe viele Fragen. Ich wüsste gerne, wieso Melanie Wagner und Tom van Have sterben mussten. War Tom van Have vielleicht verantwortlich für Ihre Entlassung? Und Melanie Wagner? Liege ich richtig, dass sie nur zur falschen Zeit am falschen Ort war? Und wieso das Muschelzeichen? Hat es eine persönliche Bedeutung für Sie?

Nein, so auch nicht. Diese Fragen würde sie ihm stellen, aber nicht so direkt. Und noch nicht jetzt. Sie musste sich langsam herantasten, schauen, wie weit sie gehen konnte. Auf keinen Fall durfte sie ihn verschrecken.

Verflucht auch. Was sollte sie nur schreiben? Sie musste sich konzentrieren. Für vierzehn Uhr hatte sie sich bei Eva van Have, der Witwe des ermordeten Tom van Have, angekündigt, um noch einmal mit ihr über die Wochen vor der Ermordung zu sprechen. Ob es doch irgendwelche Hinweise darauf gab, dass er bedroht worden war. Bette hatte diesen Punkt damals schon abgefragt, und Eva van Have hatte es verneint. Aber mit dem, was Bette jetzt wusste, konnte sie gezielter fragen.

Bis dahin musste sie die Nachricht rausgeschickt haben. Sie durfte ihre Antwort nicht mehr viel länger hinauszögern. Nein, auf keinen Fall durfte sie das. Sie hatte den Muschelmörder zappeln lassen, aber sie konnte nicht riskieren, ihn wütend zu machen.

Nachdem sie eine weitere Stunde rumprobiert hatte und

der Boden übersät war mit zerknüllten Papieren, verlor Bette die Geduld und schrieb einfach nur:

Wir können uns gerne unterhalten. Aber ich frage mich, was Sie von mir wollen.

21. HANNAH

Hannah hatte die Sonnenbrille aufgesetzt und die Busfenster vollständig runtergekurbelt. Der Fahrtwind blies ihr ins Gesicht und wirbelte durch ihre Haare. Sie fuhr den Ochsenwerder Norderdeich entlang. Ohne Grund, einfach so, weil es so schön war. Fahren, die Freiheit genießen, die der Bücherbus ihr gewährte. Bei jeder Bodendelle und jedem Schlagloch schepperte die alte Karosserie. Die Deichstraße war hier ein einziges Flickwerk, schlängelte sich in engen Kurven durch die Landschaft. Vorbei an Wiesen und Auen, kleinen Reetkaten und hallenartigen Gehöften. Auf einer sattgrünen Weide standen Pferde und Kühe. Im Radio lief *Wild World* von Cat Stevens. Ein Lied, bei dem sie normalerweise sofort ausschaltete. Jetzt sang sie laut mit und klopfte dabei im Rhythmus mit den Handballen auf das Lenkrad. Sie war lange nicht so gut gelaunt gewesen. Bette hatte sie nicht ignoriert. Sie hatte geantwortet. Dann doch. Hannah schloss die Augen und fuhr für einen Moment blind. Sie spürte ein Prickeln im Magen. Es war wie fliegen.

22. BETTE

Entnervt stieg Bette um kurz vor zwei vor dem Haus der van Haves aus dem Taxi. Sie hatte eingeplant, die halbe Stunde von Ochsenwerder hierher zu schlafen. Doch der Taxifahrer war so ruppig gefahren, dass sie kein Auge zugetan hatte. Für ihr Gespräch mit Eva van Have bedeutete das, dass ihr weniger Zeit blieb, bevor eine Schlafattacke drohte. Vielleicht eine halbe, höchstens eine Stunde. Aber gut, das war jetzt nicht zu ändern. Bette konnte froh sein, dass Eva van Have sich überhaupt mit ihr traf. Als Bette sie gestern angerufen und um ein Gespräch gebeten hatte, hatte sie sich Kommissarin a. D. genannt. A. D. für *außer Dienst*. Falls Mark Thorben davon erfuhr, könnte er ihr zumindest keine Amtsanmaßung vorwerfen. Aber entweder war Eva van Have das a. D. entgangen oder es war ihr egal. Sie war nicht weiter darauf eingegangen.

Die van Haves wohnten in der Blumenstraße in direkter Alsternähe, eine der teuersten Gegenden Hamburgs. Das Haus war eine weiß getünchte Stadtvilla aus der Gründerzeit, nach hinten raus mit Zugang zum Wasser. Folge der Spur des Geldes, und du findest den Mörder, hatte Bette gedacht, als sie das erste Mal hier vor der Tür gestanden hatte, dann jedoch schnell herausgefunden, dass dieser Ansatz bei der Suche nach dem Mörder von Tom van Have nicht der richtige war.

Tom van Have hatte zwar als Unternehmensberater gut verdient, das große Vermögen allerdings hatte seine Frau mit in die Ehe gebracht. Altes Hamburger Geld. Innerhalb der Familie hätte also ein Mord aus Gier keinen Sinn gemacht, und auch für sonst niemanden, da Eva van Have und ihre Tochter Alleinerben waren.

Bette ging die Kiesauffahrt hoch und schaute noch einmal auf ihr Telefon. Keine neue Nachricht vom Muschelmörder. Sie klingelte, und fast im selben Moment kläffte ein hörbar kleiner Hund hinter der Tür. Kurz darauf öffnete Eva van Have. Sie sah aus, wie Bette sie in Erinnerung hatte: makellos.

Sie war der Typ Frau, der Bette unsympathisch war, einfach weil sie so perfekt schien. Es war dumm, aber Bette konnte nicht anders. Sogar in den Tagen nach der Ermordung ihres Mannes war Eva van Have immer akkurat geschminkt gewesen, die langen blonden Haare zu einem Pferdeschwanz gebunden, aus dem nicht eine Strähne fiel. Eine Frau, die Haltung bewahrte, egal was passierte.

«Frau Hansen», sagte Eva van Have mit einem höflichen Lächeln. «Kommen Sie doch bitte herein.»

Bette folgte ihr durch den hellen aufgeräumten Flur in die Küche, wobei der Hund die ganze Zeit aufgeregt um ihre Füße sprang. «Sie haben wieder einen Hund?»

«Ja. Alta. Sie ist eine Havaneser-Dame.»

«Hübsch», sagte Bette, ohne es zu meinen. Sie mochte so kleine Hunde nicht besonders, aber sie hatte die Erfahrung gemacht, dass Haustiere für gewöhnlich ein guter Start in ein Gespräch waren. Und bei Eva van Have war der Hund zudem der direkte Einstieg, um über den Mord an Tom van Have zu reden. Um auf das zu sprechen zu kommen, was sie wissen wollte. War Tom van Have vor seinem Tod bedrängt oder bedroht worden?

«Frau van Have, wenn ich mich richtig erinnere, hatten Sie früher einen Golden Retriever.»

Eva van Have nickte. «Ja, Pelle.»

«Was für ein Hund war er? Ich meine nicht die Rasse, sondern seinen Charakter. War er zutraulich? Neugierig?»

Eva van Have sah Bette irritiert an. «Sie wollen wissen, wie Pelle war? Wozu das?»

«Ich erinnere mich, dass er vergiftet wurde. Jetzt frage ich mich, ob die Möglichkeit besteht, dass jemand das Gift gezielt für ihn platziert hat. Oder ihn sogar gefüttert hat.»

«Sie meinen, jemand hat ihn absichtlich getötet?» Eva van Have hob die Havaneser-Dame hoch und kraulte ihr den Nacken. Dabei fiel Bette auf, dass ihre Bewegungen leicht zeitversetzt und abgehackt waren. Ob sie Medikamente nahm? Bette tippte auf Psychopharmaka. Sie warf einen Blick auf die Arbeitsflächen in der Küche. Das war einer der Orte, wo bei ihr Medikamente rumlagen. Hier stand jedoch nicht einmal eine benutzte Tasse.

«War Pelle ein Hund, der von Fremden etwas zu fressen angenommen hätte?», hakte sie noch mal nach.

«Er war sehr verspielt», sagte Eva van Have. «Wir sind mit ihm immer rüber zu den Alsterwiesen. Oft haben fremde Kinder ihm Stöckchen geworfen. Ja, ich denke, es wäre schon möglich gewesen, dass jemand ihn gefüttert hat.»

«Können Sie sich an so eine Situation erinnern?»

«Pelle kann das Gift überall gefressen haben. Es gibt immer wieder Menschen, die Rattengift auslegen, manchmal direkt an der Straße.»

«Gab es vielleicht ähnliche Fälle in der Nachbarschaft? Sind auch andere Hunde gestorben?»

Eva van Have drehte langsam den Kopf hin und her. «Nein. Nein. Nicht das ich wüsste.» Sie setzte den Havaneser auf den Küchentisch und öffnete den Kühlschrank. «Ich habe frischen Eistee, Sie trinken doch sicher ein Glas.»

«Gerne», sagte Bette. Eva van Have nahm die Karaffe aus dem Kühlschrank, schenkte zwei Gläser voll, schnitt Zitrone auf und gab frische Minzblätter dazu. Das alles tat sie schweigend, und Bette ließ sie in Ruhe. Erst als sie ihr Glas in der Hand hielt, ging sie wieder zu ihrer Befragung über: «Sie haben damals ausgesagt, Ihr Mann sei vor seinem Tod nervös gewesen.»

«Ja, das stimmt. Er war in wichtigen Verhandlungen mit einem Kunden. Berufliche Angelegenheiten haben ihn manchmal sehr gestresst.»

«Könnte die Nervosität nicht auch einen anderen Grund gehabt haben?»

«Was für einen Grund?»

«Wir haben damals schon einmal darüber gesprochen: Könnte es sein, dass Ihr Mann vor seinem Tod bedroht wurde?»

«Nein, das hätte er mir erzählt.» Dieser Satz kam schnell, ohne das geringste Zögern, ohne einen Moment des Erinnerns, sich wieder in die Vergangenheit Hineinfühlens. Das machte Bette misstrauisch.

«Lassen Sie es mich so formulieren: Nach dem, was ich mittlerweile weiß», fuhr Bette fort, «gehe ich davon aus, dass der Mörder sich schon einige Zeit vor der Tat bemerkbar gemacht haben könnte. Briefe, Mails. Gab es irgendwelche Hinweise in diese Richtung? Etwas, das wir bislang vielleicht übersehen haben?»

«Nein, nicht dass ich wüsste. Und ich hätte es gewusst», sagte Eva van Have mit Nachdruck.

«Hatte Ihr Mann Angst? Manchmal verwechselt man das mit Nervosität.»

Eva van Have sog die Luft durch die Nase, fast eingeschnappt. «Mein Mann war nicht der Typ für Angst. Nervös ja, aber nicht ängstlich.»

So was ändert sich schnell, dachte Bette. Sie war auch nie der Typ für Angst gewesen.

Bevor sie vorsichtig dosiert weiter in diese Richtung nachhaken konnte, drehte Eva van Have sich plötzlich um.

«Wie lange stehst du da schon?» Ihre Stimme hatte auf einmal einen anderen, viel höheren, fast keifenden Tonfall angenommen.

Im Türrahmen stand Nele, die Tochter der van Haves. Schlichtes blaues T-Shirt, abgeschnittene Jeans, braun gebrannt, die dunklen Haare kinnlang. Bette hätte sie fast nicht erkannt. Sie war in die Höhe geschossen, eine junge Frau, kein Kind mehr wie noch vor einem halben Jahr. Was machte sie hier? Sie hatte doch gesagt, sie sei in England. Hatte sie gelogen?

«Hallo», sagte Bette.

«Meine Tochter. Sie erinnern sich?»

«Sicher.» Nele sah Bette an und schüttelte den Kopf, so minimal, dass ihre Mutter es nicht mitbekam. Bette deutete ein Nicken an. Sie würde ihrer Mutter nicht verraten, dass sie gesprochen hatten.

«Ich habe dir klipp und klar gesagt, du sollst uns nicht stören», sagte Eva van Have.

Nele sagte gar nichts, starrte ihre Mutter nur an.

«Sie müssen sie entschuldigen», sagte Eva van Have an Bette gewandt. «Es ist alles noch immer etwas viel. Nach dem Tod ihres Vaters habe ich es für das Beste gehalten, Nele auf ein Internat zu schicken. In England.»

«Klar, das Beste für mich.» Nele presste die Lippen zusammen und blies ihre Wangen auf, als müsste sie vor Wut die Luft anhalten. Sie wirkte neben ihrer Mutter wie ein Fremdkörper.

«Und jetzt sind Ferien?», fragte Bette und schielte kurz auf die Uhr. Sie musste die Zeit im Auge behalten. Auf keinen Fall wollte sie hier vor den beiden umkippen.

«Nele ist gestern nach Hause gekommen», antwortete ihre Mutter für sie.

Sie hatte also doch nicht gelogen. Gestern erst war sie nach Hamburg gekommen. Das fegte auch Bettes allerletzten Zweifel hinweg, Nele könnte doch hinter all dem stecken, um sie dazu zu bringen, weiter zu ermitteln.

«Gibt es was Neues im Fall meines Vaters?», fragte Nele.

«Noch nicht. Ich würde dennoch gerne noch einmal ...»

«Meine Tochter halten Sie da bitte raus», fuhr Eva van Have dazwischen.

«Ich bin sechzehn, da darf die Polizei mich ja wohl befragen, wie sie will.»

«Frau Hansen ist nicht mehr bei der Polizei.»

Hatte sie es also doch mitbekommen. Und so, wie sie es sagte, klang es schnippisch, wobei Bette nicht sicher war, ob der Tonfall ihrer Tochter galt oder Bette.

Nele hatte jetzt die Arme vor der Brust verschränkt, die Hände zu Fäusten geballt. Ihre Kiefer mahlten. «Ich will aber mit ihr reden.»

«Das heißt, ich möchte», korrigierte ihre Mutter. «Und jetzt geh auf dein Zimmer. Los.»

Neles Augen funkelten zornig. Eine Art wilder Trotz lag in ihnen. «Schick mich nicht immer weg wie ein kleines Kind. Mich geht das hier auch was an.»

«Du bist viel zu jung.»

«Bin ich nicht. Aber weißt du, wozu ich zu jung war? Ich war zu jung, um mit dir alleine gelassen zu werden. Ohne Papa.»

Bei diesem letzten Satz entging Bette nicht, wie Eva van Have in sich zusammensackte. Kaum merklich, und doch spürbar. Aller guten Haltung zuwider.

«Es ist nur zu deinem Besten.»

«Natürlich. Nur zu meinem Besten.»

«Es wühlt dich zu sehr auf», sagte Eva van Have matt und machte einen Schritt auf ihre Tochter zu. Die Hand, die sie nach ihr ausstreckte, blockte Nele mit dem Unterarm ab, so wie man im Kampfsport einen angreifenden Gegner abwehrte.

«Ich pfeif auf deinen Beschützerscheiß! Ich will wissen, wer Papa umgebracht hat.»

«Du hast doch gehört, Frau Hansen weiß es nicht.»

Nele drehte sich um und stapfte weg. Bette hörte die Haustür schlagen.

Es war ihr unangenehm, diesem Streit beigewohnt zu haben. Das war mehr gewesen als die normale Auseinandersetzung einer Mutter mit ihrer pubertierenden Tochter. Warum wollte Eva van Have so unbedingt verhindern, dass Bette mit Nele sprach? Wirklich nur, um sie zu beschützen?

Bette war froh, als sie wieder im Taxi saß. Sie spürte schon die Müdigkeit, lange hätte sie da drinnen nicht mehr durchgehalten. Der Besuch bei Eva van Have hatte ihr vor Augen geführt, wie eingeschränkt sie ohne offizielle Ermittlerfunktion war. Die Frau hatte darauf beharrt, vor dem Tod ihres Mannes sei alles wie immer gewesen, war dabei gleichzeitig jedoch allen konkreten Fragen diesbezüglich ausgewichen. Wenn Bette noch bei der Polizei wäre, hätte sie Eva van Have ins Präsidium vorladen können. Aber so fehlte ihr jegliches Druckmittel, um irgendeine Aussage zu erzwingen.

23. HANNAH

Hannah war bis zum Fähranleger Zollenspieker gefahren und hatte sich mit der supergroßen Portion Stracciatella, die sie sich schon seit Tagen hatte gönnen wollen, an den Fluss gesetzt. Die Füße im Wasser baumeln lassen, die Strömung gespürt und zugesehen, wie die Fähre über die Elbe setzte. Hin und her, im Zehn-Minuten-Takt. Über eine Stunde hatte sie dort gesessen, bevor sie gegen ein Uhr aufgebrochen war, um mit dem Bücherbus ihre Stationen abzufahren. Sie hielt zuerst in Kirchwerder, dann beim Campingplatz am Oortkatener See. Ihr Fahrtgebiet erstreckte sich über die gesamten Vier- und Marschlande, und es wäre zu auffällig, immer nur an ein und derselben Stelle zu stehen. Sie musste wachsam sein, immer ihre Tarnung wahren. Niemand durfte merken, dass sie den Bus nur fuhr, um Bette zu beobachten.

Um halb drei bog sie in Bettes holprige Kopfsteinpflasterstraße hinter der Kirche in Ochsenwerder ein und parkte in der Kehre. Obwohl der Boden noch feucht vom gestrigen Unwetter war, legte sie die Picknickdecken auf der Wiese aus. Sie waren auf der Unterseite mit Plastikfolie beschichtet und würden die Nässe schon abkönnen.

Bei Bette war alles ruhig, was Hannah etwas enttäuschte.

Emil, Lisa und ihr kleiner Bruder Paul, den das Mädchen immer im Schlepptau hatte, kamen angerannt und halfen ihr, die gelben Postkisten mit den Büchern von der Ladefläche zu ziehen. Die drei gehörten zu ihren Stammkunden, zusammen mit einer Handvoll anderer Kinder. Erwachsene kamen eher selten. Aber das war okay für Hannah. Es war ihr sogar recht. Die Erwachsenen sollten einfach nur akzeptieren – und sich gerne auch ein bisschen darüber freuen –, dass sie hier stand und ihre Gören bespaßte, und sie ansonsten in Ruhe lassen. Je weniger sie sie beachteten, desto besser.

Die Kinder nahmen sich Bücher aus den Kisten und machten es sich auf den Decken gemütlich. Hannah griff sich die Kissen, die noch im Bus lagen. «Achtung!», rief sie und warf eines nach dem anderen auf die Kinder, die sie unter Kichern und Kreischen auffingen. Was für eine idyllische Szene. Hannah war stolz, wie gut sie ihre Rolle spielte. *Ihr habt doch alle keine Ahnung, wer ich wirklich bin. Wie gern lasst ihr euch von ein bisschen Nettigkeit täuschen. Das wird sich rächen. Wartet's nur ab.*

Sie wollte sich gerade in den Bus setzen, als sie Fynn entdeckte, der durch Bettes Garten schlich und kurz darauf in großem Bogen über den Acker zum Bus rüberkam. Sein Gesicht war dreckverschmiert.

«Für dich», sagte er. Er streckte Hannah beide Hände entgegen. In jeder lag ein Ei.

«Danke. Wo hast du die denn her?» Aus dem Supermarkt waren sie eindeutig nicht. Sie waren grün und schrumpelig.

«Von meinen Hühnern. Die sind so grün, weil meine weißen Hühner so eine spezielle Art sind.»

«Du hast Hühner? Das wusste ich gar nicht», log Hannah. Natürlich war ihr nicht entgangen, dass Fynn Bettes Hühner hinten in ihrem alten Schuppen für sich beanspruchte.

Es war immer er, der sie fütterte und die Eier sammelte.

«Ich hab sechs Hühner», sagte Fynn stolz. «Sie haben auch alle Namen. Willst du sie hören?»

«Klar.»

«Ernst, Falko, Hans, Hanno, Rumpelstilzchen und Michael. Michael hinkt.»

«Der Arme. Aber das sind ja alles Jungsnamen. Ich dachte Hühner sind Mädchen.»

«Na und?»

«Stimmt auch wieder. Rumpelstilzchen find ich cool!»

Fynn strahlte.

Hannah legte die Eier zwischen zwei Bücher, damit sie nicht wegrollten.

«Hast du den neuen Dragonball?», fragte Fynn.

«Noch nicht. Vielleicht nächste Woche.» Zweimal im Monat konnte Hannah im Vereinsbüro neue Bücher abholen.

Fynn gab ein enttäuschtes Murren von sich und zog zwei alte Dragonball-Bände aus der Kiste mit den Mangas. Er musste sie schon Dutzende Male gelesen haben.

Hannah schlug das dicke blaue Buch auf, in das sie immer notierte, welches Kind was auslieh.

«Nee. Musst du nicht aufschreiben. Ich les sie hier.»

«Wie? Du nimmst sie nicht mit in deinen Apfelbaum?»

«Nee.»

«Und wieso nicht?»

«Ich hab Gartenverbot.»

«Ach?», sagte Hannah. «Du bist doch eben noch da drüben rumgeschlichen.»

«Meine Hühner besuch ich weiter. Das kann Bette mir nicht verbieten.» Fynn kniff die Augen zusammen und sah wütend zu Bettes Grundstück rüber.

«Wieso hast du denn Gartenverbot? Hast du was angestellt?»

«Hab ich nicht», sagte Fynn. «Mein Opa sagt, weil bei Bette ein Mann rumschleicht, der da nichts zu suchen hat.»

Ein Mann. Bette war also noch immer nicht auf die Idee gekommen, es könnte auch eine Frau sein. Diesen Punkt musste sie weiter ausspielen. Solange Bette nur nach einem Mann Ausschau hielt, war Hannah in Sicherheit. Und noch besser: Sie würde noch viel näher an Bette rankommen, ohne sich dabei verstecken zu müssen.

«Oje, das ist ja unheimlich», sagte sie und versuchte, ihre Stimme ängstlich klingen zu lassen. Etwas höher als sonst, abgehackter. Das funktionierte immer gut. «Nein, wirklich. Dann geh da besser nicht hin. Nicht dass dir was passiert. Bei solchen Typen weiß man nie.»

«Jaja, schon klar», maulte Fynn, eindeutig genervt, dass Hannah jetzt auch so anfing. Dann warf er sich auf die Lesedecke, die am weitesten von ihr entfernt lag.

Hannah setzte sich im Schneidersitz in die aufgezogene Seitentür des Laderaums. Von außen würde es so aussehen, als wache sie über die lesenden Kinder oder träume vor sich hin. In Wirklichkeit behielt sie alles um sich herum sehr genau im Blick. War wachsam. Beobachtete.

In einem der Reihenhausgärten jätete eine Frau Unkraut. Ein Mann in einem hautengen roten Trikot, durch das sich jedes Detail seines Körpers abzeichnete, schob ein Rad vorbei. Als ob irgendjemand seine Eier sehen wollte. In dem Garten ganz vorne in der Straße stand Erna hinter ihrem Jägerzaun und schaute unverhohlen zu ihr rüber, was auch immer sie auf die Entfernung zu entdecken hoffte. Es waren locker 250 Meter. Dass sie Erna hieß und zudem furchtbar neugierig war, hatten die Kinder Hannah erzählt. Sie erzählten ihr sowieso eine Menge. So ganz nebenbei, ohne sich etwas dabei zu denken.

Hannah las noch einmal die Mail auf ihrem Smartphone und biss sich dabei so fest auf die Unterlippe, dass der Schorf an einer Stelle abplatze und sie Blut schmeckte.

Wir können uns gerne unterhalten. Aber ich frage mich, was Sie von mir wollen.

Ja, was wollte sie von Bette? Dasselbe wie von ihren anderen Opfern. Aber nicht nur. Bei Bette war die Sache komplizierter. Bette hatte sie nicht persönlich beleidigt, wie Tom van Have, sie hatte sie auch nicht herumkommandiert wie Ela und ihren Bruder nicht in den Drogensumpf gezogen, wie Dennis es getan hatte. Dennis. Der Arsch.

Nein, was sie getan hatte, war noch viel schlimmer: Sie hatte sie verraten. Sie hatte ihre Ermittlung abgebrochen und war einfach gegangen.

Als Bette nach den Waldmorden zum ersten Mal in den Nachrichten aufgetaucht war, hatte es Hannah wie ein Schlag getroffen. Bette Hansen erinnerte sie auf schmerzliche Weise an ihre Mutter. Es war nicht das Aussehen, eher die Art, wie sie redete, sich dabei durch die Haare strich, wie ihre Nasenflügel leicht zuckten. Und der Blick, ja ganz besonders dieser Blick, der versuchte, alles zu ergründen und alles zu durchschauen. *Aber mich durchschaust du nicht, Bette! Mich nicht!*

Und dann war Bette auf einmal verschwunden, genauso plötzlich wie auch ihre Mutter verschwunden war. Ein fieses Déjà-vu.

Dieser Mark Thorben war kein Ersatz für Bette gewesen, kein würdiges Gegenüber – eher eine Beleidigung. Ein paar

Wochen hatte Hannah sich das angeschaut. Dieser Kerl ermittelte nicht einmal vernünftig. Er fand nichts raus, was auch nur eine Pressemitteilung wert gewesen wäre.

Schließlich hatte Hannah Bette in Ochsenwerder aufgespürt. Sie wollte, dass Bette sich wieder interessierte: für ihre Taten, für sie. Sie wollte, dass Bette sie sah. Sah, aber nicht entlarvte. *Hey, ich bin noch da, aber du kriegst mich nicht! Am Ende werde ich schneller sein. Ich werde dich töten. Und bis dahin will ich deine volle Aufmerksamkeit.*

Um kurz nach vier tauchte Bette dann doch noch auf.

Hannah hatte sich gerade weiter nach hinten in den Bus zurückgezogen, aus dem Sichtfeld der Kinder, und polierte ihr Messer. Eine feste Angewohnheit seit jenem Tag, an dem sie es gekauft hatte. Es war ein Springmesser mit schwarzem Metallgriff, der geschmeidig in der Hand lag. Sie trug es immer bei sich. Jetzt ließ sie es von einer Hand in die andere gleiten und sah zu Bette hinüber, wie sie aus dem Taxi stieg. Hannah wunderte sich. Sonst kutschierte sie doch immer dieser Junge mit dem weißen Lieferwagen herum. Ein dunkler Typ, etwas jünger als Hannah, muskulös, gut aussehend, ohne dabei arrogant zu erscheinen. Eigentlich ganz sympathisch.

Hannah hatte die beiden zusammen beobachtet. Bette mochte den Jungen. Die Aufmerksamkeit, die sie ihm schenkte, würde sie demnächst Hannah schenken müssen. Ob er genau wie Fynn Gartenverbot hatte? Fuhr er sie deshalb nicht? Gut möglich. Es sah ganz so aus, als schicke Bette alle weg, die ihr wichtig waren.

24. BETTE

Dienstag, kurz vor sieben. Noch immer war keine neue Antwort vom Muschelmörder eingegangen. Jetzt war er es, der sie zappeln ließ, genauso wie sie es vorher mit ihm gemacht hatte. Was für ein blödes Spiel. Eine Weile starrte Bette gedankenverloren auf ihr Smartphone. Dann wählte sie Nesrins Handynummer. Ihr war nicht wohl dabei, Nesrin um Informationen zu bitten, aber wenn jemand unauffällig an die Akte einer laufenden Ermittlung kam, dann sie.

«Bette?» Nesrin klang überrascht.

«Störe ich?»

«Nein, gar nicht. Ich bin bei meiner Mutter.»

«Ich hab gehört, was MT über mich rumerzählt. Es ist ...»

«Hör nicht hin. Vergiss es.»

«Ich versuch's», sagte Bette. Sie hatte über einen geschickten Weg nachgedacht, Nesrin um das zu bitten, was sie brauchte. Aber zum einen war ihr keiner eingefallen, zum anderen war es ihr zuwider, mit Nesrin zu spielen. Dafür kannten sie sich zu gut, vertrauten sich. Deshalb sagte sie es jetzt ganz direkt: «Ich muss die Ermittlungsakte einsehen.»

Für einen Moment war nur Nesrins Atem zu hören und im Hintergrund ein Gespräch mehrerer Personen, die auf einer fremden Sprache laut miteinander redeten. Persisch vermutlich. Nesrin hatte ihr mal erzählt, dass bei ihrer Mutter immer die halbe Familie zu Besuch war, weshalb sie es vermied, allzu oft dort aufzutauchen. Nichts gegen Familie, aber manchmal sei es einfach zu viel.

Dann sagte Nesrin leise: «Bette, das meinst du jetzt nicht ernst.»

«Es ist wichtig. Ich werde bedroht, und ich muss wissen, ob es bei Tom van Have genauso gewesen ist. Ob der Täter ihn vor dem Mord kontaktiert hat. Vielleicht hat er auch so selbstlöschende Nachrichten bekommen, und ich habe es damals übersehen. Oder MT hat vielleicht noch was rausgefunden. Oder ...»

«Bette! Du kannst MT nicht in seine Ermittlung reingrätschen.» Sie flüsterte fast, was Bette sich damit erklärte, dass Nesrins anwesende Familie sie nicht hören sollte.

«Ich grätschte ihm nicht rein.»

«Hast du mal dran gedacht, was dir droht, wenn du ohne Befugnisse ermittelst? Du kannst deinen Pensionsanspruch verlieren.»

Bette schluckte. Ja, das war ihr klar. Trotzdem, sie musste das hier durchziehen. «So schlimm wird es schon nicht kommen.»

«Und ich? Was meinst du, was mir blüht, wenn ich dir die Akte gebe?» Unterdrückte Wut schwang in Nesrins Stimme mit.

«Nesrin, bitte, ich weiß nicht ...»

«Ich muss Schluss machen. Das Essen steht auf dem Tisch», unterbrach Nesrin sie und legte auf.

Bette schnappte nach Luft. Scheiße! Nesrin hatte recht. Trotzdem. Sie einfach so abzuwürgen.

Als wenige Momente später wieder das Telefon klingelte, nahm Bette, ohne auf das Display zu schauen, ab in der Annahme, es sei doch noch einmal Nesrin. Aber sie war es nicht. Es war ein Versicherungsvertreter. Ohne sie zu fragen, ob es gerade passte, redete er drauflos: wie wichtig ihre Sicherheit sei und was sie alles unterschreiben müsse, um ihre Sicherheit sicherzustellen. Seine Sprache war genauso verkorkst wie der Mist, den er ihr verkaufen wollte. Bette war kurz davor, ihm zu sagen, dass es in ihrer Sicherheit gerade ganz andere Lücken gab als eine Kreditausfallversicherung oder eine unzureichend gedeckte Sterbegeldversicherung. Aber dann drückte sie den Anruf einfach nur weg. Sie wollte sich nicht auf das Niveau herablassen, ihren Frust an dem Versicherungsfritzen auszulassen.

Sie zündete sich eine Zigarette an. Sie rauchte wieder zu viel, weit mehr als ihre eine Morgenzigarette. Und jetzt? Ohne Nesrin kam sie nicht an diese Akte.

Draußen liefen Spaziergänger vorbei, alles ältere Leute, von denen sie niemanden kannte. In der Kehre stand der Bücherbus. Die Stellplätze vor den Reihenhäusern füllten sich nach und nach mit den Wagen der neuen Anwohner. Es war Feierabendzeit. Gleich würden in den Gärten die Grills angezündet werden. Das Wetter war perfekt dafür. Bette wollte schon eine zweite Zigarette aus der Packung ziehen, als sie innehielt. War das nicht Nele van Have, die da auf einem Rad langsam die Straße herunterkam? Woher wusste sie, wo Bette wohnte? Bettes Telefonnummer war öffentlich, ihre Adresse allerdings stand nicht im Telefonbuch.

Nele schob gerade ihr Hollandrad durch die Gartenpforte, als Bette die Tür öffnete. Das Mädchen sah Bette an und verzog ihren Mund zu einem unsicheren Lächeln.

«Hallo, Nele. Das ist ja eine Überraschung. Möchtest du reinkommen?»

Sie nickte. Ihr Blick war flatterhaft, was so gar nicht zu dem Mädchen passen wollte, das Bette heute Vormittag erlebt hatte. Sie musste nervös sein, einfach so bei Bette aufzutauchen, nicht wissend, wie sie reagieren würde.

Nele legte das Rad auf die Wiese. Ihre Umhängetasche, eine dieser farbenfrohen Taschen aus Lkw-Plane, drückte sie vor den Bauch, als würde sie ihr Halt geben.

«Bist du den ganzen Weg gefahren?»

Wieder nickte Nele.

Mit dem schweren Rad musste sie von sich zu Hause bis hierher mindestens eine Stunde gebraucht haben. Es war eine schöne Strecke, zumindest ab den Deichtorhallen. Ohne Autos, am Wasser entlang, teilweise über den Deich. Aber sie zog sich.

Zögerlich trat Nele ins Haus. Bevor Bette die Tür schloss, sah sie noch einmal die Straße hinunter. Wer auch immer da draußen war, er sollte Nele möglichst nicht hier sehen. Denn eines war sicher. Wenn er Tom van Have vor seinem Tod beobachtet hatte, kannte er auch dessen Tochter.

Sie gingen in die Küche, und Bette schob Nele den Korbstuhl an den Tisch. Obwohl er viel bequemer war als die Holzbank, benutzte sie ihn nie. Ihr Platz war auf der Bank, immer schon gewesen.

Nele setzte sich, und Bette stellte eine Flasche Holundersirup und Sprudel vor sie hin. «Misch es dir selbst, wie du es am liebsten magst.»

Es war nicht zu übersehen, dass Nele reden wollte, aber kein Wort herausbrachte, und Bette wusste gut, dass es oft einfacher war, wenn man etwas zu tun hatte. Und sei es nur, ein Getränk zu mischen oder ein Glas festzuhalten.

«Lecker», sagte Nele, nachdem sie getrunken hatte, und starrte in ihr Glas, als suche sie dort die richtigen Worte.

Bette wartete geduldig.

Als Nele schließlich den Blick hob, war die Unsicherheit zwar noch da, aber der wilde Trotz in ihren Augen, der Bette vorher an ihr aufgefallen war, schimmerte auch wieder durch.

«Warum waren Sie bei meiner Mutter?», fragte Nele mit unerwartet fester Stimme. «Was haben Sie mit ihr besprochen?»

«Sie hat dir nichts erzählt?»

«Nein. Sie könnten den Mörder meines Vaters finden, und sie würde es bringen, mir nichts zu sagen.»

Bette hörte Wut und Trauer heraus.

Nele starrte wieder in ihr Glas, während sie weiterredete. «Ich hab mich noch nie besonders gut mit meiner Mutter verstanden, wissen Sie. Und seit mein Vater tot ist, ist es richtig schlimm.» Sie hielt kurz inne und trank einen Schluck. «Es geht immer nur um sie. Um ihre Stimmungen. Mal ist sie deprimiert, dann total hysterisch.»

«Ist sie in Behandlung?», fragte Bette vorsichtig. Sie hatte sich ja schon gedacht, dass es Eva van Have nicht gut ging.

«Sie rennt andauernd zu ihrem Psychotyp.» So wie Nele das Wort aussprach, hielt sie nicht viel von dem Mann. «Und sie schluckt massenhaft Pillen. Das darf nur niemand wissen. Sie haben sie ja gesehen. Haltung bewahren, komme, was wolle.»

Bette dachte, dass das harte Worte einer Tochter waren.

«Und du? Wie kommst du zurecht?»

«Ich?» Nele legte die Stirn in Falten, schien angestrengt

über die Frage nachzudenken, antwortete jedoch nicht darauf, sondern wechselte das Thema. «Bei der Polizei, ermitteln Sie da immer ... Also, wenn Ihnen jemand, der ermordet wurde, unsympathisch ist ... oder wenn Sie denken, er hat es verdient. Ermitteln Sie trotzdem richtig?»

Was für eine Frage. Bette beugte sich über den Tisch hinweg zu Nele vor. «Niemand verdient es, ermordet zu werden. Und wir ermitteln immer mit vollem Einsatz.» In dem Moment, in dem sie es aussprach, fragte sie sich, ob das wirklich stimmte.

«Mein Vater war nicht sehr beliebt. Er war wohl so was wie ein Kapitalistenschwein.» Nele lachte unbeholfen. «Ich meine, eine Menge Leute haben wegen ihm den Job verloren. Und selbst hat er immer nur abgesahnt.»

«Deshalb hat er es doch nicht verdient zu sterben.»

Nele zuckte etwas unschlüssig mit den Schultern. «Es mussten immer alle nach seiner Pfeife tanzen. Wenn ihm was nicht passte, war er echt ätzend.»

Genau so hatte Bette sich Tom van Have vorgestellt. So hatten ihn alle, mal abgesehen von seiner Ehefrau, beschrieben. Kollegen, Freunde, Bekannte.

«Aber bei mir», fuhr Nele leise fort. «Bei mir war er anders. Er war lustig. Und er hatte immer Zeit für mich.»

«Er war dein Vater.»

«Ja, und meine Mutter ist meine Mutter», sagte Nele scharf. «Zeit hat sie trotzdem nie für mich. Und dabei arbeitet sie nicht mal. Schickt mich nach England, damit sie mich los ist.»

Wenn man Nele so reden hörte, konnte man meinen, das sei eine pubertär-beleidigte Spitze gegen ihre Mutter, die sie eigentlich nicht so meinte. Aber Bette befürchtete, dass sie mit ihrer Aussage ziemlich nah an der Realität war. Und das tat ihr unendlich leid.

Der Minutenzeiger auf der Wanduhr sprang mit einem Klacken um. Es ging auf acht zu. Lange würde Bette nicht mehr durchhalten.

«Jaja, sicher denken Sie jetzt, ich soll mich nicht so anstellen. Ich wohne in einem schicken Haus, gehe auf eine teure Schule ... was beschwert die sich.»

«Nein», sagte Bette und legte ihre Hand auf Neles. «Nein, das denke ich nicht.»

Nele presste ihre Lippen zusammen. Sie kämpfte mit den Tränen.

«Deine Schule, in England? Magst du es denn da zumindest?», fragte Bette.

«Schule eben. Geht schon. Auf jeden Fall besser als in einem Haus mit meiner Mutter. Mir reichen schon die Ferien mit ihr.»

«Ich weiß, du willst das jetzt nicht hören. Aber es braucht seine Zeit, wenn ein geliebter Mensch stirbt. Vielleicht ist deine Mutter noch nicht so weit, dass sie ...»

«Geliebter Mensch», fuhr Nele dazwischen. «Meine Eltern haben sich immer nur gestritten. Wenn das Liebe gewesen sein soll ...» Sie schüttelte heftig den Kopf.

«Deine Mutter hat uns den Eindruck vermittelt, es sei eine gute Ehe gewesen.» Eine mögliche Affäre ihres Mannes hatte sie immer weit von sich gewiesen.

«Ja, den Eindruck. Haha.» Nele riss ihre Hand unter Bettes weg und ballte sie zur Faust. «Meine Mutter ist immer nur darauf bedacht, was die anderen denken. Niemals würde sie zugeben, dass mein Vater sie betrogen hat. Dass er es gar nicht mit ihr ausgehalten hat. Sie würde überhaupt niemals irgendwas zugeben. Könnte ja die schöne Fassade anknacksen. Oder gleich ganz zerdeppern.»

Deshalb diese Ausflüchte und das Gerede von der guten Ehe? Weil es Eva van Have einzig und alleine um ihre Reputation ging? In ihren besseren Kreisen mochte das ausgesprochen wichtig sein, aber doch nicht so wichtig, dass man dadurch eine Mordermittlung behinderte. Schon gar nicht, wenn es der eigene Mann war, der getötet worden war.

«Es interessiert sie gar nicht, wer Papa umgebracht hat. Aber mich. Ich muss es wissen!» In Neles Blick lag mit einem Mal eine Entschlossenheit, die Bette erleichterte. Jetzt war es da, das Mädchen, das sie vorhin im Haus ihrer Mutter erlebt hatte. Trotzig. Und verletzt, aber nicht gebrochen, wie sie es in solchen familiären Konstellationen leider auch schon oft gesehen hatte.

«Meine Eltern haben vor dem Mord schon Wochen nicht mehr miteinander gesprochen.»

«Warte mal», sagte Bette. «Sie haben nicht miteinander geredet?» Das hieße ja, Eva van Have hätte überhaupt nicht wissen können, ob ihr Mann vor seinem Tod bedroht worden war. Von wegen, er hätte ihr das erzählt!

«Du hast eben gesagt, deine Mutter würde nicht zugeben, dass dein Vater sie betrogen hat. Heißt dass, du glaubst, er hatte eine Freundin?»

«Er hat seine Geliebte sogar mit nach Hause gebracht.»

Das überraschte Bette jetzt. «Hast du sie getroffen?»

«Nein. Aber ich weiß, dass sie da war.»

«Woher?» Sie hatten damals nicht den geringsten Anhaltspunkt für eine Affäre gefunden. Und Bette fragte sich, welche Rolle eine Affäre überhaupt spielen sollte, wenn der Täter weder eine Frau noch ein Auftragsmörder war. Oder hatten sie sich da geirrt? Kam doch eine Frau als Täter in Frage? Damit kämen diese mysteriöse Geliebte wie auch Eva van Have wieder in Betracht. Sie musste noch einmal mit dem Rechtsmediziner sprechen.

«Ich habe sie gerochen», sagte Nele. «Ein Geruch nach ... ich weiß nicht, Wäsche, die nicht richtig trocknet. Und dann hat sie im Bad immer die ganzen Parfüms und Seifen ausprobiert. Einmal lagen die Schuhe meiner Mutter vor dem Spiegel. Meine Mutter lässt ihre Schuhe nicht rumliegen. Niemals.»

«Hast du deinen Vater darauf angesprochen?», fragte Bette.

Nele deutete ein Kopfschütteln an und presste die Lippen aufeinander. Ihr Blick driftete für einen Moment ab. Sicher fragte sie sich, ob sie ihren Vater hätte fragen sollen. Schlimmer noch, sie fragte sich, ob sie seinen Tod hätte verhindern können.

«Das war schon richtig so», sagte Bette schnell. «Er hätte sicher nicht gewollt, dass du von dieser Frau weißt. Sonst hätte er es dir erzählt.»

«Sie hat eine Kette gestohlen. Oder mein Vater hat sie ihr geschenkt. Aber das glaub ich nicht. Er hat immer versprochen, sie mir zu schenken. Es war ein Erbstück.»

«Wertvoll?»

«Eher nicht. Sie war von der Mutter meines Vaters. Die hatte nie so viel Geld. Aber die Kette war hübsch.»

«Deine Mutter hat nichts davon erwähnt», wandte Bette ein.

«Ich hab doch gesagt, sie würde niemals zugeben, dass da eine andere Frau war. Never ever. Das wäre der absolute Gesichtsverlust für sie.» Nele seufzte leise.

Eine Geliebte, die eine wertlose Kette stahl. Wozu? Als Andenken? Irgendwie ergab das keinen Sinn. Hätte sie es darauf angelegt, wären bei Tom van Have doch weitaus teurere Geschenke zu holen gewesen.

«Ist bei euch mal eingebrochen worden?»

«Nein. Und wenn, dann hätte niemand diese Kette geklaut. In den Schmuckschatullen meiner Mutter liegen ganz andere Sachen.»

Neles Worte drangen kaum noch zu Bette durch. Gleich würde sie zusammenbrechen. Wieder mal kam die Müdigkeit schlagartig. Sie musste dringend noch mal zum Arzt, die Medikamente besser einstellen lassen. «'tschuldige. Ich muss schlafen.» Sie lallte schon.

«Jetzt?» Nele sah sie entgeistert an.

«Geh nicht. Weck mich in einer halben Stunde.» Sie hätte Nele gerne noch erklärt, warum sie nicht mehr durchhielt, aber ihre Zunge war zu schwer. Sie schleppte sich ins Wohnzimmer, schloss die Tür hinter sich, ließ sich aufs Sofa sinken und schlief ohne einen weiteren Gedanken ein.

Bette wachte erst wieder auf, als jemand sanft an ihrer Schulter rüttelte. Sie blinzelte. Es war Nele. Sie war also wirklich geblieben.

«Wie spät ist es?»

«Viertel vor zehn.» Draußen dämmerte es bereits.

Bette sah auf ihr Telefon. Immer noch keine Nachricht.

«Wieso hast du mich nicht vorher geweckt?»

«Hab ich ja versucht.»

Nele setzte sich neben sie auf die Sofakante. Es hatte etwas angenehm Vertrauliches.

«Es tut mir leid. Ich ...» Bette stockte. Es fiel ihr immer noch schwer, über ihre Krankheit zu sprechen, und sie bezweifelte, dass sich das je ändern würde.

«Mann, Sie haben vielleicht geschnarcht», sagte Nele mit dem Anflug eines Grinsens. Sie war ihr also nicht böse.

Bette lächelte. «Ich wollte unser Gespräch nicht so abrupt unterbrechen. Du darfst nicht denken, dass es mich nicht interessiert ...»

«Ist schon okay. Sie haben Narkolepsie, oder?»

«Du kennst Narkolepsie?»

«Da liegt so ein Infoblatt in Ihrem Klo. Und wir haben das mal in Bio durchgenommen. 'ne ziemliche Scheißkrankheit.»

Bette lachte auf. «Ja, das kannst du laut sagen.»

«Haben Sie auch Halluzinationen und Kataplexien und so was?»

«Halluzinationen, nein, das würde mir grade noch fehlen. Aber Kataplexien hab ich. Allerdings sind nur die Hände betroffen.»

«Da haben Sie ja voll Glück. Ich meine, bei vielen ist doch der ganze Körper betroffen. Sie klappen bei vollem Bewusstsein zusammen. Echt, und dann alles mitzubekommen, was um einen rum passiert, das muss der Horror sein. Wie im eigenen Körper begraben.»

Bette hatte noch keinen Erwachsenen erlebt, der so unbefangen über diese Krankheit gesprochen hätte. «Ja, da hab ich wirklich *voll* Glück.»

«Hier, gucken Sie mal.» Nele hielt ihr einen Block entgegen. «Ich habe die gestohlene Kette für Sie gezeichnet. Es war so eine dünne silberne Kette mit sechs kleinen roten Steinen. Die Steine waren in Fassungen eingelassen, die die Form von Blüten hatten.»

Bette betrachtete die Zeichnung, die ausgesprochen akkurat war. «Kunst-Leistungskurs?», fragte sie.

«Nee. Bio, Chemie, Mathe.»

Chapeau, dachte Bette, die in all diesen Fächern eine Niete gewesen war. «Darf ich die Zeichnung behalten?» Sie fragte sich, ob es nicht sein konnte, dass der Muschelmörder im Haus der van Haves gewesen war und die Kette mitgenommen hatte. Als Trophäe. In Bettes Haus war er ja schließlich auch gewesen. Hatte er auch bei ihr etwas mitgehen lassen? Sie wüsste nicht, was. Aber bei dem Tüddelkram, der hier noch überall rumlag, war das schwer zu sagen.

«Sicher», sagte Nele.

Den Block musste sie in einer der Küchenschubladen gefunden haben. Es gefiel Bette nicht sonderlich, dass sie hier einfach Schubladen durchsuchte. Und es erinnerte sie daran, Nele zu fragen, wie sie an ihre Privatadresse gekommen war.

«Ich hab bei der Taxizentrale nachgefragt, wo die sie hingefahren haben», sagte Nele.

«Und das haben die dir gesagt?»

Nele lächelte ein bisschen stolz. «Mit der richtigen Geschichte. Und ein paar Tränen.»

«Na toll. So viel zum Datenschutz.»

«Stört es Sie, dass ich gekommen bin?», fragte Nele.

«Nein. Nein, gar nicht.»

«Sie haben mir immer noch nicht gesagt, warum Sie bei meiner Mutter waren.»

«Komm, lass uns wieder in die Küche gehen», sagte Bette. Sie musste ihr die Wahrheit erzählen. Zumindest einen Teil davon. Nele hatte es verdient, dass Bette mit ihr redete, wenn es ihre Mutter schon nicht tat. Und zudem wusste sie vielleicht Dinge, die Bette weiterbringen würden.

Während Bette den Tisch für ein Abendessen deckte, überlegte sie, wie sie vorgehen sollte. Nele war trotz allem erst sechzehn. Und der Tote ihr Vater.

Als sie sich schließlich am Tisch gegenübersaßen, erzählte Bette ihr von der Ermittlung, die sie bis in den Januar hinein geführt hatte. Nicht alles, nur das, was für Nele wichtig war. Ihre Mutter hatte ihr nicht einmal erzählt, wie genau ihr Vater gestorben war. Nele wusste nur, was in der Zeitung gestanden hatte. Und das war zum einen sehr vage und zum anderen extrem reißerisch gewesen.

Nele hörte zu, den Blick auf den Teller vor sich gerichtet. Das Brot, das sie mit Gouda belegt hatte, rührte sie nicht an.

Als Bette sah, dass Nele weinte, hielt sie inne, aber das Mädchen schüttelte vehement den Kopf. Sie wollte mehr hören. Bette fand, es reichte. Zumindest für heute.

«Komm, iss jetzt mal was, und dann habe ich noch ein paar Fragen.»

Nele wischte sich die Tränen weg und biss lustlos in ihr Brot.

«Hältst du es für möglich, dass dein Vater vor seinem Tod bedroht wurde? Deine Mutter meint, nein. Aber vielleicht hat sie es einfach nur nicht mitbekommen.»

«Er hatte Angst», sagte Nele.

«Bist du sicher? Vielleicht hatte er nur Stress bei der Arbeit?», wiederholte Bette, was Eva van Have gesagt hatte.

«Nein. Stress bei der Arbeit hatte er immer. Das war es nicht. Er hat sich andauernd umgedreht oder im Wagen in den Rückspiegel geschaut. Und er wollte nicht, dass ich alleine draußen unterwegs war. Er hat mich sogar von der Schule abgeholt. Das hat mich total genervt.» Bette hörte Neles Bedauern darüber durch.

«Wie lange ging das?»

«Ich weiß nicht mehr genau. Vielleicht zwei oder drei Wochen. Und als dann Pelle gestorben ist, ist er ...» Nele brach mitten im Satz ab, zog die Nase hoch. «Ich habe meinen Papa nie weinen gesehen. Aber da hat er geheult. So richtig geheult. Er war fix und fertig. Zuerst dachte ich, er ist traurig wegen Pelle ... Aber er hatte Angst. Schreckliche Angst. Ich hab ihn danach gefragt ...» Sie schüttelte den Kopf. «Er hat nur gesagt, ich soll mir keine Sorgen machen.»

Es stimmte also. Der Mörder hatte ihn vor seinem Tod wissen lassen, dass er da war.

«Ich frage mich, wieso er trotz dieser Angst noch zum Bogenschießen in den Wald ist?»

Nele antwortete, ohne lange nachzudenken. Sicher hatte sie sich diese Frage selbst schon gestellt. «Ich glaube, er dachte, diese Trainerin könnte ihn beschützen. Er hat mal gesagt, sie sei die allerbeste Schützin, sie treffe immer ins Schwarze.»

Bette nickte. Ja. Diese Möglichkeit hatte nur dummerweise auch der Täter bedacht und Melanie Wagner mit einem gezielten Schuss getötet, bevor er auf Tom van Have losgegangen war.

«Ermitteln Sie denn jetzt wieder?», fragte Nele und sah Bette hoffnungsvoll an.

«Du weißt, ich bin nicht mehr bei der Polizei. Aber du hast

recht, ich ermittele wieder. Privat sozusagen.» Bette wollte Nele nicht anlügen.

«Als Sie mich letztens angerufen haben, da haben Sie mich nach einem Holzscheit mit einer Muschel gefragt. In Ihrem Garten. Wissen Sie mittlerweile, wer es da hingelegt hat?»

«Noch nicht.»

«War es der Mörder?»

«Ich weiß es nicht.»

«Will er Sie auch umbringen?»

Bette schluckte. «Das werde ich nicht zulassen», sagte sie, hörte allerdings selbst, wie unsicher das klang.

Es war mittlerweile nach elf, zu spät, um noch alleine über den unbeleuchteten Deich zu fahren. Nele meinte zwar, das sei kein Problem, aber Bette sah das anders. Sie rief Tyler an und bat ihn, Nele nach Hause zu bringen. Das Mädchen zu fahren, sollte ja wohl kein Risiko darstellen.

Tyler versprach zu kommen, und zehn Minuten später hielt er mit dem Lieferwagen vor dem Haus. Das Quietschen der Bremsen war nicht zu überhören. Bette brachte Nele raus. Der Himmel war von einem diesigen Blauschwarz. Hinter den Wohnzimmerfenstern der Nachbarn flackerte das blaue Licht von Fernsehern. Weit und breit war kein Mensch zu sehen.

Nele schob ihr Rad zur Gartenpforte, Tyler nahm es ihr ab und hob es in den Laderaum.

Bette zog ihre Strickjacke aus und gab sie Nele, die sichtlich fror. Es war abgekühlt, und Nele hatte nur ihr dünnes T-Shirt an.

«Die Jacke kannst du Tyler nachher wieder mitgeben.»

«Danke. Auch dafür, dass Sie mir alles erzählt haben.»

«Dafür nich», sagte Bette.

«Falls mir noch was einfällt, melde ich mich.»

«Mach das.»

«Und vielleicht finde ich ja auch noch irgendwelche Hinweise. Ich meine, warum mein Vater solche Angst hatte. Ich werde mal suchen.»

Bette nickte. Sie hatte Nele nicht darum bitten wollen, in den Sachen ihres Vaters zu wühlen, war aber froh, dass sie von selbst darauf kam.

«Gut, dann können wir ja», sagte Tyler.

Nele stieg auf der Beifahrerseite ein.

Tyler, der noch bei Bette stand, fragte: «Diese Mail, war die wirklich vom Mörder? Haben Sie ihm geantwortet?»

«Tyler», zischte Bette ihn an, aber es war schon zu spät. Nele hatte die Wagentür noch nicht geschlossen, und Bette hatte gesehen, wie sie bei Tylers Worten zusammengezuckt war. Bette sah ihn wütend an. Er wusste natürlich nicht, wer Nele war. Trotzdem. Die Mails gingen niemanden etwas an.

Tyler hob entwaffnend die Hände. «Ich wollte ja nur fragen. Ach, und wo Sie mich wieder angerufen haben, ich meine in meiner schicken Funktion als Privatchauffeur. Darf ich Sie jetzt auch wieder fahren?»

«Du meinst zum Supermarkt?»

«Haha, Sie wissen genau, was ich meine.»

«Nein, darfst du nicht.»

Tyler gab ein genervtes Murren von sich, schlug die Wagentür etwas lauter hinter sich zu als sonst und fuhr los. Nele winkte noch einmal kurz. Der Bücherbus, der noch in der Kehre gestanden hatte, startete ebenfalls den Motor, und die beiden Wagen verschwanden in der Nacht.

25. HANNAH

Hannah blinzelte und sah auf ihren Wecker. Es war halb acht. Vor ihrem Fenster standen die Lastwagen im Stoßverkehr. Die Abgase zogen durch das gekippte Fenster, und sie spürte das Wummern der Motoren. Aber mit geschlossenem Fenster wäre es sofort stickig heiß in ihrem Zimmer, das wäre auch nicht besser. Sie drehte sich zur Wand und schloss wieder die Augen. Es war spät geworden gestern.

Sie konnte immer noch nicht fassen, dass sie das Mädchen, das mit dem Rad bei Bette aufgetaucht war, nicht erkannt hatte. Dabei hatte sie sie so oft zusammen mit ihrem Vater beobachtet. Ihr war erst klargeworden, wer sie war, als der Junge mit dem weißen Lieferwagen, dem sie aus reiner Neugierde gefolgt war, sie zu Hause absetzte, vor dieser weißen Villa. Die Villa, in der Hannah mehr als einmal gewesen war. Schön, aber kalt. Kein Haus, in dem sie wohnen wollte.

Nele van Have hatte sich verändert. Sie war nicht mehr das pummelige Mädchen wie noch im vergangenen Herbst. Sie war jetzt schlank, dabei muskulös sportlich, ohne diese biestige Dürre ihrer Mutter. Aber es war nicht nur das Körperliche, was anders war. Es war ihre Haltung, ihr Blick. Sogar in der Dunkelheit hatte Hannah ihr angesehen, dass sie zornig war. Und einsam. Was der Verlust eines Elternteils doch anrichten konnte.

Was hatte es zu bedeuten, dass Nele van Have bei Bette aufgetaucht war? Hieß es, dass Bette den Fall wieder aufgenommen hatte? Dass sie wieder ermittelte?

Da Bette ihr Smartphone kaum benutzte, war es schwerer als beispielsweise bei Ela nachzuverfolgen, was sie tat. Bette führte keinen digitalen Kalender, in den Hannah sich einhacken könnte, und sie verwendete auch keine Kurznachrichtendienste, um sich zu verabreden oder anderen Menschen Details aus ihrem Leben mitzuteilen. Was das anging, war die Kommissarin hoffnungslos altmodisch, und Hannah fehlte die Zeit, ihr im realen Leben ständig zu folgen. Da war ja noch Ela. Und Geld verdienen musste sie auch noch.

Hannah stand auf und tappte nur in dem Männerhemd, in dem sie geschlafen hatte, durchs Wohnzimmer zur Küche hinüber.

Als sie gestern Nacht nach Hause gekommen war, war Paul schon wieder vollkommen zugedröhnt gewesen. Jetzt sah sie ihn durch seine offene Zimmertür. Er lag auf dem Rücken, sein Kopf hing über die Bettkante, der Mund stand weit offen. Er schnarchte. Im Vorbeigehen schlug Hannah ihre Faust in den Sandsack. Es war zum Kotzen. Sie hatte gedacht, wenn Dennis erst mal tot war, würde es wieder besser werden. Sie hatte sich getäuscht. Es wurde nicht besser, es wurde nur immer schlimmer mit ihm.

Sie füllte die Espressokanne, stellte sie auf den Herd und holte die Cornflakes aus dem Schrank. Sie würde sie trocken essen müssen, die Milch im Kühlschrank war sauer. Immerhin fand sie in der Spüle noch eine Schale, die Pauls letzten Wutanfall überlebt hatte. Sie musste bei Gelegenheit neues Geschirr besorgen. Paul machte es ja doch nicht.

Jetzt würde sie erst mal die Mail an Bette schreiben. Ob sie ihr erzählen sollte, dass die beiden Toten im Wald nicht ihre einzigen Opfer gewesen waren? Sollte sie ihr von Dennis erzählen? Von dem Muscheltattoo über seinem Brustbein, leicht erhaben, wenn man mit dem Finger darüberfuhr.

Bette hatte sie in ihrer Mail gefragt, was sie von ihr wollte. Aber es war nicht an der Kommissarin, Fragen zu stellen. Sie, Hannah, würde bestimmen, wo es langging. Was sie erzählte und was nicht.

Was Dennis anging, musste sie aufpassen, nicht zu viel preiszugeben. Nichts, was auf seine Identität schließen ließ.

Denn bei ihm war sie unvorsichtig gewesen. Mit ihm hatte sie sich ein Opfer aus ihrem nächsten Umfeld ausgesucht. Ein Anfängerfehler, den sie ganz sicher nicht noch einmal begehen würde. Sie hatte einfach Glück gehabt, dass sich das Liquid Ecstasy, das sie ihm in den Wodka Feige gemischt hatte, schnell abgebaut hatte. Oder vielleicht hatte der Rechtsmediziner auch gar nicht danach gesucht. Der Mord war als Badeunfall durchgegangen. Gut für sie, aber auch etwas frustrierend. Im Nachhinein hatte Hannah die Aufmerksamkeit gefehlt, die ein richtiger Mord nach sich gezogen hätte.

Dennis war ein Kumpel ihres Bruders gewesen und hatte ihn überhaupt erst dazu gebracht, Drogen zu verticken. Zeitweise hatte er sogar bei ihnen gewohnt, hatte sich, ohne weiter zu fragen, einfach bei ihnen eingenistet. Elender Schmarotzer. Meistens hatte er auf dem Sofa gepennt, manchmal in Hannahs Bett. Es war nicht so, dass sie ihn gemocht hätte. Nein, ganz im Gegenteil. Sie hatte ihn dafür gehasst, dass er Paul in seine Drogengeschäfte reingezogen hatte. Aber der Sex mit ihm war ein vergnüglicher Zeitvertreib gewesen. Und es hatte ihn eingelullt. Als dann die Sache mit den nächtlichen Anrufen anfing und mit den Drohungen, wäre er niemals auf die Idee gekommen, dass sie etwas damit zu tun haben könnte. Er hatte sich kaum noch vor die Tür getraut, war schreckhaft gewesen. Was für eine Genugtuung, dabei zuzusehen, wie seine arrogante Selbstgefälligkeit in sich zusammenbrach. Zu wissen, dass sie es war, die das fertigbrachte. Ganz nebenbei. Heimlich. Er hatte wirklich geglaubt, irgend so ein dubioser Drogenclan sei hinter ihm her. Als ob er dafür wichtig genug gewesen wäre.

Und dann hatte sie ihn trotz seiner Angst dazu überredet, mit Paul und ihr an den Boberger See zu fahren, der übrigens gar nicht so weit von Ochsenwerder entfernt war. Aber diese Verbindung hatte sie letzten Sommer natürlich selbst noch nicht gesehen. Bette war sie ja erst später begegnet.

Es war ein herrlicher Tag Ende Juni gewesen, ziemlich genau vor einem Jahr. Paul hatte den Grill angefacht, und Hannah und Dennis waren schwimmen gegangen. Hannah hatte zwei kleine Fläschchen Wodka Feige mit rausgenommen. Als süße Überraschung, so zumindest hatte Dennis es verstanden, als sie ihm draußen auf dem See eine der Flaschen gab. Der Depp. Er hatte sie unterschätzt. Und das kostete ihn das Leben. Die bewusstseinstrübende Droge ließ ihn absaufen wie einen Stein.

Die Feuerwehr hatte über eine Stunde gesucht, bis sie ihn auf dem Grund des Sees gefunden hatte.

Schlammige schwarze Algen hatten in seinem käsigen Gesicht gehangen, wie bei den mit Muscheln und Algen überwucherten verdammten Matrosen von diesem Geisterschiff aus *Fluch der Karibik*. Bei der Erinnerung daran musste Hannah lächeln. Sie nahm ihr Smartphone zu Hand, setzte sich mit ihrem Kaffee an den Tisch, knabberte trockene Cornflakes und fing an, ihre Nachricht an Bette zu entwerfen.

26. BETTE

Der nächste Tag begann für Bette nicht besonders erfolgsversprechend. Arno hatte aus dem Labor der Kriminaltechnik angerufen. Er hatte auf den Fotos weder Fingerabdrücke noch DNA-Spuren, noch sonst etwas gefunden. Bette hatte nicht wirklich etwas anderes erwartet. Dennoch zog das Ergebnis sie runter. Zumal der Muschelmörder sich noch immer nicht wieder gemeldet hatte. Hatte sie einen Fehler gemacht, ihn zu lange auf eine Antwort warten lassen oder das Falsche geschrieben? Auf was für ein Spiel hatte sie sich da nur eingelassen. Für einen Moment haderte sie mit ihrem Entschluss, den Kontakt nicht an Mark Thorben weiterzugeben. Aber wer wusste, was der damit anstellte? Sie traute ihm nicht. Nicht dass er böswillig war, eher unfähig, was die Sache nicht besser machte. Schließlich war sie diejenige auf dem Präsentierteller, auf sie hatte der Mörder es abgesehen.

Dennoch musste sie sich, was den Mailkontakt anging, noch einmal absichern. Vielleicht hatte Tyler ja unrecht, und ein polizeiinterner Computerspezialist kam doch an den Absender heran. Sie nahm das Telefon und rief Hans Brodo an. Er war IT-Experte, und er war ihr noch etwas schuldig.

«Ich dachte, Sie sind hier raus?», sagte er wenig begeistert, nachdem sie ihm ihren kleinen Auftrag unterbreitet hatte.

«Bin ich auch.»

«Und wieso dann diese Anfrage? Wieder so ein Scherz wie diese selbstlöschende Nachricht von letztens?»

«Das war kein Scherz. Danke, dass Sie MT das weisgemacht haben.»

«Das geht nicht auf mein Konto. Hat ein Kollege bearbeitet.»

Bette verdrehte die Augen. Spitzfindigkeiten. «Also?»

«Lassen Sie die Anfrage über die offiziellen Kanäle laufen.»

«Als ob offizielle Kanäle *Sie* je interessiert hätten.»

Brodo stöhnte. «Sie fangen jetzt nicht so an, oder?»

«Doch. Genau das tue ich.»

Es musste etwa zehn Jahre her sein, dass Hans Brodo sich in den privaten Computer einer jungen Kollegin gehackt hatte. Ziemlich dämlich. Er hatte mehr von der Frau gewollt und versucht, sich so Informationen über sie zu beschaffen – um sie vielleicht rumzukriegen. Bette hatte das zufällig mitbekommen und sich mit den beiden zusammengesetzt, bevor die Sache große Wellen schlug. Mit dem Einverständnis der jungen Frau war es nicht zur Anklage gekommen, und niemand außer ihnen dreien hatte je etwas davon erfahren. Bette kam sich mies vor, Brodo mit dieser alten Sache zu erpressen. Aber er ließ ihr ja keine Wahl.

«Ich muss wissen, ob man über den Kontakt irgendwie an den Mailscheiber rankommt.»

Brodo fluchte, stimmte dann aber notgedrungen zu.

«Leiten Sie mir die Mail weiter. Ich schau mir das an.»

Nach diesem eher unangenehmen Gespräch wählte Bette die Nummer der Rechtsmedizin und ließ sich zu Dr. Haller durchstellen, der im vergangenen Jahr die Obduktion von Tom van Have vorgenommen hatte.

Sie wollte ihn fragen, ob nicht doch auch eine Frau als Täter in Frage kam.

Die Geliebte, weil Tom van Have seine Frau nicht verlassen wollte. Die Ehefrau, weil sie die Demütigung einer Affäre nicht ertrug. Womöglich hatte Bette die ganze Zeit in die falsche Richtung gedacht, weil sie von einem männlichen Täter ausging.

Sie musste lange warten, bis Dr. Haller den Anruf entgegennahm. «Frau Hansen, dass Sie sich noch mal bei mir melden. Wie komme ich zu der Ehre?» Er lachte, ein raues Lachen, etwas spöttisch, aber Bette mochte es. Sie hatte Dr. Haller überhaupt immer gemocht. Knarzig, aber zuverlässig. Und mit einem trockenen Humor.

«Ich wollte Sie natürlich fragen, wie es Ihnen geht», sagte Bette in dem Wissen, dass er ihr das nicht abnehmen würde.

«Ja. Danke. Ich vermisse Sie auch, kaum zu glauben, was?» Er hustete. Seit Bette ihn kannte, war er ein starker Raucher. «Ihr reizender Nachfolger dagegen, wie heißt er noch gleich?»

«Mark Thorben.»

«Zu dem äußere ich mich lieber nicht.»

Jetzt war es an Bette zu lachen. «Tut mir leid, ich wollte Sie nicht im Stich lassen.»

«Also, was brauchen Sie?»

Bette stellte ihm die Frage, die sie umtrieb.

«Der Fall lässt Ihnen also keine Ruhe. Und jetzt wollen Sie wissen, ob eine Frau ... Also, ich ...» Einen Moment lang hörte Bette nur, wie Dr. Haller leise vor sich hin brummte. Das kannte sie von ihm. Er dachte nach. Dann sagte er: «Es wäre möglich, aber sehr unwahrscheinlich.»

«Wenn Frauen rasend vor Wut sind, entwickeln sie unheimliche Kräfte», warf Bette ein.

«Da sagen Sie was. Ja. Doch in diesem Fall: Nein. Das hatten wir ja damals schon durchgedacht. Gegen einen Mann von der Statur dieses Tom van Have hätte eine Frau nur eine Chance gehabt, indem sie ihn überrascht. Aber so? Nach den Schüssen, die zuvor gefallen sind? Wohl eher nicht.»

Bette seufzte. Das war es also nicht. «Trotzdem danke.»

«Dafür nicht.»

Und nun? Keine Frau als Mörder. Verdammt, sie brauchte diese Ermittlungsakte. Sie musste es noch einmal bei Nesrin versuchen. Sie wollte sie nicht nerven, sie wollte sie auch zu nichts drängen, was sie ihren Job kosten könnte, aber es war unsinnig weiterzumachen, ohne den Stand der Ermittlung zu kennen.

«Polizeipräsidium Hamburg, Morddezernat. Dies ist der Apparat von Nesrin Krüger-Nafisi. Bitte hinterlassen ...» Auf den Anrufbeantworter wollte Bette nicht sprechen. Stattdessen versuchte sie es mobil. Es klingelte zwei Mal, dann erklang das Besetztzeichen. Nesrin hatte sie weggedrückt.

Bette war sprachlos. Sie hätte zumindest erwartet, dass Nesrin mit ihr redete. Sie griff nach ihren Zigaretten, zog eine aus der Schachtel, schob sie wieder zurück. Wenn sie so weitermachte, würde sie irgendwann rumhusten wie Dr. Haller. Frustriert stand sie auf und ging nach draußen. Diese ganze Situation zehrte zunehmend an ihren Nerven. Ohne den Polizeiapparat im Rücken fehlte ihr verflixt noch mal der Raum, vernünftig zu agieren.

Sie ging zum Hühnerstall. Jetzt, wo Fynn nicht kommen durfte, musste sie sie selbst füttern. Während sie die Körner auf den Boden kippte, fiel ihr wieder mal das Chaos im Schuppen unangenehm ins Auge. Dieses ganze Gerümpel.

Und überall Federn. Der vordere Teil des Raumes, in dem die Hühner lebten, war nur mit einer groben Gitterwand abgetrennt. Wenn sie ausmistete, wäre auch Platz für ein paar mehr Hühner. Aber jetzt würde sie erst mal Holz hacken. Das war genau das Richtige, um den Kopf frei zu bekommen, das Gefühl zu haben, überhaupt irgendwas zu tun. Der Baumstumpf, der ihr immer als Hackblock diente, stand hinter dem Schuppen. Bette kniff die Augen zusammen und sah angestrengt zu dem kleinen Wäldchen hinüber, von dem aus der Muschelmörder sie fotografiert hatte.

Nichts bewegte sich zwischen dem Grün, aber was hieß das schon? War er da? Stand er zwischen den Bäumen und beobachtete sie? *Komm schon, mach ruhig ein paar Fotos!* Bette hob die Axt. *Und schick sie mir! Dann weiß ich zumindest, dass du da bist. Dich zu zeigen, traust du dich ja nicht. Du Feigling.* Sie schlug auf ein massiges Holzstück ein, bis es in kleinsten Stücken vor ihr lag. Und dann auf noch eins und noch eins. Die Sonne brannte auf ihren Kopf, es war ihr egal.

Erst als ihre Arme vor Anstrengung zitterten, ließ sie die Axt sinken. Es war eindeutig zu heiß für so eine Arbeit, aber es war gut gewesen, sich etwas abzureagieren.

Völlig verschwitzt ging sie ins Haus und schenkte sich ein großes Glas Zitronenlimonade ein. Die Küchenuhr zeigte kurz vor zwölf, sie hatte noch etwas Zeit, bis sie sich wieder zum Schlafen hinlegen musste. Sie nahm ihr Smartphone, das auf dem Küchentisch lag. Und da war sie. Die Nachricht des Muschelmörders. Eingegangen vor zehn Minuten.

Sie ließ sich in den Korbstuhl sinken, in dem Nele gestern gegessen hatte, und öffnete die Mail:

Liebe Bette, Sie fragen, was ich von Ihnen will. Zuerst einmal möchte ich, dass Sie wissen, wie enttäuscht ich von Ihnen bin. Sie haben meinen Fall einfach abgegeben. Mal eben so ad acta gelegt, als sei er nichts. Und wofür? Jetzt sitzen Sie rum, füttern Hühner, packen Biokisten. Das befriedigt Sie doch nicht. Denken Sie zumindest noch manchmal an mich? Ich hoffe, meine kleinen Aufmerksamkeiten haben Ihre Erinnerung wieder ein bisschen auf Trab gebracht.

Also, um darauf zurückzukommen, ich finde, meine Taten sind nicht nichts. Ich morde, und Sie haben nicht den Hauch einer Ahnung, wer ich bin. Das ist doch was. Meinen Sie nicht auch?

Mit freundlichen Grüßen

PS: Ich hoffe, es stört Sie nicht, dass ich Sie einfach bei Ihrem Vornamen nenne. Aber es kommt mir nur richtig vor, so vertraut, wie Sie mir mittlerweile sind.

27. HANNAH

Gut gelaunt schwang Hannah ihren Rucksackbeutel über die Schulter und schob ihr Rad aus dem Haus. Der süßliche Duft von Linden stieg ihr in die Nase. Sie pfiff leise vor sich hin. Sie wollte Ela auf dem Weg zum Mittagessen abfangen. Aus ihrem digitalen Terminplaner wusste sie, dass sie sich die Zeit zwischen eins und zwei für die Pause geblockt hatte.

Mit dem Rad war Hannah in zehn Minuten bei der Aalsen-Reederei, die sich in einem modernisierten Elbspeicher unweit des Fischmarktes befand.

Die Straße hatte Kopfsteinpflaster, und jedes Auto, das sich näherte, war schon von weitem zu hören. Möwen schrien.

Hannah schloss ihr Rad an einen Laternenmast und wartete. Sie hatte Zeit. Im Call-Center war sie erst für morgen wieder eingeteilt, und dann gleich für eine Doppelschicht. Heute hatte sie frei.

Während sie in der Sonne stand und die Wärme auf ihrer Haut und die Vorfreude auf das Wiedersehen mit Ela genoss, dachte sie über die kurze Nachricht nach, die Bette ihr vorhin geschickt hatte.

Wie Sie wissen, habe ich mich nicht freiwillig aus der Polizeiermittlung zurückgezogen. Es tut mir leid, den Eindruck erweckt zu haben, Ihr Fall würde mich nicht mehr interessieren. Das stimmt nicht. Er geht mir nicht aus dem Kopf. Ich frage mich die ganze Zeit: Wer sind Sie? Warum tun Sie, was Sie tun?

Was für eine Schleimerin! Als ob Bette sich für Hannah und ihre Beweggründe interessierte. Sie wollte doch nur Informationen aus ihr rauskitzeln. Sie dachte, wenn sie sie nett umgarnte, würde Hannah sich schon verplappern. Dass ihr irgendwas rausrutschen würde, das sie verriet.

Ganz sicher nicht.

Und ohne ihre Hilfe würde Bette niemals die Verbindung zwischen ihr und Tom van Have finden. Wie auch? Es gab keine, außer ihrem einen kurzen Zusammentreffen, das Tom van Have zum Verhängnis geworden war.

Hannah war mit dem Rad unterwegs gewesen. Hinter ihr hatte Tom van Have wie ein Irrer gehupt, obwohl die Straße eng und zugeparkt gewesen war. Und sie war sogar noch in die Pedale getreten, aus reiner Rücksichtnahme. Bei dem Gedanken daran ärgerte Hannah sich über sich selbst. Wieso hatte sie für irgend so einen SUV-Fahrer Platz machen wollen? Sie hatte genauso ein Anrecht auf Raum wie er.

Kaum war die Straße wieder etwas breiter geworden, war er an ihr vorbeigeheizt und hatte sie dabei so eng geschnitten, dass sie stürzte. Nicht schlimm, aber sie hatte am Boden gelegen. Und er hatte sie im Vorbeifahren auch noch durch das offene Fenster als *Schlampe* und *blöde Rad-Fotze* beschimpft.

Keine zweihundert Meter weiter war er mit seinem fetten weißprotzigen SUV auf einen Parkplatz gefahren. Sein Überholmanöver hatte sich nicht einmal gelohnt. Die paar Sekunden. Aber darum war es ihm ja auch gar nicht gegangen. Er hatte einfach nur seine Überlegenheit demonstrieren wollen. Da war er an die Falsche geraten!

Das mit der Rad-Fotze konnte Hannah Bette leider nicht erzählen, auch wenn ihr das sicher helfen würde, sie zu verstehen. Immerhin war sie auch eine Frau. Aber es würde Hannah eben auch sofort als Frau identifizieren.

Um kurz nach eins trat Ela zusammen mit einem Kollegen aus dem Reedereigebäude. Sie trug den weißen Hosenanzug, den Hannah aus ihrem Schrank kannte, dazu eine rote Bluse. Ihre gutsitzende Kleidung konnte jedoch nicht darüber hinwegtäuschen, wie schlecht sie aussah. Blass, müde. Dunkle Ringe unter den Augen, die auch ihr Make-up nicht verdecken konnte. Ihr Blick huschte hin und her. Der Mann neben ihr war Robert Herold. Ein sonnengebräunter Typ mit wuscheligen braunen Haaren und blitzenden blauen Augen, der vor Selbstsicherheit nur so strotzte. Er war der Chef der juristischen Abteilung, und Ela und er hatten was miteinander. Hannah hatte die beiden schon öfter zusammen beobachtet.

Robert Herold legte Ela eine Hand auf die Schulter, eine Geste, die auch als kollegial durchging. Robert Herold war verheiratet.

Die beiden liefen die Große Elbstraße hinunter. Hannah folgte ihnen in einigem Abstand. Ihre Unterhaltung kam nur in Bruchstücken bei Hannah an.

«Dieser Transporteur aus China ... der Sache noch einmal nachgehen.»

Es ging nur um Geschäftliches, nichts, was Hannah interessierte.

Ela drehte sich mehrmals um, scannte die Menschen um sich herum ab. Sie suchte nach einem Verfolger, durch Hannah sah sie schlichtweg hindurch. *Du blindes Huhn. Das wirst du noch bereuen.*

Auch Hannah schaute sich um. Sie musste sichergehen, dass niemand sie im Blick hatte. Aber da war keiner. Niemand ahnte auch nur, dass sie, die unscheinbare junge Frau, irgendetwas Böses im Schilde führte.

Ein Hinz-und-Kunzt-Verkäufer kam ihnen auf dem Gehweg entgegen. Als er Ela ganz freundlich ein Heft anbot, wedelte sie abwehrend mit der Hand durch die Luft. Herablassend wie immer.

Beim Bistro Ocean, einem Fischgeschäft mit Mittagstisch, blieben Ela und ihr Lover stehen. Wären sie in eines der schickeren Restaurants gegangen, hätte Hannah sie verloren. Hier war das Essen günstig, und sie konnte sich auch etwas leisten.

Die Biertische, die zur Straße hin aufgebaut waren, waren bis auf einen alle besetzt. Auf der Dachkante über dem Eingang warteten Möwen auf eine gute Gelegenheit, sich ein Fischbrötchen zu schnappen.

«Beleg doch mal zwei Plätze», sagte Robert Herold. «Ich hol was zu essen.» Ela setzte sich. Hannah betrat schnell das Bistro, kaufte ein Matjesbrötchen und eine Cola und war vor Robert Herold wieder draußen.

«Ist hier frei?», fragte sie Ela und deutete auf den langen Tisch.

Ela nickte, ohne sie wirklich anzusehen. Kurz darauf kam Robert Herold mit Krabbenbrötchen, einem Wasser für Ela und einem Bier für sich wieder raus. Er setzte sich so neben Ela, dass sie beide die Straße überblickten. Während er aß, starrte Ela nur auf ihr Brötchen.

«Komm. Iss was», sagte Robert Herold.

Ela schüttelte den Kopf. «Ich weiß nicht mehr, was ich

machen soll. Da war jemand in meiner Wohnung. Ganz bestimmt.»

«Und wenn schon. Du hast doch selbst gesagt, es ist nichts geklaut worden.»

Hannah schnalzte leise mit der Zunge. Natürlich nicht! Sie war doch keine Diebin. Nur ein einziges Mal hatte sie etwas mitgehen lassen, bei Tom van Have, eine Kette mit hübschen roten Steinen. Sie hatte einfach nicht widerstehen können. Ihre einzige Trophäe. Aber sonst: nie!

«Und was, wenn das ein Irrer war? Was, wenn er wiederkommt? Wenn ich da bin?» Ela klang, als würde sie gleich losheulen.

Robert Herold seufzte demonstrativ. «Hey. Entspann dich mal. Vielleicht bildest du dir das nur ein.»

Hannah sah, wie er Ela unter dem Tisch eine Hand zwischen die Beine schob. Er nahm ihre Angst nicht ernst, und er wollte mit ihrer Angst auch nichts zu tun haben. Er wollte sie ficken, das war alles. Was für ein Arschloch. Aber Ela hatte es nicht besser verdient.

Hannah lächelte vor sich hin. Wenn die Polizei Elas Handy überprüfte, und das würde sie über kurz oder lang tun, spätestens wenn Ela tot war, käme raus, dass Robert Herold eine Affäre mit seiner Mitarbeiterin gehabt hatte. Die Nachrichten, die die beiden sich ständig schickten, waren ziemlich eindeutig. Und die Fotos, die Ela auf ihrem Smartphone hatte, auch. Damit hätte Hannah diesem Robert Herold dann auch gleich noch eins ausgewischt. Seine Ehefrau wäre sicher alles andere als begeistert. Vielleicht würde er sogar des Mordes verdächtigt werden.

«Robert, kannst du nicht heute bei mir schlafen?» Elas

Tonfall war flehentlich. Als ob der Typ sie beschützen könnte. Hannah hätte fast losgelacht.

Robert Herold wischte sich mit einer Serviette die Mayonnaise von den Lippen und schaute Ela genervt an. «Nein, kann ich nicht. Meine Frau ist zu Hause.»

«Bitte. Ich brauch dich.»

«Vergiss es.»

Ela schluckte hörbar. Sie war mit ihrer Angst alleine, das wusste sie, und das wusste Hannah. Sie hatte Ela da, wo sie sie haben wollte. Es war leichter gewesen, als sie gedacht hatte.

Und fast etwas zu langweilig. Nach vier Wochen hatte Hannah ihren Tagesablauf besser gekannt als Ela selbst. Und dann hatte ein einziger kleiner Willkommensgruß an ihrem Kühlschrank gereicht, um sie völlig zu verschrecken. Bei Tom van Have hatte das deutlich länger gedauert. Aber klar, die Vorstellung, dass jemand in der eigenen Wohnung gewesen war, in den Räumen, in denen man sich am sichersten fühlte, konnte eine Frau schon mal in Panik versetzen. Ela glaubte wirklich, ein Perverser war hinter ihr her. Das könnte Hannah noch etwas ausbauen. Ja, die Idee gefiel ihr.

28. BETTE

Die Mail vom Morgen hatte Bette mehr beunruhigt, als sie sich eingestehen wollte. Dieser Kerl wusste, dass sie Biokisten packte. Und er ahnte, dass sie das nicht befriedigte. Was wusste er noch alles über sie?

Hans Brodo, der sich schnell zurückgemeldet hatte, konnte ihr auch nur bestätigten, was Tyler bereits gesagt hatte: Es gab keine Chance, an den Absender der Mail zu kommen. Bette hatte mit der Antwort gerechnet, dennoch enttäuschte sie sie etwas. Aber jetzt konnte sie zumindest mit einem einigermaßen guten Gewissen Thorben die Adresse vorenthalten. Sie hatte sich abgesichert, und gut war. Diese Konversation würde sie führen.

Als die nächste Nachricht vom Muschelmörder einging, saß Bette auf dem Klo. Ausgerechnet. Es war 14.58 Uhr. Das Telefon lag neben ihr auf dem Fliesenboden und leuchtete hell auf. Jetzt konnte sie nicht mal mehr in Ruhe pinkeln. Was nahm sie auch das Telefon mit ins Bad. Selbst schuld. Sie beugte sich vor und las:

Liebe Bette, wie sieht es aus? Haben Sie gerade Zeit für einen kleinen Plausch? Ich würde mich freuen.

«Ein kleiner Plausch mit einem Mörder, ich glaub, ich spinne.» Das war echt kaum zu fassen. Aber gut. Wenn er es so wollte. Sicher würde sie darauf eingehen.

Sie holte noch eine Flasche Sprudel aus der Küche und

setzte sich an ihren Rechner. Das war mit dem Tippen einfacher als auf dem Telefon.

Ich habe Zeit.

Keine Minute später ging die Antwortmail ein:

Das ist schön zu hören. Also: Sie wollen wissen, warum ich tue, was ich tue? Interessiert Sie das wirklich? Eigentlich ist es ganz einfach. Ich habe die Schnauze voll. Reicht Ihnen das als Mordmotiv?

Diesmal machte Bette sich nicht ewig lang Gedanken über mögliche Antworten.

Nein, das reicht mir nicht. Ich habe auch andauernd die Schnauze voll, trotzdem bringe ich niemanden um.

Der Muschelmörder wollte ein Gespräch, also sollte er es haben.

Sie trauen sich nur nicht. Vielleicht probieren Sie es einfach mal aus. Fangen Sie doch mit Mark Thorben an. Damit würden Sie mir auch gleich einen Gefallen tun. Wie konnten Sie mich nur an den abschieben? Er ist ein Idiot. Kein Gegenüber, das ich ernst nehmen kann. Er interessiert sich doch gar nicht für meinen Fall. Oder haben Sie, seit er dran ist, noch mal was über die Morde in der Presse gelesen? Ich nicht. Also, probieren Sie es aus. Töten Sie ihn.

Mir war vorher auch nicht klar, wie unbeschreiblich das

Gefühl ist. Göttlich! Aber denken Sie jetzt nicht, dass ich so ein religiöser Spinner bin. Oder glauben Sie das etwa? Wegen der Muschel? Sie haben ja sicher herausgefunden, dass es eine Pilgermuschel ist.

Und, sind Sie religiös?

Diesmal musste sie ein paar Minuten auf die Antwort warten.

Das ist nun wirklich eine sehr persönliche Frage. Ich glaube, das geht Sie nichts an.

Was ist mit der Muschel? Welche Bedeutung hat sie für Sie?

Sie stellen die falschen Fragen.

Okay, dachte Bette, der Mörder war vorsichtig. Er passte auf, nichts preiszugeben, was irgendeinen Rückschluss auf seine Person geben könnte. Dann also wieder zum Mordmotiv, das war ja anscheinend unverfänglicher.

Sie sagen, Sie morden, weil Sie die Schnauze voll haben. Ich frage mich, wovon genau? Was haben Melanie Wagner und Tom van Have Ihnen getan, dass sie sterben mussten?

Die Antwort folgte sofort:

Melanie Wagner hat mir gar nichts getan. Und, ganz ehrlich, ihr Tod tut mir leid. Sie wirkte wie eine nette Person. Aber es war nicht zu vermeiden. Anders wäre ich nicht an Tom van Have rangekommen.

Es war also, wie Bette es sich gedacht hatte. Tom van Have war das eigentliche Opfer gewesen. Melanie Wagner war nur gestorben, weil sie im Weg gewesen war. Sie las weiter:

Haben Sie schon mal von den Yakuza gehört? Der japanischen Mafia. Sicher haben Sie das. Ich habe mal gehört, dass Japaner im Straßenverkehr nicht hupen, aus Angst, aus Versehen einen Yakuza anzuhupen. Die sind da nämlich nicht zimperlich. Die ahnden jede blöde Anmache aufs härteste. Zugegeben, ich war noch nie in Japan. Und vielleicht stimmt die Geschichte nicht. Aber mir gefällt sie.

Bette las diese letzte Nachricht zwei Mal durch. Fassungslos. Verstand sie das gerade richtig?

Sie haben einen Menschen umgebracht, weil er Sie angehupt hat?

Das war ja wie bei diesen Menschen, die ihnen Unbekannte die Treppe runterstießen oder vor einen einfahrenden Zug. Eine Aggression, die Bette unbegreiflich war.

Halten Sie das für verwerflich? Ich finde, es fühlt sich nur gerecht an. Sehen Sie es als einen Dienst an der Gesellschaft. Es gibt Menschen, ohne die die Welt eindeutig besser dran wäre. Vielleicht reißen sich ja alle ein bisschen mehr zusammen, wenn erst mal bekannt wird, dass da ein Mörder unterwegs ist, der Rücksichtslosigkeit nicht durchgehen lässt. Oder Arroganz. Oder Rechthaberei. Nennen Sie es, wie Sie wollen. Ich würde mich freuen, wenn es wie in Japan wird. Lieber mal die Klappe halten, bevor man den Falschen anmacht. Damit wäre allen geholfen.

29. BETTE

Die Fenster der alten Kate waren klein, und das überhängende Reetdach nahm zusätzlich Licht. Draußen lag noch die Dämmerung über der Landschaft, im Haus war es bereits dunkel. Bette schaltete keine Lampe an. Sie wollte nicht gesehen werden. Zu einfach würde sie es dem Muschelmörder nicht machen. Sie stand lange am Fenster und sah über ihr Grundstück, die Äcker und hinüber zu dem kleinen Wäldchen. Wind war aufgezogen und fegte über das Dach. Für die Nacht war Unwetter vorausgesagt.

Von wegen, der Tod von Melanie Wagner täte ihm leid. Der Kerl hatte sie mit einem gezielten Schuss abgeknallt, ohne auch nur mit der Wimper zu zucken. Und dann die Aussage, die Morde seien ein Dienst an der Gesellschaft. Es ging ihm einzig und allein um sich selbst. Darum, dass er die Schnauze voll hatte. Sich blöd angemacht fühlte. Hatte er Tom van Have wirklich nur umgebracht, weil er gehupt hatte? Was zum Henker war das für ein beschissenes Mordmotiv! Und was hatte Bette ihm getan, dass er es jetzt auf sie abgesehen hatte? Oder wollte er einfach nur ihre Aufmerksamkeit, die Aufmerksamkeit der Kommissarin? Vielleicht, vielleicht auch nicht. Verlassen konnte Bette sich darauf nicht.

Sie beschloss, im Wohnzimmer zu schlafen. Mindestens ein Mal war dieser Mörder schon in ihrem Haus gewesen. Wenn er wiederkäme, säße sie oben in ihrem Schlafzimmer in der Falle. Eingeschlossen. Ohne Fluchtweg.

Sie trug ihr Bettzeug nach unten und lehnte den Baseballschläger, den sie beim Entrümpeln auf dem Dachboden gefunden hatte, gegen das Sofa. Sie hatte ihn mal zum Geburtstag geschenkt bekommen. Damals war es ein echter Herzenswunsch gewesen. Wie sie darauf gekommen war, wusste sie nicht mehr. Gespielt hatte sie nie mit ihm. Aber jetzt gab er ihr ein Gefühl von Sicherheit, auch wenn sie ihn im Notfall vor Schreck vermutlich nicht würde halten können.

Bevor sie sich hinlegte, ging sie noch einmal durch das dunkle Haus, lauschte auf das Knarzen der alten Bohlen und sicherte die Klinken der Haustür und der Hintertür mit Stuhllehnen. Im Fall, der Muschelmörder setzte wieder seine Dietriche ein, wäre das ein zusätzlicher Schutz. Sie überlegte, ihre Medikamente wegzulassen, die sedativ wirkten und so ihren Nachtschlaf stabilisierten, aber das wagte sie nicht.

Am Morgen wachte Bette früh auf. Sie hatte sich den Nacken verlegen. Besonders bequem war das Sofa nicht, zumindest nicht, um die ganze Nacht darauf zu verbringen.

Draußen war alles nass, die gefühlte halbe Nacht hatte es geregnet und gestürmt, aber jetzt schien schon wieder die Sonne. Warmer Dampf stieg vom Boden auf. Bette trank ihren Kaffee im Garten, aß einen Salzkringel, den sie in ihrer Brotkiste gefunden hatte.

Am späten Vormittag telefonierte sie mit ihrem Arzt. Sie wollte, dass er ihre Medikamente noch einmal überprüfte. Vielleicht ließ sich da ja noch mehr rausholen, sodass sie tagsüber besser durchhielt. Er machte ihr keine große Hoffnung, bestellte sie aber für den nächsten Tag für weitere Untersuchungen ins Schlaflabor. Immerhin etwas. Auf diese Termine hatte sie sonst immer ewig warten müssen.

Für den Nachmittag hatte sie sich bei Gerda und Werner Pohl angekündigt, dem Ehepaar, das die Leichen gefunden hatte. Irgendwo musste sie ja schließlich weitermachen. Und es kam nicht selten vor, dass Zeugen, insbesondere, wenn sie unter Schock gestanden hatten, viel später noch Details einfielen, die wichtig sein konnten. Sie hätte auch gerne noch einmal mit dem Waffenbesitzer gesprochen, während dessen Verhör sie damals zusammengebrochen war. Aber der würde, so wie sie ihn einschätzte, Mark Thorben Bescheid geben. Und seinen scharfzüngigen Anwalt auf sie hetzen, mit dem er damals immer bei ihr aufgetaucht war. Das konnte sie sich nicht leisten. Das, was sie hier tat, musste unter dem Radar bleiben.

Um kurz vor zwei kam das Taxi, das Bette bestellt hatte, und sie setzte sich nach hinten, um nicht mit dem Fahrer plaudern zu müssen.

Die Fahrt würde etwa eine Stunde dauern. Wenn sie weiterhin so durch die Gegend fuhr, würde es teuer werden. Aber gut, das war gerade nicht zu verhindern. Zumal die Alternative war, dass sie bald mit einem Messer im Bauch irgendwo in der Ecke läge.

Sie schloss die Augen und schlief, bis sie am Ziel waren.

Werner und Gerda Pohl wohnten in einem Stichweg, der nur auf einer Seite bebaut war. Auf der anderen Seite begann der Wohldorfer Wald.

Frau Pohl öffnete ihr die Tür und ging mit trippelnden Schritten durch den Flur voran. Ihr Mann saß in sich zusammengesunken in einem Sessel im Wohnzimmer. Seine Hände zitterten stark, und er wischte sich fortwährend mit dem Handrücken über die Lippen, als befürchte er, der Speichel würde ihm aus dem Mund laufen. Bette war erschrocken, wie alt die beiden in den letzten Monaten geworden waren. Sie hatte sie als rüstiges älteres Paar in Erinnerung.

Was in diesem Alter ein halbes Jahr für die Gesundheit ausmachen konnte. Sie fragte sich, wie sie überhaupt noch aus dem Haus kamen. Die Wohnung lag in zweiten Stock einer dieser roten Klinkerbauten der Nachkriegszeit ohne Fahrstuhl.

«Nehmen Sie doch bitte Platz.» Gerda Pohl wies auf das braune Cordsofa, das aussah, als sei es noch aus den Siebzigern, und setzte sich selbst in den Sessel neben ihrem Mann. Der Geruch von scharfer Medizin hing im Raum, und es war düster. Die Gardinen waren fast vollständig zugezogen. Auf dem Sofatisch stand eine Kanne Tee bereit, daneben Tassen und ein Teller Schnittchen mit Leberwurst. Im Stövchen unter der Kanne flackerte ein Teelicht.

Bette war in ihrem Leben schon in so vielen solcher Wohnungen gewesen. Sie ähnelten sich alle auf eine bedrückende Art.

«Wie nett von Ihnen, uns zu besuchen», sagte Gerda Pohl.

Bette lächelte, ließ sich und vor allem den beiden Zeit, trank einen Schluck Tee, bevor sie mit ihren Fragen anfing. «Ich würde gerne noch einmal mit Ihnen über den Morgen reden, als Sie die Toten gefunden haben.»

«Natürlich.»

«Was will sie?», fragte ihr Mann so laut, dass Bette sofort klar war, dass er schlecht hörte.

Gerda Pohl tätschelte seine Hand. «Über die Toten reden.»

Werner Pohl sah Bette mit wässrigen Augen an, presste seine Hand fester vor den Mund und nickte.

«Haben Sie den Täter gefasst?», fragte Frau Pohl.

«Leider noch nicht. Die Ermittlung läuft noch.» Alles in Bette sträubte sich dagegen, den beiden vorzugaukeln, noch bei der Polizei zu sein. Daher sagte sie: «Ich arbeite nicht mehr bei der Polizei. Ich musste aus gesundheitlichen Gründen ausscheiden.»

«Das tut uns leid zu hören», sagte Gerda Pohl.

«Es ist nur, der Fall lässt mich nicht los.» Bette war sich sicher, die beiden würden das verstehen. «Ich frage mich, was ich übersehen habe. Deshalb wäre ich Ihnen sehr dankbar, wenn Sie mir noch einmal alles erzählen würden.»

«Was?», fragte Herr Pohl laut.

Wieder tätschelte seine Frau ihm die Hand. «Die Kommissarin möchte noch einmal hören, was im Wald passiert ist.»

Bette sah, dass das Hörgerät des Mannes in seinem Schoß lag. Sie überlegte, ihn darauf aufmerksam zu machen, befürchtete allerdings, dass es ihm unangenehm wäre.

«Manchmal sind es schon Details, die weiterhelfen», sagte sie sehr laut.

«Da sind zwei Menschen gestorben», sagte Werner Pohl. Obwohl er laut sprach, war er nur schwer zu verstehen, da er stark nuschelte.

«Ja», sagte Bette.

Gerda Pohl hielt die Hand ihres Mannes fest und fing an, noch einmal von dem Novembermorgen zu erzählen. Ihre Hände verkrampften sich so sehr, dass die Knöchel weiß wurden.

«Es war ein nasskalter Tag. Dennoch. Wir sind wie jeden

Morgen spazieren gegangen.» Sie sprach leise, und Bette bezweifelte, dass ihr Mann auch nur ein Wort mitbekam. «Um kurz nach acht haben wir das Haus verlassen. Wie immer. Da wird es im November ja gerade erst hell. Der Müllwagen kam um die Ecke. Und Helene Schulze von nebenan stand vor der Tür. Wir haben uns gegrüßt.»

Bette erinnerte sich an sie. «Mit ihr würde ich auch gerne noch einmal sprechen.»

Gerda Pohl drückte die Lippen zusammen und schüttelte den Kopf. «Sie ist verstorben. Vor einem Monat. Sie hatte einen Herzinfarkt.»

«Das tut mir leid», sagte Bette und machte eine Pause, um Frau Pohl die Gelegenheit zu geben, noch ein bisschen über die Krankengeschichte ihrer Nachbarin zu sprechen. Sie war zwar nicht zum Kaffeekränzchen hergekommen, aber wenn sie schon da war, konnte sie der alten Dame den Gefallen tun. Ihr und ihrem Mann ein bisschen von ihrer Einsamkeit nehmen, und sei es nur für den kurzen Moment. Das Einzige, was Bette etwas nervös machte, war ihre Müdigkeit. Ihre Augen juckten schon. Lange würde sie sich in der stickigen Wohnung nicht wach halten können. Sie war deshalb froh, als Frau Pohl nach ein paar Minuten in ihrem Monolog innehielt und den Kopf schüttelte. «Was rede ich da eigentlich. Sie wollten doch etwas ganz anderes wissen.»

Bette lächelte. «Ich würde gerne wissen, was Sie gemacht haben, nachdem Sie Frau Schulze gegrüßt haben. Erinnern Sie sich noch?»

Frau Pohl tippte sich mit dem Finger gegen die Stirn, und für einen kurzen Moment blitzte in ihren Augen der Schalk eines jungen Mädchens. «Ich mag ja tüddelig sein, aber den

Tag vergess ich nicht.» Dann schob sie traurig hinterher. «Nein. Leider nicht.»

Sie erzählte, dass der Weg, den sie normalerweise immer genommen hatten, unter Wasser gestanden hatte, überall seien Pfützen gewesen von dem starken Regen an den Tagen zuvor, daher hätten sie eine andere Strecke ausgewählt. Etwas länger, aber mit festerem Grund. Hinten am Teich vorbei und dann über den Kupferredder, einen Forstweg und weiter bis zum Bogenschießplatz.

«Sie sind diesen Weg also sonst nicht gegangen?»

«Nein. Oder nur sehr selten», sagte Frau Pohl.

«Ich gehe davon aus, dass der Täter den Bogenschießplatz vor den Morden ausgekundschaftet hat», sagte Bette. «Dann hat er wahrscheinlich herausgefunden, dass um diese Uhrzeit keine Spaziergänger dort entlangkamen. Mit Ihnen hatte er nicht rechnen können. Sehe ich das richtig?»

«Ja, da haben Sie wohl recht.»

«Und Sie haben wirklich niemanden in der Nähe des Tatorts gesehen, auch nicht aus der Ferne? Oder vielleicht gehört?»

Frau Pohl schüttelte den Kopf, deutete auf ihr Ohr. «Wir hören beide nicht besonders, und ich schalte mein Hörgerät auch gerne mal ab, vor allem wenn ich draußen bin.»

Bette nickte, schon damals hatten die beiden ausgesagt, nicht einmal die Schüsse gehört zu haben. Dieser Besuch hier brachte sie nicht weiter. Aber immerhin leistete sie den Pohls ein bisschen Gesellschaft. Das war ja auch schon mal was wert.

«Werner. Erinnerst du dich an noch was?», sagte Gerda Pohl jetzt sehr laut in Richtung ihres Mannes.

Er riss die Augen auf und sah sie an, als habe sie ihn gerade aus einem Tagtraum geholt. Er schüttelte nur den Kopf.

«Was ist mit Hundebesitzern, die trifft man doch morgens immer?», fragte Bette, die so leicht dann doch nicht aufgeben konnte.

«Nein, Hundebesitzer sind hier nicht viele unterwegs. Hier im Wald nehmen sie es mit der Leinenpflicht ziemlich genau, ist ja ein Naturschutzgebiet. Nicht schön für die Hunde. Noch einen Tee?», fragte Frau Pohl.

«Ja, danke, gerne», sagte Bette ihr zuliebe, obwohl sie bei der Wärme wenig Lust auf noch ein heißes Getränk hatte. Gerda Pohl beugte sich vor, um nachzuschenken. Werner Pohl saß wieder ungerührt da, den Kopf etwas nach vorne geschoben, und knabberte an dem Keks, den seine Frau ihm in die Hand gedrückt hatte. Dicke Krümel fielen auf seine Hose, was er gar nicht zu bemerken schien. Es tat Bette weh, diesen Mann, der im Herbst noch fit gewesen war, so zu sehen. Er murmelte jetzt irgendetwas vor sich hin, das Bette nicht verstand. Sie hörte nur mehrmals «Mädchen» heraus.

Sie sah Frau Pohl fragend an. «Welches Mädchen?»

«Na, das Mädchen, das uns mit dem Rad entgegenkam. Hinten am Parkplatz.»

Mädchen? Rad? Bette ließ sich die Vernehmung von damals noch einmal im Zeitraffer durch den Kopf gehen. Ein Mädchen mit Rad hatten die beiden nie erwähnt. «Ich dachte immer, Sie wären niemandem begegnet.»

«Nein, das war ja auch nicht im Wald. Das war drüben auf dem kleinen Parkplatz, wo die Wanderer immer ihre Autos abstellen.»

Sie musste den Parkplatz meinen, auf dem Tyler sie letztens abgesetzt hatte.

«Autos waren an dem Morgen keine da», fuhr Frau Pohl fort.

«Auf dem Waldparkplatz kam Ihnen also ein Mädchen entgegen. Können Sie sich noch erinnern, wann das war?»

An ihrem unfokussierten Blick konnte Bette erkennen, dass Gerda Pohl mit ihren Gedanken in die Vergangenheit huschte. «Das war so, vielleicht ... So eine Viertelstunde, bevor wir am Schießplatz waren.»

«Aus welcher Richtung ist das Mädchen gekommen?»

«Ich ... ähm ... aus dem Wald?» Frau Pohl wirkte unsicher.

«Aus dem Wald heraus? Oder ist es in den Wald hinein gefahren?»

«Raus. Denke ich.»

«Sie haben das Mädchen damals nicht erwähnt.»

«Doch. Natürlich. Oder, ich weiß nicht. Steht das nicht in Ihren Berichten? Wir haben uns immer solche Sorgen um das Mädchen gemacht. Meinen Sie, der Täter könnte sie auch erwischt haben?»

Bette wurde ganz heiß. Ein Opfer, von dem sie nichts wussten? Aber wenn Frau Pohl meinte, das Mädchen sei aus dem Wald rausgefahren, war es doch eher unwahrscheinlich, dass sie dem Mörder in die Arme gelaufen war. Dennoch, vielleicht war sie eine Zeugin.

«Können Sie das Mädchen beschreiben?»

Gerda Pohl schloss kurz die Augen, dann sagte sie, das Mädchen habe eine dunkle Jeans und eine dunkle Regenjacke getragen. Sie sei nicht besonders groß und eher schlank gewesen, etwa 16 oder 17 Jahre alt. Bette war klar, dass sich ältere Leute bei Mädchen in diesem Alter gerne verschätzten. Sie hätte also genauso gut 14 oder 20 sein können. Trotzdem war sie beeindruckt, wie genau Gerda Pohl sich erinnern konnte.

«Herr Pohl», sagte Bette laut. Sie musste hören, ob er zu dem Mädchen etwas zu sagen hatte. Die Erinnerungen der beiden alten Leute abgleichen. Aber Werner Pohl war eingeschlafen. Sein Kopf war nach vorne gesackt, und er schnarchte leise.

«Reden Sie doch noch einmal mit Walter», sagte Frau Pohl. «Er hat das Mädchen auch gesehen. Wir haben oft drüber gesprochen, weil wir uns ja so Sorgen gemacht haben.»

«Wer ist Walter?» Langsam wurde es Bette hier etwas zu wirr. Was hatten die beiden ihr damals alles nicht gesagt? Und war ihren Erinnerungen überhaupt zu trauen? Manchmal phantasierten Menschen im Nachhinein Dinge hinzu.

«Walter ist ein Nachbar. Wohnt drüben in der neun.»

«Wie heißt Walter weiter?»

«Walter Losky. Oder nein, Leschew. Irgendwas Polnisches, schwer zu merken. Wir duzen uns seit Jahren.»

Auf der Straße suchte Bette die Hausnummer neun. Es gab nur einen polnisch klingenden Namen an der Haustür. Walter Lewandowski. Er hatte eine der Erdgeschosswohnungen. Bette klingelte. Der Mann, der öffnete, war um die siebzig und saß im Rollstuhl. Er musste ihren Blick auf sein amputiertes Bein bemerkt haben und sagte: «Ein Arbeitsunfall. Zehn Jahre her. Man gewöhnt sich dran.» Mit der lapidaren Art, mit der er das sagte, versuchte er eine Mitleidstour seines Gegenübers auszubremsen. Das kannte Bette von sich selbst.

Walter Lewandowski bestätigte ihr, dass er ein Mädchen

auf einem Rad gesehen habe. Sie sei die Straße hinuntergefahren.

«Wann haben Sie sie gesehen?»

«Hm ... Es war schon hell, das auf jeden Fall. Und es war, bevor die ganzen Polizeiwagen hier durchgefahren sind. Aber die Uhrzeit?» Er schüttelte den Kopf. «Tut mir leid.»

«Aus welcher Richtung ist das Mädchen gekommen?»

Walter Lewandowski zeigte nach rechts in die Straße. «Weg vom Wald.» Das passte mit Frau Pohls Aussage zusammen. Bette atmete erleichtert auf. Sie hatte die Gegend also wirklich lebend verlassen.

«Können Sie mir sagen, wie das Mädchen aussah?»

«Sie hatte eine Kapuze über dem Kopf.»

«Groß. Klein?»

«So normal.»

«Und ihr Alter?»

Walter Lewandowski zuckte mit den Schultern.

Kurz darauf stieg Bette deprimiert ins Taxi. Diese ganzen alten Leute: tot, schwerhörig oder im Rollstuhl. Und hinsichtlich ihres Falls hatten sie ein Mädchen ins Spiel gebracht, ohne dass Bette eine Möglichkeit hätte, nach ihr zu fahnden. Dabei könnte sie eine Zeugin sein. Andererseits würde sie sich nach so vielen Monaten bestimmt nicht mehr erinnern, wann sie mit ihrem Rad durch den Wald gefahren war. Es sei denn, sie hatte wirklich etwas gesehen und es mittlerweile mit den Morden in Zusammenhang gebracht. Aber wieso hatte sie sich dann nicht bei der Polizei gemeldet? Oder hatte sie sich sogar gemeldet, und Bette wusste es nur nicht? Sie hatte ja immer noch keinen Blick in die aktuelle Ermittlungsakte werfen können.

Vielleicht sollte sie ihren neuen Brieffreund fragen, ob er das Mädchen gesehen hatte. Dadurch würde sie vielleicht etwas über den Weg erfahren, den der Täter in den Wald genommen hatte.

30. BETTE

Als Bette am späten Nachmittag nach Hause kam, saß Nele auf den Stufen vor ihrer Haustür. Sie hatte die Arme um die Beine geschlungen und den Kopf auf die Knie gelegt. Bette war sich sicher gewesen, dass sie wieder hier auftauchen würde, aber so schnell?

Sie sah sofort, dass Nele geweint hatte. Ihre Augen waren gerötet.

«Hallo, Nele», sagte Bette und ließ automatisch den Blick über die Straße schweifen. Es war alles wie immer, niemand, der zu ihnen herüberschaute. Aber er war da, wenn auch vielleicht nicht gerade jetzt in diesem Moment.

Bette machte einen Schritt an Nele vorbei und schloss die Tür auf. «Möchtest du vielleicht reinkommen?» Es war ihr lieber, das Mädchen im Haus zu wissen.

Nele nickte, ohne sich zu rühren. Bette war schon im Flur, als sie aufstand und hinter ihr herkam.

«Magst du Kaffee oder Tee?», fragte Bette, die in Anbetracht des Besuchs froh war, während der Rückfahrt geschlafen zu haben.

«Tee, bitte», murmelte Nele.

Bette stellte den Wasserkessel an und holte den Teller mit dem Kuchen, den Erna ihr gestern vorbeigebracht hatte, aus der Speisekammer. Es gab eine Menge Nachbarinnen, die sie hin und wieder mit derartigen Hauslieferungen versorgten. Erna war bislang nicht darunter gewesen, und Bette war klar, dass sie nur mit dem Kuchen gekommen war, um Neuigkeiten über den vermeintlichen Gartendieb zu erfahren. Immerhin sah der Kuchen köstlich aus. Biskuitteig mit Himbeerbaiser.

Als sie am Tisch saßen, fragte Bette: «Hat Tyler dich am Dienstag gut nach Hause gebracht?»

«Ja, danke», murmelte Nele und starrte weiter vor sich hin.

Mit Kindern und Jugendlichen hatte Bette in ihrem Leben nie viel zu tun gehabt, und jetzt wimmelte es um sie herum nur so von ihnen. Nele, die weinend bei ihr auftauchte, Tyler, latent beleidigt, weil sie ihn nicht mit zu ihren Ermittlungen nahm, und Fynn, der wütend war, dass er nicht in ihren Apfelbaum durfte.

«So», sagte Bette beherzt. «Jetzt essen wir Kuchen, und du erzählst mir, was los ist. Was meinst du?»

Nele zog die Nase hoch und stocherte mit der Gabel in ihrem Baiser herum. «Meine Mutter ...» setzte sie an. «Sie versteht es einfach nicht. Sie ... behandelt mich wie ...» Nele stockte.

«Wie ein Kind», vollendete Bette den Satz.

Das Mädchen gab ein bejahendes Murren von sich.

«Ihr habt euch also gestritten. Willst du mir davon erzählen? Manchmal hilft das. Zu reden, meine ich.»

Nele nickte. Eine Träne lief ihr die Wange runter, und sie wischte sie sich mit dem Handrücken weg. «Reden ist genau das, was meine Mutter nicht tut. Sie redet nie mit mir. Und sie hört mir auch nicht zu. Sie tut so, als könne man meinen Vater einfach vergessen, wenn man ihn nur nie erwähnt. Sie hat gesagt, ich würde nur ihre guten Erinnerungen kaputt machen, wenn ich andauernd frage.»

«Deshalb habt ihr gestritten? Sie will nicht, dass du Fragen stellst?»

«Sie hat mich erwischt, als ich die Sachen von meinem Vater durchsucht habe.» Nele schniefte wieder. «Und dann hab ich sie nach dieser Freundin von meinem Vater gefragt. Da ist sie total ausgeflippt. Hat nur noch rumgeschrien. Völlig hysterisch. Und sie wollte wissen, ob *Sie* mich aufgestachelt haben.»

«Ich? Sie weiß, dass wir gesprochen haben?»

Wieder nickte Nele.

«Ich hab ihr das nicht verraten», sagte Bette schnell, um ein mögliches Misstrauen aus dem Weg zu räumen. Gleichzeitig beunruhigte es sie, dass Eva van Have von ihrem Kontakt zu Nele wusste. Nele war immer noch minderjährig und Bette nicht befugt zu ermitteln. Sie hatte wenig Lust, von Eva van Have rechtlich belangt zu werden.

«Ich weiß», sagte Nele. «Sie ... sie kann mein Smartphone tracken. Deshalb wusste sie, dass ich vorgestern hier war.»

Bette runzelte die Stirn. «Sie kennt meine Adresse doch gar nicht.»

«Sie hat so lange rumgeschrien, bis ich es ihr verraten habe. Ich meine, bei wem ich in Ochsenwerder war. Sie können sich das nicht vorstellen. Sie ... Das ist Psychoterror.»

Diese Eva van Have wurde Bette immer unsympathischer. Was sollte das alles? Sie verfolgte über das Smartphone die Bewegungen ihrer Tochter, sie erzählte Bette, ihr Mann habe keine Angst gehabt, dabei hatte sie überhaupt nicht mehr mit ihm gesprochen, sie versuchte zu verheimlichen, dass ihr Mann fremdgegangen war, oder unterband zumindest jegliche Fragen danach.

«Das heißt, deine Mutter weiß auch, dass du jetzt wieder hier bist?», fragte Bette und überlegte, wie sie nun damit umgehen sollte.

Nele hob den Blick und grinste. «Nein. Diesmal hab ich mein Handy zu Hause gelassen. Und wenn sie so weitermacht, schmeiß ich es ins Fleet.»

Neles Stimme hatte ihre gewohnte Klarheit zurückerlangt. Da war wieder dieser wilde Trotz, der Bette so an ihr gefiel. Sie lächelte erleichtert.

Nele nahm ihren Rucksack auf den Schoß, zog ein zusammengefaltetes rosafarbenes Papier heraus und reichte es Bette. «Hier, das habe ich gefunden.»

Es war eine auf Tom van Have ausgestellte Rechnung vom Oktober 2018 über vier Wagenreifen inklusive Montage und eine Lackreinigung.

«Ich fand das merkwürdig», sagte Nele. «Schauen Sie doch mal, die Adresse. Das ist nicht die Vertragswerkstatt, zu der mein Vater sonst immer gegangen ist. Und dann gleich vier neue Reifen. Sein Wagen war grade mal ein paar Monate alt.»

Bette rieb sich mit den Fingern die Schläfen. Ihr war noch nicht klar, worauf Nele hinauswollte.

«Ich bin da vorbeigefahren. In der Werkstatt, meine ich. Mein Vater hätte sie eine Hinterhofklitsche genannt. Nicht grade die Art von Laden, wo er sonst sein Auto hinbrachte. Und wissen Sie was! Die haben die Reifen ausgetauscht, weil sie alle vier zerstochen waren.»

«Zerstochen?»

«Ich hab auch schon bei der Versicherung nachgefragt. Da hat mein Vater den Schaden gar nicht eingereicht.» Nele schob wieder ihre Hand in ihren Rucksack und holte eine dünne Mappe heraus. «Die haben in der Werkstatt den Schaden dokumentiert. Mit Fotos. Mein Vater wurde bedroht ... ganz bestimmt.»

Die Fotos waren mit Tintenstrahldrucker auf normalem Papier ausgedruckt. Nele tippte mit dem Zeigefinger auf eines der Bilder. «Hier, vollgekritzelt. Deswegen die Lackreinigung.»

Bette setzte ihre Lesebrille auf und beugte sich vor, um besser sehen zu können. Auf den weißen Lack der Fahrertür war mit einem schwarzen Stift etwas gemalt. Es war eine Muschel mit einem Kreuz in der Mitte. Handtellergroß.

Ohne den Blick von den Fotos zu nehmen, tastete Bette nach ihren Zigaretten.

Das war der Beweis. Der Mörder hatte Tom van Have beobachtet, er hatte ihn bedroht oder ihm zumindest klargemacht, dass er in der Nähe war. Genau wie bei ihr. Eine Tatsache, die sie nicht gerade beruhigte.

«Nele, hast du noch irgendwas anderes in dieser Richtung mitbekommen?» Bette bemühte sich, möglichst unbekümmert zu wirken. Sie wollte Nele nicht verängstigen. Es reichte, dass ihre eigene Angst wieder voll da war. «Hat dein Vater vielleicht mal seltsam reagiert, wenn er Nachrichten auf seinem Handy bekommen hat?» Bette drehte ihre unangezündete Zigarette zwischen den Fingern. Sie zitterten leicht.

«Ich weiß nicht», sagte Nele. «Wenn Sie so fragen. Einmal war es schon komisch. Da saßen wir beim Frühstück, nur wir beide, ohne meine Mutter. Normalerweise hat er sein Smartphone dann immer ignoriert. Aber da ist was eingegangen, und er ist aufgesprungen und aus der Küche gerannt.» Nele senkte den Blick und sprach leise weiter: «Tyler hat Sie letztens abends draußen am Wagen nach einer Mail gefragt und ob Sie geantwortet haben. Haben Sie wirklich Kontakt zum Mörder meines Vaters?»

Bette räusperte sich. «Tyler? Was hat er dir erzählt?»

«Nichts», sagte Nele hastig.

Das nahm Bette ihr nicht ab, beließ es aber dabei. «Ich weiß nicht sicher, ob er es ist, aber ja, jemand, der sich für den Mörder ausgibt, hat mir geschrieben. Und ...»

Nele unterbrach sie. «Hat er Ihnen gesagt, warum er meinen Vater umgebracht hat? Hat er Ihnen den Grund genannt?»

«Nein», log Bette. Sie brachte es nicht über sich zu sagen, dass es vielleicht nur um ein Fehlverhalten im Straßenverkehr gegangen war. «Möchtest du noch mehr Kuchen?», fragte sie in dem Versuch, ein bisschen abzulenken.

«Ich hab doch noch», sagte Nele mit Blick auf ihren Teller und schob sich pflichtbewusst eine Gabel voll in den Mund.

Bette aß auch und fragte wie nebenbei: «Hast du mal mitbekommen, dass dein Vater beim Autofahren jemanden angeschrien hat? Dass es da mal einen Streit gab oder so was?»

Nele legte die Stirn in Falten, als hielte sie die Frage für völlig überflüssig. «Andauernd. Er hat immer rumgeschrien, wenn ihm was nicht passte. Oder ihm jemand im Weg war. Auch beim Autofahren. Da vor allem. Manchmal echt peinlich.»

Bette atmete tief durch. Das hatte sie befürchtet. Eine Spur, die ins Nichts führte, weil sie zu viele Möglichkeiten eröffnete. Jeder Verkehrsteilnehmer könnte der Täter sein.

«Ich wollte noch schwimmen», sagte Nele und stand so abrupt auf, dass ihr Knie gegen den Tisch schlug. Es war offensichtlich, dass sie es gerade nicht mehr mit Bette und den Gedanken an ihren Vater aushielt. «Tyler hat gesagt, er ist am Steg an der Dove-Elbe. Wissen Sie, wie ich da hinkomme?»

«Sicher», sagte Bette. «Am einfachsten ist es, du fährst den Marschbahndamm runter und dann rechts rein und durch die Schrebergartenanlage bis zum Deich.»

Sie begleitete das Mädchen nach draußen und zeigte ihr die Richtung. Mit dem Rad wäre sie in zehn Minuten am Wasser.

«Viel Spaß», rief sie ihr hinterher. Es war warm, aber am Himmel hingen ein paar Schatten spendende Wolken. Das perfekte Badewetter. Wie gerne würde sie jetzt auch in die Dove-Elbe springen und eine Runde schwimmen. Einen klaren Kopf bekommen, abschalten. Alles vergessen.

Bette sah Nele hinterher, bis sie außer Sicht war, und ging wieder ins Haus. Sie mochte das Mädchen. Aber sie hätte es kaum länger durchgehalten, sich vor ihr zusammenzureißen. Ihre Unruhe brachte sie fast um.

Der Muschelmörder hatte Tom van Have beobachtet, verfolgt und bedroht. Die zerknitterte rosafarbene Rechnung der Autowerkstatt und diese Fotoausdrucke waren der Beweis. Und bedeutete das nicht im Umkehrschluss, dass der Muschelmörder auch sie töten würde? Es war genau dasselbe Muster wie bei seinem letzten Opfer. Nur warum? Bette hatte niemanden angehupt, da war sie sich sicher. Sie war selten selbst Auto gefahren, und Hupen war nie ihr Ding gewesen. Hatte sie den Muschelmörder irgendwo angeranzt? Vielleicht weil er ihr mit dem Einkaufswagen im Supermarkt in die Hacken gefahren war oder sie in der U-Bahn angerempelt hatte? Schon eher.

Sie ging ins Wohnzimmer, setzte sich an den Rechner. Dieses freundliche Geplänkel mit dem Mörder brachte sie nicht weiter. Sie musste ihm die richtigen Fragen stellen. Sie öffnete das Mailprogramm und schrieb:

> Sie haben Tom van Have bedroht. Sie haben ihm die Reifen zerstochen. Und seinen Hund vergiftet. Und das alles, weil er gehupt hat? Was habe ich getan? Wieso spielen Sie mit mir dasselbe Spiel?

Die Antwort kam fast sofort. Bette meinte fast den Muschelmörder lachen zu hören. Ein tiefes böses Lachen.

> Liebe Bette, Sie hören mir nicht zu! Das habe ich Ihnen doch bereits gesagt. Ich bin enttäuscht von Ihnen. Sie haben mich verraten. Sie sind aus der Polizeistation rausmarschiert, als ob ich unwichtig wäre. Haben Sie sich zumindest mal umgedreht?
>
> Wenn Sie mir zugehört hätten, wüssten Sie, dass ich nicht freiwillig gegangen bin.

Beleidigt konnte Bette auch!

> Jaja. Ausreden.
>
> Das ist keine Ausrede. Und das wissen Sie. Haben Sie sich mit Tom van Have auch so über Mail unterhalten?

Während Bette das schrieb, wusste sie die Antwort schon. Sie lautete nein. Ein Mailaustausch wäre ihnen damals aufgefallen. Nichts hatte darauf hingewiesen, dass Tom van Have bedroht worden war. Beziehungsweise hatten sie nichts gefunden. Bette dachte an die Nachricht, die Nele eben erwähnt hatte, wegen der ihr Vater aus der Küche gerannt war.

Wenn sie vom Muschelmörder gewesen war, musste es eine selbstlöschende Nachricht gewesen sein, deren Inhalt sie nicht mehr hatten sehen können.

Dieses Privileg haben nur Sie.

Warum ich?

Sie erinnern mich an jemanden. Habe ich Ihnen das schon erzählt?

Nein, haben Sie nicht.

Und das wusste er ganz genau. Dieser Mensch schrieb nichts unüberlegt.

An wen erinnere ich Sie?

An meine Mutter.

Bette stöhnte auf. *Scheiße!* Sie erinnerte diesen Psychopathen an seine Mutter. Das war nicht gut. Sie hatte eigentlich vorgehabt, den Muschelmörder nach dem Mädchen mit dem Rad im Wald zu fragen. Aber vielleicht verriet sie damit zu viel. Dann wüsste er auf jeden Fall, dass sie wieder ermittelte. Und vielleicht brachte sie damit das Mädchen in Gefahr. Es war nicht auszuschließen, dass der Mörder sie im Wald gesehen hatte und wusste, wer sie war. Oder war das zu weit hergeholt? Bette hatte das Gefühl, den Überblick zu verlieren. Irgendetwas musste sie aber noch antworten und sie schrieb das, worauf sie dringend eine Antwort brauchte:

> Was bedeutet es für mich, dass ich Sie an Ihre Mutter erinnere? Was genau ist es, was Sie von mir wollen? Aufmerksamkeit? Mich quälen? Mich töten?

Diesmal dauerte die Antwort einen Moment. Dann ertönte das unverkennbare Pling einer eingehenden Mail:

> Wissen Sie, ich glaube, ich erzähle Ihnen lieber nicht, was ich möchte. Das würde Ihnen nur Angst machen.

Hier war ein Zwinkersmiley eingefügt.

> Aber ein bisschen Aufmerksamkeit. Das wäre doch ein Anfang.

Als ob er ihre Aufmerksamkeit nicht schon längst hätte.

31. HANNAH

Nach ihrer Doppelschicht im Call-Center und ihrem kleinen Mailaustausch mit Bette, den sie zwischen den Anrufen auch noch getätigt hatte, war Hannah mit dem Bücherbus rausgefahren. Bette hatte sie da allerdings nur einmal ganz kurz gesehen, als sie zu ihrem Nachbarn rüber ist. Dennoch. Sie war eindeutig nervös gewesen, die Schultern leicht hochgezogen, der Blick unstet. Hannahs Mails taten ihre Wirkung! Auf den wenigen Metern zum Nachbarhaus hatte Bette sich gleich mehrmals umgeschaut, sich vergewissert, dass da niemand war. Na ja, niemand außer Hannah in ihrem Bus.

Hannah parkte und lief die Stresemannstraße hinunter nach Hause. Auch jetzt am späten Abend fuhren die Autos noch dicht an dicht, und sie hatte von den Abgasen schon ein pelziges Gefühl auf der Zunge.

Auf dem schmalen Bürgersteig waren viele Fußgänger unterwegs und Radfahrer, die sich nicht auf die vielbefahrene Straße trauten. Einen Radweg gab es nicht, nicht mal einen dieser unsinnigen mit weißer Linie abgetrennten Radstreifen.

Kurz vor der Sternbrücke kam Hannah ein junger Mann entgegen, den sie sofort wiedererkannte. Es war der E-Rollerfahrer, der sie letztens fast umgenietet hätte. Hatte sie es doch gewusst. Hamburg war ein Dorf, und in der Schanze traf man sich immer wieder.

Wie cool er daherkam. Die Sonnenbrille stylish in die gegelten Haare geschoben. In jeder Hand trug er eine vollgepackte Einkaufstüte, lief mittig auf dem Gehweg und machte keine Anstalten auszuweichen. Diese platzeinnehmende Art erinnerte sie an Koschak, ihren Vermieter. Der dachte auch immer, die Welt gehörte ihm.

Gleich würde der Typ sie anrempeln, genau wie neulich mit dem Roller. Als wäre Hannahs Raum automatisch weniger wert als seiner. Um ihm auszuweichen, müsste Hannah entweder einen Schritt auf die Straße machen oder sich gegen die nächste Hauswand drücken.

Hannahs Blick huschte zum 3-er-Bus, der in einem ziemlich flotten Tempo die Straße runterkam und dabei haarscharf an der Gehsteigkante entlangfuhr. Ein Schubs würde reichen. Der Bus könnte nicht bremsen. Nicht rechtzeitig zumindest. Hannah wäre weg, bis irgendjemand auch nur realisieren würde, was geschehen war. Und wer würde sich schon an sie erinnern? Niemand. Wie immer.

Bus – Typ, Bus – Typ. Sollte sie? Zwei Meter noch. Ein Meter. In ihren Händen zuckte es. Nein, im letzten Moment machte sie einen Schritt zur Seite. Der bröckelige Putz der Hauswand schabte über ihren Oberarm und blieb in Krümeln hängen. Der Rollerfahrer beachtete sie nicht weiter, setzte seinen Gang einfach fort. Nichts ahnend.

Hannah wischte sich mit der Hand die Krümel vom Arm, drehte sich um und folgte ihm.

Sie war schon lange keine mehr, die auswich. Sie tat nur noch so. Das war ihre Tarnung.

Der Roller-Typ bog kurz vorm Pferdemarkt rechts ab und betrat einen offenen Hauseingang direkt gegenüber der Schilleroper, diesem stetig mehr verfallenden Rundbau, der Hannah immer an einen verwunschenen Zirkus denken ließ.

Sie ging hinter ihm ins Haus, ein Altbau mit durchgetretenen Treppenstufen, Graffiti an den Wänden und muffigem Geruch.

Der Roller-Typ drehte sich auf der Treppe einmal kurz nach ihr um, musterte sie, grüßte nicht. Im zweiten Stock schloss er eine Wohnungstür auf, die kurz darauf krachend hinter ihm ins Schloss fiel.

Müller, Heinz, Ayoll stand auf dem Klingelschild. Welcher der drei er wohl war? Hannah tippte auf Heinz und kicherte leise in sich hinein. Wie der Ketchup. Sie nahm ihren Rucksackbeutel ab und wühlte darin herum. Irgendwo musste doch ihr Edding sein. Da! Sie zog ihn heraus, nahm die Kappe ab und setzte ihn ein kleines Stück neben der Klingel von diesem Ketchup-Heini an. Mit dicken Strichen zeichnete sie ihre Kreuzmuschel. Dieser Idiot würde nicht wissen, was das zu bedeuten hatte. Nicht, bis es zu spät wäre.

Mit einem Lächeln verließ sie das Haus.

Am Freitagmorgen war Hannah zur Frühschicht schon um sieben Uhr im Call-Center. Es war ihr nicht leichtgefallen, aus dem Bett zu kommen, aber sie mochte es, das Großraumbüro mehr oder weniger für sich alleine zu haben. Nur Karl war schon da. Und die Brandt, doch sogar die war so früh am Tag noch milde gestimmt und mehr mit Zeitungslesen und ihrem Kaffee beschäftigt als mit der Kontrolle ihrer Untergebenen.

Während Hannah wartete, dass ihr Rechner hochfuhr, wischte sie mit einem feuchten Tuch das Headset ab. Es war klebrig, und sie wollte gar nicht wissen, wer es seit ihrer letzten Schicht alles auf den Ohren gehabt hatte. Würde Ela heute anrufen? Hatte ihre Idee funktioniert? Hannah hoffte es.

Sie hatte Ela letzte Nacht eine Mail geschickt. Um 3.21 Uhr. Sie fand, das war eine passende Uhrzeit für die Nachricht eines lüsternen Stalkers. Die Zeit für feuchte Träume. Sie hatte lange am Wortlaut gefeilt und sich dabei vorgestellt, wie Ela beim Lesen in Panik verfiel, sich fragte, ob der Sextäter schon vor der Tür stand.

> hey meine süße. ich seh dich! ich sehe, wie dein chef dich begrapscht. er fickt dich. du schlampe. hast dus nötig, dich hoch zu schlafen? was du dem gibst, will ich auch. nur härter. und mehr davon. ich werd es mir holen. bald. ganz bald. warte auf mich!

Alles klein geschrieben, Rechtschreibfehler, schlichte Sprache. Etwas platt vielleicht. Aber solche Typen waren nun mal platt. Ela würde schon drauf reinfallen. Eigentlich hatte Hannah auch noch ein Foto anhängen wollen, das sie unten am Fischmarkt von Ela und ihrem Chef gemacht hatte. Allerdings hätte Ela von der Perspektive darauf schließen können, von wo aus es aufgenommen worden war. Und dann wäre ihr vielleicht das Mädchen wieder eingefallen, das hinter ihnen hergelaufen und sich an ihren Tisch gesetzt hatte. Das Risiko durfte sie nicht eingehen. Das, was sie vorhatte, konnte sie nur durchziehen, wenn Ela ahnungslos blieb. Wenn sie, genau wie Tom van Have und Dennis, sich im Leben nicht vorstellen konnte, dass sie, Hannah, das unscheinbare Mädchen, eine Mörderin war. In München hatte es vor ein paar Jahren mehrere Morde gegeben, bei denen Frauen nachts in Parks und Tiefgaragen erstochen worden waren. Die Polizei hatte den Täter ewig nicht geschnappt. Sie waren einfach nicht auf die Idee gekommen, dass der Mörder eine Frau sein könnte. Morde an Frauen, und dann noch an solchen Orten, wurden automatisch Männern zugeschrieben. Wie dumm die Menschen waren!

Hannah setzte ihr Headset auf und nahm ihren ersten Anruf entgegen. Er kam über die Hotline des Paketservices herein und war schnell abgehandelt. Und auch die nächsten Anrufer wollten alle nur wissen, wohin ihre Pakete verschwunden waren.

Es war schon nach neun und das Großraumbüro voll besetzt, als endlich Ela in der Warteschleife hing.

Hannah warf den Anrufer vor ihr aus der Leitung, holte einmal tief Luft und sagte dann mit zuckersüßer Stimme: «Hansa-Call-Center. Guten Morgen. Es bedient Sie Hannah Grote. Wie kann ich Ihnen behilflich sein?»

Ein Räuspern am anderen Ende der Leitung. «Hallo, ich ... hätte da eine Bitte.»

«Eine Bitte?» Hannah lächelte in sich hinein. So kleinlaut heute? «Wie kann ich Ihnen helfen?»

«Ich habe eine Mail bekommen.» Ela stockte. «Ich würde sie gerne zurückverfolgen lassen. Ich meine, ich muss wissen, wer sie mir geschickt hat.»

«Natürlich», sagte Hannah. Es ging genau so auf, wie sie sich das ausgemalt hatte. Wen sonst sollte Ela um eine Rückverfolgung einer Mail bitten, wenn nicht ihre allzeit hilfsbereite Call-Center-Tussi? Mit so einer Mail rannte man nicht sofort zur Polizei, zumindest nicht wenn man nach außen hin so selbstsicher tat wie Ela.

«Das haben wir sofort. Geben Sie mir bitte Ihre Mitarbeiter-Nummer, dann überprüfe ich das.»

«Es geht nicht um den Bürorechner», sagte Ela leise, fast zaghaft. «Es ist mein privater Account.»

«Oh. Das tut mir leid, Privatangelegenheiten dürfen wir hier nicht bearbeiten. Die Regularien ...»

«Können Sie diese Scheiß-Regularien nicht mal vergessen?» Weg war das Freundliche, sie war wieder in ihren zickigen Befehlston verfallen. Alleine dafür hätte sie ein Messer in den Bauch verdient. Aber gut, sie hatte Angst, da musste Hannah vielleicht ein bisschen nachsichtig sein.

«Ich sehe, was ich tun kann.» Sie ließ sich von Ela alle Daten geben, die sie brauchte, um sich in ihren privaten Account einzuloggen. Nicht dass sie die nicht kannte. Aber der Schein musste gewahrt werden.

«So, ich bin drin. Um welche Mail handelt es sich?»

«Die von 3.21 Uhr.»

Hannah tippte auf der Leertaste herum, damit es sich für Ela so anhörte, als täte sie etwas, und zählte tonlos bis dreißig, dann sagte sie: «Es tut mir leid. Diese Mail wurde über einen sicheren Browser versendet. Ich kann sie leider nicht auf eine IP-Adresse zurückverfolgen.»

«Ich muss wissen, wer sie geschickt hat.» Unter der Zickigkeit konnte Hannah nun ein feines Zittern in Elas Stimme wahrnehmen.

«Es tut mir leid, es ist unmöglich, so eine Nachricht zurückzuverfolgen. Aber wenn ich das sagen darf, Sie sollten damit zur Polizei gehen. Das müssen Sie ernst nehmen!»

Hannah hatte absichtlich keine selbstlöschende Nachricht geschickt. Die Polizei sollte sie ruhig sehen. Sie würde sie alle in die Irre führen. So was konnte schließlich nur ein Mann geschrieben haben.

«Was muss ich?», fuhr Ela sie an. «Hab ich gesagt, Sie sollen meine Mail lesen?»

«Das ... ich meine ...» Hannah versuchte, möglichst unbeholfen rüberzukommen. «Das hört sich an wie ein widerlicher Sextäter. Wenn der Sie ...»

«Das ist privat. Schon mal was von Datenschutz gehört?»

«Ich habe ... Ich wollte nicht ...», stammelte Hannah, während sie die Augen verdrehte. *Ela, du blöde Kuh. Was denkst du dir eigentlich, wie du mit mir redest. Das war's! Aus. Ende. Genug!*

32. BETTE

Den Freitag hatte Bette fast vollständig im Schlaflabor verbracht. Mit ernüchterndem Ergebnis. Eine Medikamentenumstellung würde nichts bringen. Der Arzt hatte ihr nur zum x-ten Mal den Rat gegeben, einen regelmäßigen Schlafrhythmus einzuhalten, um Schlafattacken zuvorzukommen. Außerdem solle sie ihre Emotionen, soweit es ging, runtertunen, um Kataplexien zu vermeiden. *Runtertunen.* Schon das Wort alleine brachte Bette auf die Palme. Als ob sie ein alter Motor wäre. Kein herzhaftes Lachen, keine Angst, kein Schreck. Hatte dieser Arzt eigentlich eine Ahnung?

Als sie die Praxis verließ, war sie frustriert. Und zornig. Über den Arzt, über ihren Körper und die ganze Welt.

Es war mittlerweile fünf Uhr am Nachmittag. Über der Eimsbütteler Osterstraße stand die Luft. Ein Gestank aus Abgasen und heißem Asphalt. Hamburg halt.

Bette ging zum nächstbesten Café, setzte sich in den Schatten eines rosa-türkisen Sonnenschirms und bestellte einen doppelten Espresso und einen Grappa, obwohl sie wusste, dass der Alkohol ihr nicht guttun würde. Aber das war ihr gerade egal. Wenn sie zusammenbrach, konnte man sie ja gleich wieder da hoch in diese dämliche Praxis bringen.

Sie schaltete ihr Smartphone ein. Es war immer noch keine neue Nachricht eingegangen. Hatte der Muschelmörder heute Besseres zu tun? Oder wusste er, dass Bette zur Untersuchung gewesen war und gar nicht hätte antworten können? War er vielleicht sogar irgendwo hier?

Bette nahm sich eine Zigarette und sah sich die anderen Gäste genauer an. Da saß eine alte Frau mit einem großen Stück Eistorte vor sich. Aus der Handtasche auf ihrem Schoß schaute ein winziger glatzköpfiger Hund, den sie heimlich mit Kuchen fütterte. Die Frau schied als Muschelmörder schon mal ganz klar aus. Dann waren da zwei junge Leute, beide mit Sonnenbrillen, die sie aussehen ließen wie menschliche Insekten. Sie waren vollauf mit sich beschäftigt. Bettes Blick blieb schließlich an einem Mann mit Jackett und Hut heften, der eine Zeitung las. Er sah aus wie der Bösewicht aus *Emil und die Detektive*. Der Mann mit dem steifen Hut. Wie hieß er noch gleich? Grundstein? Grundeis? Nein, der konnte es auch nicht sein. Er war die lebende Karikatur eines Gangsters, viel zu auffällig.

33. BETTE

Am Samstagvormittag besuchte Bette Tante Lore. Vom Muschelmörder hatte sie immer noch nichts gehört. Und sie kannte weder den Ermittlungsstand von Mark Thorben, noch konnte sie auch nur einen Blick in ihre eigenen alten Notizen werfen. Sie musste darüber nachdenken, wie sie weiter vorgehen sollte. Aber erst brauchte sie eine Pause, musste einfach mal raus. Etwas Schönes unternehmen, vor allem nach diesem ernüchternden Tag gestern im Schlaflabor.

«Setzen wir uns ans Wasser», sagte Tante Lore, als sie in der Küche ihres alten Bauernhauses standen, und gab Bette ein Tablett mit Streuselkuchen, Honigbroten und Kaffee in die Hand. Sie gingen über Lores weites Grundstück bis hinunter zur Dove-Elbe, an dessen Ufer hohe gelbe Schwertlilien blühten. Trotz ihres Alters setzte Lore sich auf den Boden. Bette musste sie nur kurz stützen, bis sie sicher am Ufer saß.

Sie ließen ihre nackten Füße im Wasser baumeln und saßen einfach nur schweigend da. Ein angenehmes Schweigen. Um ihre Zehen waberten winzige durchsichtige Quallen, kleiner als Eineurostücke. Ein Blässhuhn paddelte kaum einen Meter vor ihnen, vollkommen unbeeindruckt von ihrer menschlichen Präsenz. Hin und wieder sprangen kleine silbrig glitzernde Fische aus dem Wasser. Irgendwo rief ein Kuckuck.

«Es ist schön, dich wieder hierzuhaben», sagte Tante Lore und drückte ihre Hand. «Dein Vater hat sich so gewünscht, dass du das Haus übernimmst.»

«Ich weiß», sagte Bette, die der Wunsch ihres Vaters immer unter Druck gesetzt hatte. Wenn er wüsste, dass sie wirklich zurückgekommen war. Bette biss in den Streuselkuchen. Er war noch warm und so buttrig, dass er regelrecht auf der Zunge zerging.

«Wie geht es dir denn damit, wieder hier zu sein?», fragte Lore.

«Ich gewöhne mich langsam dran.»

«Gut so. Was willst du auch in der Stadt. Ich meine, hier ist es doch herrlich. Findest du nicht?»

«Ja», sagte Bette und merkte überrascht, dass sie es ehrlich meinte. Es tat gut, Tante Lore zu besuchen. Zum ersten Mal, seit sie wieder in Ochsenwerder war, dachte sie, ihr Heimatort könnte wirklich mehr als eine Notzuflucht werden. Er könnte ein Zuhause sein.

Erst kurz vor Mittag machte sie sich auf den Weg zurück. Kaum hatte sie die Haustür aufgeschlossen, klingelte ihr Telefon. Es war eine Nummer, die sie nicht kannte. Sofort war ihre Anspannung wieder da. Konnte es sein, dass der Muschelmörder sie jetzt auch anrief? Wohl kaum. Trotzdem zitterten ihre Finger, als sie das Gespräch annahm.

«Hallo?» Ihre Stimme klang nicht so bestimmt wie sonst.

«Moin, Bette», sagte eine tiefe rauchige Männerstimme. Sie kam ihr bekannt vor, ohne dass sie sie zuordnen konnte. Bilder von Männern mit rauchigen Stimmen jagten durch ihren Kopf, aber sie kam nicht drauf.

«Mit wem spreche ich?», fragte sie vorsichtig.

«Sach mal. Echt!», konterte der Anrufer barsch.

«Chrischen, du?» Wie verpeilt war sie eigentlich? Dass sie ihren verhassten Kollegen nicht erkannte.

«Du scheinst dich ja riesig über meinen Anruf zu freuen.»

«Nicht grade das, womit ich gerechnet habe.»

«Ich muss dich treffen. Selber Ort wie letztens.»

«Verrätst du mir auch, warum?»

«Komm einfach. Um zwei.»

Bette sah auf die Uhr. Zwei würde sie, wenn sie sich jetzt gleich hinlegte, mit ihrem Schlafrhythmus gerade so schaffen. «In Ordnung», sagte sie, aber da hatte Chrischen schon aufgelegt.

Um viertel vor zwei brach Bette nach Rothenburgsort auf. Das Taxi war gerade erst losgefahren, als die lang erwartete Nachricht vom Muschelmörder einging. Bette spürte ein nervöses Ziehen im Bauch und Druck auf der Lunge. Instinktiv drehte sie sich nach einem möglichen Verfolger um, aber das einzige andere Fahrzeug weit und breit war der rote Trecker von Bauer Jansen, der in der Ferne über einen Acker ruckelte.

Für den Bruchteil einer Sekunde zuckte ein Gedanke auf: Bauer Jansen! Er könnte es sein. Nein, natürlich nicht er, er wäre viel zu gebrechlich, um Morde zu begehen. Aber jemand wie er. Jemand, der immer in der Gegend war und gerade daher unsichtbar. Jemand, der sich gar nicht verstecken musste.

Mit der Frage im Kopf, wie bitte schön sie so jemanden entlarven sollte, wendete sie sich wieder ihrem Telefon zu und las:

Liebe Bette, entschuldigen Sie, dass ich mich erst jetzt wieder melde. Ich hatte zu tun. Ich hoffe, es geht Ihnen gut. Wissen Sie, ich frage mich, ob Sie mich eigentlich ernst nehmen. Oder halten Sie mich nur für einen Trittbrettfahrer? Einen dahergelaufenen Angeber, der in Wirklichkeit nie jemanden getötet hat und nie jemanden töten wird.

Bette atmete schwer. Ihre Finger schwebten über dem Display. Sie wollte antworten, dass sie die Schnauze voll hatte. Und dass sie ihm *leider leider* glaubte, kein Aufschneider zu sein, ihn aber trotzdem für einen elenden Angeber hielt, der nach Aufmerksamkeit lechzte.

Doch das wagte sie nicht und schrieb einfach nur:

Ich nehme Sie ernst. Aber ich verstehe immer noch nicht ganz, was Sie von mir wollen. Das Interesse an Ihrem Fall habe ich nie verloren. Erzählen Sie mir von Ihrer Mutter.

Keine fünf Minuten später ging die Antwort ein.

Liebe Bette, vergessen Sie meine Mutter. Das führt nur zu Missverständnissen. Glauben Sie eigentlich an Schicksal? Ich nicht. Ich denke, das Gute und das Böse fallen einem wie bei einer Lotterie als Zufallslos in den Schoß. Aber dann ist die Frage, was man daraus macht. Wissen Sie, ich habe lange gebraucht, um herauszufinden, wie ich mit dem klarkomme, was mir in den Schoß gefallen ist. Aber ich denke, mittlerweile mache ich das Beste daraus. Ich habe meinen Weg gefunden. Auch wenn das für andere vielleicht schwer zu verstehen ist.

Bette fragte sich, wie der Muschelmörder so schnell eine so lange Antwort schreiben konnte. Entweder tippte er Zehnfinger an einem Computer, oder er sprach die Nachrichten ein. So oder so, er schien ganz genau zu wissen, wo er stand und was er wollte. Kein großes Zögern, kein Überlegen. Da war nichts Unentschlossenes. Eine beängstigende Sicherheit. Dann wiederum diese langen Schreibpausen. Womit war er da beschäftigt gewesen?

Noch bevor Bette auch nur über eine Antwort nachdenken konnte, ertönte wieder der Plington einer eingehenden Mail.

Also, liebe Bette, um noch mal auf meine Frage von vorhin zurückzukommen: Glauben Sie mir? Oder brauchen Sie noch einen Beweis, dass ich der Mörder bin?

Was für einen Beweis?

Bette drückte auf *Senden* und bereute es sofort. Das hatte jetzt wie eine Aufforderung geklungen. Schnell schrieb sie hinterher

Ich glaube Ihnen. Ich brauche keinen Beweis!

Und ich will verdammt noch mal auch keinen!

Sie hatten die Felder der Marschlande hinter sich gelassen und fuhren jetzt an Lagerhallen und parkenden Lkws vorbei. Bette sah schon die schlanken Schornsteine vom Kraftwerk Tiefstack.

Als sie wenige Minuten später vor der Sportsbar ausstieg,

war sie immer noch wie benommen. Wieso nur hatte sie so unüberlegt geantwortet? Was für eine Art von Beweis konnte er gemeint haben? War das eine Morddrohung? Nervös knirschte sie mit den Zähnen und rieb sich mit den Händen über den Kiefer, um ihn zu entspannen. Sie wollte nicht, dass Chrischen ihr ihre Unruhe und Angst gleich anmerkte.

Sie atmete noch einmal tief durch, dann betrat sie die Bar. Obwohl Samstag war, war nichts los. Chrischen stand als Einziger an einem dieser Spielautomaten mit bunten, sich drehenden Zahlen und Symbolen, die Bette immer ganz kirre machten.

Sie ging zu ihm rüber und wusste, dass er wusste, dass sie da war. Aber er drehte sich nicht zu ihr um. Erst als sie neben ihm stand und «Moin, Chrischen» sagte, sah er sie an. Seine Augen waren gerötet. Entweder hatte er schon zu viel getrunken oder zu wenig geschlafen. Vielleicht auch beides. Er nickte zum Gruß. Um seinen Mund zuckte ein Lächeln. Erfreut, amüsiert, belustigt? Bette war sofort in Habachtstellung.

«'ne Cola», rief Chrischen dem Kellner zu und schob, an Bette gerichtet, hinterher: «Nicht dass du mir gleich wegpennst.»

«Sehr witzig. Als ob da ein bisschen Koffein helfen würde.»

Chrischen zuckte nur mit den Schultern. Es juckte ihn nicht, was sie sagte. Das wäre ja auch was Neues.

Er setzte sich an den Tisch, auf dem sein Astra stand, und trank, ohne Bette aus den Augen zu lassen.

Nein, betrunken war er nicht, dann wäre sein Blick nicht so klar und durchdringend.

Der Kellner brachte die Cola, und Bette setzte sich widerwillig. «Also, warum sollte ich kommen?»

Mit einem triumphierenden Unterton sagte Chrischen: «Hab ich's nicht gesagt. Bulle bleibt Bulle.»

Bette runzelte die Stirn. Woher wusste er, dass sie ermittelte? Das hier gefiel ihr immer weniger.

Chrischen griff nach einer Aldi-Tüte, die neben ihm auf dem Stuhl lag, und legte sie vor Bette auf den Tisch.

«Was ist das?»

«Schau rein.»

In der Tüte lag eine dicke Mappe. Bette zog sie heraus, klappte sie auf. Konnte das wirklich sein? Sie blätterte die oberen Seiten um. Das war die Ermittlungsakte. Ausdrucke und Kopien. Mit offenem Mund sah sie Chrischen an.

«Hab ich auf meinem Schreibtisch gefunden», sagte er wie beiläufig.

Nesrin, dachte Bette. *Danke, danke, danke.*

Nesrin hatte sich, ganz im Gegensatz zu Bette, immer schon gut mit Chrischen verstanden. Sie musste ihn gebeten haben, ihr die Akte zu übergeben. Warum aber ging Chrischen das Risiko ein? Das hier war mehr als ein kleiner Regelverstoß. Sicher nicht, um Bette zu helfen. Schließlich hatte sie ihn noch vor wenigen Tagen verdächtigt, sie zu stalken.

«Warum bringst du mir das? Um MT eins auszuwischen?»

Chrischen kräuselte seine Stirn, als denke er scharf nach. «Also, zum einen, weil es recht unschön wäre, dich mit einem Messer im Rücken zu finden. Das würde nur noch mehr Arbeit bedeuten.»

«Klar, daran hab ich noch gar nicht gedacht.»

«Na ja, und dann seh ich's einfach als kleinen Beitrag zur Gerechtigkeit.»

Was sollte das denn jetzt bedeuten?

«Schau mich nicht so an», sagte Chrischen. «Da draußen rennt ein Wahnsinniger rum. Und MT wird ihn sicher nicht stoppen.»

«Aber ich, ja?»

«Schon eher.»

Bette lächelte unsicher, ziemlich überrascht über dieses Kompliment, auch wenn es etwas verkorkst rübergekommen war.

«Richte Nesrin meinen Dank aus», sagte sie und blätterte die Akte durch. Ungeduldig und aufgeregt zugleich. Es war wirklich alles da: Obduktionsberichte, Täterprofil, Vernehmungsprotokolle, dazwischen handgeschriebene Notizen in ihrer eigenen krakeligen Handschrift. Es war seltsam, sie wieder in den Fingern zu halten. Relikte aus ihrem alten Leben. Ein Leben, das sie wieder eingeholt hatte.

Sie suchte die Auszüge aus dem Mailaccount von Tom van Have raus. Kein Briefwechsel mit dem Muschelmörder. Dafür aber Mails, die von den IT-lern als selbstlöschende Nachrichten markiert worden waren, ohne dass sie das weiterverfolgt hätten. Damals hatte Bette nichts mit diesen leeren Nachrichten anfangen können, jetzt schon. Es war genau wie bei ihr. Diesmal machte ihr der Gedanke an diese Parallelen nicht gleich wieder Angst. Es war eher so, dass die Akte in ihrer Hand sie beruhigte. Ihr Sicherheit gab und neue Zuversicht.

Chrischen hatte sich in seinem Stuhl zurückgelehnt und beobachtete Bette. Sie spürte seinen Blick auf sich, ignorierte ihn aber und blätterte zur Aussage von Gerda und Werner Pohl vor. Die beiden hatten das Mädchen auf dem Rad wirklich mit keinem Wort erwähnt. In der Aussage ihres Nachbarn allerdings, dem Mann im Rollstuhl, tauchte das Mädchen auf. Sie habe einen Rucksack auf dem Rücken gehabt und sei dunkel gekleidet gewesen.

Hätten sie doch damals nur nach ihr gefahndet. Das Mädchen könnte eine Zeugin sein. Aber der Kollege, der die Aussage aufgenommen hatte, war damit nicht zu Bette gekommen. Da war sie sich sicher. Und nur weil man eine Ermittlung leitete, hieß das nicht, dass man alle Verhöre im Detail durchging. Dazu fehlte die Zeit. Jeder Ermittlungsleiter war darauf angewiesen, dass alle im Team mitdachten. Oder redete sie sich das gerade nur schön – als Ausrede sich selbst gegenüber?

Chrischen tippte Bette auf die Schulter und riss sie damit aus ihren Gedanken. «Ich bin auch noch da. Wie wär's, du würdest dir mal helfen lassen?»

Bette schaute in sein faltenwüstes Gesicht. Wie oft hatte er sie mit seiner ständigen Piesackerei zur Weißglut gebracht. «Meinst du das ernst? Du und ich? Gemeinsam?»

Er hob die rechte Hand und sagte im gedehnten Tonfall eines Fernseh-Indianers: «Frieden. Das Kriegsbeil soll begraben sein.»

Bette verdrehte die Augen, musste aber lachen. «Du liest zu viel Winnetou.»

«Howgh. Lass uns die Friedenspfeife der Versöhnung rauchen.» Damit hielt Chrischen ihr seine Zigaretten entgegen.

Bette zögerte. Wenn Nesrin ihm vertraute, sollte sie das vielleicht auch. Immerhin hatte er ihr die Akte gebracht und sich damit, wenn man es von der rechtlichen Seite betrachtete, ziemlich weit aus dem Fenster gelehnt. Und ein bisschen

Hilfe konnte wirklich nicht schaden. Sei es nur, um jemanden zu haben, mit dem sie alles einmal zusammen durchdenken konnte.

Sie nahm die Zigarette an. Chrischen nickte zufrieden und gab ihr Feuer.

«Also», sagte er. «Ich habe mich auch schon mal eingelesen. Und wenn ich das richtig sehe, hat unser lieber MT nichts wirklich Neues.»

«Wie kann das sein? Die Akte ist locker doppelt so dick wie bei meinem Ausscheiden», wandte Bette ein. Der Packen vor ihr war an die fünfzehn Zentimeter hoch.

«Alles nur Blabla. MT hat sich nach deinem grandiosen Abgang mit seinen Verhören auf all die gestürzt, die durch Tom van Have in den letzten zwei Jahren ihre Arbeit verloren haben. Zumindest indirekt. Ist ja anscheinend der Job von solchen Unternehmensberatern, seinen Firmenkunden einen Vorwand zu liefern, ihre Mitarbeiter zu entlassen.» Chrischen klang ausgesprochen abfällig. Was Bette als Pluspunkt wertete. Ihr waren Unternehmensberater auch unsympathisch.

«Diese Gespräche hatten wir doch schon geführt», sagte sie.

Chrischen zuckte mit den Schultern. «MT hat sie eben noch mal wiederholt, verdichtet, ausgeweitet. Was weiß ich. Über hundert Verhörprotokolle. Deshalb so viel Papier. Hat die Ermittlung nur auch nicht weitergebracht. Also, klapp die Akte zu und erzähl mir mal, was *du* hast.»

Es war völlig absurd, dass gerade Chrischen und sie hier heimlich ihre Köpfe zusammensteckten.

Aber so war es jetzt wohl. Die Akte konnte sie auch später noch lesen. Bette schob sie zurück in die Plastiktüte und erzählte ihre Version der Geschichte. Ganz von vorne. Das Holzscheit, die selbstlöschende Nachricht, die Fotos, das Zeichen im Bad. Sie erwähnte auch, dass der Muschelmörder zu dem Zeitpunkt in ihrem Bad gewesen sein musste, als sie sich letztens mit Chrischen getroffen hatte.

«Na, welch ein Glück», sagte Chrischen trocken. «Da hat er mich ja glatt des Verdachts enthoben»

«Ja, da kannst du ihm richtig dankbar sein», sagte Bette und ging dazu über, die Gespräche, die sie geführt hatte, zusammenzufassen. Eva van Have, das Rentnerehepaar, Nele.

«Tom van Have und eine Geliebte?», fragte Chrischen nach. «Die müssen wir ausfindig machen. Irgendeine Ahnung, wer sie ist?»

«Nichts.»

«Sie könnte uns sicher mehr über die Wochen vor Tom van Haves Tod erzählen. Über die Drohungen. Und seine Angst. Irgendwo muss ein Mann sich ja schließlich ausheulen. Wenn seine Gattin dafür nicht zu haben ist.»

Zu diesem Machosatz sagte Bette nichts, trank ihre Cola aus und bestellte gleich noch eine neue. Eigentlich war bis zu ihrem nächsten Schläfchen noch Zeit, aber das Stillsitzen ermüdete sie. Bevor ihre Konzentration nachließ, wollte sie Chrischen von ihrem Mailkontakt erzählen. Den hatte sie bisher zurückgehalten. Sie war immer noch unsicher, ob sie ihm so weit vertrauen konnte. Aber wenn er ihr helfen sollte, bleib ihr keine Wahl. Sie öffnete ihren Mailaccount im Telefon und las ihm Teile aus den Mails vor.

«Warte mal. Versteh ich das grade richtig?», unterbrach Chrischen sie. «Du schreibst dir mit dem Mörder Briefchen?»

«Wenn er es überhaupt ist», sagte Bette ausweichend.

«Darf ich die Mails mal sehen?»

Bette reichte Chrischen ihr Smartphone, und er las, wobei er hin und wieder ein Murren von sich gab, bis er sie schließlich ernst anschaute. «Mensch, fuck, echt. Der ist hinter dir her.»

«Sag ich doch die ganze Zeit.»

«Ja, schon klar. Aber dass er so ein Psycho ist. Du darfst nicht zu sehr auf ihn eingehen. Du bist viel zu nett. Ist doch sonst nicht deine Art.»

«Haha. Und was soll ich deiner Meinung nach tun?»

«Vor allem mal prüfen, ob man den Kontakt zurückverfolgen kann.»

«Hab ich schon. Kann man nicht.»

Nachdenklich rieb Chrischen sich mit der Hand über sein unrasiertes Kinn, was ein schabendes Geräusch machte. «Also, MT würd ich den Kontakt nicht geben, das ist schon mal klar. Wer weiß, was der damit anstellt. Und so wie es aussieht, geht es hier grade um dein Leben.»

«Beruhigende Einschätzung.»

«Ausgehend von dem, was wir haben, die Mails eingeschlossen, würd ich sagen, dein Briefpartner hat ein ziemliches Aufmerksamkeitssyndrom. Und wenig Empathie. Er ist berechnend und grundaggressiv. Ihn nervt jeder, der ihm auch nur einen Schritt zu nahe kommt. Die Sorte Mensch, die jemanden auf die Gleise stößt, weil er im Weg steht. Na ja, vielleicht auch nicht ganz so. Er ist schlauer, er plant. Genießt das Vorspiel. Und seine Sprache ... einwandfrei.»

Bette hörte schweigend zu. Sie wollte Chrischens Gedankenstrom nicht unterbrechen.

«Er zieht sein Selbstwertgefühl aus der Erniedrigung seiner Opfer. Erniedrigung durch Angst. Das gibt ihm dann wiederum Macht. Er hat einen Brass auf seine Mutter. Und stellvertretend auf dich. Vielleicht hat sie ihn missbraucht. Oder verlassen. Ich tippe auf verlassen. Deshalb ist er so wütend, dass du dich auch von ihm abgewandt hast.» Chrischen scrollte durch ihre Mails. «Hier schreibt er: *Sie sind aus der Polizeistation rausmarschiert, als ob ich unwichtig wäre. Haben Sie sich zumindest mal umgedreht?*»

Bette seufzte. «Und was sagt uns das jetzt?»

«Wir haben es mit einem Mann zu tun, der von seiner Mutter verlassen wurde. Vermutlich religiös. Warum sonst sollte er deine Frage zu seiner Religiosität abblocken. Doch nur, weil ihn das verraten könnte.»

«Es gibt Tausende Männer, auf die das zutrifft», warf Bette ein. «Mal ehrlich. Wie soll uns das weiterbringen?»

«Du musst den Mailkontakt besser nutzen. Provozier ihn. Lock ihn aus der Reserve», sagte Chrischen.

«Und dann? Dann flippt er total aus, und ich habe morgen ein Messer im Rücken.»

«Er will dich sowieso umbringen.»

«Na danke. Das ermutigt mich ungemein.»

«Wenn du willst, kannst du bei mir pennen. Ist vielleicht sicherer.»

Bette lachte auf. «Nee. So weit kommt's noch.»

34. HANNAH

Ela hatte die vergangenen zwei Nächte in einem Hotel zwei Straßenblöcke von ihrer Wohnung entfernt verbracht. Die Buchung hatte sie über ihr Smartphone getätigt, weshalb Hannah sie hatte einsehen können. Ein Einzelzimmer de luxe für 89 Euro. Frühstück extra. Kein Parkplatz. Ihr Mini stand wie immer in der Tiefgarage, in der sie einen Stellplatz angemietet hatte. Für wie blöd hielt Ela ihren vermeintlichen Stalker eigentlich? Und dann hatte sie auch noch ihrem Lover eine Nachricht geschickt, um ihm zu sagen, wo sie sich vor ihrem Verfolger versteckte. Dämlicher ging es kaum.

Um kurz nach sechs an diesem Morgen war Hannah mit dem Rad zu der Tiefgarage gefahren. Ziemlich müde noch, weil sie gestern wieder mit Kim unterwegs gewesen war. Jetzt war es halb sieben, und sie saß mit einem Kaffee vom Kiosk auf einem Stromkasten vor dem Wohnblock, unter dem sich die Tiefgarage befand. Es war ein Rotklinkerbau mit kleinen Fenstern, der über und über mit Graffiti besprüht war und nicht recht in dieses sonst so gediegene Viertel passen wollte.

Es war Sonntag, trotzdem hatte Ela heute einen Geschäftstermin. Eine Schiffstaufe auf der anderen Elbseite, und das schon morgens um acht, vermutlich wegen der Gezeiten. Gewissenhaft, wie Ela war, hatte sie Uhrzeit und Ort in ihrem digitalen Notizblock festgehalten und sogar die Route dorthin gespeichert.

Hannah musste nicht lange warten, bis Ela die Straße herunterkam. Sie trug wieder ihren schicken weißen Hosenanzug, diesmal mit einer kanariengelben Bluse. Hektisch klackerten die Absätze ihrer hochhackigen Schuhe auf die Gehwegplatten, und unentwegt sah sie sich nach allen Seiten um. Hannah würdigte sie allerdings wie immer keines Blickes, und dabei ging sie direkt an ihr vorbei. Sie passte einfach nicht in ihr Angstschema. *Tja, dumm gelaufen, Ela.*

Hannah wartete, bis Ela vorbei war, sprang dann vom Stromkasten und ging zur Autoeinfahrt der Tiefgarage. Wenn sie sich beeilte, war sie über diesen Weg schneller unten auf der zweiten Ebene als Ela, die den Treppeneingang nahm.

Unten waren fast alle Stellplätze belegt, Elas Mini stand wie immer ganz hinten in der Ecke. Hannah zog ihre Handschuhe über. Dunkelblaue Lederhandschuhe, die sie sich trotz ihrer ständigen Geldnot geleistet hatte. Sie hatten ihr gefallen, und sie waren unauffälliger als Latexhandschuhe aus dem Drogeriemarkt.

Als sie die Ebene schon fast durchquert hatte, hörte sie, wie die schwere Stahltür vom Treppenhaus geöffnet wurde. Sie machte einen Schritt hinter einen der massigen Betonpfeiler, die die niedrige Decke trugen.

Aus ihrem Versteck heraus sah sie Ela in der offenen Tür. Sie stand reglos, zögerte, ob sie die dunkle Tiefgarage wirklich betreten sollte. *Mal ehrlich, Ela, man geht in keine Tiefgarage, wenn man Angst hat, von einem Perversen verfolgt zu werden.* Und schon gar nicht in so eine – es gab nicht einmal Kameras und auch keine Frauenparkplätze. Das hier war der Angstraum pur, der perfekte Ort für böse Männer, um wehrlosen Frauen etwas anzutun. Düster, verwinkelt, verlassen.

Hannah tastete nach dem Messer in ihrer Hosentasche.

Ela kam jetzt zwischen den vielen Autos hindurch in Hannahs Richtung, blieb jedoch wie angewurzelt stehen, als ein dunkler BMW die Einfahrt herunterschoss. Hannah fluchte, wenn auch tonlos.

Der Wagen überholte Ela und parkte vor ihr ein. Der Mann, der aus dem BMW stieg, war ein bulliger Typ mittleren Alters mit kurz rasierten Nackenhaaren. Er sah Ela an, tastete ihren Körper mit seinem Blick ab. Das Schwein.

Ela wich zurück und machte einen großen Bogen um den Mann. Hannah zog das Messer aus der Tasche und ließ es hinter ihrem Rücken aufschnappen. Ela war noch etwa fünf Meter von ihr entfernt. Der Mann hatte sich abgewandt und ging auf den Eingang zum Treppenhaus zu. Wie beiläufig machte Hannah einen Schritt hinter dem Pfeiler hervor, bemüht, vollkommen entspannt zu wirken. Ihre Schultern, ihr Hals, ihre Arme durften keine Spur von Anstrengung erkennen lassen. Dass sie einen Arm hinter dem Rücken hielt, musste ganz natürlich aussehen. Menschen hatten Instinkte, genau wie Tiere. Davon war Hannah überzeugt.

Als Ela sie sah, machte sich Erleichterung in ihrem Gesicht breit. *Ela, weißt du eigentlich, dass es das erste Mal ist, dass du mich ansiehst? Und ich weiß auch, warum. Durch mich ist der Mann weniger bedrohlich.*

Eine weitere Frau, eine potenzielle Zeugin, eine Verbündete. Als ob allein die Tatsache, dass sie gleichen Geschlechts waren, sie zu Verbündeten machen würde. Was dachte Ela sich eigentlich? Hatte sie Hannah je beigestanden? Nein, sie hatte sie wie Dreck behandelt.

Der Mann zog die schwere Feuerschutztür zum Treppenhaus auf, und kurz darauf fiel sie mit dumpfem Schlag ins Schloss. Sie waren allein.

Ela musste an ihr vorbei, um zu ihrem Wagen zu kommen. Noch drei Meter.

«Entschuldigen Sie», sagte Hannah. «Könnten Sie mir sagen, wie spät es ist?»

Ela blieb stehen, sah auf ihr Handy. «Zehn vor sieben.» In ihrem Gesicht lag der Ansatz eines Lächelns, ihre Stimme war ungewöhnlich weich. Zu spät. Dafür war es jetzt zu spät.

«Danke», sagte Hannah. Ihre Finger lagen fest um den Griff ihres Messers. Sie drehte es so, dass die Spitze nach vorne gerichtet war.

Ela ging weiter. Es war eng zwischen den Autos. Gleich war sie neben Hannah. Zwei Meter. Einen Meter. Einen halben Meter. Jetzt! Das war der Augenblick, auf den Hannah gewartet hatte. Mit einer schnellen Vorwärtsbewegung stach sie zu.

Ela wich der Klinge nicht aus. Sie sah sie nicht kommen. Hannah spürte die fremde Haut unter ihrer Hand. Wie sie aufplatzte, wie das Messer in das Fleisch drang, das warme Blut, das austrat. Das Gefühl ließ etwas in ihr vibrieren. Wie ein Stromstoß schoss die Euphorie durch ihren Körper. Sie meinte, den Geruch des Blutes wahrzunehmen.

Eine Falte zwischen Elas hübschen Augenbrauen zeigte ihre Verwunderung. Sie war verwirrt, sah an sich herunter. Hannah hielt immer noch das Messer, drehte es, vergrößerte die Wunde. Blut strömte aus Elas Seite und färbte ihre helle Kleidung dunkel. Ela brauchte einen Moment, bis sie verstand, was passierte. Bis sie den Schmerz als solchen erkannte. Dann riss sie die Augen auf, gab einen Schrei von sich, der sich mehr wie ein Gurgeln anhörte. Jetzt sah sie Hannah. Jetzt sah sie sie ganz genau. Dann sackten ihre Beine weg, und sie fiel zu Boden. Wie hingegossen lag sie da.

Hannah war Elas Bewegung gefolgt, kniete neben ihr, zog das Messer aus ihrem Bauch. Dann strich sie Ela mit dem Handrücken über die Wange.

«Schade eigentlich», sagte sie. «Ich werde dein Leben vermissen. Es hat mir gefallen. Auch wenn du eine arrogante Zicke bist.»

Das Blut breitete sich auf dem Boden um Ela aus. Ihre Hände und Füße zuckten unkontrolliert. Dann wurde ihr Blick unklar. Ruhe breitete sich in Hannah aus. Sie fühlte sich erschöpft und herrlich leer.

35. BETTE

So ungeduldig Bette auch war, was die Ermittlungsakte anging, sie konnte sich nicht konzentrieren. Es war bereits Sonntag, später Vormittag, und sie hatte die Akte noch nicht mal zu einem Drittel durchgesehen. Immer wieder döste sie weg. Lesen gehörte – wenn auch nicht geistig, so doch körperlich – zu den monotonen Beschäftigungen, bei denen sie sich partout nicht lange wach halten konnte. Still sitzen, nur die Augen bewegen, das war nichts mehr für sie. Mal ganz abgesehen davon, dass die Verhörprotokolle, die Thorben angesammelt hatte, auch wirklich alles andere als spannend waren. Es war, als habe er die ganzen Monate, die er die Ermittlung leitete, regelrecht im Nichts herumgestochert.

Bette schlug die Akte zu und streckte sich auf dem Sofa aus. Sie brauchte eine halbe Stunde Schlaf, richtigen Schlaf, nicht dieses ermüdende Weggedöse. Und dann musste sie rüber zu Bauer Jansen. Sie wollte ihm nicht absagen. Weniger wegen der Kisten, die sie packen sollte, das könnte vielleicht sogar Tyler eine Weile für sie übernehmen, sondern weil sie wusste, wie sehr er sich auf ihre Gesellschaft freute. Sicher war er schon dabei, das Mittagessen vorzubereiten.

Und wirklich, als Bette gegen halb eins auf Bauer Jansens Hof kam, roch es unverkennbar nach Sonntagsbraten. Schnell packte sie die bestellten Kisten – heute waren es nur zehn –, und wenig später saß sie in der Hofküche.

Es gab Schweinebraten. Bauer Jansens absolute Spezialität: außen mit knuspriger Salzkruste, innen butterweich.

«Na, smeckt di dat?», fragte er. Wie viele älteren Menschen in der Gegend sprach er noch Platt. Bette konnte es auch, wandte es allerdings selten an.

«Einfach köstlich.» Sie war immer wieder beeindruckt, wie er das hinbekam. «Du machst den besten Braten von hier bis China.»

Jansens Augen leuchteten ob des Lobs. Er wurde sogar ein bisschen rot. Das war etwas, das Bette sehr an ihm mochte. Er konnte sich freuen und zeigte es auch. Ihr kam wieder in den Sinn, dass der Mörder jemand wie Jansen sein musste. Nett, freundlich. Jemand, der sich in Ochsenwerder bewegen konnte, ohne aufzufallen. Eine ausgesprochen ungute Vorstellung. Und Bette hatte keinen Plan, wie sie ihn enttarnen sollte. Sie seufzte leise.

«Wat is?», fragte Bauer Jansen.

«Nichts. Ich bin nur etwas erschöpft.»

«Na, mien Beste, denn eet mol wat, dat helpt jümmers.» Jansen schob ihr die Fleischplatte hin.

«Mehr schaff ich wirklich nicht.»

«Ooch, kumm, wenn du een beeten wat mehr op de Rippen hest, schood di dat gor nix.»

Bette lachte. «Ich wusste gar nicht, dass du blind bist. Ich leg wöchentlich eine Speckrolle zu.»

«Miene Oogen geiht dat good! Mit de Oogen heff ik nix.» Bauer Jansen zwinkerte amüsiert, dann setzte er an, ihr sein Leid mit der diesjährigen Trockenheit zu klagen. Der Boden war staubtrocken, die Hitze flirrte. Es war wirklich ein ungewöhnlich heißer Sommer. Auch wenn Bette es genoss, für die Pflanzen war das alles andere als gut.

Am späten Nachmittag stand Mark Thorben vor Bettes Tür. Die Akte! Er wusste von der Akte. Jetzt hatte er sie dran und Nesrin und Chrischen gleich mit.

«Was machen Sie denn hier?», fragte sie schroff, bemüht, ihren Schreck zu überspielen.

«Darf ich reinkommen?»

Nein! Durfte er nicht. Die Akte lag auf dem Wohnzimmertisch. Sie hatte sie immer noch nicht durch. Gut 100 Seiten fehlten noch.

«Gehen wir in den Garten», schlug sie vor, auch wenn sie damit Gefahr lief, dass der Muschelmörder sie draußen beobachtete. Es würde ihm vermutlich nicht gefallen, sie zusammen zu sehen. Er hatte Thorben einen Idioten genannt.

«Auch gut», sagte Thorben.

Bette trat barfuß aus dem Haus und zog die Tür hinter sich zu, während sie sich ausrechnete, wann sie das nächste Mal schlafen musste. Frühestens in zwei Stunden.

Die junge Fahrerin des Bücherbusses lief gerade an der Gartenpforte vorbei. Über ihrer Schulter hing ein Handtuch, sicher war sie auf dem Weg zum Wasser. Bette hob kurz die Hand, und sie winkte zurück. Sie war immer freundlich, auch wenn Bette nicht einmal ihren Namen kannte.

«Ihre Enkelin?», fragte Thorben und sah ihr hinterher.

«Wie kommen Sie denn darauf?», fragte Bette gereizt und biss sich sofort auf die Zunge. Sie musste sich zusammenreißen, er saß hier gerade am längeren Hebel.

«Ich dachte nur. Weil sie eben über das Feld hinter Ihrem Grundstück gekommen ist.»

«Nein. Sie geht nur manchmal spazieren, während die Kinder lesen. Sie fährt den Bücherbus, da hinten, in der Kehre.»

Als Bette das sagte, kam ihr die Idee, sie mal zu fragen, ob ihr mit ihrem ortsfremden Blick etwas Ungewöhnliches aufgefallen war. Sicher beobachtete sie so einiges hier.

Thorben schaute zu dem roten Bus mit den aufgeklebten gelben Bücherstickern, nickte und folgte Bette durch das hohe Gras zu den Stühlen, die hinter dem Haus standen. In seinem Anzug und den glänzend polierten Lederschuhen wirkte er in ihrem verwilderten Sommergarten völlig deplatziert. Bevor er sich setzte, zog er die Hosenbeine etwas hoch.

«Nett haben Sie es hier.» Er lächelte. Was sollte diese Freundlichkeit? Konnte es sein, dass er gar nicht wegen der Akte gekommen war? Oder genoss er es einfach nur, sie auf die Folter zu spannen, bevor er gleich zuschlug?

«Wären Sie so freundlich, mir zu verraten, warum Sie den weiten Weg hier raus gemacht haben?»

Thorbens Blick verlor sich für einen Moment in der Weite hinter Bettes Grundstück. Als er sie wieder ansah, sagte er: «Vielleicht ist doch etwas dran an Ihrer Geschichte.»

«Meiner Geschichte?» Sie sah ihn mit hochgezogen Brauen an und hoffte, dass er ihr Aufatmen nicht sah. Das klang wirklich nicht so, als ging es ihm um die Akte. «Was genau meinen Sie mit *meiner Geschichte*?»

«Es gab einen Mord. Am Tatort haben wir ein Muschelzeichen mit Kreuz gefunden.»

Noch ein Opfer.

«Eine junge Frau, Ela Meierhoff, 35 Jahre alt.»

«Verdammt.» Bette rieb sich mit den Fingern über den Nasenrücken. War das der Beweis, den der Muschelmörder ihr hatte liefern wollen? War das jetzt ihre Schuld? Hätte sie es verhindern können? Ihr wurde ganz flau.

Thorben schien es nicht besser zu gehen, Betroffenheit lag in seinem Blick. Plötzlich tat es ihr leid, ihn eben verdächtigt zu haben, sie in die Pfanne hauen zu wollen. Was für eine Überwindung es ihn gekostet haben musste, hier aufzukreuzen. Einzugestehen, dass er einen Fehler gemacht hatte. Da saßen sie nun beide, jeder mit seinen eigenen Schuldgefühlen. Hätte Thorben mal auf Bette gehört. Und hätte Bette mal ... Nein, so durfte sie jetzt nicht denken. Das brachte keinen weiter.

«Was genau ist passiert?», fragte sie.

«Das Opfer wurde erstochen. Ein Stich in den Bauch.»

«Ein Stich nur? Bei Tom van Have waren es acht.»

«Wir gehen dennoch erst mal von demselben Täter aus. Das Muschelzeichen, natürlich. Und das Messer hatte auch dieselbe Klingenlänge.»

«Wo ist es passiert?»

«In der Tiefgarage eines Wohnblocks in der Mansteinstraße.»

Bette rief sich den Stadtplan ins Gedächtnis. Sie wusste, wo das war. Im Generalsviertel, einer gutbürgerlichen, ruhigen Gegend südlich vom Ring 2. «Und wann?»

«Heute Morgen. Um kurz vor sieben hat ein Hausbewohner Ela Meierhoff noch auf der Parkebene gesehen. Er hat die Tiefgarage vor ihr verlassen, gleich darauf muss es passiert sein.»

«Was ist mit Videoüberwachung?»

«Nein.»

«Und das Muschelzeichen?» Musste sie ihm eigentlich jede Information einzeln aus der Nase ziehen? Aber gut, ihr war natürlich bewusst, dass er nicht gekommen war, um sie über seine Ermittlung auf dem Laufenden zu halten. Er wollte Infos von ihr. Sie würde sich genau überlegen müssen, was sie ihm erzählte und was nicht. Und bis dahin musste sie möglichst viel über den Mord erfahren. Solange er es zuließ.

«Das Zeichen wurde in die Fahrertür ihres Minis gekratzt.»

«Wieder mit der Tatwaffe?»

«Vermutlich. In der Stichwunde wurden keine Lackspuren gefunden, aber am Wagen waren Blutspuren. Der Täter muss die Muschel nach der Tat eingekratzt haben.»

«Er hat sich also sicher gefühlt.»

«Wie kommen Sie jetzt darauf?»

«Er ist nach der Tat noch in der Garage geblieben. Dabei ist gegen sieben immer zu erwarten, dass jemand sein Auto holt. Auch sonntags. Leute, die Schicht arbeiten, Ausflügler, Brötchenholer.»

Thorben nickte nachdenklich. Es schien ihn nicht weiter zu stören, dass Bette das Gespräch inzwischen lenkte. Und sie war ausgesprochen froh darum. Es gab ihr zumindest das vage Gefühl von Kontrolle. Ein Weg, ihre Angst zu unterdrücken. Was hatte dieser Mörder vor? Was hatte er mit ihr vor?

«Ich frage mich», sagte Thorben, «warum er das Zeichen diesmal erst nach der Tat eingeritzt hat.»

Bette überlegte kurz. «Ich denke, es gibt zwei plausible Möglichkeiten. Entweder fehlte ihm vorher die Zeit. Vielleicht weil dieser Zeuge noch da war, der Ela Meierhoff in der Garage gesehen hat. Oder er war sich vor der Begegnung mit dem Opfer nicht sicher, dass es zum Mord kommen würde.»

Thorben zog ein kleines grünes Büchlein aus seiner

Hemdtasche, in dem er, wie Bette wusste, alle Details und Hinweise sammelte. Er machte sich eine Notiz und blätterte dann ein paar Seiten zurück, bevor er sagte: «Ela Meierhoff war als Prokuristin in der Aalsen-Reederei angestellt.»

«Die Aalsen-Reederei unten beim Fischmarkt?»

«Genau die.»

«Das war doch einer von Tom van Haves Kunden. Er hat sie beraten. Das wäre eine Verbindung. Das sollten Sie überprüfen.»

Thorben nickte, machte sich weitere Notizen und schien fast erleichtert, das Denken für einen Moment abgeben zu können.

«Was wissen wir noch über das Opfer?», fragte Bette.

Bei dem Wort *Wir* blinzelte Thorben, kommentierte es aber nicht. Stattdessen sagte er: «Vorletzten Freitag hat sie die Kriminalpolizeiliche Beratungsstelle für Einbruchschutz kontaktiert. Sie wollte wissen, wie man seine Wohnung besser sichert. Der Kollege hat ausgesagt, dass sie ihm ausgesprochen nervös erschien.»

«Sie hat keinen konkreten Anlass genannt?»

«Nein. Da noch nicht.»

«Was heißt *da noch nicht*?» Bette kniff die Augen zusammen. Das Sonnenlicht blendete sie.

«Letzten Freitagnachmittag war sie dann auf dem Polizeikommissariat 23, also gleich bei ihr um die Ecke. Sie wollte Anzeige gegen einen unbekannten Stalker erstatten. Sie hatte eine Mail erhalten.»

«Eine selbstlöschende Nachricht?»

«Nein. Wir haben die Nachricht in ihrem Account gefunden.»

Thorben blätterte wieder in seinem Notizbuch und las vor.

hey meine süße. ich seh dich! ich sehe, wie dein chef dich begrapscht. er fickt dich. du schlampe. hast dus nötig, dich hoch zu schlafen? was du dem gibst, will ich auch. nur härter. und mehr davon. ich werd es mir holen. bald. ganz bald. warte auf mich!

Bette zog scharf die Luft ein. Und die Mail sollte vom Muschelmörder sein? Die Ausdrucksweise war primitiv, ganz und gar anders als in den Mails an sie.

«Was haben die Kollegen wegen der Mail unternommen?»

«Na ja, sagen wir so, sie haben sich an den Leitfaden für Stalkingopfer gehalten.» Thorben lächelte gequält. «Sie haben ihr geraten, erst mal ein paar Nächte bei Freunden oder in einem Hotel zu übernachten, wenn sie Angst hat.»

«Das hat ja viel gebracht.»

«Frau Hansen, Sie wissen genauso gut wie ich, dass es bei Stalking schwer ist, jemanden zu belangen. Und so eine Mail. Jeder bekommt doch andauernd solche Spamnachrichten.»

«Nur war es kein Spam.»

«Nein.» Thorben seufzte. «Ich fürchte, wir haben es mit einem Sexualtäter zu tun.»

«Haben Sie Hinweise auf ein Sexualdelikt gefunden? Ich meine, abgesehen von dieser Mail.»

«Nein. Aber es sieht doch sehr ...»

«Er hat sich verstellt», unterbrach Bette ihn. «Er möchte, dass wir denken, er wäre ein Sexualtäter. Oder zumindest wollte er, dass Ela Meierhoff das dachte.» Er war clever. Sehr clever. Er hatte sein Opfer in die Irre geführt und die Polizei gleich mit.

Thorben schaute skeptisch. «Warum sollte er das tun?»

«Er wollte Ela Meierhoff Angst machen. Die Vorstellung, ein Sexualtäter sei hinter ihr her ... Ich denke, es ist die Angst seiner Opfer, um die es ihm geht. Sie steigert sein Selbstwertgefühl. Sie verleiht ihm Macht», formulierte Bette das aus, was Chrischen über den Täter gesagt hatte.

Thorben räusperte sich und fragte: «Was ist mit Ihnen? Hat der Muschelmörder sich Ihnen gegenüber noch mal bemerkbar gemacht?»

«Hat er», sagte Bette widerstrebend. Was sollte sie preisgeben? Wie würde Thorben reagieren? Kurz fragte sie sich, ob eine Zusammenarbeit zwischen ihnen nicht vielleicht doch möglich wäre. Sie und Thorben hatten dasselbe Ziel: den Muschelmörder stoppen.

Nein, sie konnte ihm ihren Kontakt zum Muschelmörder nicht geben. Diese Mails waren ihr Weg zum Mörder. Sie würde ihr Schicksal nicht voll und ganz in Thorbens Hände legen. Mal ganz abgesehen davon, dass er sie wegen Unterschlagung von Beweismaterial drankriegen könnte, befürchtete sie, er würde den Kontakt zunichtemachen. Sie dadurch vielleicht sogar noch zusätzlich in Gefahr bringen.

«Und wie, bitte, hat er sich bemerkbar gemacht?», hakte Thorben nach.

«Er hat das Muschelzeichen in meinem Bad hinterlassen», sagte Bette. Das war die unverfänglichste Information.

Thorben verschluckte sich fast und hustete. «Er war bei Ihnen im Haus? Und Sie haben mich nicht informiert?»

«Nach unserem letzten Telefonat? Mal ehrlich. Was haben Sie erwartet?»

Für den Bruchteil einer Sekunde huschte ein reumütiger Ausdruck über Thorbens Gesicht, und Bette dachte schon, er würde sich vielleicht entschuldigen.

Aber stattdessen sagte er kühl: «Und sonst? Noch irgendwelche Mails?»

Bette nickte. Den Inhalt der Mails konnte sie ihm nicht verschweigen. Grob fasste sie für ihn zusammen, was der Muschelmörder ihr alles mitgeteilt hatte. Thorben sah sie fassungslos an, sagte aber nichts, sondern schrieb dann einfach nur mit. Zum Glück schien er davon auszugehen, es seien wieder selbstlöschende Nachrichten gewesen, und fragte nicht, ob er sie sehen könne.

«Ich werde Polizeischutz für Sie anfordern.»

«Was soll das bringen? Der Täter hat mich schon eine ganze Weile im Blick. Ein Auto vor dem Haus, auch wenn es ein Zivilwagen ist, würde ihm sofort auffallen.»

«Es wäre zu Ihrer Sicherheit.»

«Und wie viele Leute gedenken Sie abzustellen? Haben Sie bemerkt, wie weitläufig es hier ist?»

«Ich schicke Ihnen nachher einen Wagen, und basta.»

«Tun Sie, was Sie für richtig halten.»

«Das werde ich. Sonst noch was, das Sie mir verschweigen?»

Bette schaute ihn einen Moment an, dann schüttelte sie den Kopf. Mehr würde sie ihm nicht verraten. Aber sie würde etwas anderes tun. Sie würde ihn auf das Mädchen im Wald ansetzen, das die Rentner und ihr Nachbar gesehen hatten, und auf die Kette, die Nele erwähnt hatte. Sie musste es nur geschickt rüberbringen.

«Mir ist da noch eine alte Sache eingefallen», sagte sie und versuchte, dabei möglichst nachdenklich zu klingen. Etwas unentschlossen. «Es ist nur ein Detail, das mir nicht aus dem Kopf geht. Es gab einen Zeugen am Wohldorfer Wald, einen Anwohner. Ich weiß nicht mehr genau, wie er hieß. Das müsste in den Akten stehen. Er hat von einem Mädchen geredet, das am Tatmorgen auf einem Rad aus dem Wald gekommen ist. Vielleicht wäre es gut, das Mädchen ausfindig zu machen. Das habe ich damals leider verpasst. Sie könnte eine Zeugin sein.»

Ihr entging nicht, wie bei diesem Eingeständnis ihrer eigenen Verfehlung ein Leuchten durch Thorbens Gesicht ging. Er war wirklich ein Idiot. Da musste sie dem Muschelmörder leider ausnahmsweise recht geben. Aber wenn er sich so für ihre Zwecke einspannen ließ, umso besser. Natürlich würde er seine Ergebnisse, wenn er denn welche erzielte, nicht mit ihr teilen. Egal, sie hatte ja Nesrin und Chrischen. Ihre Informanten.

«Okay», sagte Thorben. «Ich werde das prüfen.»

«Und dann wäre da noch etwas», schob Bette hinterher. «Allerdings habe ich eine Bedingung.»

«Wie bitte?»

«Sie dürfen das gegenüber Eva van Have nicht erwähnen.»

Thorben legte den Kopf leicht schief, schaute misstrauisch. «Warum nicht?»

«Nele, die Tochter, sie würde es nicht wollen.»

«Aha. Und worum geht es?»

«Vor ein paar Wochen hat sie mich ohne das Wissen ihrer Mutter angerufen. Sie wollte, dass ich wieder ermittle, was ich natürlich abgelehnt habe.»

Thorben rang sichtlich nach Atem und schlug mit der Faust auf die Stuhllehne. Misstrauisch sah er Bette an. «Sie haben wirklich abgelehnt? Oder ermitteln Sie schon die ganze Zeit hinter meinem Rücken?»

«Was denken Sie denn?», sagte Bette mit vorsätzlich empörtem Tonfall.

«Na gut», lenkte Thorben ein. «Also, wieso erwähnen Sie den Anruf dann jetzt?»

«Nele hat mir von einer Kette erzählt, die kurz vor dem Tod ihres Vaters aus dem Haus verschwunden ist. Silber, mit kleinen roten Steinen.» Bette wiederholte für Thorben Neles Theorie, dass ihr Vater die Kette einer Geliebten geschenkt hatte. «Allerdings», fügte sie an, «könnte es doch genauso gut sein, dass der Muschelmörder im Haus gewesen und die Kette als Trophäe mitgenommen hat. Wenn er bei mir im Haus war, wieso nicht auch bei Tom van Have? Und noch etwas: Wenn man dem Mädchen Glauben schenken darf, dann war die Ehe zwischen ihren Eltern nicht so gut, wie ihre Mutter uns weismachen wollte. Vielleicht sollten Sie auch gleich noch nach der Geliebten suchen.»

Thorben nickte, und als Bette nichts weiter sagte, klappte er sein Notizheft zu. «Na, das ist ja schon mal was.»

«Ja, das denke ich auch.»

«Frau Hansen», sagte Thorben. «Ich erwarte, dass Sie sich aus der Ermittlung raushalten. Und dass Sie mich sofort informieren, wenn der Muschelmörder sich wieder bei Ihnen meldet. Oder Ihnen sonst noch etwas einfällt, das ich wissen sollte.»

Bette lächelte. «Natürlich.» Mit den Fingern trommelte sie auf der Stuhllehne und wartete, dass Thorben aufstand. Es gab keinen Grund, das Gespräch noch weiter in die Länge zu ziehen. Sie hatte alles in die Wege geleitet, was für sie wichtig war.

36. HANNAH

Es war später Sonntagnachmittag, und Hannah war bester Laune. Die Polizei tappte weiter im Dunkeln. Jetzt kam dieser Mark Thorben schon bei Bette angekrochen. Als ob sie ihm helfen könnte. Sie hatte doch auch keine Ahnung.

Hannah lief zu Fuß zur Dove-Elbe. Der Geruch von Sonnencreme und verbrannten Grillwürstchen hing über der Badewiese, und sie musste sich einen Weg zwischen Handtüchern, Sonnenzelten, Liegen und Grills hindurch bahnen. Die Sonne brannte, und halb Hamburg schien hier zu sein. Aber davon ließ Hannah sich heute nicht stören.

Vor dem Uferstück, wo sie normalerweise immer ins Wasser ging, ankerten Boote, deshalb lief sie weiter zum Steg. Er gehörte zur Regattastrecke der Ruderer, motorisierte Boote hatten dort Fahrverbot.

Sie sprang mit einem Köpfer ins Wasser, überholte zwei ältere Frauen mit geblümten Gummikappen und einen Mann, der auf einem albernen aufblasbaren Einhorn dahintrieb. Hundert Meter weiter, hinter den Bojen, die die Ruderstrecke absteckten, war sie alleine. Ruderer waren auch keine draußen. Sie kraulte, genoss die Leichtigkeit, mit der ihr Körper durch das Wasser glitt. Sie schwamm weit raus, ließ sich auf dem Rücken treiben, beobachtete die Gänse, die durch den Himmel flogen.

Als sie zurückkam, setzte sie sich an die Kante des Stegs, um zu trocknen. Kinder hüpften laut kreischend neben ihr ins Wasser. Am Ende des Stegs sprangen Jugendliche von dem Turm aus grünen Metallcontainern, der an Wettkampftagen als Zeitmessstation diente. Jetzt war er abgeschlossen, und der einzige Weg hinauf führte über die Außenwand. Es waren locker sechs bis acht Meter.

«Jojojo!» feuerten die Jugendlichen sich gegenseitig an, während sie sich an den Streben nach oben hangelten. Einige von ihnen kannte Hannah vom Sehen, sie wohnten hier in der Gegend. Auch der Junge, der den weißen Lieferwagen fuhr, war dabei. Hannah beobachtete ihn eine Weile, aber ihr wurde schnell langweilig. Er stand einfach nur rum und sah den anderen beim Springen zu. Hannah ging zu ihren Klamotten, die sie auf der Wiese hatte liegen lassen, und nahm das Smartphone aus der Hosentasche. Sie wollte Bette schreiben. Nur eine kurze Notiz. Den Wortlaut hatte sie sich beim Schwimmen im Kopf zurechtgelegt.

Liebe Bette, nun haben Sie den Beweis. Aber grämen Sie sich nicht. Sie hätten Ela Meierhoff auch nicht gemocht. Sie war eine eingebildete Zicke. Hochnäsig. Arrogant.

Nachdem Hannah die Nachricht abgeschickt hatte, stand sie zufrieden auf, zog sich Jeans und T-Shirt über ihren Bikini und lief den Deich entlang bis zu dem großen Hofladen, in dem es diesen leckeren Kuchen gab. Er war viel zu teuer, trotzdem, heute würde sie sich ein Stück leisten. Zur Feier des Tages. Ihr viertes Opfer – was für ein Gefühl! Sie entschied sich für Apfeltorte mit Sahne und setzte sich an einen der Tische, die etwas uncharmant auf dem Parkplatz standen. Ihr Handy vibrierte in der Tasche. Bette hatte schon geantwortet.

Ich hätte Ihnen auch so geglaubt. Der Beweis war überflüssig. Aber ich verspreche Ihnen eins, ich werde Sie finden! Sie kommen nicht davon!

Jaja, klar doch. Hannah schob sich eine volle Gabel Kuchen in den Mund. Er schmeckte köstlich.

37. BETTE

Es war schon Montag, und Bette war immer noch nicht viel weiter mit der Ermittlungsakte. Ständig döste sie weg, und wenn sie wach war, kreisten ihre Gedanken unentwegt um die letzte Mail des Mörders. Hatte er Ela Meierhoff wirklich nur umgebracht, um Bette einen Beweis zu liefern? Nein, das konnte nicht sein. Das durfte nicht sein. Und genau genommen war es auch wenig plausibel. Der Muschelmörder hatte Ela so oder so auf seiner Liste gehabt. Er hat sie vor dem Mord bedroht. Genau wie er es bei Tom van Have getan hatte und wie er es bei Bette tat. Dasselbe Muster. Dasselbe Spiel. Erst einmal Angst verbreiten.

Es war nicht Bettes Schuld, das Ela Meierhoff tot war, das musste sie sich immer wieder sagen. Trotzdem, sie hätte es verhindern können. Und sie musste sich verdammt noch mal ranhalten, um ihren eigenen Tod zu verhindern. Aber sie schaffte es einfach nicht, sich zu konzentrieren. Schließlich stand sie auf. Bewegung würde helfen. Sie ging in den Garten, trug den Küchenabfall zum Kompost und harkte die Pflaumen von der Wiese. Die Früchte fielen faul vom Baum, vermutlich ein Pilz, und lockten die Wespen an. Obwohl Bette erst gestern geharkt hatte, lag der Boden schon wieder voll.

Sie sah zu dem Wagen hinüber, den Thorben vor ihrem Haus platziert hatte. Ein Zivilwagen, ein dunkelblauer Volvo. Der junge Mann, der Wache schob, beobachtete sie. Ob er sie retten würde? Allzu große Hoffnungen machte sie sich da nicht. Der Muschelmörder war schlau. Er würde schon dafür sorgen, dass niemand etwas mitbekam, wenn er sich anschlich.

Gedankenverloren klaubte Bette ein Stück rosafarbenes Plastik aus dem zusammengeharkten Haufen und wollte es schon in ihre Tasche stecken, um es später in den Müll zu werfen, als ihr Blick darauf fiel.

Es war eine rosafarbene Plastikmuschel.

«Bette?»

Sie fuhr herum. Mats stand hinter ihr.

«Mensch, erschreck mich nicht so!» Sofort tat es ihr leid, so ruppig reagiert zu haben. Aber was musste er sich auch so anschleichen, so was konnte sie grade wirklich nicht ertragen. Der Muschelmörder war wieder da gewesen! Gestern hatte die Plastikmuschel noch nicht auf der Wiese gelegen. Ganz sicher nicht. Die hätte sie beim Harken gefunden.

«Alles in Ordnung?», fragte Mats.

«Sicher, alles gut. Ich hab mich nur erschrocken.»

Wieso hatte sie Mats schon wieder nicht kommen hören? Wie letztens, nachts, am Treibhaus. Sie musste aufmerksamer sein. Was, wenn der Muschelmörder so plötzlich hinter ihr stand? Der Polizist vorne im Wagen hatte sich nicht von der Stelle gerührt. Sah nur gelangweilt zu ihnen hinüber. Dabei wusste er doch gar nicht, dass Mats ein Freund war. Er könnte genauso gut ein Mörder sein. Na toll. Von wegen *zu ihrer Sicherheit.*

Mats zeigte auf ihre Hand. «Was hast du da?»

«Nichts. Nur Müll.» Hastig schloss Bette ihre Hand um die Muschel. Sie wollte Mats nicht mehr beunruhigen als nötig.

«Ich mache grade Bratkartoffeln. Ich dachte, du kommst vielleicht dazu.»

«Danke, heute passt es nicht.» Sie hätte sein Angebot zu gerne angenommen, vielleicht sogar ihre Gedanken zum Muschelmörder mit ihm geteilt. Aber sie hatte Angst, ihn nur noch weiter in alles reinzuziehen. Es musste reichen, dass sie jetzt Chrischen zum Reden hatte. Außerdem musste sie mit der Akte weiterkommen.

«Bette. Ein bisschen Gesellschaft würde dir guttun. Und was Vernünftiges zu essen sowieso. Nur von deinen Butterbroten und Tiefkühlpizzen kann man nicht leben.»

«Wer sagt dir, dass ich nur Butterbrote und Tiefkühlpizza esse?»

Mats sah Bette amüsiert an. «Ich kenn dich halt.»

«Ach was. TK-Kost bietet heutzutage viel Abwechslung.»

«Ja, sicher», sagte Mats und wandte sich kopfschüttelnd zum Gehen.

«Nächstes Mal gerne», rief Bette ihm noch hinterher und wartete, bis er auf seiner Seite des Rosenwalls verschwunden war, bevor sie die Muschel in ihrer Hand genauer betrachtete. Die Form war dieselbe wie immer, nur dass diesmal das Kreuz fehlte. Dafür klebte sie furchtbar.

Zuerst dachte Bette, das käme von den Pflaumen, in denen sie gelegen hatte, dann ging ihr auf, was sie da wirklich in der Hand hielt. Das war kein Zeichen ihres Muschelmörders. Das war eine ausgeleckte Schleckmuschel. Eine Süßigkeit. Fynn, schoss es ihr durch den Kopf. Er war es, der bei ihr im Garten gewesen war.

Verdammt, jetzt hatte der Muschelmörder sie schon so weit, dass sie sich von einem Bonbon der Nachbarsgöre einen Schreck einjagen ließ. Aber es war auch wirklich ein seltsamer Zufall. Sie musste mit Fynn reden. So ging das nicht. Wenn sie ein Gartenverbot aussprach, sollte er sich gefälligst daran halten.

Bette ging rüber und hörte Mats durch das offene Küchenfenster mit Töpfen hantieren. Es roch nach gebratenen Zwiebeln und Speck. Fynn kniete auf dem Terrassenboden und klebte Pappen zu einem turmartigen Gebilde. Er war vollkommen versunken und bemerkte sie nicht.

«Fynn», sagte Bette in scharfem Tonfall, bremste sich jedoch sofort selbst. Es brachte nichts, wütend zu sein. Fynn wusste ja nicht, wie sehr er sich womöglich in die Schusslinie zwischen ihr und dem Muschelmörder brachte, wenn er in ihren Garten kam. Und er sollte es auch gar nicht wissen. Sie musste ihm erklären, dass es ernst war, ohne ihm Angst zu machen. «Fynn! Ich will mit dir reden!»

Er ignorierte sie und bastelte weiter an seinem Turm. Er war immer noch sauer wegen des Gartenverbots. Das verstand sie. Nur konnte sie darauf jetzt keine Rücksicht nehmen. «Hey! Warst du bei mir drüben?»

Er zuckte mit den Schultern und schmierte ein längliches Stück Pappe mit Kleber voll.

«Fynn, schau mich an!»

Er hob den Kopf, blickte aber trotzig an ihr vorbei.

Bette hielt ihm die Muschel entgegen. «Ist die von dir?»

«Kann sein», presste er hervor.

«Was heißt, *kann sein*. Ja oder nein?»

«Denk schon.»

«Ich hab dir verboten, in meinen Garten zu kommen.»

Fynn kniff die Augen zusammen, jetzt sah er ihr ins Gesicht. «Ich war nur kurz bei meinen Hühnern.»

«Verbot ist Verbot. Und das gilt auch für den Hühnerstall.» So verärgert sie auch war, so erleichtert war sie, dass die Muschel wirklich nur von Fynn war.

«Hallo?», rief jemand in Bettes Rücken. «Hallo! Entschuldigung!»

Bette drehte sich um. Auf dem Weg, der von der Gartenpforte zu Mats Terrasse führte, stand das Mädchen vom Bücherbus.

«Hannah!», schrie Fynn, sprang auf und rannte auf sie zu.

Hannah hieß sie also. Bette hatte sie bislang immer nur aus der Entfernung oder im Vorbeigehen gesehen und nahm jetzt ihr Gesicht zum ersten Mal richtig wahr. Ihre Haut war blass und schien fast durchsichtig, die dunklen Haare waren zu einem Pferdeschwanz gebunden, und sie trug kein Make-up. Bette hatte sie, wohl wegen ihrer mädchenhaften Figur, immer für höchstens achtzehn gehalten, jetzt erkannte sie, dass sie etwas älter sein musste. Wahrscheinlich Mitte zwanzig.

«Willst du mitessen?», fragte Fynn ganz aufgeregt.

Hannah schüttelte den Kopf, kam mit zögerlichen Schritten auf Bette zu und streckte ihr die rechte Hand entgegen, während sie die linke Hand hinter dem Rücken hielt, als würde sie etwas verstecken. «Guten Tag. Ich bin Hannah.»

«Bette. Nett, Sie kennenzulernen. Gesehen haben wir uns ja schon oft.» Es kam Bette vor, als würde sie einem kleinen scheuen Tier die Pfote schütteln.

Hannah zog die andere Hand hinter dem Rücken hervor, und Fynn schrie begeistert auf. «Der neue Dragonball.» Er riss Hannah den Manga aus der Hand und schlug ihn sofort auf.

«Mein bester Kunde», sagte Hannah mit einem schüchternen Lächeln, wobei sie die ganze Zeit mit den Schneidezähnen auf der Unterlippe herumknabberte, als sei es ihr unangenehm, hier zu sein. Aber in ihren dunklen Augen lag ein wacher Ausdruck, sie beobachtete Bette aufmerksam.

«Ja, das kann ich mir vorstellen», sagte Bette. «Vielen Dank, dass Sie ihm das Buch vorbeibringen.»

«Dafür nicht», sagte Hannah. «Ich ... ähm ... ich wollte außerdem fragen, ob ich vielleicht mal Ihre Toilette benutzen darf. Die Klos an der Kirche waren vorhin zu.»

«Sicher. Also, ich wohne gar nicht hier. Ich bin nur die Nachbarin, aber Mats hat sicher nichts dagegen. Fynn, zeig Hannah doch mal, wo die Toiletten sind!»

Fynn packte Hannah am Arm und zog sie ins Haus. Mats erschien in der Terrassentür, jetzt mit einer schwarzen Kochschürze um den Bauch, und reichte Bette eine Schüssel mit Bratkartoffeln an, die sie auf den Tisch stellte. «Hast du's dir anders überlegt?»

«Nein, ich wollte nur kurz mit Fynn sprechen. Er war wieder bei mir im Garten.»

Mats räusperte sich. «Bette, deswegen wollte ich dich sowieso noch um was bitten», sagte er so leise, dass die beiden im Haus ihn nicht hören konnten. «Lass ihn doch zumindest zu den Hühnern. Sie sind wirklich wichtig für ihn.»

«Und wenn was passiert?»

«Da steht doch jetzt die Polizei vor dem Haus.»

«Den Hühnerstall sehen die von der Straße aus nicht.»

«Ich pass auch auf. Versprochen.»

«Okay», sagte Bette. Vielleicht war es wirklich besser so, als wenn Fynn heimlich alleine rüberkam. «Aber nur, wenn du mitgehst.»

«Opa, du hast sie gefragt?», rief Fynn, der in diesem Moment mit Hannah aus dem Haus kam.

Mats zeigte mit dem Daumen nach oben.

«Ja!», jubelte Fynn. «Ich darf wieder zu meinen Hühnern!» Glücklich schlang er seine Arme um Bettes Bauch, schob dann seine Hand in die Hosentasche, zog mehrere noch gefüllte Schleckmuscheln heraus und hielt sie Bette hin. «Willst du eine?»

«Nein, danke.» Sie erinnerte sich nur zu gut, wie wund ihr Gaumen als Kind immer gewesen war, nachdem sie diese Muscheln in Gänze in den Mund geschoben und gelutscht hatte. Darauf konnte sie gut verzichten.

«Hey, Fynn, hast du die etwa alle bei mir stibitzt?», fragte Hannah in spaßigem Tonfall und wuschelte ihm durch die Haare.

«Du hast gesagt, einmal ins Glas fassen. Ich hab große Hände. Guck!» Fynn spreizte seine Finger weit aus, wobei ihm zwei Muscheln runterfielen.

Hannah lachte und sagte an Bette gewandt: «Ich hab immer ein Glas mit Naschis im Bus. Eine kleine Belohnung fürs Lesen.»

«Jetzt steck die Bonschen aber weg», sagte Mats zu seinem Enkel und stellte zwei zusätzliche Teller auf den Tisch. «Wir essen gleich. Und ihr beide esst mal schön mit.»

Na gut, dachte Bette. Ein Mittagessen am helllichten Tage sollte ja kein Problem sein. Der Muschelmörder würde sowieso längst wissen, dass sie mit Mats befreundet war. Da musste sie ihm jetzt auch nicht mehr weiter aus dem Weg gehen.

38. HANNAH

Als Hannah zurück in die Stadt kam, war es bereits dunkel. Vor der Friedenskirche fand sie einen Parkplatz und nahm den Weg durch den Wohlers Park nach Hause. Dass sie so nah an Bette herankommen würde, hätte sie sich nicht träumen lassen. Bette hatte sie sogar gefragt, ob ihr in letzter Zeit etwas Ungewöhnliches aufgefallen sei. Ob sie, mit ihrem ortsfremden Blick, vielleicht etwas beobachtet hätte.

Ihr Händedruck war so warm und weich gewesen. Sie hatten zusammen gegessen. Niemand ahnte etwas. Niemand! Hannah ging über die Wiese, legte den Kopf in den Nacken. Wann hatte sie zuletzt die Sterne angesehen? Sie konnte sich nicht erinnern. Sie streckte die Arme aus, schrie ein endloses «Jaaa!» in den Himmel, drehte sich um die eigene Achse, bis ihr schwindelig wurde, das Universum über ihr rotierte und die Sterne weiße Kreise zogen. Die Welt meinte es heute gut mit ihr.

Zu Hause war alles dunkel und still. Sie ging in die Küche und nahm sich ein Bier aus dem Kühlschrank, als Paul seine Zimmertür aufriss. Er war also doch da. Nur in seiner Unterhose kam er in die Küche. «Da bist du ja endlich.»

«Was interessiert dich das?»

«Warst du wieder mit diesem Bus unterwegs?»

«Und wenn schon.»

«Ein Schwachsinn. Warum lässt du dich so ausnehmen? Such dir lieber ’nen anständigen Job.»

«Das sagt der Richtige. Außerdem hab ich einen Job.»

«Für'n Hungerlohn.» Paul schnaubte. «Koschak will dich sehen.»

«Was?»

«Hab ihn vorhin auf der Straße getroffen. Er sagt, es ist noch Miete offen, und du sollst dich melden.»

Ihre gute Laune war verflogen. «Hat der sie noch alle?»

«Hannah, es ist scheißegal, ob er sie noch alle hat. Es ist seine Wohnung. Wir ...»

«Der kann mich mal.» Sie war gerade erst bei ihm gewesen.

«Er hat gedroht, uns vor die Tür zu setzen.»

«Fuck!» Hannah stieß Paul zur Seite, der ihr im Türrahmen im Weg stand, verließ die Wohnung und knallte die Tür hinter sich zu.

Von der Straße aus konnte sie sehen, dass in Koschaks Dachgeschosswohnung Licht brannte. Als Koschak auf ihr erstes Klingeln nicht reagierte, presste sie ihren Finger fest auf den Knopf und hielt ihn dort, bis Koschaks Stimme durch die Sprechanlage tönte.

«Sturmklingeln. Was soll der Mist? Wer ist da?»

«Hannah.»

Koschak drückte den Türsummer.

Wie immer nahm Hannah die Treppe. Im vierten Stock kam ihr eine junge Frau mit eiligen Schritten entgegen. Hannah kannte sie vom Sehen. Sie arbeitete im *Saal II*, wo Hannah hin und wieder ein Bier trank. Sie hatte lange rote Haare und ein schmales Gesicht mit Sommersprossen. Jetzt musterte sie Hannah von oben bis unten. Um ihren Mund lag ein verbissener Zug.

«Ich melde mich», rief Koschak ihr von oben hinterher. Er

klang nicht sehr überzeugend, und das Gesicht der Rothaarigen verkrampfte sich noch mehr.

Als Hannah oben ankam, stand Koschak in Boxershorts und einem dunkelblauen Bademantel in der Tür. Das Licht im Treppenhaus war ziemlich grell, trotzdem waren seine Pupillen groß, die Augen tränten. In seinem Bart hingen weiße Pulverreste.

Als unten die Haustür laut zuschlug, sagte er: «Was für eine Zicke.» Dann sah er Hannah an, als erwartete er, dass sie das kommentierte, was sie nicht tat. «Aber zu dir, was für eine schöne Überraschung.»

«Sag mal, spinnst du? Was machst du meinen Bruder auf der Straße an?»

Koschak grinste und hob entschuldigend die Hände. «Ich freu mich immer über deinen Besuch. Komm erst mal rein.» Er fasste sie am Handgelenk und zog sie leicht zu sich. Hannah drehte ihren Arm aus seinem Griff und schob sich an ihm vorbei in die Wohnung.

Die Gardinen waren alle aufgezogen. Über das Dächermeer hinweg leuchteten die roten Lichter des Fernsehturms.

Auf dem Boden lag eine umgekippte Champagnerflasche, eine weitere stand auf dem Tisch vor dem Sofa, daneben halb getrunkene Gläser und ein silbernes Röhrchen zum Koksschnupfen. Das Sofa sah aus, als habe dort eine Schlacht stattgefunden: Die Sitzkissen waren runtergerutscht, die Wolldecke zerwühlt. Koschak griff nach der Champagnerflasche, setzte sie an den Mund und trank in großen Schlucken.

«Wir hatten eine Abmachung», sagte Hannah. «Die hab ich erfüllt. Was soll das also?»

Koschak nahm noch einen Schluck aus der Flasche,

wischte sich mit dem Handrücken über den Mund und hielt Hannah die Flasche hin.

«Ich will nichts trinken.»

Er legte eine Hand auf ihre Schulter, versuchte, sie zu küssen. Hannah drehte den Kopf weg und schob Koschak von sich.

«Wirst du jetzt auch so zickig wie die eben?»

Von wegen zickig, das war scheiße, was er da abzog. Sie stemmte ihre Hände in die Seiten, konnte regelrecht spüren, wie ihre Augen zornig funkelten. «Die Miete ist bezahlt. Ich war letzte Woche hier. Und Paul geht unser Deal nichts an. Also halt ihn da raus.»

Koschak lachte. Ein Lachen, das Hannah nicht gefiel. Sie tastete nach ihrem Springmesser in der Hosentasche.

«Du bist echt süß, wenn du wütend bist», sagte Koschak und ließ die Champagnerflasche fallen. Mit einem dumpfen Schlag traf sie auf den Boden, rollte unter das Sofa und hinterließ eine nasse Spur auf dem Parkett. Bevor Hannah reagieren konnte, hatte Koschak sie am Kiefer gepackt und drehte ihren Kopf zu sich. Sein Griff war so fest, dass sie aufschrie. Er schob seinen Mund so nah an ihr Ohr, dass sie seinen nassen Atem spüren konnte. Mit einem Flüstern sagte er: «Wann die Miete ausgeglichen ist, bestimme immer noch ich. Haben wir uns verstanden?»

Hannahs Hand lag immer noch auf dem Messer in ihrer Hosentasche. Sie wollte es rausziehen, zustechen. Nah genug, dass sie ihn voll treffen würde, war er ihr. Aber Paul wusste, dass sie hier war, und diese Frau aus dem *Saal II* hatte sie auch gesehen. Mit seiner freien Hand packte Koschak sie jetzt am Oberarm. Sie konnte sich nicht rühren. Er riss sie herum, drückte sich von hinten an sie, sodass sie sein steifes Glied in ihrem Rücken spürte. Sie versuchte, sich aus seinem Griff zu winden. Erfolglos.

Sie hatte gedacht, sie könnte sich gegen jeden wehren. Sie hatte gedacht, die Morde machten sie frei. Unantastbar. Die Erkenntnis, dass sie Koschak hilflos ausgeliefert war, traf sie wie ein Faustschlag.

Koschak schob sie zum Bett. Flüsterte wieder in ihr Ohr. «Du bist doch gekommen, weil du es willst. Sei ehrlich. Du kannst mir gar nicht widerstehen.»

«Du bist ja völlig irre. Zugekokst und irre.»

Er ließ sie los und stieß sie vornüber auf das Bett. Bevor sie sich ihm entziehen konnte, hatte er sich auf sie gesetzt. Gegen sein Gewicht kam sie nicht an. Er drückte sie nur immer fester auf die Matratze, beugte sich dabei über sie hinweg, suchte etwas in der Schublade seines Nachttischs. Sie hörte Metall klirren. Dann sah sie die Handschellen. Gleich zwei Paar. *Nicht festschnallen, bitte nicht festschnallen,* schrie es in ihrem Kopf. Aber sie brachte keinen Ton über die Lippen.

Koschak ließ die Handschellen um ihre Gelenke schnappen und fesselte sie an das Bettgestell. Sie riss ihre Hände hin und her, dass das ganze Gestell wackelte. «Nein», schrie sie, diesmal laut.

«Halt die Klappe.» Koschak presste ihr eine Hand auf den Mund, mit der anderen zerrte er ihr ihre Hose und Unterhose über die Knie. Nun konnte sie auch ihre Beine nicht mehr bewegen. Sie schrie weiter, aber jeder Ton wurde von seiner Hand erstickt.

Er packte sie an den Haaren, drückte ihre Beine auseinander und drang in sie ein. Sie schrie in seine Hand.

«Ich weiß doch, das macht dich an. Gib's doch zu», flüsterte er.

Vor ihren Augen tanzten Zickzacklinien.

Als er endlich von ihr runterstieg, fühlte sie sich erniedrigt, zerquetscht, wie ausgelöscht. Sie schnappte nach Luft. Koschak wälzte sich neben sie und zündete sich eine Zigarette an.

«Mach mich los.» Ihre Stimme war rau und trocken.

Er blies ihr den Rauch ins Gesicht. Seinen ekelhaften Atem. Die Wut in ihrem Inneren dehnte sich aus. Sie lag da, atmete schwer. Das hier war etwas anderes als sonst. Koschak hatte eine Grenze überschritten, unwiderruflich. Und das würde sie niemals vergessen. Wäre sie normal, dachte Hannah, würde sie zur Polizei gehen und die Vergewaltigung anzeigen. Aber sie war nicht normal. Sie löste ihre Probleme anders, sie löste sie selbst, mit den Methoden, die sie für angebracht hielt. Wenn du wüsstest, wer ich wirklich bin, dachte Hannah mit Blick auf Koschak, dann wärst du nicht so selbstsicher.

Erst nach der zweiten Zigarette öffnete Koschak ihre Handschellen.

Ohne ein Wort stand sie auf, zog Unterhose und Hose hoch. Koschak sah ihr dabei zu, immer noch rauchend.

Wieder tastete sie nach dem Messer, und das Metall unter ihren Fingern beruhigte sie. Aber wenn sie etwas gelernt hatte, dann war es, überlegt zu handeln. Nicht im Affekt.

39. HANNAH

Hannah hatte einen widerlichen Geschmack im Mund und sehnte sich danach, ihre Zähne zu putzen und zu duschen. Sich den Geruch von Koschak von der Haut zu schrubben. Sich zusammenzurollen und eine Decke über den Kopf zu ziehen. Aber sie konnte jetzt nicht nach Hause. Selbst Paul würde merken, dass etwas passiert war. Also lief sie auf zittrigen Beinen an ihrem Haus vorbei die Stresemannstraße bis fast zum Ende durch.

Sie ging die Stufen zur *Mutter* hinunter und betrat die Souterrain-Bar, in der es voll, rauchig und angenehm dunkel war. Laute Musik dröhnte aus den Lautsprechern, sodass sie die Gespräche der anderen Gäste nicht hören musste. Hannah drängte sich zum Tresen vor und bestellte ein Astra. Mit der Flasche ging sie durch die beiden kleinen Hinterzimmer zum Klo. Sie spülte sich mit dem Bier den Mund aus, drehte den Hahn am Waschbecken auf und spritzte sich kaltes Wasser ins Gesicht. Ihre Handgelenke waren von den Handschellen aufgeschürft, und im Spiegel sah sie, dass ihr Kiefer auf Höhe der Backenzähne blau anlief. Dort, wo Koschaks Finger sich eingedrückt hatten.

Die Klotür ging auf, und eine Frau trat neben Hannah ans Waschbecken. Ihre Wimperntusche war verwischt und hatte fleckige schwarze Spuren in ihrem Gesicht hinterlassen. Sie hatte keinen Blick für Hannahs Wunden, sondern fing nur an, mit einem Papier die Farbe von ihrer Haut zu wischen. Hannah ging zurück zum Tresen und bestellte sich ein zweites Bier, eines, das sie trinken wollte. Neben ihr stand ein Mann am Tresen und sah sie unverwandt an. Er schielte leicht, und sein Kopf und seine Schultern hingen schlaff nach vorne, woraus Hannah schloss, dass er schon mehr als ein Bier intus hatte.

«Hi», sagte er und grinste dämlich, wobei eine unschöne Zahnlücke zum Vorschein kam. Hannah schüttelte den Kopf und sah weg.

Der Mann machte jetzt einen Schritt auf sie zu, dann noch einen. «Ach komm, du bist doch auch alleine. Ich lad dich auf 'n Bier ein», lallte er.

Hannah lächelte ihn an und sagte in zuckersüßem Tonfall: «Einen Schritt weiter, und ich stech dich ab.» Ihre Hand lag zum wiederholten Male heute auf dem Messer in ihrer Hosentasche. Der Mann lachte unbeholfen, dann kniff er die Augen zusammen. Es schien, wenn auch nur langsam, bei ihm durchzusickern, dass sie es ernst meinte. Hannahs Finger zuckten, krallten sich um den Messergriff. Zustechen, fühlen, wie das Blut über ihre Hand lief, wie das Leben des Mannes unter ihren Händen schwand. Das wäre es. Das würde ihre Wut lindern. Das war ihr Weg, mit Problemen klarzukommen. Von hinten stieß sie jemand an. Etwas Nasses, Klebriges schwappte in ihren Nacken. Brachte sie zur Besinnung. Sie löste ihren Griff ums Messer. Nicht jetzt. Nicht hier. Sie ließ das Bier ungetrunken zurück und verließ die Bar.

Draußen blieb sie stehen und zwang ihren Atem in einen gleichmäßigen Rhythmus, atmete durch die Nase ein und den Mund aus. Langsam ein und aus, ein und aus. Sie war kurz davor gewesen, die Kontrolle zu verlieren. Sie fluchte. Das durfte nicht passieren. Niemals.

40. BETTE

Am Dienstag war Bette endlich mit der Ermittlungsakte durch. Sie hatte alles gelesen, sogar die kleinsten Verhörschnipsel. Und was hatte ihr das gebracht? Nichts. Es gab nur einen Punkt in der Akte, der sie ausgesprochen irritierte, und der hatte mit Horst Wennert zu tun, dem Besitzer des Jagdgewehrs, bei dessen Verhör sie zusammengebrochen war. Das letzte Verhör ihrer Karriere. Darum hatte Bette es bis zum Schluss hinausgezögert, die diesbezüglichen Unterlagen überhaupt in die Hand zu nehmen. Sie hatte es nicht über sich gebracht.

Während des Verhörs hatte Horst Wennert sich völlig in seinen Aussagen verstrickt, war immer nervöser geworden, während sie versucht hatte, alles rauszuholen und die Vernehmung nicht wegen ihrer Müdigkeit zu unterbrechen. Sie war überzeugt gewesen, ihn dranzubekommen, auch wenn sie sich noch nicht sicher gewesen war, wofür genau.

Wennert war ein großer drahtiger Mann Mitte siebzig, fit, allerdings nicht fit genug, um Tom van Have zu überwältigen und niederzustechen, wie es der Muschelmörder getan hatte. Genauso wenig wie es dem Rechtsmediziner zufolge eine Frau geschafft hätte. Aber etwas hatte er zu verbergen gehabt: Hatte er verschleiern wollen, dass er seine Waffe nicht ausreichend gesichert aufbewahrt hatte? Oder wusste er auch, wer die Waffe entwendet hatte? Ahnte es zumindest.

Bette war immer fest davon ausgegangen, dass Thorben das weiterverfolgt hatte. Aber nein. Nichts dergleichen.

Kaum war Bette ausgeschieden, hatte Horst Wennert plötzlich ein Alibi vorgelegt. Er sei mit seinem Sohn, Matthias Wennert, in den Alpen wandern gewesen. In Hamburg seien sie erst wieder am Morgen der Tat eingetroffen. Mit dem Nachtzug aus Innsbruck. Einfahrt am Hauptbahnhof um 9.15 Uhr. Da waren Tom van Have und Melanie Wagner bereits tot. Den Diebstahl der Waffe habe Wennert nicht gemeldet, da er ihn aufgrund seiner Abwesenheit nicht bemerkt habe.

Warum hatte er das vorher nicht erwähnt? Da stimmte doch etwas nicht. Aber Thorben hatte das Alibi ohne weiteres geschluckt. Er hatte den Mann nicht einmal dafür belangt, dass er sein Jagdgewehr entgegen aller Vorschriften so sorglos in seiner Gartenhütte aufbewahrt hatte, gesichert nur mit einem rostigen Vorhängeschloss. Er trug eine Mitschuld an den Morden, so oder so.

Bette musste wohl oder übel noch einmal mit Wennert sprechen. Und hoffen, dass er seinen Anwalt raushielt. Sie könnte vorgeben, sich für ihre scharfen Verhöre damals entschuldigen zu wollen, ihre Krankheit vorschieben. Etwas, das sie vor wenigen Wochen niemals fertiggebracht hätte. Aber seitdem hatte sich einiges verändert. Sie hatte tatsächlich begonnen, ihre Narkolepsie zu akzeptieren. Und wenn sie ihr sogar mal von Nutzen sein konnte, warum nicht?

Am Dienstag und auch noch am Mittwochvormittag versuchte sie immer wieder, Horst Wennert telefonisch zu erreichen. Vergeblich. Bei seinem Festnetzanschluss sprang immer nur sein Anrufbeantworter an, seine Mobilnummer war nicht mehr aktiv. Schließlich beschloss sie, zu ihm zu fahren. Vielleicht erwischte sie ihn so. Das kannte sie ja von sich selbst, sie ließ das Telefon auch gerne mal klingeln. Das hieß nicht unbedingt, dass sie nicht zu Hause war.

Die Vorstellung, dem Mann noch einmal gegenüberzutreten, machte ihr zwar Angst, aber vielleicht würde es auch etwas heilen.

Am frühen Mittwochnachmittag bestellte Bette also ein Taxi und wartete vorne auf der Gartenbank, die zur Straße hin stand. Sie checkte noch mal ihre Nachrichten. Seit ihrem letzten Mailaustausch am Sonntag hatte der Muschelmörder sich nicht mehr gemeldet.

Um Punkt zwei fuhr das Taxi vor. Sie wollte gerade einsteigen, als sie Nele mit dem Rad die Straße runterkommen sah. Das Mädchen fuhr schnell, bremste scharf und kam direkt neben dem Taxi zum Stehen.

«Nele? Was ist los?», fragte Bette überrascht.

«Nichts, ich wollte nur kurz hallo sagen.»

«Einfach so?» Bette sah Nele skeptisch an. «Sicher?»

Nele nickte, und Bette wusste nicht, ob sie ihr glauben sollte. Der weite Weg für ein *Hallo*?

«Wenn es wichtig ist, sag es. Ich hatte zwar was vor, aber das kann warten.»

«Nee, wirklich. Ist schon gut, wenn Sie wegmüssen», sagte Nele. «Ich bin später sowieso noch mit Tyler an der Badestelle verabredet.»

Aha, daher wehte also der Wind. Bette verkniff sich ein Schmunzeln. «Grüß ihn von mir.»

«Mach ich», sagte Nele. «Gibt's hier irgendwas, wo ich noch hinfahren könnte? Wir sind erst um drei verabredet. Tyler muss arbeiten.»

Bette sah zum Himmel, der sich zuzog. «Na, hoffentlich regnet es bis dahin nicht.»

«Meinen Sie?»

«Gut möglich», sagte Bette. «Zumindest sieht es nicht nach Gewitter aus. Willst du dich vielleicht bei mir hinsetzen?» Sie zeigte auf die Bank im Vorgarten. Mit dem Polizeiwagen vor der Tür konnte sie das verantworten.

Der Wagen würde ihr nicht folgen, das hatte sie schon ausprobiert. Wann immer sie in den letzten Tagen das Haus für einen kleinen Spaziergang verlassen hatte, war sie alleine geblieben. Der Zivilbeamte vor ihrem Haus sollte also in erster Linie gar nicht für ihre Sicherheit sorgen, sondern den Muschelmörder abfangen. Genau genommen ein mieser Schachzug von Thorben. Aber letztlich war es Bette schnuppe. Sie würde sich sowieso nicht auf diese Jungspunde verlassen. Der Muschelmörder war viel zu schlau für sie. Aber mal kurz auf Nele aufpassen, wenn sie vorne auf der Bank saß, sollte der Mann, der da Wache schob, ja wohl hinbekommen.

«Das würde ich glatt machen», sagte Nele. «Wenn es Sie wirklich nicht stört.»

«Gar nicht. Warte, ich hole dir noch was zu trinken.»

«Oja, das wäre toll. Ich bin am Verdursten.»

Bette bat den Taxifahrer, kurz zu warten, ging noch mal ins Haus und holte Zitronenlimo und eine Tüte Haferkekse.

41. HANNAH

Hannah hatte das Fenster runtergekurbelt und fuhr viel zu schnell den Tatenberger Weg hinunter Richtung Ochsenwerder. Irgendetwas musste sie tun. Noch einen Tag im Bett zu liegen, ertrug sie nicht, auch wenn ihr immer noch alles weh tat. Ihre Beine schmerzten, ihr Po, ihr Bauch. Im Call-Center hatte sie sich krankgemeldet. Arbeiten konnte sie in diesem Zustand nicht. Sie sah in den Rückspiegel. Die Flecken auf ihrem Kiefer waren mittlerweile grünlichbraun, wie angeditschte Birnen. Um die schorfigen Wunden an ihren Handgelenken zu verbergen, wo ihr die Schellen ins Fleisch geschnitten hatten, trug sie ein Hemd mit langen Ärmeln.

Könnte sie nur Koschak einfach auslöschen. Aber er stand ihr zu nahe. Von ihm zu ihr wäre der Weg für die Ermittler nicht weit. Und wegen Koschak würde sie sich ganz sicher nicht schnappen lassen. Er würde ihr nicht alles kaputt machen.

Sie hatte eben Bette geschrieben.

Sie wusste, es war dumm. Erbärmlich dumm. Aber sie hatte das dringende Bedürfnis nach einem freundlichen Wort. Nach Verständnis. Mitgefühl. Irgendetwas in der Art.

Liebe Bette, wie geht es Ihnen heute? Mir nicht so toll. Kennen Sie das? Dass Sie sich sicher sind, immer die Oberhand zu behalten, und dann stellen Sie fest, dass es nicht so ist. Ein Gefühl, als würde jemand den Teppich unter Ihnen wegreißen. Und darunter ist nichts als Leere.

Genau das hatte sie geschrieben. Und jetzt wartete sie sehnsüchtig auf eine Antwort.

Sie war gerade hinter der Tatenberger Schleuse auf den Deich eingebogen, als ihr Handy piepte. Sie fuhr sowieso schon langsam, da sie hinter einem Pulk von Radrennfahrern festhing, also griff sie nach dem Smartphone und öffnete die Nachricht. Hoffte auf einen kleinen Trost. Doch diese Hoffnung verlor sich in Verblüffung. Und dann wurde aus der Verblüffung erst Ärger und dann Wut. Sie riss das Lenkrad herum, schoss über einen schmalen Weg den Deich hinunter auf einen Parkplatz und bremste scharf.

Vor ihren Augen begann es zu flimmern. Eine Minute verging, zwei Minuten, drei Minuten. Sie starrte auf ihr Display, wie betäubt.

Mörder, du bist nichts als ein Mörder. Es reicht mit diesem Getue. Von wegen Verständnis. Ich habe kein Verständnis für dich! Du bist ein gemeiner Mörder. Nichts weiter. Du bist Dreck!

Hannahs Atem ging schnell. Sie hatte Bette doch erklärt, dass ihre Opfer es nicht verdienten zu leben. Und jetzt hatte sie die Frechheit, sie als gemeinen Mörder zu bezeichnen? Sie hatte nichts verstanden. Nichts. Das konnte nicht sein. Das durfte nicht sein. Nicht jetzt. Nein! Das konnte Bette nicht geschrieben haben. Hannah checkte den Absender. Die Nachricht war wirklich von Bettes Telefon geschickt worden. Es gab keinen Zweifel.

Hannah stieß die Fahrertür auf und sprang hinaus. Heiße Tränen rannen über ihre Wangen. Sie stampfte auf, trommelte mit den Fäusten auf den Bus ein. Sie schrie. Ein einziger langer Ton, ohne Inhalt. Ein kleiner gebeugter Mann mit einer Schubkarre voll Grünzeug starrte entgeistert herüber.

«Was glotzt du so blöd?», blaffte sie ihn an.

Er zuckte zusammen und schob schnell mit seiner Karre weg.

Hannah meinte zu platzen. Sie wusste nicht, wohin mit ihrer Wut, trat mit dem Fuß gegen eine Radkappe, dass es schmerzte. Es half nichts. Sie griff sich das Handy, tippte wütend mit den Fingern auf das Display ein, schrieb:

> Sie blöde Kuh. Nur damit Sie's wissen. Sie werden mich nie bekommen! Nicht Sie, und auch nicht diese verschissenen Bullen! Sie wissen ja nicht mal, dass es noch mehr Opfer gibt. Ela war nicht mein drittes Opfer. Sie war das VIERTE!

Sie drückte auf Senden. Dann riss sie die Abdeckung vom Telefon, nahm die SIM-Karte raus, pfefferte sie auf den Boden. Sie zog ihr Messer aus der Hosentasche, kniete sich hin und hackte auf die Karte ein, bis sie entzweibrach. Schau doch, wie du alleine klarkommst. Das war's Bette. Das war's! Keine beschissenen Nachrichten mehr.

42. BETTE

Horst Wennert wohnte in einem herrschaftlichen Altbau rechts der Alster. Eine große Erdgeschosswohnung mit Garten. Ebendem Garten, aus dessen schlecht gesichertem Gartenhäuschen die Mordwaffe entwendet worden war.

Bette klingelte mehrmals, ohne dass Horst Wennert öffnete.

Sie überlegte, nach einem Spalt zwischen den zugezogenen Gardinen zu suchen, durch den sie luschern konnte, entschied sich aber dagegen. Dafür müsste sie durch die Blumenrabatten trampeln. Da klingelte sie lieber erst mal bei einer Nachbarin. Helga Momsen. Wenn sie die Anordnung der Klingeln richtig verstand, wohnte sie in der anderen Erdgeschosswohnung.

Der Summer ertönte, ohne dass Frau Momsen durch die Sprechanlage fragte, wer da sei. Bette drückte die schwere Tür auf und musste sich an mehreren Kinderwagen vorbeischieben, bevor sie weiter in den Flur vordringen konnte.

In der halb geöffneten Tür unten links stand eine alte Frau und sah sie neugierig an. «Wollen Sie zu mir?» Ihre Stimme war tief und etwas heiser, und sie sprach mit stark hamburgischem Einschlag.

«Frau Momsen?»

«Ja?»

«Entschuldigen Sie die Störung», sagte Bette. «Ich bin eine alte Bekannte von Horst Wennert und nur ein paar Tage in Hamburg. Ich wollte ihn überraschen ...»

Frau Momsens Blick ließ sie verstummen. «Sie wissen es gar nicht? Horst ist tot», sagte Helga Momsen.

«Oh», machte Bette, und es fiel ihr nicht schwer, erschrocken und sogar betroffen zu schauen. Sein Tod hätte in der Ermittlungsakte vermerkt sein müssen. Das war er aber nicht. «Ich weiß gar nicht, was ich sagen soll.»

«Selbstmord. Tragisch. Wirklich tragisch.»

«Darf ich fragen, wie ...»

«Es war kurz nach dem Doppelmord, vielleicht haben Sie davon gehört. Die Waffe, mit der geschossen wurde, gehörte ihm», sagte Frau Momsen, ohne dass es nach Sensationslust klang. Eher betrübt. Schnell schob sie noch hinterher: «Sie kannten Horst. Er war eine Seele von Mensch. Natürlich hat er nicht geschossen.»

Bette nickte. *Seele von Mensch.* Da hatte sie den Mann aber anders erlebt.

«Sie müssen wissen», fuhr Helga Momsen fort, «die Polizei hat ihm ziemlich zugesetzt. Er war fix und fertig nach diesen Verhören. Hat danach immer in meiner Küche gesessen. Der arme Mann. Und dann diese Zeitungen.»

Bette war klar, worauf sie anspielte. Horst Wennerts Name war damals an die Presse durchgesickert. Sie waren so weit gegangen, ihn als Doppelmörder zu bezeichnen.

«Sie haben ihn verunglimpft», fügte Frau Momsen an. «Aufs schlimmste. Aber das war es nicht. Es war sein Gewissen. Er hat sich schuldig gefühlt. Ich meine, es war ja wirklich seine Waffe. Das konnte er sich nicht verzeihen.»

Bette fragte sich, ob sie Horst Wennert vielleicht unrecht getan hatte. Sie hatte in ihm immer nur den unverantwortlichen Waffennarr gesehen, der sich weigerte, seinen

Anteil an dem, was geschehen war, einzugestehen. Sie erinnerte sich, dass er, als er das erste Mal bei ihr im Verhörraum saß, ständig auf die Uhr geschaut hatte, als langweile ihn das alles. Oder als habe er noch einen wichtigeren Termin. Dabei war wenige Stunden zuvor mit seinem Jagdgewehr auf zwei Menschen geschossen worden.

«Wer wohnt jetzt in seiner Wohnung?», fragte Bette. An der Tür stand immer noch Wennert.

«Sein Sohn.» Frau Momsens Gesichtsausdruck nach zu urteilen, konnte sie ihn nicht besonders leiden. «Zum Wochenende taucht er immer auf. Samstagnachmittags meist. Er arbeitet irgendwo im Süden.»

Im Süden. Für eine alte Hamburgerin wie Frau Momsen begann der Süden auf der anderen Elbseite. Matthias Wennert arbeitete in Lüneburg, keine halbe Stunde Fahrtzeit von hier. Das wusste Bette aus der Ermittlungsakte. Er hatte dort eine Professur für Geschichte, war 48 Jahre alt und ledig.

Der Sohn.

Mit einem unguten Gefühl drehte sie sich zu der geschlossenen Wohnungstür in ihrem Rücken um. Es war eine schwere Eichentür mit eingelassenen Blumenschnitzereien und einem bronzenen Türknauf, der zu den grünen Wandfliesen im Treppenhaus passte.

Konnte es sein, dass es gar nicht der Sohn war, der dem Vater das Alibi gegeben hatte? Sondern genau andersherum? War Matthias Wennert der Muschelmörder? Oder hatte zumindest etwas mit der verschwundenen Waffe und den Morden zu tun?

Der Gedanke ließ sie leicht schaudern, ging aber auch einher mit diesem Kribbeln, das sie immer verspürte, wenn ihr Jagdinstinkt eine Spur witterte. Hatte Horst Wennert sich deshalb während der Verhöre so in seinen Aussagen verstrickt? Um seinen Sohn zu schützen? Das wäre es doch, was ein Vater täte. Aber warum stand Bette dann jetzt auf der Todesliste? Machte Matthias Wennert sie für den Selbstmord seines Vaters verantwortlich? Gut möglich. Immerhin war sie es gewesen, die ihn in den Verhören in die Enge getrieben hatte. Und unter ihrer Ermittlungsleitung war sein Name an die Presse durchgesickert.

Als Bette wenig später das Haus verließ, war sie richtiggehend aufgekratzt. Sie würde wiederkommen. Am Samstagnachmittag. Sich selbst ein Bild von Matthias Wennert machen. Seine Reaktion beobachten, wenn sie ihn nach dem Selbstmord seines Vaters fragte. Nach dem Verschwinden der Waffe damals. Und vor allem, wenn sie ihn nach seiner Mutter fragte. Die Mutter war wichtig! Bette erinnerte sich, dass der alte Wennert Witwer gewesen war. Zu gerne hätte sie Helga Momsen nach der Frau gefragt, aber dann wäre ihre Tarnung als alte Freundin aufgeflogen.

Jetzt musste sie sich erst mal ein Taxi rufen, stellte jedoch fest, dass ihr Telefon nicht in ihrer Tasche war. Schiet. Sicher lag es noch auf der Bank im Vorgarten. Da hatte sie es zumindest zuletzt in der Hand gehabt. Ein Blick in den Himmel sagte ihr, dass der Regen nicht mehr lange auf sich warten lassen würde. Vielleicht regnete es in Ochsenwerder sogar schon. Sie klingelte noch einmal bei Frau Momsen, bat sie, kurz telefonieren zu dürfen, und rief Mats an. Seine Festnetznummer kannte sie auswendig. Er sollte ihr Telefon aus dem Garten holen, bevor der Regen es zerstörte.

«Dein Handy liegt schon hier bei mir», sagte Mats. «Ich bin

mit Fynn rüber, die Hühner füttern. Und da saß eine junge Dame in deinem Garten.»

«Ja, Nele.»

«Sie hat es mir für dich mitgegeben. Hat es unter deiner Gartenbank gefunden.»

43. HANNAH

Hannahs Herz pochte immer noch so heftig, dass es weh tat. Sie hatte den Bücherbus auf dem Parkplatz stehen gelassen und war auf dem Weg zum Wasser. Sie musste schwimmen, sich bewegen. Runterkommen. Sie versuchte, die vielen Menschen auf der Badewiese so gut es ging zu ignorieren. Versteckt hinter einer Weide zog sie sich um. Sie wollte nicht gesehen werden. Nicht angeschaut werden. Sie fühlte sich, als steckte ein Messer in ihrem Bauch. Tränen flossen ihr über die Wangen. Im seichten Wasser schnitt ihr auch noch die scharfe Kante einer Muschel in den Fuß. Es blutete. Egal. Scheiß drauf. Sie ging weiter, tauchte unter und schwamm los. Raus, weit raus. Der Himmel hatte sich zugezogen, bald würde es regnen. Auch das war ihr egal. Sie kraulte, spürte aber nichts von der Leichtigkeit, mit der sie sonst durch das Wasser glitt. Sie spannte den Körper an, drehte sich und tauchte ab. Sofort verlor das Wasser an Temperatur.

Als sie so tief war, dass sie schon einen leichten Druck auf den Ohren spürte, ließ sie die Glieder hängen und sich treiben. Das Wasser war von der anhaltenden Hitze grün, und nur schwach drang das Licht noch zu ihr durch. Ihre Arme und Hände sahen bleich aus, fast wächsern. Wie von einer Toten.

Es war so still hier unten. Wie unter einer Glocke kam sie sich vor. Abgeschottet von der Welt. Sie könnte einfach unter Wasser bleiben. Bis sie ohnmächtig wurde. Dann hätte endlich alles ein Ende. Dann wäre sie raus hier. Niemand könnte sie je wieder zurückholen. Es wäre einfach aus. Für immer.

Seeleute hatten früher nicht schwimmen gelernt. Das ersparte ihnen viel Leid. Schwimmer kämpften nur sinnlos gegen das Ertrinken an, untergehen würden sie in der rauen See am Ende ohnehin. Nur später. Qualvoller. Hannah dachte, dass das vielleicht auch für das Leben im Allgemeinen galt. Ein sinnloser Kampf.

Sie hielt still, bis auch die letzte Luft in ihren Lungen verbraucht war. War es das, was sie wollte? Aufgeben? Tot sein? Sie meinte schon, den Schwindel zu spüren. Dieses wirre Drehen im Kopf. Nein. Sie drückte sich mit mehreren Armstößen nach oben, brach durch die Wasseroberfläche, riss den Mund auf, atmete. Sie war trotz allem eine Schwimmerin. Sie würde kämpfen. Auf ihre Art.

44. BETTE

Auf dem Rückweg von Wennerts Wohnung hatte Bette im Taxi geschlafen, trotzdem legte sie sich zu Hause noch mal eine halbe Stunde hin. Danach ging sie rüber zu Mats, um ihr Telefon zu holen. Es war mittlerweile halb fünf. Die Regenwolken waren über Ochsenwerder hinweggezogen, ohne dass auch nur ein Tropfen heruntergekommen wäre. Der Boden war immer noch staubtrocken. Es war wirklich ein verrücktes Wetter dieses Jahr. Immer schwül, als würde jeden Moment ein Gewitter losbrechen, und dann passierte doch nichts.

Mats und Fynn saßen in der Hollywoodschaukel hinter dem Haus und löffelten Vanilleeis direkt aus der Packung.

Bette musste lachen. «Mats, wirklich, und du sagst mir, ich soll Fynn nicht zu viel Süßes geben?»

«Regeln sind zum Brechen da. Vor allem, wenn es nicht meine eigenen sind. Und was meine liebe Tochter nicht weiß, macht sie nicht ... ach», unterbrach er sich selbst. «Blödes Sprichwort. Willst du auch was?»

Fynn hielt Bette seinen abgeleckten Löffeln entgegen.

«Nein danke. Grade nicht. Ich hätte lieber einen Kaffee.»

«Drinnen in der Thermoskanne ist noch welcher, warte, ich hol ihn dir.» Mats machte Anstalten aufzustehen, während Fynn sich das Eis krallte und gleich den nächsten Löffel in seinen Mund schob.

«Lass mal», sagte Bette. «Den find ich selbst.»

Sie war schon durch die Terrassentür, als Mats hinter ihr herrief. «Dein Telefon liegt auf der Anrichte im Flur.»

Im Haus war es kühl, fast etwas kalt. Wie lange war sie nicht hier drinnen gewesen? Nicht ein einziges Mal, seit sie wieder in Ochsenwerder wohnte. Das Wetter war fast durchgängig so gut gewesen, dass sie Mats immer draußen getroffen hatte. Oder bei sich im Haus, wo er ihr mehr als einmal mit irgendeiner handwerklichen Arbeit ausgeholfen hatte. Als Bette jetzt in der Küche stand, war es, als würde sie in der Zeit zurückkatapultiert. Es war immer noch die alte Kücheneinrichtung in dieser unsäglichen braunen Farbe, die in den Achtzigern mal modern gewesen war. Mats hatte sie kurz vor seiner Hochzeit eingebaut. Der Hochzeit mit Bettes einst bester Freundin. Plötzlich fand sie es hier beklemmend. Sie schenkte sich einen Kaffee aus der Kanne ein, die auf dem Tisch stand, und versuchte, ihre Gefühle beiseitezuschieben. Das war albern, sie hatte es doch selbst nie anders gewollt. Sie hatte sich immer nur aus Ochsenwerder weggewünscht. Hatte nicht mit Mats zusammen sein wollen. Oder doch? Ein bisschen vielleicht schon. Meine Güte, das war so lange her.

Bette trank den Kaffee aus und schenkte gleich noch mal nach. Dann ging sie in den Flur, um ihr Telefon zu suchen. Es lag in der Schale mit den Schlüsseln. Als sie es in die Hand nahm, leuchtete es auf. Eine neue Nachricht. Um 15.04 Uhr. Bette wischte mit dem Finger über das Umschlagsymbol.

Sie blöde Kuh. Nur damit Sie's wissen. Sie werden mich nie bekommen! Nicht Sie und auch nicht diese verschissenen Bullen! Sie wissen ja nicht mal, dass es noch mehr Opfer gibt. Ela war nicht mein drittes Opfer. Sie war das VIERTE!

Telefon und Tasse fielen Bette aus der Hand und schlugen auf den Boden. Der Kaffee ergoss sich über den PVC-Boden. Bette fluchte laut. Wegen der Kataplexie und wegen der Nachricht. Der Mörder war wütend. Seiner Sprache fehlte jegliche Höflichkeit, und sie war auch lange nicht so ausgefeilt wie sonst. Ob es stimmte, dass Ela das vierte Opfer gewesen war? Oder war das reine Provokation?

«Bette! Alles in Ordnung?» Mats kam angerannt. Er musste ihr Fluchen gehört haben.

«Tut mir leid. Mir ist die Tasse aus der Hand gefallen.»

Mats bückte sich, hob Bettes Telefon aus der Kaffeepfütze, wischte es an seiner Arbeitshose ab und reichte es ihr.

«Danke», murmelte Bette.

«Kannst du mir mal verraten, was passiert ist?», fragte Mats. «Du bekommst doch nicht einfach so einen Anfall.»

«Nichts. Alles gut.»

«Hat er dir wieder geschrieben? Der Mörder?» Es war nicht zu überhören, dass das letzte Wort Mats nur schwer über die Lippen kam.

Irgendetwas hatte den Mörder in Rage versetzt und das Band zu Bette zerrissen. Warum diese Wendung? Was war geschehen? Und vor allem, was bedeutete es für Bette? Nichts Gutes, so viel war sicher.

An diesem Abend gönnte Bette sich ein Bier und setzte sich damit unter den Walnussbaum, der in der hintersten Ecke ihres Grundstücks stand. Seit Thorben seine Leute vor ihrer Tür positioniert hatte, war das ihr liebster Platz. Hier entging sie den Blicken von der Straße. Sie mochte es nicht, beobachtet zu werden. Egal vom wem. Gleichzeitig hatte sie selbst einen guten Rundumblick. Der Muschelmörder würde sie hier nicht so einfach überraschen können.

Die letzte Abendsonne färbte den Himmel rot. Ein Storch stakste auf seinen langen Beinen nur wenige Meter vor ihr über die Wiese. Über ihr kreisten die beiden Seeadler, die in der Nähe ihren Horst haben sollten. Die Spannweite ihrer Flügel war enorm, kein Vergleich zu den kleineren Raubvögeln, die man sonst hier sah. Sie trank ihr Bier, das angenehm bitter schmeckte, und lauschte dem Zirpen der Grillen. Das erste Mal seit langem genoss sie es, allein zu sein. Trotz allem, was ihr Angst machte. Vorhin bei Mats im Haus war ihr klargeworden, wie sehr Mats sich um sie sorgte. Es war schön zu wissen, dass sie ihm wichtig war. Und erstaunlicherweise fühlte sie sich dadurch nicht eingeengt.

Wieder wanderten ihre Gedanken zur letzten Nachricht des Muschelmörders. Wieso plötzlich dieser Zornesausbruch? Kurz hatte Bette schon Nele im Verdacht gehabt, dass sie sich in den Briefwechsel eingemischt hatte. Das Smartphone war nicht gesperrt, sie wäre ohne weiteres an die Mails gekommen. Bette hatte keine Sicherheits-PIN einzugeben. Bei diesen technischen Dingen war sie wirklich zu nachlässig. Sogar jetzt.

Aber weder im Postausgang noch im Papierkorb hatte Bette irgendein Objekt gefunden, das Nele verschickt haben könnte.

Mal angenommen, Matthias Wennert war wirklich der Muschelmörder, konnte es sein, dass er vorhin doch zu Hause gewesen war? Sie gesehen hatte, wütend geworden war, vielleicht weil er glaubte, sie sei ihm auf der Spur? Bette schüttelte den Kopf. Das war alles viel zu hypothetisch. Sicher war nur: Es musste etwas passiert sein. Der Mörder war wütend, und aus dieser Wut heraus hatte er ihr erzählt, dass es noch ein Opfer gab. Gut möglich, dass ihm diese Information nur so rausgerutscht war. Etwas, was er eigentlich hatte verheimlichen wollen. Weil es ihn verraten könnte? Es war ein Anhaltspunkt, vage, aber immerhin.

Bisher hatte Bette ihm nicht zurückgeschrieben. Das tat sie jetzt.

Wer war das vierte Opfer?

Sie fragte ganz direkt. Kein Drumherumgerede mehr.

Sie trank ihr Bier aus und ging zur Straße, wo der blaue Polizeivolvo stand. Thorben musste von der Mail erfahren, davon, dass es eventuell ein weiteres Opfer gab. Diese Information konnte sie ihm nicht vorenthalten. Aber sollte doch sein Scherge ihm die Nachricht überbringen.

Hinter dem Steuer saß ein ihr unbekannter junger Polizist und schlief. Die Scheibe war einige Zentimeter runtergekurbelt, und Bette konnte ihn leise schnarchen hören. Sie merkte, wie Ärger in ihr aufstieg. Was war ihr Leben eigentlich wert? Einen alten Volvo mit einem schlafenden Polizisten? Sie ballte die Hand zur Faust und pochte gegen die Scheibe.

Der Mann riss den Kopf hoch und sah sie irritiert an.

«Haben Sie keinen Job zu tun?», fuhr Bette ihn barsch an.

«Entschuldigung, ich ... ähm», stammelte der Mann und setzte sich aufrecht hin.

«Ich habe eine Nachricht für Ihren Chef. Der Mörder hat sich wieder gemeldet.»

«Was?» Hektisch drehte er den Kopf hin und her, und es war nicht zu übersehen, dass er am liebsten die Tür von innen verriegelt hätte.

Bette stöhnte demonstrativ auf. «Keine Sorge. Er war nicht hier. Er hat eine Mail geschickt.» Was hatte Thorben sich da nur für eine Truppe zusammengestellt! Das konnte ja nichts werden. Sie berichtete dem jungen Mann im genauen Wortlaut, was in der letzten Nachricht gestanden hatte. Er sah sie mit großen Augen an und nickte nur unentwegt.

«Können Sie sich das merken?» Bette bezweifelte es.

Er beugte sich vor und wühlte lange im Handschuhfach, bis er einen Kuli und einen Kassenbon gefunden hatte. Dann bat er Bette, alles noch einmal zu wiederholen, und schrieb auf der Rückseite des schmalen Zettels mit.

45. HANNAH

Am nächsten Tag hatte Hannah sich wieder im Griff. Nachdem sie ausgeschlafen hatte, fuhr sie nach Ochsenwerder, wo sie den Bus wie immer in der Kehre parkte. In der Luft hing der Duft nach gebratenen Zwiebeln. Es war Mittagszeit, und Bettes kleine Straße war wie leergefegt. Nur ein Mann lehnte an einem blauen Volvo und rauchte. Er war einer der Zivilbullen, die neuerdings immer hier standen.

Der Mann sah sie kurz an, aber sein Blick verriet Hannah, dass er später nicht würde sagen können, wie sie ausgesehen oder dass er sie überhaupt gesehen zu hatte. Wieso nur schafften es solche Typen immer in Jobs, für die sie absolut ungeeignet waren? Und sie? Call-Center. Scheißverficktes Call-Center.

Hannah ging die Straße hinunter bis zur Hauptstraße, dann rechts und hoch zur Kirche. Aus dem Innenraum drang Orgelmusik, tief und dramatisch. Auf dem Friedhof harkte eine alte Frau ein Grab. Hannah setzte sich auf eine Bank unter einer Linde, sodass die Frau später erzählen konnte, das Mädchen vom Bücherbus habe über Mittag unweit von ihr im kühlen Schatten gesessen.

Sie blieb sitzen, bis die Frau gegangen war, dann schlich sie sich durch das kleine Wäldchen von hinten an Bettes Grundstück an. Von Fynn wusste sie, dass sein Großvater heute mit ihm in den Zoo wollte. Er freute sich schon seit Tagen drauf. Keine neugierigen Blicke von nebenan also.

Hannah hatte gedacht, sie würde vielleicht die Hintertür

aufbrechen müssen, um zu Bette ins Haus zu gelangen. Aber Bette war draußen. Sie saß mit dem Rücken zu Hannah unter dem großen Walnussbaum, der Bulle auf der Straße hatte keine Chance, irgendetwas zu sehen.

Langsam ging Hannah weiter auf die offene Wiese.

Ihre Bewegungen kamen ihr vor wie in Zeitlupe. Und so sollte es auch sein. Sie wollte den Moment noch etwas hinausschieben, das hier genießen, bis ins Letzte auskosten. Die Euphorie, die sie sonst immer erst im Moment des Tötens verspürte, breitete sich jetzt schon in ihr aus und verdrängte alle negativen Gefühle. Bette war eben noch mal etwas anderes als ihre bisherigen Opfer. Wenn Hannah Bette sah, sah sie ihre Mutter.

Während sie Schritt vor Schritt setzte, zog sie ihre Handschuhe über und umfasste dann das Messer in ihrer Hosentasche.

Bette rührte sich immer noch nicht. Wenn sie sie gleich kommen sah, würde sie sich über ihren Besuch freuen. *Wieder das Mädchen vom Bücherbus*, äffte Hannah sie im Stillen nach. *Haben Sie ein Buch für Fynn? Wie nett von Ihnen. Fynn ist gerade nicht da. Aber lassen Sie es doch hier.*

Hannah lachte in sich hinein. Bette würde es erst verstehen, wenn es zu spät war, wenn sie das Messer in ihrem Bauch spürte. Der Blick der Erkenntnis.

Als Hannah neben Bette stand, sah sie, dass Bette schlief. Na gut, dann würde sie warten. Sie wollte, dass Bette sie anschaute.

Bettes Kinn war auf ihre Brust gesunken, und sie hing so schief, dass sie kurz davor war, vom Stuhl zu kippen. Spucke lief aus ihrem Mund und rann in Form eines langen zähen

Speichelfadens auf ihr T-Shirt, das schon ganz nass war. Eine Wespe krabbelte über ihre Haare. In ihrem Schoß stand eine Schüssel mit Pflaumen. Ihre Hand hatte sich im Schlaf geöffnet, und das Messer, mit dem sie eben noch die Pflaumen entkernt haben musste, war ihr aus den Fingern gerutscht und lag neben ihr im Gras.

Das vertraute Gefühl, das Hannah Bette gegenüber zeitweise empfunden hatte, war verschwunden. Das Bild ihrer Mutter war weg. Das hier war erbärmlich. Hannahs Hand mit dem Messer zitterte, als ihr das klarwurde. Der Tod war für Bette nicht das Schlimmste. Ganz im Gegenteil. Er wäre eine Erlösung. *Aber ich werde nicht dein Erlöser sein!* Ganz bestimmt nicht! Nein. *Ich werde dich nicht töten, den Gefallen tue ich dir nicht. Ich werde dir weh tun! Ich werde dein Leben zerstören.* Denn eines hatte Hannah mittlerweile erkannt: Bette würde am meisten leiden, wenn Morde geschahen, die sie nicht verhindern konnte. Wenn Menschen starben, die ihr nahestanden.

46. BETTE

Bette schreckte aus dem Schlaf auf. Es war extrem schwül, und sie hatte Kopfschmerzen. Obwohl sie im Schatten unter dem Walnussbaum saß, war sie völlig verschwitzt. Mit der Hand fuhr sie sich über die feuchte Stirn, bückte sich nach dem Küchenmesser, das ihr aus der Hand gefallen war, und legte es in die Schale mit den Pflaumen.

Übermorgen würde sie Matthias Wennert einen Besuch abstatten. Sie hatte darüber nachgedacht, Chrischen davon zu erzählen, sich jedoch dagegen entschieden. Er würde darauf bestehen mitzukommen. Und das wollte sie nicht. Ihr die Akte zuzuspielen, war schon brenzlig genug gewesen. Wenn er ohne Thorbens Zustimmung bei Wennert auftauchte, gäbe es richtig Ärger. Bette dagegen konnte immer noch ihre Krankheit vorschieben, so wie sie es beim alten Wennert vorgehabt hatte. Sich damit rausreden, dass ihr letzter Fall sie persönlich nicht losließ. Und sie einfach noch mal darüber reden wollte. Sich entschuldigen.

Bette stand auf, um reinzugehen. Im Haus wäre es sicher kühler. Außerdem musste sie Chrischen trotz allem anrufen, um ihn zu bitten, Nesrin noch mal auf das Muschelzeichen anzusetzen. Vielleicht war es schon in einem anderen Mordfall aufgetaucht und sie hatten es nur übersehen. Außerdem sollte Nesrin alle Vermisstenmeldungen auf das Mädchen durchgehen, das am Wohldorfer Wald gesehen worden war. Bette wollte sichergehen, dass nicht sie das vierte Opfer war, von dem der Muschelmörder gesprochen hatte. Sie war sich mittlerweile ziemlich sicher, dass dem Mörder ein Fehler unterlaufen war, als er das vierte Opfer erwähnt hatte. Wenn sie in Erfahrung bringen könnten, wer dieses Opfer war, würde sie das vielleicht dem Muschelmörder näher bringen. Sie gar zu ihm führen. Zwar würde Thorben, mal vorausgesetzt, er hatte Bettes Nachricht von gestern erhalten, auch längst nach dem Opfer suchen. Aber darauf wollte Bette sich nicht ausruhen.

Auf dem Weg nach drinnen leerte sie den Briefkasten. Der wachhabende Polizist saß bei offenen Türen im Wagen und sah ihr gelangweilt dabei zu. In der Kehre stand der Bücherbus. Die Kinder waren sicher alle noch beim Mittagessen. Hannah saß alleine auf der Bordsteinkante im Schatten des Wagens.

Vielleicht sollte sie ihr ein Eis vorbeibringen. Bei der Hitze war ein Eis das einzig Richtige.

Als Bette fünf Minuten später mit einem Cornetto-Nuss zu ihr rüberging, lächelte Hannah wie immer etwas schüchtern.

«Oh, das ist wirklich nett», sagte sie und riss sofort das Papier ab. «Möchten Sie etwas ausleihen? Ich habe auch Bücher für Erwachsene. Krimis und Liebesromane. Und die Brigitte.»

«Nein danke», sagte Bette, wobei ihr Blick an Hannahs Kiefer hängenblieb. Er war auf beiden Seiten dunkel angelaufen.

«Bin nur mit dem Rad gestürzt», murmelte Hannah.

Bette glaubte ihr nicht, es sah eindeutig nach einem brutalen Händegriff aus. Aber sie fragte nicht weiter nach. Das war nicht ihre Art, und es würde auch nichts bringen, so wie sie Hannah einschätzte. Sie konnte ihr nur durch kleine Gesten klarmachen, dass sie ihr vertrauen konnte. Wenn sie dann reden wollte, würde sie es tun.

47. HANNAH

Hannah verfütterte die Eiswaffel an die Spatzen. Eine kleine Spatzendame fraß ihr sogar aus der Hand. Das Eis hatte sie, kaum dass Bette weg war, in den Boden gedrückt. Sie wollte ihr blödes Nusseis nicht. Die schmelzende Eismatsche hinterließ zähe Schlieren auf den Grashalmen. Wie Vogelscheiße.

Gegen halb zwei tauchten die ersten Kinder auf. Hannah verlieh Bücher und ließ die Kinder ins Glas mit den Schleckmuscheln greifen. Sie lächelte, war spaßig, hörte zu, plauderte, lachte. *Hannah hier und Hannah da. Blablabla.*

Es musste alles sein wie immer. Sie musste die Fassade aufrechterhalten. Sich Zeit geben. Wenn es sein musste, noch den ganzen Sommer. Mit wem sollte sie anfangen? Wer war Bette wirklich wichtig? Dieser alte Bauer, für den sie die Kisten packte? Fynn? Fynns Großvater? Der Junge mit dem Lieferwagen? Es gab eine ganze Menge Menschen, die in Frage kamen.

Gut eine Stunde blieb Hannah noch in Ochsenwerder, dann packte sie die Bücher in die Kisten, faltete die Decken, die sie auf der Wiese ausgebreitet hatte, sammelte die Kissen ein und verstaute alles im Bus.

Der alte Motor sprang mit einem hustenden Holpern an. Hoffentlich hielt er noch eine Weile durch. Sie brauchte ihn noch ein bisschen. Hannah wendete und fuhr an Bettes Haus vorbei die Straße hinunter. Bette war nirgends zu sehen, aber Fynn rannte mit einem Korb in der Hand durch den Garten zu

Bettes Hühnerstall. Von wegen, sein Opa würde immer mitgehen. Da war weit und breit kein Opa. Der Junge war alleine. Gut zu wissen.

Mit einem Lächeln auf den Lippen fuhr Hannah weiter und bog rechts auf die Hauptstraße ab, musste aber nach wenigen hundert Metern schon wieder halten. Gegenüber der Kirche stand ein Lkw mit Hänger quer über der Straße und versperrte den Weg. Er versuchte, rückwärts auf den Platz vor dem Schützenhaus zu fahren. Auf seiner offenen Ladefläche stapelten sich die Bauteile für einen Autoscooter. Nächste Woche fand hier das Schützenfest statt. Überall in der Gegend hingen die Ankündigungen. In Fenstern, an Zaunpfosten, an Bäumen. Sogar in Hannahs Bus lagen Flyer aus. Ein älterer Mann hatte sie darum gebeten.

Am Freitag würde es losgehen, mit Jahrmarkt und Warm-up-Party. Am Samstag war Familienfest – Kuchen und Alkohol bis zum Abwinken – und natürlich das Preisschießen. Am Sonntag dann der Festumzug mit Blaskapelle und Uniformen und die Proklamation der Majestäten. In den Nächten würde geschwoft werden, bis die Alten umkippten, während die Jungen Autoscooter fuhren, dass ihnen die Nacken knackten. Mit Schützenfesten kannte Hannah sich aus. Ihr Vater war zweimal Schützenkönig bei Altona 1908 e. V. geworden. Von ihm hatte sie auch das Schießen gelernt.

Ein paarmal setzte der Lkw noch vor und zurück, dann gab er endlich die Straße frei, und keine fünf Minuten später parkte Hannah auf dem Deich oberhalb der Badewiese.

Es roch nach frisch gemähtem Gras. Die Wiese, die sonst immer weich an ihren Knöcheln kitzelte, war jetzt kurz und piksig. Auf dem Steg war nichts los. Nur eine junge Mutter saß da und passte auf drei Kinder auf, die kreischend neben ihr im Wasser plantschten.

Hannah schwamm zur Ruderstrecke hinaus. Mehrmals musste sie abtauchen, um dichten Mückenschwärmen auszuweichen, die über dem Wasser hingen. Das Gekreische der Kinder wurde immer leiser, bis sie es gar nicht mehr hörte.

Hannah legte sich auf den Rücken und ließ sich treiben. Am Himmel kreisten zwei große Raubvögel. Sie flogen in immer kleiner werdenden Kreisen umeinander. Es sah aus, als jagten sie sich, vielleicht neckten sie sich auch nur. Hannah musste an Dennis denken. An ihren Ausflug zum Boberger See. Wie sie ihn umarmt hatte, als er das Bewusstsein verlor. Sie hatte seine nasse glatte Haut auf ihrer Haut gespürt, ihn noch einen Moment gehalten, bis er ihr langsam, ganz langsam entglitt. Sie fragte sich, ob die Dove-Elbe genauso tief war wie der Boberger See. Auf jeden Fall war das Wasser hier mindestens genauso dunkel.

Sie tauchte einmal kurz ab und schwamm zurück. Irgendwo heulte ein Motor auf. Als sie sich dem Steg näherte, hörte sie anfeuernde Rufe. Die Jugendlichen waren auf dem Steg. Und oben auf den Metallcontainern stand der Junge, der immer mit dem weißen Lieferwagen bei Bette auftauchte. Sie hatte gehofft, ihn wiederzusehen.

Er stand an der Kante, sah nach unten. Sein braun gebrannter, muskulöser Oberkörper hob und senkte sich. Er haderte mit sich. Aber es gab kein Zurück. Einmal auf dem Turm, führte der Weg nur noch ins Wasser.

Hannah schwamm näher.

Der Junge rubbelte sich mit den Händen über die Oberarme, ging mehrere Schritte rückwärts, hielt kurz inne, rannte los und sprang. Ein Kopfsprung mit Salto. Als er ins Wasser eintauchte, spritzte es kaum. Nicht schlecht. Gar nicht schlecht.

Er kraulte zum Steg, stemmte sich hoch und ließ sich rücklings auf die Planken fallen. Hannah schwamm auf ihn zu und hievte sich neben ihm aus dem Wasser. «Cooler Sprung», sagte sie und setzte ihr reizendstes Lächeln auf.

48. BETTE

Um sechzehn Uhr am Samstagnachmittag stieg Bette vor dem Haus des verstorbenen Horst Wennert aus dem Taxi. Sie ließ ihren Blick über die Erdgeschossfenster gleiten. Die Vorhänge waren wie beim letzten Mal alle zugezogen. Entweder war Matthias Wennert nicht da, oder er mochte die Dunkelheit.

Bette war nervös, aufgeregt, aber Angst hatte sie nicht. Wenn der Mann wirklich der Muschelmörder war, dann würde er sie nicht in seiner eigenen Wohnung umbringen. Das passte nicht in sein Schema.

Bette wartete, bis eine Frau die Haustür aufschloss und sie unauffällig hinter ihr ins Treppenhaus gehen konnte. Sie wollte sich nicht durch die Sprechanlage ankündigen müssen, sondern gleich vor der Wohnungstür stehen.

Auf der Webseite der Universität hatte sie ein Foto von Matthias Wennert gefunden, eine Schwarz-Weiß-Aufnahme im Passfotoformat. Nichtssagend, wie diese Bilder so oft waren. Der Mann, der jetzt auf ihr Klopfen hin die Tür öffnete, war allerdings alles andere als nichtssagend. Er hatte ein markantes Gesicht und stechend blaue Augen, die denen seines Vaters frappierend ähnelten.

«Matthias Wennert?»

«Ja bitte?», fragte er.

«Entschuldigen Sie. Mein Name ist Hansen. Ich möchte Ihnen mein Beileid aussprechen. Ihr Vater, ich habe erst jetzt von seinem Tod erfahren.»

«Danke.» Der Mann senkte in einer Geste des Respekts die Augen, was Bette die Gelegenheit gab, ihn eingehender zu mustern. Aufrechte Haltung, groß und schlank, der sportliche Typ. Kräftetechnisch hätte er Chancen gegen Tom van Have gehabt. Aber wenn er in Ochsenwerder herumgeschlichen wäre, hätte er Bette auffallen müssen. Obwohl, Menschen konnten sich verändern, tarnen. Manchmal reichte schon eine Nuance in der Körperhaltung. Oder Kontaktlinsen.

«Hätten Sie ein paar Minuten Zeit für mich?», fragte Bette.

Der Mann hob die Augen, etwas flackerte in seinem Blick, um seinen Mund zuckte es. «Sie sind die Kommissarin. Bette Hansen.» Das war eine Feststellung, keine Frage. «Ich dachte, Sie sind aus gesundheitlichen Gründen ausgeschieden.»

Bette räusperte sich. Er hatte sie erkannt. Ihr Nachname? Ein Foto in der Zeitung? Oder weil er der Mörder war? Jetzt bloß nicht die Nerven verlieren. Sie durfte nichts Falsches sagen. «Ja, da haben Sie ganz recht. Ich bin auch nicht dienstlich hier. Sondern privat. Mich lässt diese ganze Sache nicht los, und ... Ich war vor ein paar Tagen schon einmal hier. Da wollte ich eigentlich mit Ihrem Vater sprechen. Ich wusste nicht, dass er verstorben ist. Ich hatte gehofft, mich bei ihm entschuldigen zu können.»

Matthias Wennert sah sie aufmerksam an und machte dann einen Schritt zur Seite. «Kommen Sie rein. Möchten Sie einen Kaffee?»

«Gerne», sagte Bette. Jetzt wurde ihr doch mulmig. Sie hätte Chrischen zumindest eine kurze Nachricht schicken sollen, dass sie hier war. Als Back-up.

Egal. Zu spät. Wennert gab ihr die Chance, mit ihm zu sprechen, und die konnte sie nicht verstreichen lassen.

Etwas zögerlich betrat sie die Wohnung und folgte ihm den langen Flur hinunter. Es war genauso düster, wie die zugezogenen Vorhänge hatten vermuten lassen.

Bette war damals schon einmal hier gewesen, und auf den ersten Blick hatte sich nichts verändert. Die Regale an den Wänden waren bis oben vollgestopft mit Büchern, es roch nach Mottenkugeln und Staub, und neben der Badezimmertür stand immer noch dieses ausgestopfte Zebra. Fürchterlich.

Im Vorbeigehen tockte Matthias Wennert dem Tier mit den Fingerknöcheln auf den Rücken. Es klang hohl. Er drehte sich zu ihr um. «Wollen Sie es haben?»

«Was? Das Zebra?»

«Ich würde es Ihnen gerne schenken.»

Sollte das ein Witz sein? «Nein!»

Er seufzte demonstrativ. «Schade. Ich würde es zu gerne loswerden. Ich konnte es noch nie leiden.»

Danke auch, und da soll ich es nehmen? «Verkaufen Sie es doch. Für so ein stattliches Tier finden Sie sicher einen Abnehmer.»

«Verboten. Artenschutz. Es mag uralt sein, aber es gibt keine Papiere, die das belegen. Ich könnte es auf den Recyclinghof bringen.» Matthias Wennert lächelte, und Bette fiel auf, dass es ein ausgesprochen einnehmendes Lächeln war. «Aber mal ehrlich, wie sähe das aus? Mit einem Zebra im Kofferraum.»

«Wohl etwas absurd», sagte sie. Wobei das ja kein Ausschlusskriterium war, wie sie nur zu gut wusste. Und er vermutlich auch.

Nach dem düsteren Flur war es in der Küche erholsam hell.

Die Fenster gingen zum Garten raus und standen weit offen. Seitlich hinter dem großen Kirschlorbeer konnte Bette die Gartenhütte ausmachen, aus der die Waffe entwendet worden war.

«Was möchten Sie, einen Cappuccino?»

Bette nickte und setzte sich. Matthias Wennert warf die Kaffeemaschine an, wobei er Bette den Rücken zukehrte. Sie musste sich eingestehen, dass es sie ausgesprochen nervös machte, seine Hände nicht sehen zu können. Jeden Moment könnte er nach einem Messer greifen und ... Nein, er würde ihr nichts tun!

«Erzählen Sie mir, was passiert ist?» Bette legte so viel Empathie in ihre Worte, wie es nur ging.

«Was meinen Sie mit *was passiert ist*?», fragte Wennert, ohne sie anzusehen, und drückte eine Kaffeekapsel in die Maschine.

«Der Tod Ihres Vaters.»

«Er hat sich umgebracht. Mit Schlafmitteln. Ganz einfach.»

«Ganz einfach klingt das nicht.»

«Nein, wenn Sie es so sagen, wohl eher nicht.»

«Hat er einen Brief hinterlassen, ich meine, hat er ...»

«Nein, nichts», sagte Wennert so schnell, dass Bette ihm die Antwort nicht glaubte. Sie sah, wie sein Rücken sich schwer hob und senkte. Er war aufgewühlt. Sie taxierte den schweren Serviettenhalter, der in Armeslänge entfernt auf dem Tisch stand. Wennert drehte sich zu ihr um, in den Händen zwei Kaffeetassen. «Ihr Cappuccino.»

«Danke», sagte Bette und fragte gewollt beiläufig: «Was ist mit Ihrer Mutter? Wie hat sie ...» Weiter kam sie nicht.

«Was hat meine Mutter damit zu tun?», fuhr Wennert ihr ins Wort. Seine Stimme plötzlich hart, die Augen kalt. Und misstrauisch.

Bette zwang sich, mitfühlend zu lächeln. «Ich frage mich nur, wie geht sie mit dem Selbstmord Ihres Vaters um?»

«Meine Mutter ist gestorben, als ich noch klein war. Das sollten Sie doch aus Ihren Akten wissen.»

Natürlich wusste Bette das, oder zumindest, dass die Ehefrau des alten Wennert vor vielen Jahren verstorben war. Aber irgendwie musste sie ja auf die Frau zu sprechen kommen.

«Sie hat übrigens auch Selbstmord begangen.» Der Zorn, der jetzt in Wennerts Stimme lag, ließ bei Bette alle Alarmglocken schrillen. Sie dachte an Chrischens Auslegung des Täterprofils. *Von der Mutter verlassen ...*

Innerlich zitterte sie, nach außen hin war sie ruhig, wie sie selbst fast etwas überrascht feststellte. Ihre Hände lagen entspannt auf dem Tisch. Sie hatte wieder voll ihre professionelle Ermittlerrolle eingenommen.

Wennert setzte sich, lehnte sich in seinem Stuhl zurück und sah sie angriffslustig an. Sie hielt seinem Blick stand.

«Was soll dieses Geplänkel?», fragte er. «Was wollen Sie wirklich von mir, Frau Hansen?»

Die sanfte Tour oder den Gegenangriff starten? Bette entschied sich für Letzteres. «Warum sind Sie erst Wochen nach den Morden mit dem Alibi gekommen? Sie hätten Ihrem Vater viele Verhöre ersparen können.»

«Wissen Sie eigentlich, was Sie meinem Vater angetan haben?»

«Ich habe Ihrem Vater gar nichts angetan.»

«Er hat sich umgebracht.»

«Für seine Schuldgefühle kann ich nichts.»

Ein spöttisches Lächeln huschte um Matthias Wennerts Mund. «Natürlich nicht. Aber wenn es Sie wirklich so brennend interessiert: Ich wusste anfangs nichts von den Ermittlungen. Ich hatte keinen Kontakt zu meinem Vater.»

«Sie haben ausgesagt, zur Tatzeit mit Ihrem Vater Urlaub gemacht zu haben. Wie kann das sein, wenn Sie keinen Kontakt hatten?»

«*Nach* dieser Reise hatten wir keinen Kontakt mehr. Wir haben uns gestritten.»

Bette schob alle Vorsicht beiseite. «Auf jede Frage eine Antwort parat. Wissen Sie, was ich glaube. Das ist eine fette Lüge.» Sie musste ihn provozieren, aus der Reserve locken.

«Es gibt Zeugen, Zugtickets, Restaurantquittungen», schob er zu seiner Verteidigung hinterher.

«So was kann man sich alles besorgen.»

«Ihr Nachfolger, wie hieß er noch gleich?»

«Mark Thorben.»

«Ja, genau der. Er hat das überprüft.»

«Sicher hat er das.» In Gedanken fügte sie hinzu: Er ist auch schnell für blöd zu verkaufen. «Ihr Vater hat sich in seinen Aussagen widersprochen. Wieso, meinen Sie, hat er das getan? Wenn er doch nichts mit alldem zu tun hatte.»

«Was glauben Sie denn? Er hatte Angst, seinen Waffenschein zu verlieren. Das Schießen war sein Leben. Das müssen Sie doch verstehen.»

«Nein. Das verstehe ich nicht. Er hat seine Waffe in einer Gartenhütte rumliegen lassen. Es sind Menschen gestorben. Dafür muss er die Verantwortung übernehmen.»

«Hat er ja auch.»

«Sehen Sie das so?»

«Er hat sich umgebracht.»

«Das ist was anderes, als Verantwortung zu übernehmen», sagte Bette. Sie merkte, wie sie müde wurde. Viel zu früh. Sie musste sich beeilen. Auf gar keinen Fall durfte sie einschlafen. Nicht hier. «Im Fall Ihres Vaters würde ich es eher als das Gegenteil bezeichnen», schob sie schnell hinterher.

«Sie glauben also immer noch, mein Vater hat diese beiden Menschen ermordet?»

«Ich habe ihn nie des Mordes verdächtigt. Rein körperlich wäre er dazu gar nicht imstande gewesen.»

«Nein?» Wennert schien irritiert. Spielte er nur oder war er wirklich überrascht? «Und wieso haben Sie ihn dann so fertiggemacht?»

«Ich habe ihn nicht fertiggemacht. Ich habe ihn verhört.»

«Wenn Sie es so nennen wollen.»

«Ich glaube, er hat versucht, jemanden zu schützen. Ich glaube, er wollte Sie schützen.»

Matthias Wennert sah sie konsterniert an, dann lachte er laut. Fast hysterisch, völlig überdreht. Bette hätte ihm am liebsten eine Ohrfeige verpasst, damit er aufhörte.

Als er sich wieder beruhigt hatte, sagte er: «Und ich dachte wirklich, Sie kommen, um sich zu entschuldigen.» Er beugte sich weit über den Tisch zu ihr vor, sodass sein Gesicht ihrem ganz nah war. Zu nah für Bettes Geschmack. Aber sie wich auch nicht zurück. Keinen Millimeter.

«Mein Vater hätte niemals für mich gelogen. Für meinen Vater gab es immer nur das Schießen. Ich dagegen habe nie in meinem Leben ins Schwarze getroffen. Ich war eine Null. Die größte Enttäuschung seines Lebens.»

49. HANNAH

Den Abend hatte Hannah im Internet verbracht oder, besser gesagt, im Darknet, wofür sie sich Pauls alten Laptop ins Zimmer geholt hatte. Sonst nutzte sie immer ihr Smartphone, aber sie hatte sich noch keine neue SIM-Karte besorgt.

Jetzt wusste sie alles über Sicherheitsventile von Propangasflaschen und wie man sie manipulierte.

Bei Bette hatte sie zwei davon rumstehen gesehen, ganz hinten in diesem stockdunklen fensterlosen Hühnerstall. Sie musste nur einen Moment abpassen, in dem sie sich für ein paar Minuten unbemerkt in den Schuppen schleichen konnte. Das Betätigen des Lichtschalters würde reichen und *peng*! Umherfliegende Gebäudeteile wären noch gefährlicher als die Druckwelle selbst.

So klein und schmal wie Fynn war, würde er das niemals überleben. Und die Wahrscheinlichkeit, dass er in den Stall ging, war hoch. Es waren ja *seine* Hühner. Vielleicht würde er sogar zusammen mit seinem Opa rübergehen. Zwei Fliegen mit einer Klappe. Auch nicht schlecht. Ja, das wäre echt ein Volltreffer. Und wenn es doch Bette war, die die Explosion auslöste, wäre das schade, aber dann war das eben so. Das Risiko musste sie eingehen.

Mitten in der Nacht wachte Hannah von einem Geräusch auf. Es klang wie das Scharren von Hühnern auf Sandboden. Träumte sie jetzt schon von den Viechern? Sie rieb sich die Augen. In dem schummrigen Licht, das die Straßenlaternen durchs Fenster warfen, sah sie ihren Bruder, der sich an ihrem Schreibtisch zu schaffen machte.

«Paul? Was machst du da?» Sie knipste die Nachttischlampe an. Paul sah verwirrt zu ihr, als sei er überrascht, sie hier vorzufinden. Seine Pupillen waren groß und schwarz. Er zog eine Schublade aus dem Tisch und kippte den Inhalt auf den Boden, der bereits mit Papieren übersät war.

Hannah sprang aus dem Bett. «Lass das!»

«Ich brauch mal 'n Fuffi», sagte Paul in schwerfälligem Tonfall und zerrte die nächste Schublade heraus. Hannah riss sie ihm aus den Händen.

Das hatte er noch nie gewagt, hier drinnen nach Barem zu suchen.

«Kriegst du morgen wieder.»

«Nein!»

«Wenigstens 'n Zwanni.»

«Nein. Und jetzt raus!»

Paul hob die Hände, als wolle er sich ergeben, und wankte raus. Hannah knallte die Tür hinter ihm zu. Jetzt erst sah sie, dass er auch schon an ihrem Schrank gewesen war. Er hatte die Klamotten rausgerissen und alles durchwühlt. Hannah fluchte, kniete sich hin, tastete fahrig und dann immer hektischer zwischen ihren Pullis herum. Wenn er die Kette gefunden hatte. Nein, nicht die Kette, bitte nicht die Kette. Da! Da war sie! Hannah spürte die kleinen spitz geschliffenen Steine unter ihren Fingern. Sie atmete erleichtert auf. Die Öse des Verschlusses hatte sich in einem Wollschal verfangen. Sie löste sie und ließ die Kette durch ihre Hände gleiten.

Wenn Paul sie in die Hände bekäme, würde er sie garantiert versetzen. Ob sie nun viel wert war oder nicht. Und dann wäre sie öffentlich. Gar nicht gut. Vielleicht war sie als Diebesgut in Verbindung mit Tom van Haves Tod registriert.

Hannah durfte kein Risiko eingehen. Sie musste sie loswerden. Aber einfach wegwerfen? Sie strich mit den Fingerspitzen über die roten Steinchen. Der Schmuck von Tom van Haves Ehefrau hatte sie nicht interessiert. Perlenketten, Gold und Glitzer, aufbewahrt in teuren Schmuckkisten. Diese Kette aber hatte in einem abgegriffenen kleinen Pappkästchen gelegen. Wie verwaist und vergessen. Klar, es war nur eine Kette, aber sie hatte Hannah angerührt.

Sie streckte ihre Hand nach einem Papier auf dem Boden aus, das bei Pauls Wühlerei heruntergefallen war. Es war ein Flyer vom Schützenfest in Ochsenwerder. Sie legte die Kette auf den Flyer und knüllte ihn so zusammen, dass er wie Papierabfall aussah. Nein, sie konnte die Kette nicht wegwerfen. Sie würde sie einfach nur gut vor Paul verstecken. Und sie wusste auch schon wo. An dem einzigen Ort in dieser Wohnung, an dem Paul nicht nach Geld oder Wertgegenständen suchen würde. In seinem eigenen Zimmer.

In dieser Nacht konnte Hannah lange nicht mehr einschlafen. Sie lag einfach nur da. Es regnete. Jedes Mal, wenn ein Auto vor ihrem Fenster vorbeifuhr, rauschten die Reifen durch die Pfützen. Ihre Gedanken sprangen hin und her.

Sie dachte an die Toten, *ihre Toten*, und die noch Lebenden, die nicht mehr lange Lebenden, und ihre Gesichter rutschten übereinander und verschmolzen wie Schattenbilder – bis sie sie nicht mehr unterscheiden konnte. Sie schrien, weinten, flehten. Sie schauten sie voller Schreck an. Bis sie verstanden. Endlich verstanden sie.

Sie dachte an Tyler. Seit dem Treffen am Steg wusste sie, wie der Junge mit dem Lieferwagen hieß. Und sie wusste auch, dass er vor ein paar Wochen zwanzig geworden war, dass seine Mutter Französin mit marokkanischen Wurzeln war und er deshalb den südländischen Einschlag hatte, dass seinem Vater der Getränkehandel in Ochsenwerder gehörte und er, der Sohn, bei ihm jobbte, aber eigentlich Umwelttechnik studieren wollte. Und sie wusste, dass er keine Freundin hatte.

Wie lange hatten sie geredet? Nur ein paar Minuten. Hannah fand es immer wieder verwunderlich, wie viel ein Mensch in kürzester Zeit von sich preisgeben konnte. Es war ihr ein Rätsel, wie man anderen gegenüber, noch dazu Fremden, überhaupt etwas über sich verraten konnte. Es machte einen nur verletzlich. Und in Tylers Fall war es sogar viel mehr als das.

50. BETTE

Bauer Jansen hatte Bette für heute abgesagt. Er habe einen akuten Gichtanfall. Einer seiner Enkel sei da, kümmere sich und habe auch gleich schon die Kisten gepackt. Bette war froh darum, erst mal nicht rüberzumüssen. Ihr fehlte der Kopf, um sich mit irgendetwas anderem als dem Muschelmörder zu beschäftigen. Grübelnd saß sie am Küchentisch und las wieder und wieder die Einschätzung durch, die der Profiler zum Muschelmörder abgegeben hatte. Typ planender Täter, intelligent, handelt kontrolliert. Distanziert höflich. Bemüht, gewöhnlich zu wirken. In einem Angestelltenverhältnis.

Es passte alles auf Matthias Wennert. Vielleicht könnte man noch hinzufügen: fühlte sich nicht akzeptiert. Ein dominanter Vater, dem das Schießen wichtiger war als der Sohn. Eine Mutter, die sich umgebracht und ihn alleingelassen hatte.

Bette nahm ihr Telefon zur Hand. Sie musste noch eine Mail schreiben, näher an den Mörder rankommen. Auch wenn er ihr nicht mehr antwortete, würde er ihre Nachrichten ja vielleicht zumindest noch lesen.

Wie machen wir weiter? Sollen wir das Spiel fortsetzen, oder reicht es Ihnen langsam? Um ehrlich zu sein, ich habe genug.

Je schlichter und direkter, desto besser. Bevor sie auf *Senden* drückte, hängte sie noch ein PS an:

Es war nett, mit Ihnen Kaffee zu trinken.

Wenn Matthias Wennert der Muschelmörder war, würde er es verstehen. Wenn nicht, dann eben nicht. Aber es war einen Versuch wert.

Gegen halb eins klingelte es an der Haustür. Eigentlich müsste sie sich jetzt schon wieder hinlegen. Hoffentlich war es jemand, den sie schnell abwimmeln konnte. Sie stand auf und öffnete. Draußen stand Marion Wegner, eine Nichte von Bauer Jansen. Sie war niemand, der ewig plaudern würde.

«Hallo, Bette.»

«Marion. Wie geht es dir?»

«Gut, danke. Hast du kurz Zeit?»

«Na ja, ich müsste mich hinlegen. Du weißt ja ...»

«Natürlich. Mach das. Ich möchte auch gar nicht lange stören.»

«Worum geht es denn?»

Marion hielt einen Block in der Hand. Es war nicht zu übersehen, dass sie etwas Bestimmtes wollte.

«Könntest du vielleicht für das Schützenfest einen Kuchen beisteuern?» Sie sah auf ihre Liste. «Ein Obstkuchen wäre noch schön.»

«Ja, sicher. Mach ich gerne.» Wenn's weiter nichts war.

Eine Stunde später wachte Bette davon auf, dass es schon wieder klingelte. Noch etwas benommen ging sie zur Tür. Diesmal war es Nesrin, in der Hand einen großen Strauß bunter Wiesenblumen. Bette fragte sich sofort, ob etwas passiert war. Aber Nesrins Gesichtsausdruck sah nicht danach aus. Sie lächelte das warmherzige Lächeln, das Bette so an ihr mochte.

«Ich dachte, ich schau einfach mal vorbei», sagte sie. «Wie wär's mit einem kleinen Spaziergang? Passt es gerade?»

«Perfekt. Ich bin eben aufgewacht. Aber ...» Bette deutete kurz zu dem blauen Volvo vor der Tür. «Hältst du es für eine gute Idee, dass MTs Scherge dich hier sieht? Er verpetzt dich sicher.»

«Soll er doch. Ein Besuch bei einer alten Freundin wird ja wohl nicht verboten sein.» Sie hielt Bette den Blumenstrauß hin. «Und entschuldige wegen letztens. Dass ich einfach aufgelegt habe. Es war nur ...»

Bette winkte ab. Dafür wollte sie keine Entschuldigung. Ja, es stimmte, im ersten Moment war sie enttäuscht gewesen, aber dann hatte sie gesehen, dass Nesrin weiter zu ihr hielt. Mehr noch. Sie hatte einiges für Bette riskiert.

«Warte», sagte sie. «Ich stell schnell die Blumen in die Vase, dann können wir los.»

Fünf Minuten später traten sie durch die Gartenpforte auf die Straße. Bette konnte nicht widerstehen und klopfte gegen die Scheibe des Volvos. «Passen Sie gut auf meine Hütte auf, während ich weg bin.»

«Sicher, sicher», erwiderte der Mann.

Nesrin sah Bette irritiert an. «Begleitet er uns nicht?»

«Nein, er sitzt den ganzen Tag im Wagen vor meinem Haus. Er oder einer seiner Kollegen. Ich kenne sie alle nicht.»

Nesrin schnaubte. «Das ist echt nicht zu fassen. Ich dachte, MT hat jemanden zu deiner Sicherheit abgestellt. Aber nein, du bist nur sein Köder. Ist ja fast, als warte MT drauf, dass der Mörder dich erwischt. Mann, der hat echt ein Problem mit dir.»

«Ich weiß nur nicht so ganz, warum. Ich meine, ich sollte diejenige sein, die das Problem hat. *Er* hat *meinen* Job bekommen, nicht andersherum.»

«Mag sein. Aber er ist in ziemlich fette Fußstapfen getreten.»

«Ist ja nicht so, dass alle mich geliebt haben.»

«Nein. Wahrlich nicht. Du kannst echt 'ne blöde Kuh sein.»

Bette schluckte, nicht nur, weil Nesrin das so direkt aussprach, sondern auch, weil es genau die Worte waren, die der Muschelmörder jüngst benutzt hatte. *Blöde Kuh*. Obwohl Nesrin bestimmt über Thorben von der letzten Mail und deren Wortlaut erfahren hatte, schien sie die Verbindung nicht herzustellen. Sie lachte nur versöhnlich und hakte sich bei ihr unter. «Es geht nicht ums Mögen», fügte sie an. «Es geht um Respekt. Und den hatten alle vor dir. Vor deiner Arbeit, deinem Einsatz, deinem Gespür. Und den haben wir für MT nicht. Nicht dass wir ihm das so sagen würden, aber er spürt es.»

Bette nahm das als Kompliment so hin, ohne es weiter zu kommentieren, und fragte stattdessen: «Hast du schon was zu Mittag gegessen? Wir könnten zur Elblounge hinüberlaufen. Gleich am Deich, mit Blick aufs Wasser. Da sitzt man schön.»

«Das hört sich gut an!» Nesrin ließ Bettes Arm wieder los, und sie gingen die Straße runter.

In der Kehre stand der Bücherbus, und Bette entdeckte Fynn zwischen den Kindern, die auf Decken auf der Wiese lagen. Er war wie immer in ein Buch vertieft. Seit er nicht mehr in ihrem Apfelbaum sitzen durfte, verzog er sich hierher, sobald Hannah mit ihrem Bus auftauchte.

Hannah saß in der offenen Tür des Laderaums und winkte, als sie sich näherten. Zu Bettes Überraschung stand Tyler bei ihr. Er trug ein neonorangenes Hawaihemd, das bei jedem anderen albern ausgesehen hätte, ihm allerdings ausgezeichnet stand, und lehnte lässig an seinem Rennrad. Bette hatte nicht gewusst, dass die beiden sich kannten.

«Tyler, gut dass ich dich sehe. Meinst du, du könntest heute noch mal schnell für mich zur Tanke fahren? Mein Kühlschrank ist so gut wie leer. Und vor allem ist der Kaffee alle.»

«Ja, sicher», sagte Tyler, aber Bette sah ihm an, dass es nicht passte. Er war nur zu höflich, es zu sagen.

«Nein», schob Bette schnell hinterher. «Mach das doch lieber morgen, und dann gleich den Großeinkauf.» Sie wollte dem Jungen nicht seinen Tag verderben.

Tyler nickte sichtlich erfreut. «Cool. Morgen passt gut. Jetzt muss ich noch zum Schützenhaus, meinem Vater beim Aufbau helfen. Und dann wollten wir zur Dove-Elbe.»

«Oh, na dann, viel Spaß.»

«Und Sie gehen spazieren?», fragte Hannah in ihrer leisen schüchternen Art.

«Wir wollen rüber zur Elblounge.»

«Wie schön», sagte sie. «Ihnen auch viel Spaß.»

Im Weggehen bekam Bette noch mit, wie Tyler sich auf sein Rad schwang und sich mit Hannah für drei Uhr am Steg verabredete. Der Frauenheld. Aber er war ja auch ein smarter junger Mann.

Bette und Nesrin liefen ein Stück den Marschdamm hinunter und bogen dann auf einen Weg zwischen zwei Feldern ein.

«Also, was willst du mit mir besprechen?», fragte Bette. «Du bist doch nicht einfach so gekommen, oder?»

«MT hat einen Verdächtigen festgenommen.»

«Wen?»

«Sein Name ist Robert Herold. Er ist Chef der Rechtsabteilung in der Aalsen-Reederei. Ela Meierhoff hat unter ihm gearbeitet.»

Robert Herold. Der Name sagte ihr etwas. Nesrin hielt ihr ein Passfoto hin, und Bette blieb stehen, um es genau zu betrachten. Er hatte ein Allerweltsgesicht. Gutaussehend und gleichzeitig durchschnittlich. Bette erinnerte sich vage an ihn. Sie hatten Robert Herold im Zusammenhang mit Tom van Haves Tod vernommen, da er in Geschäftsverhandlungen dessen Ansprechpartner gewesen war. Sie selbst hatte Thorben letztens noch auf eine Verbindung zwischen Tom van Have und der Aalsen-Reederei hingewiesen. Aber war Robert Herold der Muschelmörder? Tom van Have und er hatten sich gekannt, sie waren Geschäftspartner gewesen. In der Mail, die der Muschelmörder ihr geschrieben hatte, hatte es eher so geklungen, als sei ihre Bekanntschaft eine zufällige gewesen. Beruhend auf einem Ausraster seitens van Have. Im Straßenverkehr. Dieser Vergleich mit den Yakuza, die jeden umbrachten, der sie auch nur anhupte.

«Mit welchem Verdacht genau hat MT ihn in U-Haft genommen?»

«Er und Ela Meierhoff hatten eine Affäre. Sie soll ihn ziemlich bedrängt haben, seine Ehefrau zu verlassen. Er hat kein

Alibi. Für keinen der Morde. Und er ist vorbestraft. Körperverletzung. Das ist Jahre her. Trotzdem. Er hat seine damalige Freundin zusammengeschlagen.»

Bette stöhnte auf. Sofort kam ihr Hannahs blauer Kiefer in den Sinn. Frauen zu schlagen war aus ihrer Sicht das Erbärmlichste überhaupt. Robert Herold verdiente es, in Haft zu sitzen. Fand sie zumindest. Nur ging es hier leider nicht darum, was sie fand. Es ging um die Frage, ob er der Muschelmörder war.

«Seit wann ist Robert Herold in U-Haft?»

«Donnerstag.»

Zeitlich käme das hin. Am Mittwoch hatte sie die letzte Nachricht erhalten, und aus der U-Haft hätte Robert Herold nicht schreiben können. Aber wo war der Bezug zu ihr? «Was sollte dieser Mensch für einen Grund haben, mich auf seine Todesliste zu setzen? Ist ja nicht so, dass ich ihm auf den Fersen gewesen wäre.»

«Solche Psychopathen haben ihre eigene Logik», sagte Nesrin, und es klang erschreckend nüchtern.

«Mag sein, trotzdem ...» Bettes Bauchgefühl war mit der Erklärung nicht einverstanden. Und ihr Verstand auch nicht. Für Bette war Matthias Wennert viel verdächtiger. «Erinnerst du dich an den Waffenbesitzer. Horst Wennert?», fragte sie Nesrin.

«Wie könnt ich den vergessen?»

Bette lächelte gequält. Blöde Frage. Sicher hatte Nesrin gerade das Bild im Kopf, wie Bette während der Vernehmung des Mannes mit dem Kopf auf die Tischplatte geknallt war. Sie hatte draußen an der Mitschneidetechnik vor dem Spiegelfenster gestanden, als es passierte.

«Wusstest du, dass er tot ist?», fragte Bette.

«Ähm ...» Nesrin stockte. «Nein. Wusste ich nicht.»

«Selbstmord. Angeblich aus Schuldgefühlen. Ich war gestern bei seinem Sohn.»

«Bei dem Sohn mit dem Alibi?»

Bette nickte. «Ihn würde ich auch auf die Liste mit den Verdächtigen setzen. Vielleicht hat sein Vater damals den Diebstahl nicht angezeigt, weil er Angst hatte, sein Sohn könnte die Waffe entwendet haben. Und was mich angeht, könnte er Rache wollen, weil ich seinen Vater vernommen habe. Weil er mir die Schuld für seinen Selbstmord gibt.»

«Ich halte es für keine so tolle Idee, dass du Wennert einfach besuchst», sagte Nesrin und hakte sich wieder bei ihr unter. Sie liefen jetzt an einer Reihe hoher Pappeln entlang, über ihnen raschelten die Blätter im Wind. «Wenn er wirklich der Mörder ist, ist er gefährlich. Und wenn MT davon erfährt, wird es auch alles andere als lustig für dich.»

«Schon klar. Aber was soll ich machen? Däumchen drehen?»

«Ich könnte versuchen, MT noch mal auf Wennert aufmerksam zu machen.»

Das wäre eine Möglichkeit. Bette nickte zustimmend und fragte Nesrin dann, ob sie schon etwas zu dem Mädchen aus dem Wohldorfer Wald herausgefunden hatte.

«Nein. Keine Vermisstenmeldung, die auf sie zutrifft.»

Also keine ermordete Jugendliche. Diese Information erleichterte Bette ungemein.

«Andere Opfer mit Messerwunden, die auf unseren Mörder zurückgehen könnten, habe ich auch keine gefunden.»

«Und das Muschelzeichen?», fragte Bette.

«Ich habe das ganze Archiv durchforstet. Kein weiterer Todesfall, bei dem es irgendwo auftaucht. Ich könnte die Suche noch auf Niedersachen und Schleswig-Holstein ausdehnen, wenn du das willst. Da kenn ich ein paar Leute. Das ginge diskret. In anderen Bundesländern oder auch bei Interpol müsste ich eine offizielle Anfrage starten.»

«Nein, keine Anfrage», sagte Bette sofort. «Obwohl. Wenn du es MT gegenüber als deine Idee verkaufen würdest? Solange es nicht von mir kommt, sollte er es doch eigentlich gut finden.» *Eigentlich hätte er selbst längst auf die Idee kommen sollen.*

«Ich werde es versuchen.»

Am Deich zogen sie ihre Schuhe aus und liefen barfuß über die kurz gefressene Wiese. Vom Deichkamm aus konnte man schon die große Terrasse der Elblounge sehen. Möwen segelten flach über das Wasser dahin, und eine Jolle fuhr mit dem Strom.

«Dass ich vorher noch nie hier draußen war. Wirklich schön», sagte Nesrin.

«Ja, man kann sich dran gewöhnen.» Bette dachte, dass sie das tatsächlich langsam tat. Mal sehen, wie es im Winter werden würde, wenn die Tage lang und dunkel waren. Aber bei dem Wetter war die ländliche Ruhe auszuhalten.

«Übrigens sagt Chrischen, er hätte dir angeboten, bei ihm zu wohnen», sagte Nesrin. «Ich fände es gut, wenn du sein Angebot annimmst.»

«Ganz sicher nicht.» Sie würde sich nicht verstecken. Und dadurch vielleicht noch jemanden in Gefahr bringen.

«Es würde mich wirklich beruhigen.»

«Wie soll das gehen? Chrischen und ich in einer Wohnung.

Stell dir das mal vor!» Bette versuchte, es scherzhaft klingen zu lassen. Aber Nesrin stieg nicht darauf ein.

«Überleg es dir. Und unterschätz ihn nicht», sagte sie ernst. «Wenn du Chrischen einmal auf deiner Seite hast, ist er okay. Dann kannst du dich voll und ganz auf ihn verlassen. Das hast du mittlerweile hoffentlich gemerkt. Den Rest hältst du dann auch noch aus.»

Am Abend tauchte Nele schon wieder bei Bette auf. Was war heute nur los? Ein einziges Kommen und Gehen. Bette war das nicht gewohnt, und sie merkte, dass es sie langsam anstrengte. Aber wegschicken konnte sie Nele auch nicht sofort wieder.

«Bist du nicht am Steg? Tyler wollte auch raus.»

«Nee. Keine Lust heute», murmelte Nele.

Bette sah sie an. Sie ahnte, was Sache war. Nele musste Tyler und Hannah zusammen gesehen haben. Die beiden hatten sich ja vorhin zum Baden verabredet. Nele war eifersüchtig. Fast hätte Bette etwas gesagt, verkniff es sich aber. *Du bist noch so jung und wirst dich noch so oft im Leben verlieben.* Wie sie diesen Satz früher gehasst hatte. Ein Trost war das nicht. Da lud sie Nele schon lieber auf ein Eis ein.

Sie holte die letzte Packung aus dem Tiefkühlfach und verteilte sie auf zwei große Schalen. Im Kühlschrank fand sie sogar noch ein paar Erdbeeren.

Sie setzten sich raus in den Garten. Die Luft war schwül, und der Himmel zog sich zu. Für morgen hatte der Deutsche Wetterdienst eine Unwetterwarnung herausgegeben. Gewitter mit Starkregen um die 30 Liter pro Quadratmeter sowie Hagel und orkanartige Böen.

Als Bette am Montagmorgen vor die Tür trat, war die Temperatur schon merklich abgesunken. Der Wind trieb rabenschwarze Wolkenberge über sie hinweg. Wetterleuchten flackerte. Von weit her waren gequälte Laute von Vieh zu hören. Die Persenning über Mats' Terrasseneingang blähte sich, und in den Ästen des Apfelbaums hatte sich ihr weißer Malerkittel verfangen, der eigentlich an den Haken an der Schuppentür gehörte. Wahrscheinlich war er Fynn mal wieder runtergefallen, es wäre nicht das erste Mal, und die Böen, die gerade immer mehr an Stärke zunahmen, hatten ihn in den Baum getrieben.

Bette stellte sich auf Zehenspitzen, zog den Kittel aus den Ästen und nahm ihn mit ins Haus. Er konnte eine Wäsche gut gebrauchen.

Kaum war sie drinnen, setzte der Regen ein, so heftig, dass er die Wiese innerhalb von Sekunden in einen See verwandelte. Durch das Wohnzimmerfenster sah sie Fynn in seinen blauen Gummistiefeln und dem gelben Ölzeug aus dem Haus stürmen. Mit ausgebreiteten Armen drehte er sich, den Kopf in den Nacken gelegt, und fing mit weit aufgerissenem Mund die dicken Tropfen auf. Solange er nur die Hühner bei dem Wetter nicht rausließ.

Bette holte die alte Kanne mit dem Goldrand und das Stövchen aus der Anrichte. Das war *das* Wetter für einen anständigen Tee. In der Speisekammer fand sie sogar noch eine Dose Kandisklunker. Nur Sahne hatte sie keine, aber ein Schuss Milch würde es auch tun. Sie legte sich einen Salzkringel vom Samstag auf den Toaster und beschmierte ihn dick mit Butter. Dann trug sie alles ins Wohnzimmer, schob sich den Ohrensessel vor das Fenster und machte es sich bequem. Wie sollte sie nun weitermachen? Sie fand es schwer erträglich, nichts zu tun. Aber sie musste erst einmal abwarten, was Nesrin rausfand. Und hoffen, dass Nesrin es schaffte, Thorben noch mal auf Wennert anzusetzen. Alleine käme Bette bei ihm nicht weiter. Sie legte die Hände um die warme Teetasse und lauschte still dem Regen, der gegen die Scheiben klatschte und die Landschaft vor ihrem Fenster in einem diesigen Grau verschwinden ließ. Sie liebte dieses Wetter. Dann war die Marsch hier draußen in ihrem Element.

51. BETTE

Nachdem es den ganzen Montag und auch die Nacht über durchgeregnet hatte, versprach der folgende Morgen mit seinem hellen blassblauen Himmel wieder sonniges Wetter. Die Feuchtigkeit stieg in Dampfschwaden vom Boden auf und hüllte alles in ein leicht diesiges Licht. Auf der Wiese, die nach dem Unwetter mit weißen Blütenblättern von Mats' Rosen übersät war, standen drei Enten und schlabberten mit ihren Schnäbeln durch das Nass.

Mats und Fynn hatten Bette zum Frühstück eingeladen. Sie wollte gerade rübergehen, als ihr Telefon klingelte.

Es war Nesrin, die aus dem Präsidium anrief. Bette blieb in der offenen Haustür stehen und nahm den Anruf an.

«Bette!» Nesrin flüsterte. «MT will dich sprechen. Es gibt Ärger.»

«Weil du bei mir warst?»

«Das auch ...» Nesrin kam nicht dazu, mehr zu sagen. Bette hörte nur noch ein Klacken und hatte Mark Thorben in der Leitung.

«Frau Hansen. Ich dachte, ich hätte mich klar ausgedrückt.»

«Klar ausgedrückt in Bezug auf was?» Sie machte einen Schritt zurück in den Flur. Das Gespräch musste niemand mitbekommen.

«Dass Sie sich raushalten! Und erzählen Sie mir jetzt nicht, dass Sie das tun. Wissen Sie, wer eben bei mir angerufen hat?» Obwohl Wut mitschwang, sprach er völlig ruhig.

«Nein. Wie sollte ich das wissen?»

«Der Anwalt von Matthias Wennert.»

So ein Schiet! Dass er gleich seinen Anwalt anrief. Sie hätte es wissen müssen. Genau wie sein Vater. Der hatte auch ohne Umschweife alle juristischen Register gezogen.

«Er hat Vorwürfe gegen Sie erhoben. Sie hätten seinen Vater mit Ihren Verhören in den Selbstmord getrieben.»

«Damit kommt er jetzt?», fragte Bette.

«Wennert behauptet, Sie hätten sich unter Vortäuschung falscher Tatsachen Zugang zu seiner Wohnung verschafft.»

«Blödsinn. Ich habe gar nichts vorgetäuscht.» Er hatte genau gewusst, wer sie war, als er sie einließ.

«Ach. Und noch was. Sie hätten ihn des Mordes bezichtigt.»

«Das Täterprofil passt auf ihn. Sie sollten ...»

«Sie sagen mir nicht, was ich tun soll. Und übrigens, bevor ich es vergesse. Matthias Wennert will Anzeige erstatten.»

«Das macht ihn nicht weniger verdächtig. Überprüfen Sie ihn!»

«Frau Hansen. Wenn Sie sich nicht endlich aus meiner Arbeit raushalten, leite ich auch ein Verfahren gegen Sie ein.»

Langsam konnte Bette ihren Ärger nicht mehr im Zaum halten. «Wenn Sie nicht zu Potte kommen, sitze ich sicher nicht rum und warte, dass der Muschelmörder mich auch noch umbringt. Ihre Schergen da vor meinem Haus sind ja wohl ein Witz.»

«Frau Hansen», sagte Mark Thorben leise, aber eindringlich. «Ich werde nicht nur ein Verfahren gegen Sie einleiten. Auch gegen Frau Krüger-Nafisi.»

«Nesrin hat nichts damit zu tun!»

«Halten Sie mich eigentlich für blöd?»

Darauf antworte sie jetzt besser nicht. Sie drückte den Anruf weg, bevor sie sich noch völlig vergaß, trat aus dem Haus und knallte die Tür hinter sich zu. Nach dem vierten Opfer hatte sie Thorben jetzt nicht mehr fragen können. Sicher hatte er es noch nicht gefunden, sonst hätte er ihr seinen Erfolg schon auf die Nase gebunden. Draußen stolperte sie fast über einen abgebrochenen Ast, den ihr der Sturm auf die Stufen gefegt hatte. Sie hob ihn auf und warf ihn mit aller Kraft von sich. Scheißkerl! Drecksack! Indem er mit einem Disziplinarverfahren gegen Nesrin drohte, zwang er Bette stillzuhalten. Sie würde Nesrin nicht ans Messer liefern. Und das wusste er genau.

«Was ist dir denn über die Leber gelaufen?», fragte Mats, als sie mit schweren Schritten hinübergestapft kam.

«Nichts.»

«Aha», machte Mats nur und sah sie abwartend an. Bette ignorierte es, setzte sich, ließ sich schwer in die Lehne sinken. Tief durchatmen, Puls runterfahren, Blutdruck senken.

Der Tisch war üppig gedeckt und Fynn damit beschäftigt, die Servietten zu falten und so unter die Teller zu schieben, dass sie nicht wegwehten. Von der Elbe her blies der Wind immer noch in Böen, wenn auch nicht mehr so stark.

Mats schenkte Kaffee ein. Sie trank und nahm ein Stück Hefezopf. Er war weich und süß und sogar noch warm, was sie zumindest ein klein wenig versöhnlich stimmte.

«Da ist Tyler!», rief Fynn.

Der weiße Lieferwagen stand vor Bettes Haus, und Tyler hob gerade zwei vollgepackte Einkaufstüten aus dem Laderaum. Na endlich, das wurde ja auch Zeit. Gestern hatte er es verdaddelt einzukaufen. Bettes Kühlschrankinhalt und vor allem ihr Kaffeevorrat waren auf null.

«Tyler! Ich helfe dir!», rief Fynn und wollte schon losrennen.

«Warte.» Bette gab ihm den Hausschlüssel.

Kaum war Fynn weg, sagte Mats zu Bette: «So, nun sach schon. Was ist los?»

«Vergiss es. Nicht so wichtig. Ich hab mich nur mal wieder über meinen Nachfolger geärgert.»

«*Nur mal wieder.* So sieht das für mich nicht aus. Komm schon, erzähl.»

«Er hat mir gedroht. Er will, dass ich mich raushalte.»

«Vielleicht hat er ja recht.»

«Jetzt fang du nicht auch noch an.» Bette wusste, Mats machte sich Sorgen, trotzdem nervte es sie, dass er auch noch in Thorbens Kerbe schlug. Einen Moment sagte keiner von ihnen mehr etwas.

Erst Tyler brach ihr Schweigen, als er zu ihnen auf die Terrasse kam. «Moin allerseits.»

«Moin», sagte Mats brummig.

Und Bette fragte: «Hast du auch alles ins Tiefkühlfach gepackt?» Nicht dass das Eis und der TK-Fisch, den sie in letzter Zeit ganz gerne aß, anschmolzen.

«Aye, aye. Alles im Tiefkühlfach. Sogar der Kaffee.»

«Der Kaffee?»

Tyler lachte. «Nein, natürlich nicht.»

Bette räusperte sich. Erst jetzt wurde ihr bewusst, dass sie Tyler noch nicht mal vernünftig begrüßt hatte. Schnell schob sie ein «Danke» hinterher.

«Greif zu.» Mats wies auf den gedeckten Tisch.

«Oja, ich hab einen Bärenhunger.»

«Wo ist Fynn?», fragte Mats.

«Der wollte noch Eier aus dem Hühnerstall holen. Er meint, die fehlen noch.»

«Ach je, die Spiegeleier hab ich ganz vergessen», sagte Mats, und bevor Bette anmerken konnte, dass er versprochen hatte, immer mit rüber zum Schuppen zu gehen, hörten sie Fynn schreien.

«Opa! Ooopa!»

So rumzubrüllen, war nicht Fynns Art. Nicht wenn nicht wirklich etwas passiert war. Mats und Bette sahen sich erschrocken an. Ihre kleine Zwietracht war vergessen. Sie sprangen beide auf und rannten Richtung Hühnerstall. Fynn stolperte über die Wiese auf sie zu. In seinem Arm hielt er ein Huhn, das er an seine Brust drückte und ihm dabei über die weißen Federn streichelte. Tränen rannen ihm über das Gesicht. «Tot, alle tot», murmelte er.

«Tot?», fragte Mats. «Das kann nicht sein. Ich hab doch alles dicht gemacht.»

Bette kniete sich zu Fynn runter und nahm ihn tröstend in die Arme. Mats ging weiter zum Hühnerstall. Fynn presste sein Gesicht gegen Bettes Schulter und schniefte. Sein ganzer kleiner Körper bebte unter ihrer Umarmung, und sie konnte spüren, wie abgehackt der Atem in seiner Kehle rasselte. «Alle tot», stieß er wieder hervor.

Bette strich ihm über den Rücken und sah zum Schuppen hinüber.

Ein Fuchs konnte es nicht gewesen sein. Die holten sich immer nur ein Huhn. Vielleicht ein Marder? Waren die erst mal bei den Hühnern eingedrungen, töteten sie alles, was sich bewegte, hinterließen ein Blutbad. Sie hatten so einen Instinkt. Oder hatte Fynn sich geirrt, waren die Tiere gar nicht tot?

Bette lockerte sacht ihre Umarmung ein kleines bisschen, um das Huhn in Fynn Arm sehen zu können.

«Sie liegen alle auf dem Boden», stammelte Fynn und zog die Nase hoch.

Doch. Das Huhn war tot. Eindeutig. Aber ... es war schneeweiß. Kein Tropfen Blut. Bette sah wieder zum Schuppen, wo Mats gerade die Tür aufzog. Und in dem Moment begriff sie. Tote Hühner auf dem Boden, kein Blut. Sie sah das Bild ihres Malerkittels, der im Apfelbaum hing, wo er nicht hingehörte, und das Bild der Propangasflaschen in der Gerümpelecke.

«Nein», schrie sie.

Mats stand in der offenen Tür und tastete nach dem Lichtschalter.

«Nicht!»

Für den Bruchteil einer Sekunde flammte es hell auf, dann explodierte der Schuppen mit einem ohrenbetäubenden Knall. Plötzlich lief alles um Bette herum in Zeitlupe ab. Das Feuer, umherfliegendes Holz, Federn, Glassplitter ...

Fynn war in Bettes Armen zur Salzsäule erstarrt. Durch den Qualm sah Bette Mats am Boden liegen. In der Brust spürt sie einen stechenden Schmerz. Mats, nicht Mats!

52. HANNAH

«Hannah Grote, Hansa-Call-Center. Wie kann ich Ihnen behilflich sein?», leierte Hannah zum genau 73. Mal an diesem Vormittag ihre Standardbegrüßung herunter. Ein Ticker oben rechts am Bildschirm zählte mit. Sie lag gut im Rennen. Ihr Stunden-Soll hatte sie locker drin. Ihre Ohren fiepten, der Kopfhörer klebte unangenehm. Egal. Wenn sie das Tempo noch etwas anzog, würde sie heute sehr rechtzeitig hier rauskommen. Sie konnte es gar nicht erwarten, nach Ochsenwerder zu fahren, mit eigenen Augen zu sehen, was sie angerichtet hatte.

Eigentlich hatte sie sich noch mal krankmelden wollen, aber dafür hätte sie jetzt eine Krankschreibung gebraucht. Und da immer noch die blauen Druckstellen auf dem Kiefer zu sehen waren, mied sie einen Arztbesuch. Sie wollte sich nicht mit blöden Fragen löchern lassen.

Also war sie am Morgen pünktlich aufgestanden, um ihre Schicht um neun anzutreten. Auf dem Weg zum Call-Center hatte sie noch bei der Wohnung des E-Roller-Fahrers vorbeigeschaut.

Sie wusste mittlerweile, dass er Leo Heinz hieß, also wirklich der mit dem Ketchup-Namen war. Er studierte irgendwas mit Wirtschaft und jobbte als Barista in einem Café in der Schanze. Wahrscheinlich nur, weil es cool war. Aus seinem Briefkasten hatte sie einen Kontoauszug gezogen, etwas seltsam in Zeiten des Online-Bankings, aber gut. Dem Jungen ging es nicht schlecht. Papi überwies brav.

Leo Heinz würde ihr nächstes Langzeitprojekt werden. Sobald sie mit Bette fertig war. Sobald sie Bette Hansens Leben so verwüstet hatte, dass diese den Rest ihrer Tage an nichts anderes mehr denken würde als an die Toten, die sie nicht gerettet hatte. Und an sie, an Hannah, von der sie niemals erfahren würde, wer sie war. *Niemals, hörst du, Bette, niemals!*

Einen Anruf noch, dann würde sie Pause machen, um die Zwölf-Uhr-Nachrichten zu hören. Dafür war sie heute sogar ausnahmsweise mit dem Bücherbus gekommen, in dem sie ein Radio hatte.

Hannah wischte sich mit einem Taschentuch den Schweiß vom Gesicht. Zumindest eine vernünftig funktionierende Klimaanlage könnte die Brandt mal einbauen lassen, wo sich hier alle schon für sie totschufteten. «... Hannah Grote ... Es tut mir leid. Die Lieferung verzögert sich um einige Tage ... Ja ... Natürlich ... Ich wünsche Ihnen noch einen schönen Tag. Auf Wiedersehen.»

Sie riss sich das Headset vom Kopf, sprang auf und wollte sich gerade an Karls Stuhl vorbeizwängen, als er sich zu ihr umdrehte. «Hey, Hannah. Hast du Lust auf Pommes? Ich hab auch gleich Pause.» Sein Kopf war knallrot, so sehr schwitzte er.

Was sollte das denn werden, ein Date? «Äh, nein, heute ist schlecht.» Sie sah die Enttäuschung in Karls dickem Gesicht, und fast tat er ihr leid. Aber für so was hatte sie heute keine Zeit. Und auch sonst nicht. Außerdem, ernsthaft, Pommes, bei der Hitze? Der hatte doch einen Knall. Sie eilte aus dem Großraumbüro, die Treppe runter und nach draußen.

Sie hatte den Bücherbus direkt vor dem Call-Center geparkt und dafür sogar die blöde Parkuhr mit ihrem letzten Kleingeld gefüttert. Auf noch ein Knöllchen hatte sie keinen Bock. Gestern hatte sie im Briefkasten einen Strafzettel über 25 Euro gefunden. Dieser Typ vom Bücherverein hatte ihn ihr doch tatsächlich hinterhergeschickt. Arschloch. Keinen Cent zahlten die ihr, und dann konnten die nicht mal so ein Knöllchen übernehmen? Paul hatte recht, die nahmen sie nur aus. Aber ein bisschen musste sie noch durchhalten. Nicht lange, aber eben ein bisschen.

Hannah schloss den Bus auf, setzte sich rein, drehte das Radio auf und suchte einen Sender, der zur vollen Stunde Lokalnachrichten brachte. Sie hatte das Gefühl, ihre Wangen glühten vor Aufregung. Gespannt hörte sie dem Moderator zu. Gleich würde er von der Explosion berichten. Gleich. Eine schöne Explosion war immer eine Meldung wert. Erst recht, wenn es Tote gab. Aber nichts, er sagte nichts, er ging einfach zu den Wetternachrichten über. Hannah schlug mit der Faust auf das Lenkrad. Scheiße, das konnte nicht sein! Der Hühnerstall hätte längst in die Luft fliegen müssen. Gestern hatte es den ganzen Tag geregnet, aber heute war herrliches Wetter. Da musste Fynn doch wohl mal in diesem düsteren Schuppen nach seinen Hühnern gucken. Sie versorgen. Oder wenn nicht er, dann irgendjemand sonst. Die Viecher verhungerten noch!

Sollte sie Tyler anrufen? Ihn aushorchen? Ihr Smartphone war immer noch nicht wieder funktionsfähig, aber die Straße runter gab es eine Telefonzelle.

Irgendjemanden musste sie doch erwischt haben? Fynn, Mats, Bette? Wieso zum Teufel berichteten die nichts?

Sollte sie Bette schreiben? Ganz scheinheilig nach Fynn

fragen? Ihre Panik noch ein bisschen anfachen. Lust hätte sie schon. Große Lust! Aber dazu bräuchte sie ihr Smartphone. Hätte sie nur die SIM-Karte nicht zerhackt. Oder sich zumindest eine neue zugelegt. Der Internetzugang über den Bürorechner war ihr zu unsicher. Mal abgesehen davon, dass die Brandt jeden Mausklick, den sie tat, einsehen konnte.

53. BETTE

Die Menschen hatten sich verhalten wie immer, wenn eine Gewalttat passierte. Die einen waren wie erstarrt, andere rannten weg, und ein paar kamen, um zu helfen. Nach der Explosion des Hühnerstalls hatte Bette allerdings kaum etwas davon mitbekommen. Sie wusste nur noch, wie sie Fynn in Tylers Arme gedrückt und sich zu Mats auf den Boden gekniet, seine blutverschmierte Hand gehalten hatte. Mit dem Gefühl, nicht genügend Luft in die Lunge zu bekommen.

In den ersten Stunden nach der Explosion war nicht klar gewesen, ob Mats überleben würde. Aber dann stabilisierte sich sein Zustand.

Als Bette am Abend aus dem Krankenhaus nach Hause kam, hing immer noch der beißende Geruch von Feuer, verkohlten Federn und verbranntem Plastik in der Luft.

Die Kehre war zugeparkt mit Einsatzwagen vom Brandschutz und dem technischen Erkennungsdienst, und die Spurensicherer hatten sowohl um ihr als auch um Mats' Grundstück Absperrbänder gezogen. Kein Kind war auf der Straße, vor einigen Fenstern der Reihenhäuser waren die Rollos runtergelassen, aber eine der neuen Nachbarinnen kam auf Bette zu, die Arme ausgestreckt, als wolle sie sie gleich drücken. Bette winkte ab. Auch wenn es nett gemeint war, sie konnte gerade nicht. Die Frau nickte verständig, und Bette stieg über das Absperrband vor ihrer Gartenpforte. Weit und breit kein uniformierter Beamter, der sie aufhielt. Nicht einmal der blaue Volvo stand noch vor dem Haus.

Das entsprach nicht gerade den Sicherheitsvorkehrungen, die Thorben angekündigt hatte, als er wegen ihrer Aussage im Krankenhaus gewesen war. Denn dass es sich hier um einen Tötungsversuch handelte, davon gingen alle aus.

Bette ging über die Wiese und bis zum Apfelbaum, schaute aus der Entfernung auf das, was die Explosion angerichtet hatte. Näher rangehen konnte sie nicht, das brachte sie nicht über sich. Der Boden war rußig, das Holz weggesprengt, Überbleibsel des Gerümpels, das im Schuppen gelagert gewesen war, meterweit verteilt. An ihrem Haus waren Fensterscheiben zerborsten, ebenso die Gläser im Treibhaus. Überall lagen Scherben und Holzsplitter. Tränen stiegen Bette in die Augen.

Sie hatte schon oft in ihrem Leben an ähnlichen Tatorten gestanden, aber es war das erste Mal, dass ein Mordanschlag ihr gegolten hatte. Sie fühlte sich schwach und zittrig, tief in ihrem Innern verletzt und erschüttert, und gleichzeitig war sie wahnsinnig wütend.

Thorben hatte ihr vorhin vorgehalten, sie verheimliche ihm etwas. Sie müsse etwas wissen, das den Mörder in Gefahr bringen könnte. Nur so ließe sich erklären, warum er das Risiko einging, sich so weit vorzuwagen.

Aber so war es nicht, davon war sie mittlerweile überzeugt. Der Muschelmörder war wahnsinnig. Das war Grund genug.

Eine gefühlte Ewigkeit stand Bette unter dem Apfelbaum, während die Kriminaltechniker sich vor ihren Augen durch das Trümmerfeld arbeiteten. Irgendwann kam Arno zu ihr rüber. Arno, der auch gekommen war, nachdem sie das Muschelzeichen in ihrem Bad gefunden hatte. Er würde ihr ehrlich sagen, was sie herausgefunden hatten.

Schnell wischte Bette sich mit den Fingern die feuchten Augen trocken und kniepte, um wieder klar sehen zu können.

«Wie geht es deinem Nachbarn?», fragte Arno.

«Gebrochene Knochen, Brandwunden, Gehirnerschütterung ... er wird wieder.»

«Er hat Glück gehabt», sagte Arno.

«Ich hatte zwei Propangasflaschen im Schuppen. Kann es nicht vielleicht irgendwie doch ein Unfall gewesen sein?»

«Das war Vorsatz. Jemand hat die Flaschen manipuliert. Die Sicherheitsventile waren außer Kraft gesetzt, wodurch das Gas ausgetreten ist. Ein Funke ...»

«Mats hat den Lichtschalter gedrückt», sagte Bette. Das war das Letzte, was sie vor der Explosion gesehen hatte. Wie er mit der Hand nach dem Schalter tastete.

«Komm. Ich muss dir was zeigen.»

Sie gingen gemeinsam zu dem Zelt, das die Spurensicherer auf dem angrenzenden Acker aufgebaut hatten. Arno öffnete eine Metallkiste, holte einen länglichen Asservatenbeutel heraus und reichte ihn Bette. Darin steckte eine Holzlatte. Angebrannt und verrußt.

«Was ist das?»

«Schau sie dir genau an.»

Bette drehte das Holz hin und her, brauchte eine Weile, dann erkannte sie es.

«Mir wäre es auch kaum aufgefallen», sagte Arno.

Der Mörder hatte keinen Zweifel daran gelassen, wer hierfür verantwortlich war. Unter dem Ruß war, wenn auch nur undeutlich, das Muschelzeichen zu erkennen. Aufgemalt mit blutroter Farbe.

Bette ging ins Haus, nahm ihr Smartphone zur Hand und schrieb eine weitere Nachricht. Sie wusste nicht, ob der Muschelmörder ihre Mails noch las, seine letzte Antwort war mittlerweile fast eine Woche her. Aber sie musste ihre Wut irgendwo loswerden.

Du Bastard! Damit lasse ich dich nicht davonkommen!

Dann holte sie ihre Reisetasche aus dem Schrank und packte das Nötigste ein. Den Anblick des Trümmerfelds hinter ihrem Haus ertrug sie nicht, genauso wenig den auf Mats' Haus. Mats, der heute um sein Leben kämpfen musste. Sie rief Chrischen an und fragte ihn, ob sein Angebot, ihr Asyl zu gewähren, noch stand.

54. HANNAH

Hannah hätte vor Enttäuschung heulen können, als sie gestern erfahren hatte, was passiert war. Fynn lebte. Mats war nur verletzt. Und Bette war gar nichts passiert. So hatte Hannah sich das nicht gedacht. Noch dazu war Bette ausgezogen. Vorübergehend zumindest.

Aber sie durfte sich jetzt nicht demotivieren lassen. Der fehlgeschlagene Anschlag würde sie nicht aus der Ruhe bringen. Sie würde es Bette schon noch zeigen. Bald, sehr bald.

Sie ging ihre Möglichkeiten durch, überlegte, wer als Nächstes dran wäre. Übermorgen begann das Schützenfest, die Vorbereitungen waren in vollem Gange. Sie blieb unter dem Kastanienbaum etwas oberhalb des großen Festplatzes stehen. Vorne zur Straße war der Autoscooter aufgebaut, links daneben stand ein Kinderkarussell mit Pferdchen, dann der Grillstand, die Bude mit den Süßigkeiten, die mit den Fischbrötchen, Entenangeln, Rosenschießen. Noch waren überall die Läden heruntergelassen. Eine rot-gelbe Hüpfburg lag luftlos auf dem Boden.

Hannah ging die abschüssige Zufahrt zum Festgelände hinunter und war erfreut, Tyler an der Getränkebar seines Vaters zu entdecken. Tyler, den Bette mochte, auf den Bette sich verließ. Die Bar mit den zu Stehtischen umfunktionierten Ölfässern stand mittig auf dem Platz. Alkohol war bei so einem Fest das Wichtigste.

Tyler sah Hannah nicht kommen. Er kniete auf dem Boden und klebte mit breitem Tape ein Stromkabel fest.

Sie tippte ihm auf die Schulter. «Hey.»

Er sah auf und strahlte sie an. Das war ja fast schon ein bisschen zu leicht. «Hannah, du hier?»

«Ich dachte, ich helf dir 'n bisschen. Dann geht's schneller, und wir können später noch schwimmen.»

«Ja, klar. Das ist cool. Ich muss noch das Wasser anschließen. Danach könntest du mir helfen, die Kühlschränke einzuräumen. Schau doch so lange mal, ob du drinnen mit den Girlanden helfen kannst. Das klappt nie.» Tyler zeigte auf eine lange Halle in seinem Rücken.

Als Hannah die Halle betrat, sah sie sofort, dass sich hier normalerweise der 50-Meter-Schießstand befand. Unter der Decke verliefen die Schienen, auf denen die Zielscheiben hin und her gefahren wurden. Echt fette Anlage.

Jetzt allerdings war alles leergeräumt, keine Waffe weit und breit. Auf der einen Querseite war eine Bühne aufgebaut, gegenüber befanden sich Sektbar und Waffelstation. Mehrere Frauen waren damit beschäftigt, weiße Papierdecken auf Tischen zu verteilen. Nee, da war sie raus.

Hannah ging auf die rundliche Frau mittleren Alters zu, die sich mit den Girlanden abmühte. Grün-weiße Wimpel auf Nylonfaden. «Hallo», sagte sie in ihrem freundlichsten Tonfall. «Tyler meinte, Sie brauchen noch eine Hand.»

«Oh, das ist aber nett», sagte die Frau. «Könntest du auf die Leiter steigen und das Ende da oben einhängen?»

Bis Tyler sie endlich erlöste, hatte Hannah Dutzende Girlanden und Luftballons aufgehängt, Blümchengestecke auf Tischen verteilt, Fähnchen aufgestellt ... Ihr reichte es.

«Willst du mal schießen?», fragte Tyler.

«Ich dachte, du musst noch Getränke einräumen.»

«Das machen wir danach.»

«Schießen?» Sie sah ihn unsicher lächelnd an. «Das hab ich noch nie gemacht.»

«Komm, ist ganz einfach. Der Jugendtrainer ist grade da. Er zeigt's dir.»

«Hm, ich weiß nicht. Na ja, gut. Wenn du meinst.»

Sie verließen die Halle und gingen in das kleinere Nebengebäude.

Im vorderen Raum standen schon die Tische mit den Preisen: Farbeimer, Spielzeugautos, Drohnen, Einhorn-Spardosen, Kaffeemaschinen, Blumenkübel, Warnwesten, Bohrer, Akkuschrauber ... Dahinter folgte ein dunkler Gang mit Pokalvitrinen, die Hannah betont neugierig betrachtete und sich dabei langsam den Gang runterbewegte.

Tyler hielt sie am Arm fest. «Nicht da lang», sagte er. «Da hinten sind nur noch die Waffenschränke. Wir müssen hier rein.» Er zog sie in einen Raum mit einer 10-Meter-Schießanlage. Hannah sah an den installierten Vorrichtungen sofort, dass die Waffen, die hier zum Einsatz kamen, alle bestens gesichert waren.

«Hallo, Helge», sagte Tyler zu einem Mann, der in Hannahs Augen mehr wie ein Fußballtrainer als ein Vereinsschütze aussah. Die Typen bei ihrem Vater im Verein waren immer alte Säcke mit dicken Bäuchen gewesen. Dieser Helge hier war jung und sportlich.

«Dürfen wir schon?», fragte Tyler «Hannah schießt zum ersten Mal.»

Wenn ihr wüsstet.

«Sicher», sagte Helge und erklärte Hannah mit einer Geduld, die sie fast etwas beeindruckte, wie man das Gewehr lud, es anlegte, abdrückte. «Es ist wie Meditation», sagte er. «Du musst ganz ruhig atmen. Ein, aus, ein, aus. Lass dir Zeit. Und dann schießt du mit dem Ausatmen.»

Plopp. Hannah verriss den Lauf und traf die Decke.

«Macht nichts», sagte Helge. «Versuch's einfach noch mal.»

Sie schoss zehn Mal. Mit jedem Schuss wurde sie etwas besser. Der letzte traf ins Schwarze.

55. BETTE

Bette hatte das Duschwasser so heiß aufgedreht, dass es auf dem Rücken brannte. Schnell hüllte dichter Dampf sie ein. Chrischens Bad hatte nur einen Lüftungsventilator, kein Fenster. Sie schloss die Augen, hielt ihr Gesicht in den Wasserstrahl. Es war Donnerstag, sie hatte jetzt schon die zweite Nacht bei Chrischen geschlafen. Auch wenn sie seine Wohnung alles andere als gemütlich fand, war es ihr immer noch lieber, als in ein Hotel zu gehen. Sie wollte jetzt nicht alleine sein, und absurderweise fühlte sie sich bei Chrischen sicher.

Als sie in die Küche kam, stand er am Herd und briet Rührei. «Kaffee ist schon durchgelaufen», sagte er.

Bette zwängte sich an ihm vorbei, schenkte sich die große Tasse bis zum Rand voll und setzte sich an den winzigen Tisch unter dem Fenster, das nach hinten raus zum Parkplatz eines Discounters ging. Nichts als Autos und Beton. Da lobte sie sich ihren Dorfblick ins Grün.

«Voilà», sagte Chrischen und stellte einen Teller mit Rührei und gebuttertem Toast vor sie hin.

«Danke.»

«Nesrin hat eben angerufen. MT hat Matthias Wennert vernommen. Gestern Abend noch.»

«Und?»

«Nesrin hatte den Bericht gerade auf dem Tisch. So wie es aussieht, könnte es in dem Alibi, dass der junge Wennert seinem Vater gegeben hat, wirklich ein paar Lücken geben. Sein

Anwalt hat aber wohl ziemlich Druck ausgeübt. Matthias Wennert ist erst mal wieder nach Hause.»

«Na toll.» Bette biss in ihren Toast. Die Brösel klebten ihr trocken am Gaumen. Schnell spülte sie mit Kaffee nach und schob den Teller von sich. Sie konnte jetzt beim besten Willen nichts essen. Sie hatte nicht mal Lust zu rauchen. Matthias Wennert war wieder zu Hause. Und der Geliebte von Ela Meierhoff, den Thorben in U-Haft gesetzt hatte, schied als Verdächtiger sowieso aus, weil er gar nicht die Möglichkeit gehabt hätte, sich an Bettes Propangasflaschen zu vergreifen.

Chrischen zog den Teller zu sich heran und aß ihr Frühstück weiter. Dann schaute er auf die Uhr. «Ich muss los.»

«Ich kann nicht noch einen Tag untätig hier rumsitzen», sagte Bette und hörte selbst ihre Ungeduld und schlechte Laune raus. Nichtstun, das hatte sie schon gestern getan, mal abgesehen von ihrem kurzen Besuch bei Mats, der zwar noch einige Zeit im Krankenhaus bleiben, aber keine bleibenden Schäden davontragen würde – und ihr auch keine Vorwürfe machte. Bette konnte es immer noch nicht fassen, dass um ein Haar Fynn verletzt oder sogar getötet worden wäre. Er hätte in den Schuppen hineingehen und sich strecken müssen, um an den Lichtschalter zu kommen, und wäre näher an der Explosion gewesen, noch dazu im Innenraum. Er hätte keine Chance gehabt. Die Vorstellung trieb Bette wieder die Tränen in die Augen, und sie blinzelte sie schnell weg. Sonst war sie nicht so empfindsam, aber das hier überstieg ihre Kräfte.

«Soll ich dich auf dem Weg ins Präsidium bei Mats im Krankenhaus absetzen?»

Bette dachte darüber nach und lehnte dann ab. «Nein, ich bleib noch was hier. Ich muss nachdenken.»

«Mach das. Nur dann bleib bitte auch hier, wenn's geht. Keine Alleingänge. Das muss MT jetzt machen. Ganz offiziell.»

«Schon klar», sagte sie mit einem Seufzen.

Die Bilder der Explosion gingen ihr nicht aus dem Kopf. Mats, wie er am Boden lag. Die herumfliegenden Federn, der Gestank. Die rote Farbe auf der angekohlten Holzlatte. Das Muschelzeichen. Es war da gewesen. Immer wieder dieses vermaledeite Zeichen. Der Muschelmörder wollte sich als Täter zeigen, seine Unterschrift hinterlassen. Mit welchem Ziel? Öffentlichkeit? Bewunderung von anderen gestörten Gewalttätern? Was ging in seinem kranken Hirn vor?

Wenn es stimmte, was er ihr geschrieben hatte, wenn er wirklich einen vierten Mord begangen hatte, musste er auch da sein Zeichen hinterlassen haben. Wieso hatten sie es nicht gefunden? Nesrin hatte doch mittlerweile sämtliche Datenbanken nach dem Zeichen durchsucht. Nichts.

Bette legte ihr Gesicht in den aufgestützten Arm und schloss die Augen. *Konzentrier dich, denk nach!* Irgendwo gab es einen Punkt, an dem sie weitermachen konnte – wenn sie ihn nur entdeckte. Und dann wurde ihr blitzartig etwas klar: Dass Nesrin nichts gefunden hatte, hieß nicht, dass es keinen weiteren Mord gab, sondern nur, dass er nicht als solcher erkannt worden war. Ein unerkannter Mord. Das war es!

Sie musste noch mal mit Dr. Haller sprechen. Sie musste an seine Akten, all die Akten nämlich, die der Polizei nicht vorlagen. Wenn der Verdacht auf ein Tötungsdelikt im Raum stand, wurden der Staatsanwalt, Beamte der Mordkommission und ein Fotograf der Kriminaltechnik zur Obduktion hinzugezogen. Kleidung und andere Habseligkeiten wurden sichergestellt, jedes noch so kleine Detail notiert. Ging man allerdings nicht von einem Tötungsdelikt aus, sondern beispielsweise von einem Unfall, fiel all das weg. Allerdings wusste Bette, dass Dr. Haller auch bei diesen Toten Listen erstellte. Unter anderem von den letzten kleinen Besitztümern, die die Verstorben bei sich gehabt hatten. Sei es nun ein wertvolles Schmuckstück oder einfach nur eine Murmel in der Hosentasche. Er hatte ihr mal anvertraut, dass das für ihn ein Weg sei, dem leblosen Körper auf seinem Autopsietisch etwas von seiner Menschlichkeit zurückzugeben.

Bette holte ihr Telefon, rief in der Rechtsmedizin an und ließ sich durchstellen.

«Verstehe ich das gerade richtig?», fragte Dr. Haller, nachdem sie ihr Anliegen vorgebracht hatte. «Sie wollen die Akten der Leichenschauen und Obduktionen durchgehen? Alle, die nicht als Tötungsdelikt aufgefallen sind?»

«Genau», sagte sie. «Ich möchte Ihre Akten auf das Muschelzeichen durchgehen.»

«Mit Einwilligung von Mark Thorben?»

«Nein, natürlich nicht. Aber der Muschelmörder hat meinen Hühnerstall in die Luft gejagt und meinen ältesten Freund gleich mit.» Bette merkte, wie die Wut wieder in ihr aufstieg. Auf den Mörder, auf Thorben, auf sich selbst.

«Ich hab davon gehört. Das tut mir leid. Wie geht es ihm?»

«Nicht gut. Aber er wird wieder.» Sie merkte, dass sie noch einen drauflegen musste, um Haller zu überzeugen. «Also, warum ich an die Akten muss: Erstens läuft da draußen immer noch ein irrer Typ herum, den es nicht kümmert, wen er umbringt. Hauptsache töten. Zweitens ist die Polizei chronisch unterbesetzt. Und Thorben überfordert. Bis die sich irgendwelche Unfallautopsien anschauen, verstreicht wertvolle Zeit. Wenn sie es überhaupt tun. Ich greife Thorben also streng genommen nur ein bisschen unter die Arme. Und rette so vielleicht noch das ein oder andere Menschenleben. Mit etwas Glück auch mein eigenes.»

Schweigen am anderen Ende der Leitung. Bette hörte nur Dr. Hallers rasselnden Raucheratem. Dann sagte er: «Hören Sie. Ich muss jetzt nach Kiel, aber heute Abend können Sie von mir aus herkommen und sich durch das Kellerarchiv wühlen. Sagen wir um fünf. Und, nur so ein Tipp, bringen Sie sich vielleicht ein paar helfende Hände mit.»

Um kurz vor fünf traf Bette sich mit Chrischen und Nesrin vor der Rechtsmedizin. Die beiden hatten eingewilligt, ihr zu helfen, allerdings unter einer Bedingung. Sollten sie etwas finden, würden sie es Thorben unterbreiten. Ohne Bette.

Damit konnte sie gut leben.

Während sie noch etwas unschlüssig dastanden, schaute Nesrin kopfschüttelnd zwischen Chrischen und Bette hin und her. «Dass ihr beide mal freiwillig in einem Team landet, hätte auch keiner gedacht.»

«Nein, absolut nicht», sagte Bette.

Chrischen lachte: «Wie die drei Fragezeichen. Auf geheimer Mission.» Er deutete auf das zusammengerollte Bündel unter Bettes Arm. «Und meine guten Wolldecken hast du auch gleich mitgebracht.»

«Falls es mir zu langweilig mit euch wird. Dass ich ein bisschen schlafen kann.»

«Gute Idee», sagte Chrischen, der natürlich wusste, dass Bette nicht so lange durchhalten würde wie sie beide. Zumindest nicht am Stück.

Sie betraten den langgestreckten Flachbau der Rechtsmedizin, wo ihnen der Pförtner mitteilte, dass Dr. Haller in Kiel aufgehalten worden war. Er habe ihn aber beauftragt, sie ins Archiv zu lassen.

Kurz darauf standen sie in einem großen Kellerraum, und eine schwere Stahltür schlug hinter ihnen zu.

«Wow», sagte Chrischen nur.

Das Archiv der Rechtsmedizin glich einem Bibliotheksmagazin. Schiebbare Regalelemente, die sich bis unter die Decke zogen, Staubgeruch, Neonlicht. Die Regale waren lückenlos mit Hängeordnern gefüllt. Nach Jahren geordnet.

Alleine das angebrochene Jahr 2019 füllte eine ganze Regalreihe. Und wer wusste, wie weit sie zurückgehen müssten?

«Na dann», sagte Nesrin gewollt fröhlich und klatschte in die Hände. «Packen wir's an.»

«Gibt es hier kein digitales Archiv?», fragte Chrischen.

«Doch, natürlich», sagte Nesrin. «Aber das hab ich schon durchforstet. Das, was wir suchen, ist da nicht drin.»

Einen Ordner nach dem anderen trugen sie zu dem langen Tisch an der Rückseite des Raumes, sahen ihn durch, brachten ihn zurück. Zeitlich gingen sie rückwärts. Monat für Monat. Sie waren gerade mal im Februar 2019 angekommen, als Bette müde wurde.

Sie trank von dem Kaffee, den sie sich in einer Thermoskanne mitgebracht hatte. Natürlich brachte es nichts. Sie musste schlafen, da konnte sie noch so sehr weitermachen wollen.

«Entschuldigt mich», sagte sie, stand auf und legte sich auf die Wolldecke, die sie in weiser Voraussicht schon auf dem Boden ausgebreitete hatte, die zweite Decke zog sie sich bis zum Kinn hoch. Und dann schlief sie auch schon.

«Bette! Bette!» Nesrin rüttelte sie wach.

Bette öffnete die Augen, brauchte einen Moment, um sich zu erinnern, wo sie war.

«Wir haben was!»

Bette setzte sich so ruckartig auf, dass ihr schwindelte.

«Hier», Nesrin reichte ihr ein Foto. Darauf war ein Tattoo. Eine Jakobsmuschel mit einem Kreuz in der Mitte.

«Der Tote hatte das Tattoo etwas oberhalb des Brustbeins. Klein. Nicht größer als eine Münze.»

Bette drehte das Foto um, auf dessen Rückseite ein Aufkleber mit den wichtigen Daten zu dem Verstorbenen klebte.

Dennis Koslowski, 29 Jahre, verstorben am 30. Juni 2018, Boberger See. Ertrunken. Tod ohne Fremdeinwirkung. Wohnhaft in Hamburg, Stresemannstraße.

56. HANNAH

«Scheiße!» Hannah schlug mit der Faust auf den Bankautomaten. Ihr Konto war bis zum Limit überzogen. Die Kiste spuckte nichts aus. Absolut nichts.

Sie lief über die Max-Brauer-Allee zurück nach Hause. Obwohl es noch früh war, erst kurz nach neun, brannte die Sonne, und die Abgase flimmerten in der warmen Luft über dem Asphalt. Als sie gerade über die rote Ampel an der Kreuzung Sternbrücke wollte, blieb sie wie angewurzelt stehen.

Auf der gegenüberliegenden Straßenseite, nur ein Stück weiter, standen zwei Polizeiwagen mit laufendem Blaulicht. Direkt vor ihrem Haus.

Hannah kniff die Augen zusammen und schaute zu ihrer Wohnung hoch. Hinter dem Küchenfenster meinte sie Bewegungen wahrzunehmen. Da war jemand. Ganz sicher. Paul, sagte sie sich, das musste Paul sein, der in der Küche rumhantierte. Aber ihr war klar, dass es nicht Paul sein konnte. Sie musste sich nichts einreden. Als sie vor zwanzig Minuten losgegangen war, hatte er noch in den Klamotten der letzten Nacht auf dem Sofa geschlafen. Das Wohnzimmer hatte nach Rauch und Alkohol gestunken. In dem Zustand brauchte er Stunden, bis er zu sich kam.

Eilig machte sie ein paar Schritte rückwärts in den Schatten des Brückenpfeilers. Hierher würden die Polizisten nicht schauen. Und wenn, was würden sie schon sehen? Ein Mädchen in abgeschnittenen Jeans und schwarzem Top. Das würde sie nicht weiter interessieren.

Ihre nackten Arme drückten gegen das kalte feuchte Metall. Eine S-Bahn ratterte über die Schienen über ihr. Taubenscheiße bröselte ihr auf Kopf und Arme. Unter der Brücke war es klamm und kalt und roch wie alter Keller, nach Pilz und Schimmel, als hätte dieser kleine Flecken Erde nichts vom Sommer um sich herum mitbekommen. Eine Gänsehaut breitete sich auf ihren Armen aus.

Sie sah, dass das Fenster zu ihrem Zimmer auf Kipp stand. Sie ließ es nie offen, wenn sie rausging. Die Bullen waren da drin! Angstschweiß trat ihr auf die Stirn. Das kannte sie von sich gar nicht. War sie aufgeflogen? Nein, das konnte nicht sein. Sie war doch unsichtbar. Die trauten ihr diese Morde gar nicht zu. Niemand traute ihr etwas zu. Nicht einmal Bette. Die war genauso blind wie alle anderen.

Die Polizei musste wegen Paul da sein. Paul mit seinen Dealereien.

Und wirklich. Die Haustür wurde aufgestoßen, und vier Uniformierte zerrten ihren Bruder aus dem Haus.

Paul wand sich, trat, brüllte. Sie kamen zu viert kaum gegen ihn an. Sein Gesicht war dunkelrot angelaufen. Sein Mund schnappte auf und zu, wie bei einem Fisch, der versuchte, auf dem Trockenen zu atmen. Sie hörte seine Schreie über die Straße hinweg. Undefinierbare Laute. Er war so zu, dass er nicht mal richtig fluchen konnte.

Für einen Moment nahm ein langer 3-er-Bus Hannah die Sicht. Als er weiterfuhr, saß Paul in einem der Streifenwagen.

Aus der Ferne hörte Hannah Sirenen, die sich näherten. Kurz darauf bremsten zwei weitere Polizeiwagen vor dem Haus, und drei Personen stiegen aus.

Ihren großen Koffern nach zu urteilen, waren sie von der Spurensicherung. Schlagartig wurde Hannah etwas bewusst, das sie schwanken ließ.

Das war nicht das Aufgebot, das vorfuhr, wenn ein kleiner Dealer festgesetzt wurde. Das war das Aufgebot für einen Mörder.

Schwer atmend stand sie im Schatten des Brückenpfeilers. Geschockt. Ungläubig. Sie hatte das Gefühl, als öffnete sich die Erde unter ihren Füßen.

Sie mussten die Verbindung zu Dennis gefunden haben. Noch dachten sie sicher, Paul wäre der Mörder. Sonst hätten sie ihn eben nicht so brutal rausgezerrt.

Dabei besaß er gar nicht die Willensstärke, jemanden zu töten. Und nicht die Intelligenz, so lange unentdeckt zu bleiben. Er war ein Weichei. Wie er da drüben verzweifelt mit den Fäusten gegen die Scheiben hämmerte.

Jetzt sah er direkt zu ihr herüber. Hannah hob den Kopf, straffte die Schultern und ging in die entgegengesetzte Richtung davon.

57. HANNAH

Durch die Kellertür, die seitlich versteckt hinter einer Hecke lag und nur mit einem einfachen Schloss gesichert war, gelangte Hannah ins Haus. In Koschaks Haus.

Sie drückte die Tür fest hinter sich zu. Ihre Hände zitterten. Der Schock saß ihr in den Knochen. Der Schock darüber, dass sie der Polizei so knapp entkommen war. Dass gerade alles dabei war, ihr zu entgleiten. Dass nichts mehr planbar war. Es war mittlerweile fast elf Uhr. Die letzten eineinhalb Stunden hatte sie im Park gesessen, nachgedacht, einen Entschluss gefasst. Ihr Plan mochte nicht ganz ausgefeilt sein, aber es war ein Plan.

Im Dunkeln tastete sie sich durch einen langen Gang zur Treppe, blieb stehen, lauschte. Nichts war zu hören, keine Schritte, keine Musik, gar nichts. Die Stille beruhigte sie.

Sie hatte sich ausgerechnet, wie viel Zeit ihr blieb. Vier, fünf Stunden, vielleicht auch etwas mehr. In dem Zustand, in dem Paul sich vorhin befunden hatte, würden sie ihn nicht gleich vernehmen. Er musste erst mal ausnüchtern. Und aus Sicht der Polizei bestand ja auch keine große Eile. Sie dachten, sie hätten ihren Mörder festgesetzt. Es passte alles: Paul war ein Mann, jung, kräftig. Ihm traute man so was zu. Und jetzt fiel Hannah noch etwas ein: Vielleicht hatten sie Tom van Haves Kette in seinem Kleiderschrank gefunden. Das würde ihn zusätzlich reinreiten. Was für eine Ironie. Hatte Pauls Rumgestöber in ihrem Zimmer doch noch was Gutes. Es verschaffte ihr Zeit.

Aber sie wusste, sobald sie mit Paul redeten, würde sogar den Bullen aufgehen, dass er es nicht gewesen war. Nicht gewesen sein konnte. Und dann kämen sie auf Hannah, seine kleine Schwester. Das war unausweichlich. Sie würden die Verbindung herstellen zwischen Hannah und dem Mädchen mit dem Bücherbus.

Bis dahin musste sie weg sein. Aber dafür brauchte sie Geld. Und sie musste noch etwas zu Ende bringen. Sie konnte Bette nicht ungeschoren davonkommen lassen.

Hannah schlich die Treppen hoch, ohne jemandem zu begegnen. Oben vor Koschaks Haustür blieb sie einen Moment stehen. Sie brauchte die Zeit, um die Minuten, die folgen würden, in Gedanken durchzugehen. Sie durfte sich nichts anmerken lassen. Es musste alles sein wie immer. Sie würde das unterwürfige Mädchen spielen.

Als sie sich schließlich bereit fühlte, klopfte sie. Es dauerte eine Weile, bis sie Schritte hörte und Koschak öffnete. An seinen geschwollenen Augen sah sie, dass auch er die Nacht durchgefeiert hatte. Seine Morgenlatte drückte durch den dünnen Stoff seiner Boxershorts. Boxershorts mit grinsenden Smileys.

Einen Moment lang starrte er Hannah an, als könnte er sie nicht zuordnen, dann stieß er ein überraschtes «Oh, du!» aus.

«Hey», sagte Hannah. «Kann ich reinkommen?» Sie hatte sich wieder im Griff. Ihre Stimme war ruhig, der Schock und auch ihr Hass auf Koschak waren für den Moment unter dem Deckel der Konzentration verborgen.

Noch bevor Koschak irgendetwas sagen konnte, duckte Hannah sich unter seinem Arm hindurch, den er gegen den Türrahmen gestützt hatte, und huschte in die Wohnung.

Koschak schloss die Tür hinter ihr.

Bingo. Sie hatte ihn.

«Kaffee?», fragte er und schlurfte zum Küchentresen.

«Nee, danke.»

«Verschmäh meinen Kaffee nicht immer. Du verpasst was.»

«Ich komm nicht zum Kaffeetrinken», sagte Hannah kühl.

«Schon klar.» Er kratzte sich am Kopf. «Aber die Miete ist auch noch nicht fällig.»

Hannah räusperte sich, sah verschämt auf ihre Hände. «Ich brauche Geld. 'n Zwanni würde schon reichen.»

Um Koschaks Mundwinkel zuckte dieser amüsierte Ausdruck, der Hannah so anwiderte. Arrogant. Ekelhaft. Nicht der Hauch von Reue für das, was er ihr antat. Koschak schob seine Hand in die Hose und rückte seinen Schwanz zurecht.

Hannah blieb ganz ruhig stehen, wartete auf ihn. Darauf, was er tun würde. Was er immer tat. Sie zwang sich, entspannt zu wirken. Dabei war sie alles andere als das, jede einzelne Zelle in ihrem Körper war in Habachtstellung.

Koschak kam auf sie zu, legte seine Hände auf ihre Schultern, massierte sie, ließ die Finger durch ihre Haare gleiten.

Blitzschnell zog sie ihr Messer und stach zu.

Sie traf ihn in der Seite, spürte den Widerstand seines Fleisches, wie es nachgab, wie die Klinge eindrang. Wie in weiche Butter. Das warme Nass des Blutes auf ihrer Hand.

Koschak riss die Augen auf, sah an seinem Oberkörper herunter, und noch bevor er richtig begreifen konnte, was mit ihm geschah, versetzte Hannah ihm einen präzisen und sauberen rechten Haken, der ihn direkt unter dem Ohr traf. Koschak Beine gaben unter ihm nach, er sackte weg und schlug auf den Boden. Sie stand da, sah auf ihn hinunter. Eine genussvolle Erleichterung breitete sich in ihr aus, wie beim Pinkeln, wenn man zu lange angehalten hatte. Über ihren Vergleich musste sie lachen, was sie nicht davon abhielt, schnell zu reagieren. Sie packte Koschaks Handgelenke und zerrte ihn rücklings zum Bett. Sein Körper hinterließ eine Blutspur auf dem Parkett.

Ein fettes Schwein im Schlachthaus.

Koschak stöhnte auf, woraufhin Hannah ihm so gegen das Kinn schlug, dass er erneut das Bewusstsein verlor. War ihr Boxtraining doch zu was nütze.

Sie durchwühlte die Schubladen seines Nachttischs, suchte nach den Handschellen, die sie schließlich in der untersten Lade fand. Zwei Paar. Sie drehte Koschaks Arme nach oben und fesselte ihn ans Bettgestell. So, wie er es bei ihr getan hatte. Nur dass er auf dem Boden, nicht auf dem Bett lag. Er war viel zu schwer, als dass sie ihn hochhieven könnte. Und wozu auch. Sollte er doch auf dem Boden krepieren. Bald. Ganz bald. Aber noch nicht. Noch brauchte sie ihn lebend.

Sie stopfte ihm eine Socke in den Mund und ließ sich rücklings aufs Bett fallen. Erschöpft und euphorisch zugleich. Ihre blutigen Hände wischte sie am Laken ab. Dass sie Fingerabdrücke hinterließ, machte jetzt nichts mehr. Jetzt war alles egal.

58. BETTE

Um viertel nach elf am Freitagvormittag stieg Bette vor dem Präsidium aus dem Streifenwagen, mit dem Thorben sie hatte abholen lassen. Nesrin hatte auf ihre SMS, was er von ihr wollte, noch nicht geantwortet, und telefonisch waren weder sie noch Chrischen erreichbar gewesen, aber Bette ahnte natürlich, dass die Vorladung etwas mit dem zu tun hatte, was sie gestern im Archiv der Rechtsmedizin gefunden hatten. Der tote junge Mann, das Tattoo des Muschelzeichens über dem Brustbein, angeblich ertrunken ohne Fremdeinwirkung.

Sie rauchte noch eine Zigarette, stieg die Stufen zum Haupteingang hinauf und trat durch die Tür.

«Moin, Frau Hansen», grüßte der Pförtner sie, wobei er sich wie üblich kurz an seine Mütze tippte. «Mark Thorben lässt ausrichten, er erwartet Sie im Verhörraum zehn. Sie wissen ja, wo das ist.»

Bette schluckte. Ja, sie wusste, wo das war, und der Raum weckte keine guten Erinnerungen. Genau dort war sie im Januar zusammengebrochen, und sie fragte sich, was Thorben damit beabsichtigte, sie gerade dorthin zu zitieren. Wollte er sie verunsichern? Aus der Fassung bringen? Hatte er etwa herausgefunden, dass Bette gestern mit in der Rechtsmedizin gewesen war? Dass die Idee mit der Suche nach dem Muschelzeichen auf ihr Konto ging und nicht auf Chrischens und Nesrins, wie sie es ihm hatten vorgaukeln wollen? Innerlich machte Bette sich schon kampfbereit. Dabei sollte

Thorben ihnen doch eigentlich dankbar sein, dass sie ihn mit der Nase auf ein mögliches weiteres Mordopfer gestoßen hatten.

Sie durchquerte die große Eingangshalle, stieg die Treppe in den zweiten Stock hinauf und drückte die Tür zu dem langen Gang auf, in dem sich die Verhörräume aneinanderreihten. Die Türen gingen alle nach links ab, rechts säumten graue, festinstallierte Klappstühle die Wand. Einige Stühle waren angebrochen und hingen schief in den Scharnieren. Niemand war hier, und man hörte nur das elektrische Brummen des Getränkeautomaten. Die LEDs unter der Decke flackerten unangenehm.

Raum Nummer zehn war der vorletzte. Langsam ging Bette auf die Tür zu.

Ihr Blick fiel auf eine kümmerliche Palme neben dem Getränkeautomaten am Ende des Gangs, die halb vertrocknet in einem zu kleinen Topf vor sich hin siechte. Sie war ihr noch nie aufgefallen. Als sie noch im Dienst gewesen war, hatte ihr die Zeit für solche Details gefehlt. Jetzt fand sie sie bedrückend. Sie sollte wirklich froh sein, nicht mehr hier arbeiten zu müssen.

Vor der Zehn blieb sie stehen, hob die Hand, krümmte den Zeigefinger, klopfte.

«Herein», rief Mark Thorben, und Bette öffnete die Tür. Sie hatte diesen Raum nie wieder betreten wollen. Ihre Knie wurden weich, aber sie fasste sich schnell wieder. Letztlich, sagte sie sich, war es nur ein Verhörraum, der aussah wie alle anderen auch. Quadratisch, in die Deckenverkleidung eingelassene Leuchtelemente, nicht mehr als ein Luftschlitz nach draußen. Auf der einen Seite das Spiegelfenster, hinter dem sich der Raum mit der Mitschneidetechnik befand, auf der anderen Seite die große Spiegelwand, durch die man, war nicht wie jetzt das Rollo heruntergelassen, in den nebenliegenden Verhörraum sehen konnte. Ein Tisch, vier Stühle.

Am Tisch saß Thorben und neben ihm Nesrin, die ziemlich fertig aussah. Hoffentlich nur ein Ausdruck von Müdigkeit. Sie hatte eine lange Nacht hinter sich.

«Frau Hansen», sagte Thorben und tippte mit den Fingern unruhig auf dem Pappkarton herum, der vor ihm stand. «Vielen Dank, dass Sie gekommen sind. Und entschuldigen Sie die Raumwahl. Es war gerade nichts Vergleichbares frei.»

Vielen Dank und *Entschuldigen Sie*? Hatte er das wirklich gerade gesagt?

Nesrin nickte Bette mit einem Lächeln zu. Bette setzte sich. Irritiert, aber auch beruhigt, dass sie wohl doch nicht aufgeflogen waren. Nesrin schenkte ein Glas Wasser ein und stellte es vor sie hin.

«Ich möchte Sie um eine Gegenüberstellung bitten», sagte Thorben.

«Eine Gegenüberstellung? Mit wem?»

«Mit dem Muschelmörder.»

59. HANNAH

Hannah lag auf dem Bett und wartete, dass Koschak zu sich kam. Erst wimmerte er leise, dann zerrte er an seinen Handschellen, die metallisch klirrten.

Hannah ignorierte ihn, ließ nur ihre Füße über die Bettkante baumeln, damit er wusste, dass sie da war. Hinter ihm. Mit ihrem Messer. Sie streckte eine Hand nach dem Festnetztelefon aus, das in der Aufladestation auf dem Nachttisch stand, und rief Tyler an. Seine Nummer hatte sie sich gemerkt. Sie hatte ein gutes Gedächtnis für Zahlen.

«Hallo?», meldete Tyler sich.

«Hannah hier.»

«Hey!», sagte er erfreut.

«Bist du schon auf dem Schützenfest?» Sie hörte Stimmen im Hintergrund und Schlagermusik.

«Die letzten Vorbereitungen. Kommst du nachher?»

«Ja, schon. Ich ...» Hannah druckste herum, um nicht zu selbstsicher zu klingen. «Ich dachte, vielleicht könnten wir uns vorher zum Schwimmen treffen.»

Aus dem Hintergrund rief eine Männerstimme nach Tyler. «Gleich», rief er und sagte leise zu Hannah: «Mein Vater. Der macht immer so 'n Vollstress. Wenn ich nachher nicht hier bin, flippt er aus. Vielleicht gehen wir lieber morgen ...»

«Ach, komm schon. Lass dich nicht immer so rumkommandieren.» Hannah wusste, das traf Tylers Nerv. «Das Fest geht doch die ganze Nacht. Da können wir später noch hin. Aber am Wasser ... da hätten wir ein bisschen unsere Ruhe.»

Sie machte eine Pause, ließ ihm Platz für Phantasie. «Weißt du, an der Uferstelle, die du mir letztens gezeigt hast.»

Tyler seufzte, er haderte mit sich, sagte aber schließlich: «Okay. An der Dove-Elbe. Um zwei?»

«Um drei», sagte sie und beendete das Gespräch. Die Zeit brauchte sie noch.

Sie stand auf, kniete sich neben Koschak hin, der schon wieder die Augen geschlossen hatte, und schlug ihm mit der flachen Hand auf die Wange. «Hey!»

Koschak blinzelte.

Hannah lehnte sich so weit vor, dass ihr Gesicht ganz nah an seinem war. Er sollte den Triumph in ihren Augen sehen. Ein Geräusch wie ein Würgen kam aus seiner Kehle. Er versuchte wohl, zu schreien oder etwas zu sagen, zerrte wieder an seinen Handschellen, wollte sich aufbäumen, das Gesicht schmerzverzerrt. Hannah nahm die Schweißperlen zur Kenntnis, die sich auf seiner Stirn sammelten. Koschaks Smartphone klingelte und verstummte wieder.

Sie lächelte ihn an. Freundlich. Wie eine Krankenschwester, die schon mehr über das Schicksal des Patienten wusste als er selbst. Mit der Spitze ihres Messers pikste sie in seine Wange, bis Blutstropfen aus der Wunde perlten. Dann zog sie das Messer nach unten, über das Kinn, zum Hals.

«Ich nehm dir jetzt den Knebel raus. Schrei besser nicht.»

Koschak schnappte rasselnd nach Luft. Die Socke war durchnässt von Speichel und Schleim, und Hannah verzog das Gesicht, während sie Koschak das Messer fester ins Fleisch drückte. «Keinen Mucks! Du gibst mir jetzt die PIN-Nummern für deine Bankkarten. Und wenn ich feststelle, dass du gelogen hast, schneide ich dir die Eier ab.»

60. BETTE

Mark Thorben und Nesrin waren bei der Gegenüberstellung zugegen. Thorben wollte, dass Bette unvoreingenommen war, weshalb er ihr nicht mal den Namen des Mannes auf der anderen Seite der Spiegelwand verraten hatte, aber Nesrin hatte ihr zugeflüstert, dass er Paul Grote hieß. Und dass der Tote mit dem Muscheltattoo bei ihm gemeldet gewesen war.

Mit hängenden Schultern saß Paul Grote auf einem Stuhl und wippte mit dem Oberkörper vor und zurück. Er war groß und dünn, trug schwarze Jeans und ein schwarzes T-Shirt. Sein Gesicht war schmal, fast schon hager. Die Haare braun und kurz geschnitten. Seine Augenfarbe konnte Bette nicht erkennen, da er die Lider halb geschlossen hatte. Der blassen Haut nach zu urteilen, war sie eher hell.

Über der rechten Braue hatte er eine etwa drei Zentimeter lange Narbe, im linken Ohr einen kleinen silbernen Ring. Er sah durchschnittlich aus, aber auch nicht so unauffällig, als dass er in Ochsenwerder unbemerkt geblieben wäre. Alleine durch seine Größe von mindestens 1,90 Metern wäre er Bette aufgefallen.

«Lassen Sie sich ruhig Zeit», sagte Thorben.

Wie oft hatte Bette in diesen Räumen gestanden und denselben Satz zu Zeugen gesagt. Es war das erste Mal, dass jemand ihn hier zu ihr sagte. Schon seltsam.

Bette war sich ziemlich sicher, Paul Grote nie zuvor gesehen zu haben, und doch war da etwas in seinen Gesichtszügen, das ihr bekannt vorkam. Sie schloss die Augen, versuchte sich zu erinnern, kam aber nicht drauf. Schließlich schüttelte sie den Kopf. Thorbens Enttäuschung war nicht zu übersehen.

«Wieso glauben Sie, dass er der Muschelmörder ist?», fragte Bette, die darauf brannte, die Details zu erfahren.

«Setzen wir uns», sagte Thorben. Nesrin fuhr per Fernbedienung das Rollo vor der Spiegelwand runter, und Bette war froh, diesen hippeligen, übermüdet aussehenden Kerl auf der anderen Seite des Glases nicht mehr sehen zu müssen. Thorben berichtete, wie Nesrin in der Rechtsmedizin auf den Toten mit dem Muscheltattoo gestoßen war. Dabei vergaß er nicht zu betonen, dass sie auf seine Anweisung hin noch einmal sämtliche Archivakten nach dem Muschelzeichen durchsucht hatte. Bette verzog keine Miene, sah aber, wie Nesrin sich auf die Lippen biss.

«Ich denke, der Tote mit dem Muscheltattoo ist das vierte Opfer, von dem der Mörder gesprochen hat», sagte Thorben.

«Was ist mit der Autopsie?», fragte Bette. «Haben Sie nicht eben gesagt, da stand *Tod ohne Fremdeinwirkung*?»

«Ich habe noch mal mit Dr. Haller gesprochen», mischte Nesrin sich jetzt in das Gespräch ein. «Er sagt, bei dem Toten habe nichts auf Fremdeinwirkung hingewiesen, weshalb keine weitreichenden toxikologischen Untersuchungen durchgeführt wurden. Was wiederum einige Möglichkeiten offen lässt.»

«Und warum wurde nicht nach Substanzen wie beispielsweise GHB gesucht? Ich meine, ein paar K.-o.-Tropfen, und das Opfer geht bewusstlos unter.»

«Anlasslos wird nicht bei jeder dahergelaufenen Wasserleiche nach GHB gesucht», sagte Nesrin und schob schnell hinterher: «Dr. Hallers Worte, nicht meine.»

«Schon klar», sagte Bette. «Und was genau haben wir jetzt gegen Paul Grote in der Hand?» In dem Moment, in dem sie seinen Namen aussprach, ging ihr auf, dass Thorben ihn noch gar nicht erwähnt hatte. Sie tauschte einen erschrockenen Blick mit Nesrin, aber Thorben hatte ihren Fauxpas gar nicht bemerkt.

«Dennis Koslowski hat bei Paul Grote gewohnt», sagte er, öffnete den Pappkarton, der vor ihm auf dem Tisch stand, und reichte Bette einen Asservatenbeutel, in dem ein Foto steckte. «Das hing an seinem Kühlschrank. Mit einem Astra-Magneten befestigt.»

Sogar ohne Lesebrille konnte Bette erkennen, wer darauf zu sehen war. Sie selbst, wie sie hinter ihrem Haus die Kompostgrube aushob. Eines der Motive, die der Muschelmörder ihr auch geschickt hatte.

«Ich glaub's nicht.» Am Kühlschrank. Hatte dieser Kerl sie da morgens immer beim Kaffeetrinken angeschaut, oder was?

«Chrischen hat es entdeckt», ergänzte Nesrin. «Er war heute Morgen mit in der Wohnung.»

«Wir wollten nur kurz mit Paul Grote über seinen ehemaligen Untermieter sprechen», fuhr Thorben fort. «Er ist sofort aggressiv geworden. Es hat vier Mann gebraucht, um ihn in Gewahrsam zu nehmen. Und als wir uns dann in der Wohnung umgesehen haben, haben wir das Foto entdeckt, die Kriminaltechnik alarmiert, das ganze Pipapo. Die Spurensicherer sind noch nicht ganz durch. Aber das hier haben sie schon gefunden.»

Thorben reichte ihr einen zweiten Asservatenbeutel. Darin lag eine Kette, die ziemlich so aussah wie die auf Neles Zeichnung.

Bette rieb sich mit der Hand über die Augen. Sie konnte es nicht fassen. Sollten sie ihn tatsächlich geschnappt haben? War dieser Kerl da drüben im Verhörraum wirklich ihr Muschelmörder? Wie konnte das sein, wenn sie ihn nie gesehen hatte? Gleichzeitig ... seine Gesichtszüge ... wieso waren sie ihr so vertraut?

«Gibt es eine Verbindung zu Horst Wennert? Wegen der Waffe. Oder zu Ela Meierhoff? Ein Motiv? Irgendwas?»

Thorben schüttelte den Kopf. «Noch nicht.»

«Was wissen Sie über Paul Grote?»

«Geboren in Hamburg, 28 Jahre alt, aktenkundig wegen kleinerer Diebstahldelikte», leierte Thorben herunter. «Eine Schwester, drei Jahre jünger, in derselben Wohnung gemeldet. Wir haben sie noch nicht angetroffen. Der Vater ist vor acht Jahren bei einem Autounfall mit Fahrerflucht umgekommen.»

«Und die Mutter?» Die Mutter, an die sie, Bette, den Mörder erinnerte. Sie war hier eventuell der ausschlaggebende Punkt.

«Die Mutter ist seit 2005 nicht mehr in Hamburg gemeldet», sagte Thorben.

Da wäre Paul Grote 14 Jahre alt gewesen. In einer der Mails hatte der Muschelmörder Bette vorgeworfen, ihn verraten zu haben. *Sie sind aus der Polizeistation rausmarschiert, als ob ich unwichtig wäre,* hatte er geschrieben. *Haben Sie sich zumindest mal umgedreht?* War es das, was auch die Mutter gemacht hatte? War sie gegangen, ohne sich umzudrehen, als sei ihr Sohn unwichtig?

«Lassen Sie mich mit ihm reden», bat Bette.

«Nein. Vergessen Sie es.» Thorben erhob sich.

«Bitte», versuchte sie es noch einmal.

«Nein», sagte Thorben, stand auf und verließ mit einem kurzen Gruß den Raum.

Er würde sie nicht wieder in den Fall einbeziehen. Er hatte sie lediglich herbestellt in der Hoffnung, sie würde diesen Paul Grote wiedererkennen. Was sie nicht getan hatte, was sie verdammt noch mal nicht getan hatte.

Bette konnte noch sehen, wie Thorben eine Tür weiter ging. Um Paul Grote zu vernehmen. Alleine. Ohne sie.

«Soll ich dir einen Wagen rufen?», fragte Nesrin, als sie im Flur standen. «Ich melde mich auch sofort, wenn es was Neues gibt. Versprochen.»

«Nein. Ich bleib hier.»

«Wie du willst», sagte Nesrin und deutete in Richtung des Getränkeautomaten. Erst jetzt bemerkte Bette den Mann, der auf einem der Klappstühle saß. «Das ist der Zeuge aus der Tiefgarage. Der Ela Meierhoff noch lebend gesehen hat.»

Er war kräftig, mit dunklen, kurz rasierten Nackenhaaren. Seine Arme hatte er auf die Oberschenkel gestützt und tippte auf seinem Smartphone herum, Kopfhörer in den Ohren. Er beachtete sie nicht weiter.

Bette klappte sich einen der grauen Stühle an der Wand auf und setzte sich. Er war furchtbar unbequem. Aber egal. Sie würde warten.

61. HANNAH

Hannah war schneller gewesen, als sie gedacht hatte. Keine Stunde später stand sie wieder vor Koschaks Wohnungstür und schloss mit dem Schlüssel auf, den sie vorhin mitgenommen hatte. Noch war sie hier nicht fertig.

In der Wohnung mit den großen geöffneten Fenstern ließ sich die Hitze gut ertragen.

Sie warf ihren Rucksackbeutel auf den Küchentresen. Koschak lag regungslos auf dem Boden, beobachtete sie aber. Der Knebel steckte fest in seinem Mund. Er hatte doch tatsächlich versucht, sich zu befreien. Das Bettgestell war locker um einen Meter verrückt. Koschaks Gesicht war ganz rot, die Haare klebten ihm nass auf der Stirn. Mit bettelndem Blick sah er sie an, als sie sich eine Flasche Sprudel aufdrehte und trank.

«Vergiss es!» Nicht einen Tropfen würde er von ihr bekommen.

Nachdem sie getrunken hatte, schüttete sie den Inhalt ihres Rucksackbeutels auf dem Tisch aus und betrachtete ihn zufrieden.

Zum zweiten Mal heute war sie auf der Bank gewesen, und diesmal hatte der Automat Geld ausgeworfen. Koschak besaß drei Kredit- und zwei EC-Karten. Pro Karte hatte sie 5000 Euro bekommen, bei einer Karte sogar 7000 Euro. Mehr Geld, als sie jemals auf einen Batzen besessen hatte. Das würde reichen, um unterzutauchen.

Für einen Moment kamen Zweifel in ihr auf. Vielleicht

sollte sie doch lieber sofort abhauen, jetzt, wo sie so viel Geld hatte. Was, wenn die Polizei längst in Ochsenwerder war? Aber einen Rückzieher machen? Einfach so? Nein. Sie war so weit gekommen, das hier würde sie jetzt auch noch durchziehen.

Auf St. Pauli hatte sie bei einem Typen, den sie flüchtig kannte, Liquid Ecstasy besorgt, abgefüllt in eine kleine braune Flasche. Für Tyler. Sie würde vorgehen wie bei Dennis. Alles würde sich wiederholen. Der Kreis schloss sich.

Sie ging zum Kühlschrank, holte eine Flasche Flens, drückte den Bügelverschluss auf, trank einen großen Schluck ab und füllte die Flasche mit dem Ecstasy auf. Dann schloss sie sie wieder. Tyler würde nichts bemerken, geschweige denn schmecken. Das Liquid Ecstasy war völlig geschmacksneutral.

Schon ein Schluck würde reichen, und innerhalb von Minuten wäre Tyler bewusstlos. Die Dosis machte das Gift. Sie musste nur aufpassen, dass Tyler das Bier auch wirklich erst draußen auf dem Wasser trank, nicht schon an Land. Nicht einmal in Landnähe. Die Dove-Elbe musste so tief sein, dass er im Dunkel versank.

Im Ein-Euro-Shop hatte Hannah noch aufblasbare Flaschenhalter gekauft. Kleine Schwimmreifen für Bierflaschen. Damit würde sie das präparierte Bier mit aufs Wasser nehmen.

Sie blies nacheinander einen Flamingo, eine Ananas, einen angebissenen Donut und eine Wassermelone auf. Ihre Wahl fiel auf den Flamingo. Oder doch lieber der Donut? Er war pastellgrün mit gelben Streuseln. Nein. Für den hatte sie eine bessere Idee. Sie ließ wieder etwas Luft aus dem Donut und ging mit festen Schritten zu Koschak rüber. Sie legte den Zeigefinger auf die Lippen, zog ihm die Socke aus dem Mund, und als er nach Luft schnappte, schob sie ihm den Donut in sein aufgerissenes Maul. Sollten die Bullen ruhig was zu lachen haben, wenn sie ihn fanden.

Dann hockte sie sich hin, packte ihn an den Eiern, quetschte sie in ihrer Faust. Er riss seine Augen auf, so weit, dass sie vorquollen. Sein Kehlkopf hüpfte auf und ab, sein Hals verkrampfte sich. Er schrie unter dem Knebel.

«Du hast doch nicht ernsthaft gedacht, du kommst ungestraft davon. Schon vergessen? Du hast mich gefickt, ohne zu fragen.» Sie presste ihre Faust noch fester zusammen. «Möchtest du dazu irgendwas sagen? Vielleicht dass es dir leidtut?»

Aus seiner Kehle kam ein gepresster Laut. Lang und gequält. Hannah schüttelte den Kopf. «Entschuldigung abgelehnt.» Sie zog ihr Messer aus der Hosentasche, ließ es aufschnappen. «Weißt du, was ich jetzt tun werde? Ich stech dir in die Eier, dass du verblutest.»

Koschak schüttelte panisch den Kopf. Der Schweiß lief ihm in Strömen.

Hannah lächelte ihn an und tat dann genau das, was sie angekündigt hatte, stach zu, wieder und wieder. Zuerst zappelte Koschak noch, dann erschlaffte er unter ihrer Hand. Als sie fertig war, wimmerte er nur noch apathisch.

Sie streichelte ihm über die Wange. «Wusstest du, dass in einem durchschnittlichen Erwachsenenkörper fünf Liter Blut zirkulieren? Wenn man einen Dreiviertelliter verliert, merkt man es kaum. Bei eineinhalb Litern wirst du schon schwächer, bekommst schrecklichen Durst. Und Angst. Klar, die Angst darf man nicht vergessen. Aber die hast du ja sowieso schon. Bei zwei Litern wird dir schwindelig, du fühlst dich verwirrt, und dann verlierst du das Bewusstsein.»

Plötzlich hatte Hannah einen unsagbaren Heißhunger auf Fleisch. Es war fast wie ein kannibalischer Instinkt, und sie fragte sich ob sie langsam durchdrehte, wirklich verrückt wurde, aber den Gedanken schob sie schnell beiseite. Nein, sie hatte einfach den ganzen Tag noch nichts gegessen, und es war ein nicht ganz unanstrengender Tag gewesen.

Im Kühlschrank fand sie ein Steak, genau das, was sie jetzt brauchte. Sie nahm eine Pfanne und stellte den Herd an.

Angelockt durch den Fleischgeruch, kam Koschaks rot getigerte Katze durch die Terrassentür. Zögerlich schlich sie sich an, und als Hannah ihr nichts gab, stolzierte sie maunzend zu Koschak rüber, schnupperte an ihm und leckte sein Blut vom Boden.

Um 14.13 Uhr verließ Hannah die Wohnung. Koschaks Atem ging nur noch flach und rasselte leicht. Seine Hände waren seltsam verkrümmt, als wollte er etwas greifen, als wollte er das Leben festhalten. *Tja, das wird wohl nichts mehr.*

62. BETTE

Ein lautes Geräusch riss Bette aus dem Schlaf, und sie fuhr erschrocken hoch. Der Zeuge aus der Tiefgarage schlug mit der flachen Hand wieder und wieder auf den Getränkeautomaten. Der Kasten schepperte wie sonst was, ohne dass dabei eine Dose herausgefallen wäre. «Mistteil!», schrie er.

«Der funktioniert nie», murmelte Bette und massierte sich den schmerzenden Nacken. Diese Klappstühle waren absolut nicht geeignet, um darauf zu schlafen.

Der Mann sah sie überrascht an. «Oh. 'tschuldigung. Hab ich Sie geweckt?»

«Sieht so aus.»

«Echt. Wollt ich nicht. Nervt nur, das Ding.» Er trat noch mal mit dem Fuß gegen die Bodenleiste des Automaten. «Zwei Euro weg, außerdem hab ich tierisch Durst.» Er redete im Duktus eines Teenies, obwohl er locker auf die vierzig zuging. «Sind Sie Stammkunde?»

Bette sah ihn fragend an. «Was soll ich sein?»

«Na, Stammkunde. Ich meine, wenn Sie wissen, dass der Automat nie funktioniert.»

«Ach so. Ja. So was in der Art.»

Bevor er noch weiter nachhaken konnte, was das nun bedeutete, kam Nesrin mit einem Kollegen von der IT den Gang herunter auf sie zu.

«Jetzt kriegen wir ihn dran», flüsterte sie Bette zu. «Auf seinem Laptop ...»

«Die Mails?»

«Nein. Der Suchverlauf in seinem Browser. Seine letzte Suche: *Manipulation von Propangasflaschen.* Wenige Tage, bevor dein Schuppen in die Luft geflogen ist.»

Als der IT-Kollege die Tür zum Verhörraum aufzog, konnte Bette einen Blick auf Paul Grote erhaschen. Er saß da wie ein Haufen Elend, in sich zusammengesunken, tränennasses Gesicht, knallrote Augen.

Nesrin strich Bette über den Arm, wie um ihr Mut zuzusprechen, und eilte hinter dem Kollegen her. Bette konnte nur noch die geschlossene Tür anstarren. Sie hätte schreien können. Sie wollte auch da rein, sie wollte diesen Paul Grote selbst vernehmen. Die Kette, ihr Foto an seinem Kühlschrank, die verschwundene Mutter und der Browserverlauf. Es passte alles. Fast alles. Bis auf ein Detail. Dem Mann, der da drinnen saß, war sie noch nie zuvor begegnet. Dabei war sie sich so sicher, dass der Muschelmörder jemand war, den sie schon gesehen hatte. Nicht wirklich wahrgenommen, aber auf jeden Fall gesehen. Und da war noch etwas: Paul Grote wirkte wie jemand, der nicht den blassesten Schimmer hatte, was los war.

Plötzlich schepperte es, und gleich zwei Coladosen fielen in die Ablage des Getränkeautomaten durch. «Ey, cool.» Der Mann, mit dem sie hier im Flur festhing, bückte sich, nahm sie heraus und reichte Bette eine.

«Danke», sagte sie.

«Ich hock hier schon locker seit zwei Stunden. Dauert das immer so lange?»

«Kann vorkommen.»

«Ich versteh ja nicht, was ich hier soll. Die wollen, dass ich jetzt irgend so einen Typen wiedererkenne. Dabei hab ich denen schon tausendmal gesagt, dass ich keinen Typen gesehen hab. Niemanden. Nur die zwei Frauen.»

«Zwei Frauen?» Thorben hatte ihr nur von einem Zeugen erzählt, dem, mit dem sie hier grade Cola trank.

«Ja, sag ich doch.» Der Mann pfiff durch die Zähne und nickte anerkennend. «Die Tote sah echt gut aus. Die andere hab ich mir nicht so genau angeguckt. Die war mir zu jung. Eher ein Mädchen als eine Frau.»

Bette verschluckte sich fast an ihrer Cola. Was der Mann dann noch sagte, kam nicht mehr bei ihr an. Sie dachte nur: *eher ein Mädchen als eine Frau.*

Eine junge Frau in der Tiefgarage. Das Mädchen auf dem Fahrrad. Die Frau, von der Nele erzählt hatte, die im Haus gewesen war, die die Schuhe ihrer Mutter anprobiert hatte. Und die Kette mitgenommen hatte. Die Kette!

Eine Frau, der Täter war eine Frau!

Hatte Thorben nicht eben erwähnt, Paul Grote habe eine Schwester? Bette drückte dem Zeugen aus der Tiefgarage ihre Coladose in die Hand und riss die Tür zum Verhörraum auf.

«Ich war das nicht», jammerte Paul Grote gerade. «Ich bring doch nicht meinen besten Freund um.»

Bette stürmte auf ihn zu. «Wo ist Ihre Schwester?»

«Frau Hansen!», fuhr Thorben dazwischen. «Sie können hier nicht einfach so reinplatzen.»

Bette ignorierte ihn, stützte sich mit den Händen auf dem Tisch ab, beugte sich weit zu Paul Grote vor, der erschrocken zurückwich.

«Noch mal. Wo ist Ihre Schwester?»

«Keine Ahnung. Bei der Arbeit oder wieder mit diesem bescheuerten Bücherbus unterwegs.»

63. HANNAH

Hannah hatte Koschaks Wagen genommen. Einen Alfa Romeo. Das Fahrgefühl war so was von anders als mit dem alten Bücherbus. Sie musste das Gas nur antippen, und der Wagen zog ab. Niemand würde in dieser Karre nach ihr suchen. Nach ihr, der mittellosen Call-Center-Agentin.

Sie drehte das Radio auf. Nachrichten auf NDR Info.

Kein Kommentar zur einer Fahndung nach Hannah Grote. Allerdings auch keine Erwähnung davon, dass die Polizei den Mordverdächtigen Paul Grote festgesetzt hatte. Als sie über die Amsinckstraße Richtung Elbbrücken fuhr, war sie versucht, kurz abzubiegen und beim Call-Center anzuhalten. Die Brandt töten. Jetzt, wo sie schon dabei war. Ein Messerstich würde reichen, und sie wäre wieder raus, bevor die Kollegen überhaupt kapierten, was geschehen war. Und Hannah wäre nur ein paar Minuten später an der Dove-Elbe. Aber nein. Lieber das Gaspedal durchdrücken und vorbei an der Abzweigung. Sie wusste nicht, wie viel Zeit ihr noch blieb.

Um kurz vor drei fuhr sie auf einen Parkplatz hinter dem Deich, der zu einer Schrebergartenanlage gehörte, und ging das letzte Stück zur Badewiese zu Fuß.

Heute war es nicht ganz so voll wie sonst. Sie hielt sich links auf einem sandigen Pfad. Die Uferstelle, an der sie sich verabredet hatten, lag versteckt zwischen Bäumen ein gutes Stück abseits. Ihre geheime Stelle hatte Tyler sie genannt.

Hannah sah sich aufmerksam um. Sie wollte sich vergewissern, dass sie nicht in eine Falle lief. Aber als sie an der

Uferstelle ankam, war sie sich sicher, dass niemand hier auf sie wartete. Außer Tyler.

In seinen grünen Badeshorts lag er auf einem großen blauen Handtuch, die Augen geschlossen, Kopfhörer auf den Ohren. Mit den Füßen zuckte er zum Rhythmus der Musik, die Hannah nicht hören konnte. Er hatte sie noch nicht bemerkt.

Hannah hob eine Eichel vom Boden auf und warf sie ihm auf den Bauch. Tyler blinzelte, rollte sich herum und drückte sich auf die angewinkelten Ellenbogen hoch. «Hey!», sagte er und grinste sie an.

«Hey.» Hannah stellte die Sporttasche ab, die sie bei Koschak mitgenommen hatte. Ihre schwarze Unterwäsche ging auch als Bikini durch, sie zog sich aus und ließ sich neben Tyler in den Sand fallen. Das Gesicht der Sonne zugewandt, die Arme von sich gestreckt, schloss sie die Augen. Tyler sollte ruhig Zeit haben, sie anzuschauen. Sie würde jetzt das Spiel der Verführung spielen. Und dann würde sie ihn ins Wasser locken. Bis es kein Zurück mehr für ihn gab.

Als sie die Augen wieder öffnete, hatte Tyler den Kopf in die Hand gestützt und sah sie an.

«Wie wär's, wenn du mal dein Telefon ausstellst», sagte sie. «Nicht dass dein Vater dich doch noch zum Schützenfest pfeift.»

«Längst geschehen.»

Sie lächelte, setzte sich auf und drückte Tyler einen flüchtigen Kuss auf die Wange. Verblüfft sah er sie an.

«Bier gefällig?», fragte sie.

«Klar.»

Sie zog den Reißverschluss der Sporttasche auf und reichte

Tyler eine Flasche. Natürlich nicht die präparierte. Die steckte sie in den Flamingo.

Mit ungläubigem Blick schaute Tyler ihr zu.

«Guck nicht so, das ist superpraktisch. So wird das Bier gekühlt, und wir verdursten nicht beim Schwimmen.»

«Mal echt, das Teil ist voll peinlich.»

«Tja, da musst du durch.» Hannah puffte Tyler mit dem Ellenbogen in die Seite und setzte den Flamingo vor ihren Füßen aufs Wasser. Das lange Band befestigte sie an ihrem Handgelenk, sodass er nicht wegtrieb.

64. BETTE

Bette hatte mehrmals versucht, Tyler auf seinem Mobiltelefon anzurufen. Vielleicht wusste er, wo Hannah war. Aber sie erreichte ihn nicht. Er hatte sein Telefon ausgestellt.

In Hannahs Zimmer hatten die Spurensicherer Flyer vom Schützenfest gefunden, vollgekritzelt mit Galgenmännchen. Außerdem eine Zeichnung des Schützenhauses, die Hannah angefertigt haben musste.

Thorben hatte sich erbarmt, Bette in einem der Einsatzwagen mitfahren zu lassen. Irgendjemand musste Hannah ja identifizieren. Unter den vielen jungen Leuten, die auf dem Schützenfest unterwegs waren, würde sie kaum herausstechen. Dazu war sie zu unscheinbar. Thorben hatte sich erstaunlich schnell von Bette überzeugen lassen, dass der Mörder eine Mörderin war, die Schwester von Paul Grote.

Es war gleich drei. Bis sie ankämen, wäre das Schützenfest in vollem Gange. Der Vereinsvorstand war bereits alarmiert. Er hatte Anweisung, sofort alle Waffen wegzuschließen. Was er sicher auch getan hatte. Bette kannte den Mann. Auf ihn war Verlass. Aber vielleicht plante Hannah gar nichts mit den Waffen, von denen sie vermutlich wusste, dass sie in jeden Fall gut gesichert waren. Vielleicht hatte sie etwas ganz anderes vor.

Bisher war sie da ja auch sehr flexibel gewesen. Messer, Gewehr, Gasexplosion und vermutlich irgendeine drogenartige Substanz, die Dennis Koslowski das Bewusstsein geraubt hatte.

Bette starrte aus dem Fenster. Nur verschwommen nahm sie im Vorbeifahren Häuser, Lagerhallen und Felder wahr. Sie wusste, dass Hannah Grote die Schuld an den Morden trug und auch daran, dass Mats im Krankenhaus lag, aber die Kraft der Logik verlor sich von Sekunde zu Sekunde mehr, und eine bittere Erkenntnis trat an ihre Stelle: Hätte Bette sie früher gefasst, wäre das alles nicht passiert. Sie hatte zu sehr nach Lehrbuch ermittelt, zu wenig auf ihr Gespür vertraut. Bei der Polizei gingen sie immer von Wahrscheinlichkeiten aus, häufig vorkommenden Profilen, Morden aus der Vergangenheit, Mustern. Und diese Muster wiesen nun einmal eindeutig auf einen Mann hin. Die Muster und auch die Kraft, die eingesetzt worden war.

Trotzdem, wie hatte sie nur so beschränkt, so eng, so vorurteilsvoll denken können? Sich so in die Irre leiten zu lassen! Natürlich war auch eine Frau zu den Morden fähig. Warum auch nicht? Nur weil eine Frau in einer Tiefgarage abgestochen wurde, musste der Täter doch nicht zwingend ein Mann sein. Und nur weil Tom van Have kräftig war, hieß das nicht, dass sein Mörder ebenso stark war. Kraft ließ sich kompensieren. Eine Frau musste nur anders vorgehen. Geschickter. Schlauer. Und Hannah war beides.

Vielleicht hatte sie Tom van Have das hilfsbereite Mädchen vorgespielt, als er verletzt im Brombeergebüsch lag. Er wäre nur schwerlich auf die Idee gekommen, dass sie die Schützin sein könnte. So was traute man ihr nicht zu. Und oben auf dem Hochstand hatte er sie sicher nicht gesehen.

Und dann Ela Meierhoff. Sie mochte sich von einem Stalker verfolgt gefühlt und in der Tiefgarage Angst gehabt haben. Aber sie hatte Angst vor einem Mann. Nicht vor einer

Frau, schon gar nicht vor einer so mädchenhaften Frau wie Hannah. Hannah musste an sie rangekommen sein, ohne dass Ela auch nur misstrauisch geworden war. Das war Hannahs Stärke. Und die hatte sie auch bei Bette eingesetzt.

Zumindest in einer Sache hatte Bette das richtige Gefühl gehabt, nämlich, beobachtet zu werden. Fast täglich hatte der rote Bus mit den fröhlich flatternden gelben Büchern in den letzten Wochen in der Kehre gestanden. Hannah hatte sich perfekt versteckt. Für jeden sichtbar. Niemand hatte sich etwas dabei gedacht. Niemand, außer Erna, die Bette gegenüber ihr Misstrauen geäußert hatte. Aber Bette hatte nicht hingehört. Stattdessen hatte sie Hannah Eis vorbeigebracht und sogar mit ihr zusammen bei Mats gesessen.

Hannah war der Typ Frau, von der alle hinterher sagen würden, sie hätten niemals geahnt, dass etwas nicht stimmte.

Freundlich, etwas schüchtern, zuvorkommend, hilfsbereit.

Genau so hatte Bette sie wahrgenommen. Dabei brodelte hinter dem blassen Gesicht dieser jungen Frau der blanke Wahnsinn.

65. HANNAH

Mit dem Finger fuhr Hannah über Tylers Arm, der weich und gleichzeitig muskulös war. «Wieso hast du kein Tattoo?»

«Warum sollte ich ein Tattoo haben?»

«Jeder Kerl hat ein Tattoo.»

«Quatsch.»

«Doch, natürlich.» Hannah holte ihren Edding aus der Tasche. «Dreh dich um.» Sie zog den Deckel vom Stift und setzte ihn oberhalb von Tylers Schulterblatt an.

«Was wird das?» Tyler renkte den Kopf nach hinten und zog die Schulter vor, um etwas erkennen zu können. Vergeblich.

«Halt still!» Hannah zeichnete erst die abgerundete geriffelte Seite der Muschel, dann die anderen Außenlinien, zuletzt das Kreuz. Auch Koschak hatte sie zum Abschied die Muschel auf den Bauch gemalt.

«So», sagte sie zufrieden. «Jetzt bist du ein Kerl.»

«Was ist es?»

«Rate.»

«Ein Anker.»

«Nein.»

«Ein Herz? Oh nein, bitte kein Herz.»

«Kein Herz.»

«Ein Totenkopf.»

«Fast.»

«Was heißt fast?»

«Fast heißt fast.» Hannah sprang auf und rannte lachend

ins Wasser, dass es nur so spritzte. Dann schwamm sie los und zog den Flamingo mit sich. Er schwankte, kippte aber nicht. «Na, komm schon», rief sie Tyler zu.

Sie schwammen um die Wette. Tyler war schneller, aber nur, weil Hannah den Flamingo an der Hand hatte. Und der durfte auf keinen Fall kentern. Als sie ein gutes Stück draußen waren, wurde Hannah langsamer und ließ sich treiben. Unter ihnen war jetzt nichts als Tiefe und Dunkelheit.

«Warst du mal auf einer der Inseln?», fragte sie.

«Die sind voller Gänsekacke.»

«Keine einsame romantische Bucht irgendwo?»

«Nee.»

«Schade», sagte Hannah.

Ein Motorboot fuhr vorbei, schlug Wellen und verschwand in Richtung Yachthafen. Sie waren alleine. Niemand würde etwas mitbekommen. Niemand würde Tyler retten.

66. BETTE

Sie waren nur mit drei Einsatzwagen gefahren, ohne Blaulicht. Bloß kein unnützes Aufsehen erregen. Hannah war gefährlich. Und wenn sie wüsste, dass sie ihr auf der Spur waren, wäre sie noch gefährlicher.

Hinter der Tatenberger Schleuse bogen sie links auf den Deich, vorbei am Yachthafen, am Hofladen, an den Schrebergärten. An der Badewiese bat Bette den Fahrer, kurz abzubremsen, warf einen Blick zum Wasser, hielt Ausschau nach Tyler. Vielleicht würde sie ihn hier erwischen. Vielleicht war sogar Hannah bei ihm. Bette wurde ganz übel. Aber er war nirgends zu sehen. Der Steg war leer.

Dafür herrschte auf dem Schützenplatz, genau wie Bette angenommen hatte, ein vergnügtes Durcheinander. Jugendliche hingen an der Balustrade um den Autoscooter. Vor dem Karussell hüpften die kleineren Kinder vor Aufregung auf und ab. Aus Lautsprechern dröhnte Popmusik. Es roch nach Grillwürstchen. Die Erwachsenen standen zusammen, stießen mit ihren Bieren an, tranken. Es wurde geplaudert und gelacht.

Oben an der Straße blieben Bette und Chrischen stehen. Thorbens Leute, die alle in Zivil waren, strömten aus, und auch Thorben verschwand mit seinem Telefon am Ohr in der Menge.

«Wie zum Henker sollen wir Hannah hier finden?», fragte Chrischen. «Wir hätten den Platz evakuieren sollen. Wer weiß, was sie vorhat.»

Bette nickte. Eine Evakuierung wäre ihr auch lieber gewesen. Diese Galgenmännchen auf dem Flyer, die Zeichnung des Schützenhauses, das machte sie alles ausgesprochen nervös. Aber Thorben hatte gekontert, sie wollten Hannah fassen, nicht verjagen. «Außerdem», hatte er süffisant hinzugefügt, «ist sie hinter Ihnen her, Frau Hansen. Warum also allen das Fest verderben.»

Bette sah das etwas anders. Und jetzt, wo sie sich diesen Satz von Thorben noch einmal durch den Kopf gehen ließ, wurde ihr jäh etwas klar.

Hannah wusste, dass Bette, nach dem, was in ihrem Garten passiert war, heute eigentlich gar nicht hier aufgetaucht wäre. Was hieß: Wenn Hannah hier war, dann nicht wegen ihr. Mit einer erschreckenden Klarheit sah Bette plötzlich alles vor sich. Mit der Explosion des Hühnerstalls hatte Hannah es gar nicht auf sie abgesehen gehabt. Hannah hatte Bette über Wochen beobachtet. Sie hatte genau gewusst, dass es Fynn war, der die Hühner fütterte und die Eier suchte. Dass es mehr seine als Bettes Tiere waren. Sie war sogar dabei gewesen, als Mats sie bat, Fynn wieder rüber zum Schuppen zu lassen.

Fynn hatte sterben sollen. Die Explosion hatte ihm gegolten. Nicht Bette. Nicht direkt zumindest. Hannah mochte eiskalt sein. Aber sie war perfekt darin, andere zu durchschauen. Und sie musste erkannt haben, dass es für Bette das Schlimmste wäre, den Mord an einem geliebten Menschen nicht verhindert zu haben. Die Hölle auf Erden.

«Chrischen», stieß Bette hervor. «Wir müssen nicht nach Hannah suchen. Wir müssen Fynn suchen. Und Tyler! Den auch.»

Fynn hatte sie doch eben irgendwo im Gewühl vor dem Autoscooter gesehen. Hastig suchte sie die Menge ab. Wo war er? Da, am Süßigkeitenstand. Mit seiner Mutter Julia. Sie war seit der Explosion nicht gut auf Bette zu sprechen. Eine weitere Diskussion mit ihr musste sie jetzt unbedingt vermeiden, dafür hatten sie keine Zeit.

«Chrischen!» Sie zeigte auf Fynn. «Sorg dafür, dass der Junge hier wegkommt.»

Während Bette aus dem Augenwinkel sah, wie Chrischen auf Julia zuging, schob sie sich durch zum Getränkestand. Von den Gästen kannte sie die meisten, nickte hier und da, ging eilig weiter. Von den zivilen Polizeibeamten dagegen sah sie niemanden. Unter Einsatz ihrer Ellenbogen drängelte sie sich zum Tresen durch.

«Erik!» Tylers Vater stand an der Zapfsäule und füllte einen Becher Bier nach dem anderen. Der Kopf unter den fast weißen Haaren hochrot wie immer. Der typische Choleriker.

«Ist Tyler hier?» Bette musste schreien, um den Lärmpegel um sich herum zu übertönen.

«Sieht das so aus?», schrie Erik zurück.

«Wo ist er?»

«Was fragst du mich. Sicher wieder mit diesem Mädchen abgezogen. Er sollte mir helfen. Und jetzt steh ich alleine da.»

«Mit welchem Mädchen?»

«Wenn's die von letztens ist, dann isses so 'ne kleine schmale.»

Hannah, das war Hannah!

Erik hatte sich von Bette abgewandt. Hob die Hand. «Hey, Heinz, springst du mal mit ein?»

«Erik», brüllte Bette jetzt in seinen Rücken. «Es ist wichtig. Wo sind sie?»

Erik sah sie völlig entnervt an. «Woher soll ich das wissen, verdammt? Wenn du ihn findest, sag ihm, es setzt was.»

Alles in Bette zog sich zusammen. Für einen kurzen Moment spürte sie Panik in sich aufsteigen, aber sie war immer noch Polizistin genug, um ihre Gefühle auszublenden. Denk nach Bette, denk nach. Am Steg waren sie nicht. Der war leer gewesen. Wo konnten sie noch sein?

Nele, vielleicht hatte Nele eine Idee.

Bette entfernte sich ein paar Schritte vom Festplatz und drückte Neles Nummer. *Bitte, geh ran. Bitte.*

Es klingelte ewig, bis Nele abnahm.

«Frau Hansen.» Nele klang außer Atem. «Ich bin auf dem Weg ... gleich in Ochsenwerder.»

Die Musik war so laut, dass Bette kaum etwas verstand. Sie hielt sich mit einem Finger das freie Ohr zu.

«Ich muss Ihnen was sagen. Ihr Telefon ... Ich war so wütend ...»

«Nicht jetzt!», unterbrach Bette sie.

«Aber ich ... es tut mir so leid ...»

«Nele. Halt den Mund. Hör zu!»

Irgendjemand sagte etwas durch das Mikrophon und löste damit stürmisches Klatschen und Jubeln aus.

«Nele», schrie Bette in den Hörer. «Wir haben den Mörder. Es ist Hannah. Und sie ist mit Tyler unterwegs.» Kurz fragte sie sich, ob Nele überhaupt wusste, wer Hannah war. Aber sicher ... sie war ja noch eifersüchtig gewesen.

Schweigen am anderen Ende der Leitung.

«Nele! Hörst du mich? Wir müssen Tyler finden.»

«Es ist … Hannah?» Neles Stimme war nicht mehr als ein Hauchen.

«Wo können die beiden hin sein?»

«Das Schützenfest.»

«Nein. Wo noch?»

«An der Dove-Elbe.»

«Am Steg ist niemand.»

«Dann am Ufer. Links runter, kurz vor den Schilffeldern, versteckt zwischen den Bäumen. Da ist eine Badestelle.»

Badestelle. Gut versteckt. Für ein Treffen mit Hannah. Sie mussten sofort dahin. Sie mussten … Bettes Gedanken lösten sich in ihre einzelnen Bestandteile auf, sie konnte sie nicht mehr fassen.

Als sie wieder zu sich kam, lag sie auf dem staubigen Boden, Chrischen kniete neben ihr. «Bette, aufwachen!» Seine Stimme drang wie durch eine Wattewand zu ihr durch. «Bette. Du kannst jetzt nicht schlafen.» Er klatschte ihr mit der Hand auf die Wangen. Links, rechts, links. Verschwommen sah Bette Gesichter, die auf sie herabstarrten. Eine Schlafattacke. Ohne Vorwarnung. Oder hatte sie die Anzeichen von Schläfrigkeit nur wieder ignoriert? Sie vor lauter Aufregung nicht wahrgenommen? Sie konnte sich nicht erinnern. Woran sie sich erinnern konnte waren dagegen Neles Worte: *Nicht am Steg. Am Ufer, links runter, zwischen den Bäumen.*

Bette hoffte, dass Tyler einen Schutzengel hatte. Leider glaubte sie nicht an Schutzengel.

67. HANNAH

Hannah zog den Flamingo zu sich heran und öffnete die Flasche, ohne sie aus der Halterung zu nehmen. Kein zischendes Geräusch von Kohlensäure, wenn sich der erste Druck entlud. Aber das fiel Tyler nicht auf. Für einen Moment tat es Hannah fast etwas leid um ihn. Er war nett. Nicht so ein Arsch wie Koschak. Zum Glück war Empathie noch nie ihre Schwäche gewesen.

Sie stupste den Flamingo an, und er trudelte mit der offenen Flasche direkt vor Tylers Brust. Als der seine Hand nach der Bierflasche ausstreckte, ging ein wohliges Schaudern durch Hannahs Körper. Das war's. Schade nur, dass sie danach direkt abhauen musste und Bettes Schmerz nicht mehr mitbekommen würde. Das hatte sie sich anders vorgestellt, aber es war nun nicht mehr zu ändern. So oder so: Bette würde die Schuld bis an ihr Lebensende mit sich rumtragen.

Tyler hob die Flasche an, öffnete die Lippen, setzte sie an den Mund. Hannah schwamm ganz nah an ihn heran. Bei so viel Liquid Ecstasy konnte gleich alles ganz schnell gehen. Und dann wollte sie bei ihm sein. Ihn umarmen. Ihn spüren. Spüren, wenn es zu Ende ging. Wie bei Dennis.

Tyler nahm einen Schluck, im selben Moment hallte ein Ruf über das Wasser. «Tyler! Tyler!»

Hannah riss den Kopf herum, sah Nele zwischen den Bäumen bei ihren Sachen stehen, wild winken. Ihr hatte Tyler seine geheime Badestelle also auch gezeigt.

In dem kurzen Moment, den Hannah abgelenkt war,

schlang Tyler seinen Arm um ihren Nacken, zog sie an sich, drückte ihr einen Kuss auf den Mund. Hannah spürte, wie bittere Flüssigkeit ihre Lippen umspülte, begriff, dass Tyler das Bier gar nicht geschluckt hatte. Sie presste die Lippen zusammen, drückte ihre Hände gegen seine Schultern, wand sich, doch er verstand das nur als Aufforderung, sie noch fester an sich zu ziehen. Sie konnte nicht atmen. Bier lief von seinem Mund in ihren. Nein, nein! Nicht schlucken, nur nicht schlucken. Doch die Flüssigkeit rann schon ihre Kehle hinunter. Tyler ließ sie los, prustete den Rest des Bieres in die Luft, wo er in winzigen Tröpfen zerstieb. Lachte.

Am Ufer stand Nele, wirbelte weiter mit den Armen um sich und schrie. Was auch immer. Ihre Worte verhallten unverstanden. In Hannahs Kopf drehte sich alles. Tränen traten ihr in die Augen. Wie lange hatte sie noch? Minuten, Sekunden?

Tyler wollte sie erneut umarmen. Hannah stieß ihn von sich. Schwamm los. Sie musste an Land.

«Was ist? War doch nur Spaß», rief Tyler ihr hinterher.

Hannah schwamm weiter.

Ein Polizeiwagen kam auf dem Deich angerast. Mit Blaulicht. Sie drehte um, schwamm in die andere Richtung. Sie musste ans gegenüberliegende Ufer. Sie musste weg. Sie musste sich retten. Doch da konnte sie ihre Arme schon nicht mehr spüren. Und ihre Beine auch nicht. Nicht mal die Lider ihrer aufgerissenen Augen. Ihre Ohren füllten sich mit dem Geräusch von fließendem Wasser. Über sich sah sie Luftblasen. Sie dachte an die Seeleute, die nie schwimmen lernten. Eine Ruhe, die sie so noch nie erlebt hatte, breitete sich in ihr aus. Dann wurde es schwarz um sie herum.

EPILOG

Bette zog das Blech Aprikosenstreusel aus dem Ofen. Dazu würde es Sahne geben und geröstete Mandelsplitter, die sich jeder nach Belieben über seinen Kuchen streuen konnte. Mats war heute aus dem Krankenhaus entlassen worden. Mit dem noch warmen Kuchen in der Hand, trat Bette aus dem Haus.

Es war schwül, und nicht mal ein laues Lüftchen wehte. Später würde es gewittern, aber noch war der Himmel blau, und bis auf das Zwitschern der Vögel war kein Laut zu hören. Nesrins roter Peugeot stand in der Kehre, genau an der Stelle, wo Hannah immer mit dem Bücherbus gestanden hatte.

Unglaublich. Zwei Wochen war das erst her. Vor zwei Wochen hatte Bette Hannah noch für eine etwas schüchterne junge Frau gehalten, die ihre Freizeit opferte, um lesebegierigen Kindern Bücher auszuleihen. Dabei war Hannah den Bücherbus nur gefahren, um in ihrer Nähe zu sein. Ohne Bette wäre sie niemals in Ochsenwerder aufgetaucht. Mats wäre nicht verletzt worden und Tyler nicht fast getötet. Andererseits, wenn Hannah nicht den Kontakt zu Bette gesucht hätte, hätten sie bis heute nicht die leiseste Ahnung, wer sie war. Sie hätten nicht einmal die Chance gehabt, sie zu fassen. Und Hannah würde weiter morden. Sie hatte Gefallen daran gefunden. Das Wissen darum machte das, was passiert war, für Bette etwas erträglicher. Sie kniff die Augen kurz zusammen und schüttelte den Kopf, um das Bild vom Bücherbus aus ihrem Kopf zu vertreiben. Dann ging sie nach hinten zu ihren Gästen in den Garten.

Chrischen war gerade dabei, die Stühle an den Tisch im Schatten des Walnussbaums zu tragen. Fynn half ihm. Nesrin verteilte Kaffeetassen, Teller und Gabeln. Tyler und Nele saßen abseits auf der Wiese und redeten leise miteinander. Vorhin, als sie angekommen waren, hatte Tyler Nele seine *Lebensretterin* genannt. Er hatte versucht, es scherzhaft klingen lassen, aber Bette wusste, dass er es ernst meinte. Hätte Nele Hannah nicht für einen kurzen Moment abgelenkt, wäre er es gewesen, der das Liquid Ecstasy geschluckt hätte. Und dann wäre er ertrunken, nicht Hannah.

Nie würde Bette vergessen, wie Tyler aus dem Wasser kam. Die Augen vor Bestürzung weit aufgerissen, der ganze Körper zitternd. Er hatte versucht, Hannah zu retten. Da hatte er noch nicht verstanden, was passiert war, schon gar nicht, wie knapp er mit dem Leben davongekommen war. Dass Hannah, in die er sich verliebt hatte, ihn hatte töten wollen. Und es fast geschafft hätte. Bette hatte seine Schultern gefasst, ihn an sich gezogen, festgehalten. Und dieses eine Mal hatte er es zugelassen.

«Wo ist Mats?», fragte Bette, entdeckte ihn dann aber schon selbst. Auf seine Krücke gestützt, humpelte er um den neuen Hühnerstall herum. Es war nur ein Laufgehege mit Nistkasten und Platz für gerade mal vier Hühner. Dafür aber fuchssicher. Bette hatte ihn im Internet bestellt und mit Tylers Hilfe aufgebaut. Sie hatte den Anblick der kahlen Stelle, an der der Schuppen zuvor gestanden hatte, keinen Tag länger ertragen. Außerdem hatte sie Fynn neue Hühner versprochen.

Bette stellte den Kuchen ab und ging zu Mats hinüber, der missbilligend gegen eine der Holzlatten klopfte. «Wirklich,

Bette, dieser Fertigkram ist doch Mist. Hättest du mal gewartet, dann hätt ich dir was Vernünftiges gebaut.»

«Das kannst du gerne immer noch machen», sagte Bette. «Aber erst, wenn du wieder richtig fit bist.»

Mats gab ein leicht mürrisches Brummen von sich. Es würde noch eine Weile dauern, bis seine Wunden vollständig verheilt waren. Ohne ihn anzusehen, griff Bette nach seiner freien Hand und drückte sie einmal kurz und fest. Sie konnte gar nicht sagen, wie froh sie war, dass er wieder zu Hause war. Sie mochte sich ja mittlerweile mit dem Gedanken angefreundet haben, wieder in Ochsenwerder zu leben, aber auf keinen Fall ohne Mats. Gestern hatte sie sich sogar überwunden, noch mal schnell seinen Rasen für ihn zu mähen. Ein größerer Freundschaftsbeweis ging ja wohl kaum.

Kurz darauf saßen sie alle zusammen am Tisch, und Nesrin verteilte den Kuchen. Sie hatte sich Urlaub genommen und würde ein paar Tage in Ochsenwerder bleiben. Die ländliche Ruhe genießen. Bette hatte eines der Zimmer im ersten Stock so aufgeräumt, dass es ein nettes Gästezimmer abgab. Und auch wenn sie es nicht gewohnt war, jemanden bei sich zu haben, freute sie sich auf Nesrins Gesellschaft. Sie spielte sogar mit dem Gedanken, Tyler das Zimmer anzubieten. Zumindest vorübergehend. Er hatte die Zusage von der Hochschule bekommen, und sein stießeliger Vater, Erik, hielt an seiner Drohung fest, seinen Sohn rauszuwerfen, falls er den Platz annahm.

«Und, was hast du jetzt vor?», fragte Chrischen.

«Was soll ich vorhaben?»

«Na ja, der Kuchen ist super. Aber du kannst ja nun nicht den ganzen Tag backen.» Während er das sagte, sah er Bette so durchdringend an, dass sie sich für einen Moment sicher war, er könnte ihre Gedanken lesen. Die letzten Wochen waren aufreibend gewesen und schrecklich. Aber wenn sie ganz ehrlich mit sich war: Die Suche nach dem Muschelmörder, beziehungsweise der Mörderin, hatte auch ihr Gutes gehabt. Sie hatte ihr neues Selbstvertrauen gegeben. Bette hatte erkannt, dass sie auch mit ihrer Krankheit nicht völlig nutzlos war. Und sie hatte wieder diese Aufregung verspürt, die nur eine Ermittlung bei ihr auslöste. Ein Gefühl, das sie nicht mehr missen wollte.

NACHWORT UND DANK

Jahrelang war die Badewiese an der Dove-Elbe ein ruhiger, fast verwunschener Ort. Sogar bei Sonnenwetter war man im Wasser oft alleine – was manchmal fast etwas unheimlich war. Wohl gerade deshalb entstand genau hier, beim Schwimmen, die Idee zu diesem Buch. Die Geschichte spielt im Sommer 2019. Und das ist ein Glück, denn ein Jahr später ist aus dem Geheimtipp Dove-Elbe mit einem Mal ein Hotspot geworden. Während wegen Corona kaum noch Flugzeuge abhoben und die Strandampeln an Nord- und Ostsee auf Rot standen, wurde dieses mit dem Fahrrad erreichbare Gewässer zur kleinen Flucht für Innenstädter.

Natürlich ist die Geschichte fiktiv, und alle Ähnlichkeiten mit Ereignissen und Personen sind zufällig. Eine Person allerdings ist «echt». Otto Garbs, Musiker aus Leidenschaft und Wirt des *Gasthof Neudorf*, der seit weit über hundert Jahren im Familienbesitz ist. Ich hätte es als Frevel empfunden, aus Otto eine Fiktion zu machen, und er hat mir freundlicherweise erlaubt, ihn namentlich zu nennen. Danken möchte ich hier außerdem Inga Behncken, die mich durch Ochsenwerder geführt und mir den Ort nähergebracht hat, sowie Heino Claussen, Jugendwart bei der Ochsenwerder Schützengemeinschaft von 1930 e. V. Auch er hat mir einiges über Ochsenwerder erzählt und mir während des Schützenfestes 2019 zudem beigebracht, wie ich das Gewehr anlege.

Wie tief ist die Dove-Elbe? Wie stelle ich es an, dass meine Mails nicht rückverfolgbar sind? Wie meistert man seinen

Alltag mit Narkolepsie? Baut sich Liquid Ecstasy auch postmortal ab?

All jenen, die mir meine unzähligen Fragen beantwortet haben, möchte ich hier danken, insbesondere Christine Lichtenberg, die mir von ihren sehr persönlichen Erfahrungen mit Narkolepsie erzählt hat, Jens Acker, Chefarzt an der Klinik für Schlafmedizin im schweizerischen Bad Zurzach, Jan Sperhake, Rechtsmediziner, und Alexander Müller, Forensischer Toxikologe – beide vom Institut für Rechtsmedizin am Universitätsklinikum Hamburg-Eppendorf –, Knuth Cornils von der Presse- und Öffentlichkeitsarbeit der Hamburger Polizei, Thomas Geyer, Marie Stegmann, Rebecca Pothast Clarke, Tutje von Holdt-Schermuly, Juliane Schermuly-Petersen, Sebastian Elster, Karin Löding, Kirsten Pralow, Noah Furrer, Michael Heyn und vielen mehr.

Hin und wieder erfordern Spannungsaufbau und Dramaturgie ein Abweichen von der Realität. Das ist Absicht und nicht auf die Auskünfte meiner Berater zurückzuführen.

Zum Erscheinen des Buches haben Kritik und Ermutigungen gleichermaßen beigetragen. Wieder einmal standen mir André Lützen, Gerhard und Petra Luttmer, Johanna Wieland, Dalibor Topic, Sibylle Radtke und Sabine Gröger beiseite. Ein extrem großer Dank gilt außerdem meiner Agentin Petra Hermanns, ebenso wie meinen Lektorinnen Anne Tente und Carla Felgentreff und dem gesamten Team im Rowohlt Verlag.

Meine bisherigen Krimis spielten entweder in Vietnam, wo ich viel Zeit verbracht habe, oder hatten zumindest einen Vietnambezug. *Hinterland* ist mein erstes Buch, in dem Vietnam in keiner Weise eine Rolle spielt. Einmal jedoch lasse ich meine Ermittlerin in dem vietnamesischen Bistro hinter den Deichtorhallen, das dem einen oder anderen Leser bekannt vorkommen mag, essen. Ich konnte nicht widerstehen. Der Mangosalat und die *bánh cuốn* – gerollte Crêpes aus Reismehl – schmecken einfach zu köstlich.

Till Raether
Danowski: Treibland

Ein schwimmender Sarg.

Und keiner darf von Bord.

512 Seiten

Im Hamburger Hafen läuft das Kreuzfahrtschiff «Große Freiheit» ein. An Bord: ein toter Passagier – verstorben an einem geheimnisvollen Virus. Bald herrscht Panik in der Stadt. Kriminalkommissar Adam Danowski, der eigentlich am liebsten am Schreibtisch ermittelt, wird an den Schauplatz beordert. Er kommt einem Verbrechen auf die Spur, das noch unzählige Tote zu fordern droht. Doch das unter Quarantäne gestellte «Pestschiff» darf keiner verlassen, selbst Kommissare nicht, und Danowskis Gegner sorgen mit aller Macht dafür, dass dies so bleibt ...

Der Auftakt der Reihe um Adam Danowski – «eine herausragende Figur im Krimi-Dschungel». *Bernhard Aichner*

«Raether schreibt überdurchschnittlich gut und gönnt nicht allein seinem Ermittler Kontur und Individualität.» *FAZ*